곽곽선생뎐 2

꽉꽉 선생던 2

곽경훈 지음

싱긋

차례

제1부

제1장	전쟁의 시작	9
제2장	의병대장	29
제3장	서쪽의 지배자	43
제4장	이백번째 죄인	54
제5장	모리에게 관용을!	67
제6장	국왕의 아들	85
제7장	전능자의 종	100
제8장	도총관	115
제9장	백색당원에게는 백색당의 방법으로	128
제10장	겨울은 음모의 계절	150
제11장	봄이 되면 독사가 움직인다	165
제12장	독사가 땅에 오르다	180
제13장	독사를 사냥하는 법	194
제14장	시작하면 그만둘 수 없다	209

제2부

제1장	늑대가죽을 입은 사내	227
제2장	백색당의 우두머리	238
제3장	야인의 아들	253
제4장	늙은 호랑이	270
제5장	젊은 호랑이	286
제6장	전능자의 아이들	301
제7장	모리의 땅	314
제8장	독사의 머리는 죽은 후에도 아름답다	330
제9장	이름을 잃어버린 남자	349
제10장	호국경	370
제11장	늑대에게 자유를	382
제12장	속고 속이다	399
제13장	암행총관의 길	415

작가의 말   427

제1부

제1장
전쟁의 시작

1

젊은 장교는 망루에 도착하자마자 지붕 아래의 그늘을 찾은 뒤 챙이 넓은 모자를 벗었다. 그러자 땀범벅이 된 이마가 드러났다. 그는 거친 숨을 고르기 위해 옷깃을 느슨하게 풀면서 망루를 살폈다. 안타깝게도 망루의 상황은 예상에서 벗어나지 않았다. 파수꾼은 없었다. 꽤 오랫동안 방문자가 없었던 듯 거미줄이 여기저기 쳐져 있었고 먼지가 뽀얗게 앉아 있었다. 장교는 맥이 풀렸다. 예상 못했던 상황은 아니었지만 머릿속에 그려본 것과 직접 마주하는 것은 사뭇 달랐다. 부임하기 전에 들었던 것처럼 진지 전체가 엉망진창이었다. 군적에 기록된 병사의 수는 700명을 헤아렸으나 직접 확인한 병사는 50명 남짓에 불과했다. 그나마도 훈련이 매우 부족했고 말라깽이, 뚱보, 절름발이, 반편처럼 아예 싸울 수 없는 부류가 절반을 넘었다. 무기도 마찬가지였다. 화승총은 심지가 없었고 대포는 녹슬어 발사하면 폭발할 듯했다. 화약은 거의 없었고 그나마도 습기가 차서 변질된 상태였다. 칼, 도끼, 창, 활과 화살 모두 멀쩡한 것은 손에 꼽을 정도였다.

짜증이 치밀었다. 날씨도 한몫했다. 장마가 끝나면서 눅눅하고 무거운 공기는 한결 쾌적해졌으나 여름이 본격적으로 시작되면서 태양의 열기가 절정에 달했다. 이른 아침은 수풀에 맺힌 이슬과 함께 제법 싱그러웠지만 기지개를 켠 태양이 볕을 쏟아부으면 지상에는 무시무시한 열기가 끓어올랐다. 아직 정오에 이르지도 않았는데 가만히 있어도 땀이 주르륵 흐를 만큼 무더웠다. 이런 무더위에 망루에 오르느라 힘을 쓴 장교의 속옷은 땀에 흠뻑 젖을 수밖에 없었다.

한편, 농부들은 그런 더위를 반겼다. 여름이 무더울수록 벼를 비롯한 온갖 농작물이 쑥쑥 자라 큰 수확을 거두기 때문이다. 물론 그러려면 장마 때 비가 충분히 내려야 한다. 그렇지 않으면 끔찍한 가뭄을 겪게 되어 뙤약볕에 농작물이 타버릴 수 있다. 또 여름 동안 태풍이 덮치지 않아야 한다. 장마 때 비가 충분히 내리고 여름이 충분히 무더워도 성난 태풍이 몰아치면 끝장이었다.

그런 측면에서 이번 여름은 무척 이상적이었다. 장마 때 비가 충분히 내렸으나 홍수가 날 정도는 아니었고 본격적으로 여름에 접어들면서 높이 뜬 태양이 내리쬐는 맑고 평온한 날씨가 지속

되었다. 쥬에서 농업이 차지하는 비중을 감안하면 축복이 가득한 여름이 틀림없었다. 논에서 일하는 농부들의 얼굴에 오랜만에 생기가 돌았다. 가을이 되어 수확하면 백색당원인 지주와 지방관이 많은 양을 가져갈 테지만 그래도 흉년보다는 풍년이 나았다. 소작인뿐 아니라 노예의 상황도 비슷했다. 곳간이 넉넉해지면 노예에게 돌아올 몫도 조금이나마 후해지기 마련이었다.

그것이 진지를 더욱 텅텅 비게 만든 이유였다. 물론 애초에 실제로 배치된 병사가 군적에 기록된 수보다 훨씬 적었다. 관리에게 뇌물을 주고 군역을 면하는 사람도 적지 않았고 유력한 백색당원이 자기네 소작인 또는 노예의 이름을 군적에 올리고 병사에게 배정된 식량을 빼돌리는 경우도 많았다. 그리고 요즘 같은 농번기에는 실제로 배치된 병사들 중 그나마 건장한 부류는 지주— 대부분 백색당원이다—의 논에서 일했다. 그러므로 진지에는 온갖 어중이떠중이만 남아 있을 수밖에 없었다.

그런 현상은 쥬의 전역에 만연해 있었다. 정말 심각한 문제였다. 더구나 장교가 부임한 하단에 위치한 진지는 군사적으로도 매우 중요했다. 하단은 한수가 바다에 흘러드는 하구에 해당했는데, 한수는 쥬에서 가장 큰 강이며 수도인 한벌을 지나는 터라 농업에 필요한 용수를 공급할뿐더러 한벌로 세금과 공물을 실어나르는 통로였기 때문이다. 한수의 하구를 장악하면 수도로 향하는 세금과 공물, 식량을 모두 차단할 수 있었고, 나아가 한수를 거슬러울라 한벌을 공격할 수도 있었다. 그러므로 다른 곳은 몰라도 하단만큼은 충분한 병력을 배치해야 했다. 단순히 병사의 머릿수가 많은 것을 넘어 제대로 훈련된 병력과 대포 및 화승총 같은 화약 무기도 충분해야 했다.

그러나 현실은 완전히 달랐기에 젊은 장교는 절망했다. 이래서야 나라 꼴이 제대로 될 리가 있겠는가! 하기야 그가 장교가 된 사연만 보아도 나라 꼴은 이미 말이 아니었다. 사실 그는 군인이 되고 싶지 않았다. 불과 몇 달 전까지만 하더라도 칼 한 번 잡아보지 않았고 활시위 한 번 당겨본 적 없었다. 여느 백색당원처럼 과거에 합격하여 관료가 되고 싶었다. 하지만 그의 집안은 백색당이라는 거대한 조직의 말단에 해당했다. 부유하지도 않았고 유명한 선조도 없었다. 그러다보니 과거에서 좋은 성적을 기대하기 어려웠다. 과거에서 이름을 떨치려면 글솜씨와 열교 경전을 해석하는 능력보다 가문이 중요했다. 최소한 넉넉하게 뇌물을 풀 재력이라도 있어야 했다. 그는 어쩔 수 없이 장교가 되는 길을 택했다. 쥬에서 군인은 인기가 없어 그처럼 가난하고 힘없는 백색당원에게도 기회가 주어졌다. 물론 그 기회를 직접 마주하자 젊은 장교는 기가 차서 절망할 수밖에 없었지만.

젊은 장교는 자신의 서글픈 처지에 한숨을 크게 내쉬고는 바닥에 벗어둔 모자를 주워 다시 썼다. 느슨하게 풀었던 옷깃도 다시 여몄다. 거대한 조직의 가난하고 초라한 말단 당원이라도 백색당원이 아니겠는가! 옛 성현은 보는 눈이 없어도 몸가짐을 바르게 하라고 가르쳤다. 그런 가르침을 따르는 것이 백색당원의 가장 기본적인 태도며 이런 마음가짐이야말로 탐욕스럽고 사악한 흑색당원과 다른 점이었다.

망루에서 내려가려는 그때 전혀 예상하지 못한 물체가 눈에 띄었다. 정확히 말하면 '물체들'이었다. 바다 쪽에서 이상한 모양의 돛을 단 낯선 배들이 다가오고 있었다. 썩은 냄새를 맡고 동물의 사체에 몰려드는 까마귀떼처럼 헤아리기 힘들 만큼 많은 배가 한수 하구로 몰려왔다. 젊은 장교는 난생처음 보는 배들의 정체를 알지 못했다. 그러나 그들이 매우 위협적인 존재라는 사실은 쉬이 알 수 있었다. 최대한 빨리 소식을 전해야 했고 그 정체불명의 배들을 어떻게 하든 막아야 했다.

젊은 장교는 망루 아래로 잽싸게 걸음을 옮겼다. 다급한 마음에 망루에서 뛰어내려가려 하다가 지나치게 긴장한 나머지 넘어져 계단을 구를 뻔했다. 손이 떨리고 다리에 힘이 풀려 가까스로 망루에서 내려와 병사들을 부르는 징을 쳤다. 하지만 요란한 징 소리와 달리 아무도 나오지 않았다. 그도 그럴 것이 그나마 멀쩡한 병사들은 백색당원인 지주들의 논에 동원되어 진지에 남은 병사들 상당수는 자신의 몸도 건사하기 힘든 상태였다. 젊은 장교가 필사적으로 계속하여 징을 울리자 열 명 남짓한 병사가 모습을 드러냈다. 하지만 그 인원으로 무엇을 할 수 있는가. 대포를 장전하여 쏘는 것조차 어려웠다. 또 대포를 쏘아본들 무슨 의미가 있을지 회의적이었다. 거대한 함대에 대포 사격 한 번이 무슨 타격을 주겠는가. 진지에 배치된 대포를 모두 동원해도 함대를 저지할 수 없을 터였다. 기껏해야 20문 남짓한 대포로는 함대를 잠깐 멈칫하게 만드는 것이 최선이었다. 그런데 20문은 병적에 기록된 숫자일 뿐이었다. 실제로는 한 번도 20문의 대포가 배치된 적이 없었다. 진지에 배치된 대포는 고작 10문이며 그나마 작동하는 것은 한두 문에 불과할 것이었다.

"봉수대로 가자!"

젊은 장교는 병사들에게 소리쳤다. 봉수대에 봉화를 올려 함대의 출현을 알리는 것이 두어 번 대포를 쏘는 것보다 훨씬 나았다. 젊은 장교는 봉수대를 향해 달렸고 병사들도 뒤따랐다. 그러나 봉수대에 도착하자 정작 무엇을 해야 할지 몰랐다. 한 번도 훈련한 적이 없었기 때문이다. 또 봉수대에는 언제든 불을 피울 수 있도록 불쏘시개, 장작, 기름 따위가 준비되어 있어야 했지만 실상은 그렇지 못했다. 낮에는 연기가 많이 나는 재료를 사용하고 밤에는 빛이 밝은 재료를 사용하지만 그런 구분은 고사하고 온갖 잡동사니가 섞여 나뒹굴고 있었다.

"어서 불을 피워라!"

젊은 장교는 병사들에게 소리쳤다. 하지만 훈련이 안 된 병사들은 우왕좌왕 갈피를 잡지 못했다. 장교도 별반 다를 바 없어 불을 피우라고 소리치는 것 외에는 아무것도 하지 못했다.

장교와 병사들이 갈팡질팡할 때 몇몇 배에서 하얀 연기가 피어올랐다. 정체불명의 함대가 진지를 향해 사격을 개시한 것이었다. 병사들은 겁에 질려 흩어졌다. 어떡하든 살아남고자 몸을 숨기겠지만 부질없는 짓이었다. 대부분은 무너지는 진지와 함께 죽음을 맞이할 터였다. 장교는 그 사실을 똑똑히 알았기에 피하지 않고 털썩 주저앉아 눈을 감았다.

2

나루터는 분주했다. 수십 척의 평저선(바닥이 평평하여 얕은 수심에도 다닐 수 있게 만든 선박)이 사각형의 커다란 돛을 접고 정박했고 일꾼들이 개미처럼 오가며 짐을 내렸다. 상인들은 저마다 자기네 짐이 사라질까 매서운 눈빛으로 경계했으며 관리들도 공물을 확인하느라 바빴다. 물론 상인들과 달리 관리들은 꼼꼼하지 않았다. 상당량을 자기네가 챙겼고 뇌물을 찔러준 사람에게 몰래 넘기기도 했다. 그래도 어쨌든 나루터는 매우 활기찼다. 백색당 정권은 외부와의 교역을 엄격히 규제하고 내부에서도 상업을 억제했기에 활기 넘치는 나루터가 매우 낯설었다. 카락 국경에 면한 몇몇 도시와 평해를 제외하면 쥬에서 그처럼 많은 물자가 오가는 곳이 없었다.

나루터가 그처럼 활기를 띠는 이유는 간단했다. 한벌의 관문이었기 때문이다. 오직 농업만을 고집하며 상업을 억제하고 물자의 이동을 막는 백색당도 수도로 향하는 공물과 세금, 식량의 흐름만큼은 유지할 수밖에 없었다. 그리하여 한벌 초입에 있는 나루터는 쥬에서 사람과 물자가 북적이는 몇 안 되는 장소였다.

오민영은 뿌듯했다. 그런 나루터를 자신이 관리했기 때문이다. 자신이 없으면 한벌로 향하는 물자의 흐름이 막혀 심각한 문제가 생길 것이라고 생각했다. 그리 크지 않은 키에 통통한 체격, 동그란 얼굴과 납작한 코를 지닌 그가 흐리멍덩한 눈빛을 뿜어내며 거들먹거리는 태도로 나루터를 배회하는 까닭도 그 때문이었다. 다만 그와 마주친 상인과 일꾼, 하급 관리는 어쩔 수 없이 고개를 숙여 예를 표했으나 뒤돌아서서는 퉤퉤 하며 바닥에 침을 뱉었다. 꽤 이름 있는 백색당원을 아버지로 두어 벼슬에 오른 인간, 무능하여 나루터 관리 책임자로 밀려난 인간, 그러면서도 현실을 파악하지 못하고 거들먹거리는 인간이라고 조롱했다(상인과 하급 관리가 나루터를 실질적으로 운영하여 정작 나루터를 총괄하는 우두머리는 별반 할일이 없었다). 부하들이 공물을 빼돌려도, 상인들이 교묘하게 허가받은 품목 외의 물품을 사고팔아도 오민영은 아무것도 알지 못했다. 그저 부하들과 상인들이 찔러주는 뇌물 몇 푼에 자신이 대단한 사람이라고 착각하여 어깨에 힘을 주고 팔자걸음으로 나루터를 활보할 뿐이었다.

오민영은 여느 때처럼 뒷짐을 지고 팔자걸음으로 나루터를 거닐다가 갑자기 멈추어 서서 강 하류 쪽을 응시했다. 물론 관리들과 상인들뿐 아니라 일꾼들조차 오민영에게 관심을 기울이지 않았다. 평소에 보지 못한 철새를 보고 엉뚱한 소리를 늘어놓거나 물안개를 보고 어쭙잖은 시구를 중얼거리는 것이 그런 상황에서 오민영이 보이는 행동의 전부였다.

"아니! 저 배들은 대체 무엇인가? 누가 감히 허락도 없이 저런 배를 한수에 띄웠나!"

오민영이 얼굴을 찌푸리며 소리쳤다. 이번에도 처음에는 아무도 오민영의 말에 관심을 기울이지 않았다. 하지만 오민영이 하류 쪽에서 눈을 떼지 않고 연신 "허락도 없이 저렇게 많은 배를 띄운 녀석이 누구냐!"라고 소리치자 그제야 고개를 돌려 오민영이 가리키는 쪽을 바라보았다. 오민영의 말처럼 묘한 형태의 배들이 강물을 거슬러 나루터로 향해 오고 있었다. 나루터에 정박한 배들처럼 평저선이 틀림없었으나 돛이 삼각형이었고 크기도 작았다. 대신 노의 개수가 훨씬 더 많았으며 선체의 폭이 좁으면서도 매우 길었다. 좁고 긴 선체 양쪽에 노를 촘촘히 설치한 모습이 마치 지네처럼 보였다. 그런 배가 수십 척의 무리를 이루어 나루터로 돌진해오고 있었다. 그 광경에 오민영을 제외한 모든 이가 공포를 느꼈다.

"어서 저 배들을 띄운 놈이 누군지 찾지 않고 뭘 하느냐!"

오민영은 부하들을 향해 호통쳤다. 오민영은 나루터를 향해 돌진해오는 지네떼 같은 배들을 두려워하지 않는 유일한 존재였다. 다만 그런 태도는 용감한 것도, 침착한 것도 아니었다. 너무 어리석어 그 배들이 무엇을 의미하는지 깨닫지 못했을 뿐이다. 누가 보아도 그 '지네떼'는 쥬에서 만든 배가 아니었다.

'지네떼'의 노들은 일사불란하게 움직였다. 지네가 발을 움직이는 것처럼 질서정연하면서도 엄청 빨랐다. '지네떼'는 순식간에 나루터 쪽으로 다가왔다. 그러자 지네를 닮은 배의 형상이 명확히 드러났다. 그 배에는 화물 대신 사람만 가득했다. 그들은 평범한 승선원이 아니었다. 노잡이들도 평범한 선원처럼 보이지 않았다. 그들은 가죽갑옷을 입고 저마다 화승총과 긴 창으로 무장한 병사들이었다. 그들의 갑옷과 화승총, 긴 창은 쥬에서 만든 것이 아니었다. 나루터의 그 누구도 그런 갑옷과 화승총, 창을 본 적이 없었다. 그들이 정확히 어디서 왔는지 알 수 없었으나 목적만큼은 분명히 알 수 있었다. 그들은 침략자였다. 살육과 파괴, 정복과 약탈이 그들의 목표임이 틀림없었다.

나루터에 있던 사람들은 허겁지겁 도망치기 시작했다. 관리, 상인, 일꾼, 심지어 나루터를 지키는 병사도 예외가 없었다. 모두 살기 위해 도망쳤다. 그 순간에도 몇몇은 재물을 챙기고자 분주했다. 그들은 곧 어리석음에 대한 대가를 치렀다. 지네를 닮은 배들이 나루터에 도착하고 낯선 병사들이 하선하면서 살육이 시작되었을 때 그들이 가장 먼저 도륙되었다. 물론 허둥지둥 도망친 사람들도 대부분은 죽음을 피하지 못했다. 낯선 병사들은 매우 신속하고 정확하며 질서 있게 살육했다.

오민영은 백색당원의 명예를 지키고자 낯선 병사들에게 호통쳤다. 하지만 낯선 병사들은 오민영의 말을 알아듣지 못했다. 그들은 긴 창으로 오민영의 통통하고 말랑말랑한 배를 찔렀다. 강철로 만든 날카로운 창끝이 피부와 근육을 뚫고 내장을 헤집는 순간에야 비로소 오민영은 낯선 병사들, 야만인이 틀림없는 그들이 백색당을 조금도 두려워하지 않음을 깨달았다. 그들은 옛 성현의 말씀을 조금도 존중하지 않았다. 오민영은 마지막 순간까지도 "감히 백색당원인 나를 죽이다니"라는 말을 중얼거렸다.

3

손욱진은 숨을 크게 몰아쉬었다. 다만 작금의 현실에 대한 반성이나 회한은 아니었다. 그가 숨을 크게 내쉰 이유는 훨씬 말초적이며 실질적이었다. 갑옷이 너무 죄어 숨을 제대로 쉴 수 없었던 것이다. 5년 전에 마지막으로 갑옷을 걸쳤을 때도 날씬한 몸은 아니었으나 이제는 도살장에 끌려갈 돼지를 떠올리게 할 만큼 피둥피둥 살이 쪄서 갑옷을 입기 어려웠다. 가까스로 넣은 팔만으로도 숨조차 제대로 쉬기 어려웠다. 갑옷의 끈을 조여 묶는 것은 아예 불가능했다. 문제는 그것만이 아니었다. 칼도 없었다. 황금으로 도금한 칼자루에 온갖 보석을 박아넣은 보검이 창고에 가득했지만 멋진 의식에만 어울릴 뿐이었다. 실제로 휘두르기에는 너무 무거웠고 날을 벼리지 않아 무딜뿐더러 강도도 약해 단번에 부러질 것이 틀림없었다. 게다가 말도 없었다. 손욱진은 용호군을 이끄는 장군이었지만 동시에 백색당원이기도 했다. 평소 그는 늘 가마를 고집했다. 말은 천한 놈들이나 타는 것이었다. 귀족이 말을 탄다면 흑색당원 같은 반역자가 아닌지 의심해야 했다.

그런 이유로 손욱진에게는 갑옷도, 칼도, 말도 없었다. 한벌에 주둔한 용호군을 통솔하는 장군이라 당장 부대를 이끌고 싸워야 했으나 아무것도 갖추지 못했다. 설령 손욱진에게 좋은 갑옷, 날카로운 칼, 훌륭한 군마가 있었어도 상황이 크게 달라질 가능성은 희박했다. 손욱진이 지휘할 병력이 없었기 때문이다. 국법에 따르면 수도 한벌에는 5000명의 용호군이 주둔해야 했다. 다른 부대와 달리 그 5000명은 아주 예외적인 상황이 아닌 이상 한벌을 떠날 수 없었다. 물론 5000명의 용호군이 한벌을 떠난 것은 아니었다. 그들은 왕정복고가 이루어진 후 한 번도 한벌을 떠나지 않았다. 카락과 전쟁을 치를 때도 그들은 전장에 출전하지 않았다. 단지 서류, 즉 군적에만 존재하고 현실에는 존재하지 않는 것이 문제였다. 군적에는 분명히 5000명의 이름이 올라 있고 그에 따라 한 번도 빠짐없이 급료가 지불되었지만 실제로는 500명만 존재했다. 나머지는 백색당의 수뇌부가 돈을 빼돌리기 위해 만든 가짜 이름이었다. 손욱진만 해도 1500개의 가짜 이름을 만들어 그에 해당하는 급료를 빼돌렸다.

상황이 그러다보니 손욱진도 솔직한 마음으로는 도망치고 싶었다. 손욱진이 이끄는 용호군과 달리 적의 기세는 무시무시했다. 그들은 남부 해안을 노략질하는 해적이 아니었다. 한수 하구에 나타난 함대의 규모부터 대단했다. 함대를 구성하는 배는 대부분 흑선과 비슷했다. 겉모습만 흉내낸 얼치기가 아니라 화력도 막강했다. 그들은 한수 하구에 있는 요새와 진지를 포격만으로 무너뜨렸다. 다만 흑선은 한수 같은 강에서 운행하기 힘들기에 보병들은 평저선으로 갈아타고 한수를 거슬러올라왔다. 그들은 순식간에 나루터를 점령했다. 나루터의 상황도 쥬의 여느 곳과 비슷했다. 당연히 배치되었어야 할 병사들은 군적에 존재하는 이름에 불과하여 침략자는 저항다운 저항을 마주하지 않았다. 나루터에서 한벌로 향하는 길도 마찬가지였다. 수도로 향하는 길인 만큼 곳곳에 관문과 경비대가 있어야 했으나 이 역시 모두 서류에만 존재했다. 관문의 성문은 낡았고, 제대로 관리하지 않은 성벽은 허술했으며, 그곳을 지킬 병사들은 군적에만 있을 뿐 현실에는 존재하지 않았다.

그나마 한벌의 사정은 조금 나았다. 한벌의 성은 비교적 잘 관리되었다. 손욱진이 이끄는 용호군은 군적에 기록된 수의 십분지일(十分之一)에 불과했으나 국왕을 지키는 호위대가 별도로 있었다. 1000여 명에 이르는 호위대는 잘 훈련되었고 장비도 제대로 갖추었다. 용호군과 호위대를 합쳐 성에 의지하여 방어하면 충분히 승산이 있었다. 나루터에 상륙한 침략군에는 기병이 존재하지 않을 뿐 아니라 대포도 없었기 때문이다. 흑선에 장착된 대포는 화력이 무시무시했지만 흑선은 한수 같은 강에서는 항해하기 어려웠다. 침략군이 상륙에 사용한 평저선으로는 대포를 옮기기 힘들었다. 가죽갑옷을 입은 창병과 화승총수가 침략군의 대부분이었으며 그 수도 2000명 남짓했다. 농성전을 벌이면 승산이 있었다.

그러나 국왕은 호위대의 동원을 허락하지 않았다. 예상하기 힘든 일은 아니었다. 국왕은 젊은 시절 호기롭게 카락과 전쟁을 벌이다 생포 위기에서 가까스로 살아남은 후부터 안전에 집착했다. 국왕은 침략군이 나루터에 상륙했다는 소식을 듣자마자 호위대를 거느리고 한벌을 떠나면서 손욱진에게 '마지막 한 사람까지 수도를 지키라'는 어명을 내렸다.

물론 손욱진은 어명을 지킬 생각이 전혀 없었다. 엄밀히 따지면 그는 군인이 아니었고 무사도 아니었다. 백색당원이라 용호군의 장군이 되었을 뿐 그 자리에 어울리는 어떤 자질도 없었다. 그도 국왕과 함께 도망치고 싶었다. 어명을 어기고 사라지고 싶었다. 하지만 그런 행위는 반역이었다. 국왕에 대한 반역은 물론 백색당에 대한 배신이었다. 백색당은 배신자를 결코 용서하지 않으므로 그가 도망치면 가족과 가문이 대가를 치를 터였다. 그가 어명을 받들어 한벌을 방어하다 전사하면 가족이 무사할 뿐 아니라 가문의 명예를 드높여 그의 아들들은 더 높은 관직에 나갈 수도 있었다. 그것이 손욱진이 뚱뚱한 몸에 지나치게 작은 갑옷을 입은 우스꽝스러운 모습으로 500명의 오합지졸을 거느리고 전장에 나선 이유였다.

그렇게 전장에 나섰지만 우스꽝스러운 모습처럼 그는 형편없는 군인이었다. 500명은 턱없이 부족한 병력이었지만 성문을 닫아걸고 방어에 나서면 침략군을 그런대로 저지할 수 있었다. 백성을 독려하여 방어에 동원하면 꽤 오랫동안 막아낼 가능성도 있었다. 그러나 열렬한 백색당원인 손욱진은 천한 백성을 독려할 생각이 없었다. 천한 것들에게 도움을 청하는 모습처럼 보일 수 있었기 때문이다. 성문을 걸어 잠그고 싸우는 것도 마음에 들지 않았다. '바다 건너에서 온 야만인'에게 겁먹은 것처럼 보이기 때문이었다. 그리하여 손욱진은 한벌의 남쪽 성문을 활짝 열고 500명의 병사와 함께 당당하게 침략군을 맞이했다. 꽉 끼는 갑옷에 가쁜 숨을 몰아쉬면서!

4

가벼운 가죽갑옷과 불에 그을려 단단하게 만든 나무막대 끝에 날카로운 강철날을 꽂은 창으로 무장하고 단검을 허리춤에 찬 병사들은 일사불란하게 움직였다. 창 대신 화승총을 지닌 병사들도 마찬가지였다. 그들은 나루터에 상륙했을 때부터 먹잇감을 향해 진군하는 개미떼처럼 움직였다. 그 기세에 눌려 감히 저항하는 이가 드물었으나 단순히 걸리적거리는 존재까지도 무참히 도륙했다. 상대가 군인이든 관리든 백성이든 개의치 않았다. 목표한 먹잇감까지 향하는 길에 있는 모든 장애물을 돌파하는 개미떼처럼 그들은 맹목적으로 움직였다.

후지타는 흡족했다. 치안대장으로 발탁되어 상군을 직접 모시기 시작했을 때부터 기울인 노력이 훌륭한 결과로 나타나고 있었다. 후지타가 지금 지휘하는 병사들, 2000명을 헤아리는 선발대는 치안대가 아니었다. 치안대는 여전히 상군부에 남아 상군을 호위하고 수도의 치안을 유지하는 임무를 수행하고 있었다. 지금 후지타가 거느린 병력은 치안대장에 오른 직후부터 상군의 명령을 받아 비밀리에 육성한 농민군이었다. '농민군'이라는 평범하고 보잘것없는 명칭을 선택한 이유는 문자 그대로 농민 출신으로만 구성했기 때문이다.

와에서 전통적으로 '싸우는 일'은 무사가 담당했다. 농민도 전투에 동원되었으나 죽창과 몽둥이로 무장하는 경우가 대부분이었으며 거의 훈련되지 않아 머릿수를 늘리는 것 외에는 다른 의미가 없었다. 정식으로 만든 창, 활, 화승총으로 무장한 병사는 엄밀히 따지면 하급 무사 또는 몰락한 무사에 해당했다. 후지타가 이끄는 농민군처럼 순수하게 농민 출신만 모집하여 전문적인 군인으로 훈련한 사례는 없었다. 농민은 규율도 없고 싸울 줄도 몰라 아무리 훈련해도 전장에서 양떼처럼 흩어질 것이라는 고정관념이 있어 상군부의 관리들도 많은 이가 후지타의 계획을 반대했다.

다행히 상군은 후지타의 계획을 적극 지지했다. 검과 활로 무장한 무사, 갑옷을 차려입은 기병은 육성하고 유지하는 데 비용이 많이 들었다. 또 고분고분하지도 않고 귀족들과 연결된 경우가 많아 완전히 신뢰하기 힘들었다. 반면 농민 출신으로 구성된 창병과 화승총수는 육성하고 유지하기 쉬웠다. 검과 활이 익히는 데 오랜 시간이 필요한 반면, 창과 화승총은 기술 자체는 짧은 시간에 익힐 수 있었다. 병사 개인의 기술보다 집단으로 질서정연하게 움직이는 것이 훨씬 중요했다. 그런 특징을 잘 파악한 후지타는 지난 몇 년간 거기에 초점을 맞추어 농민군을 육성했고 그 노력은 헛되지 않았다. 후지타의 농민군은 이제 한벌, 쥬의 수도를 눈앞에 두었다.

저 멀리 거대한 성벽이 눈에 들어오자 후지타는 살짝 긴장했다. 지금까지는 이렇다 할 저항이 없었다. 쥬의 군대는 지리멸렬했다. 흑도와 남부 해안은 해적의 노략질이 일상적이라 그나마 기본적인 대비가 되어 있었으나 한벌을 비롯한 중서부는 엉망진창이었다. 카락과의 전쟁 이후 카락 기병의 침입에만 대비했을 뿐이었다. 카락은 수군이 약하고 와는 남부 해안만 약탈할 수 있다고 믿어 한수 하구의 진지에는 무너지기 직전의 성벽, 발사할 수 없는 대포, 허수아비 같은 병사만 있었다. 색목인의 기술로 만든 함대는 한수 하구의 진지들을 포격만으로도 가볍게 제압했다. 흑선에서 평저선으로 갈아타고 나루터에 상륙한 이후도 비슷했다.

하지만 한벌은 쥬의 수도가 아닌가. 그에 합당한 저항이 있을 터였다. 물론 침공 이전에 수집한 정보에 따르면 한벌을 지키는 용호군은 500명 남짓이며 국왕의 호위대도 1000명을 넘지 않는다고 했다. 게다가 쥬의 국왕은 자신의 몸을 지키는 데만 급급하여 호위대와 함께 피란길에 나설 것이라고 했다. 따라서 한벌을 지키는 병사는 겨우 500명이며 그마저도 제대로 농성전을 펼치지 못할 것이라고 했다. 그러나 정보를 모두 믿을 수는 없었다. 그래서는 안 되었다. 후지타의 농민군은 창과 화승총으로 무장했을 뿐 대포도, 공성퇴 같은 무기도 없었다. 적이 성벽을 이용하여 방어에 나서면 낭패였다.

성문이 가까워질수록, 한벌의 사대문 중 가장 큰 남대문에 가까워질수록 도저히 믿기 힘든 광경이 눈앞에 펼쳐졌다. 성문을 닫아걸고 화살과 포탄을 날리는 대신 적은 성문을 활짝 열고 그 아래에서 기다리고 있었다. 싸우러 나온 것이 아니라 사신을 마중하는 것처럼 보였다. 혹시 계략이 아닐지 의심스러울 정도였다.

장군인 듯한 자의 꼬락서니도 이상했다. 그가 선두에 있고 병사 500명은 뒤에 있었는데, 장군이라고 하기에는 지나치게 뚱뚱했다. 너무 하얗고 뚱뚱하여 돼지가 연상되었는데, 갑옷조차 너무 작아 염소가 입을 갑옷을 돼지가 입은 듯했다.

"성현의 말씀을 모르는 야만인들아! 감히 스승의 나라를 침공하다니, 하늘의 벌이 두렵지 않으냐! 지금이라도 늦지 않았으니 어서 너희 나라로 돌아가거라!"

돼지를 닮은 장군이 꽤 근엄하게 소리쳤다. 물론 쥬의 말로 소리쳐서 병사들은 이해하지 못했다. 노예 상인의 아들인 후지타만 알아들을 수 있었다. 어린 시절부터 카락과 쥬에서 잡혀온 노예를 다루어 쥬와 카락의 언어를 어느 정도 이해할 수 있었다. 그는 어이없다는 듯 실소를 터뜨리며 짧게 명령했다.

"일제사격 후 돌격하라."

화승총수는 이 열로 대열을 바꾼 다음 사격을 개시했다. 첫번째 열이 발사하고 앉으면 두번째 열이 발사하고 그동안 장전한 첫번째 열이 다시 발사했다. 그렇게 사격을 여섯 차례 가하자 쥬의 수비군은 와해되었다. 돼지를 닮은 장군은 벌집이 되어 쓰러졌고 병사들은 쓰러지거나 도망쳤다. 굳이 돌격할 이유가 없었다. 너무 쉽게 전투가 끝나 후지타는 얼떨떨했다. 성문을 완전히 지나서야 비로소 상황을 실감했다. 너무 쉽게 한벌을 점령한 것이었다.

그때 후지타가 유일하게 예상하지 못한 일이 발생했다. 한벌 곳곳에서 불길이 치솟았다. 누군가 계획적으로 불을 지른 것이 분명했다. 후지타의 농민군이 막 성문을 통과한 때라 그들의 소행은 아니었다.

"그래도 머리가 돌아가는 인간이 있긴 있나보군."

후지타는 중얼거리며 일단 승리를 만끽하기로 했다.

제2장
의병대장

1

 숨을 제대로 쉴 수 없었다. 커다란 돌을 가슴에 올린 것처럼, 열 길 물속을 헤매는 것처럼, 천 근의 모래에 파묻힌 것처럼 아무리 노력해도 숨을 쉴 수 없었다. 보이지 않는 손이 목을 조이는 듯했다. 온 힘을 짜내 버둥거렸으나 그럴수록 팔다리마저 굳었다. 좁디좁은 관에 갇혀 땅속 깊이 매장당한 것만 같았다.

 다행히 '이제 마지막'이라는 심정으로 몸을 뒤틀자 팔다리에 힘이 돌아왔다. 잠자리에서 벌떡 일어나 앉자 그제야 크게 숨통이 트였다. 가까스로 평정을 찾고 주위를 둘러보니 어둑어둑했다. 아직 깊은 밤인 듯했다. 여름이라 밤에도 후덥지근했으나 사내의 몸은 그 이상으로 지나치게 흠뻑 젖어 있었다. 물에 빠진 사람을 막 건져내 방에 던져둔 것 같았다. 그랬다. 사내는 잘 정돈

된 방에 있었다. 전장으로 향하는 천막도 아니었고, 버려진 집의 초라한 방도 아니었다. 불과 몇 주 전까지만 해도 부사가 거처로 사용하던 번듯한 방이었다.

사내는 안도했지만 갑자기 양손이 덜덜거리기 시작했다. 열병에 걸린 것처럼 쉴새없이 떨렸고 아무리 노력해도 멈출 수 없었다. 사내는 급히 머리맡을 더듬었다. 어두워서 더듬는 것조차 쉽지 않았지만 이내 제법 큰 도자기 병을 찾았다. 사내는 병째 몇 모금 벌컥벌컥 마신 후에야 도자기 병을 내려놓았다. 짜릿함이 혀를 타고 목구멍을 지나 위장까지 전해졌다. 순식간에 얼굴에 열기가 올랐다. 도자기 병에 든 액체는 물이 아닌 시큼한 냄새가 감도는 탁주였다. 사내는 술을 좋아하지 않았고 그의 신분을 생각하면 평소 그런 탁주는 거들떠보지도 않았을 것이 틀림없었다. 하지만 지금은 난리통이라 그것이 구할 수 있는 최선이었으며 예전과 달리 사내는 술을 마시지 않고는 밤을 버틸 수 없었다.

물론 처음에는 괜찮았다. 바다 건너 와에서 온 야만인이 평해에 상륙했다는 소식을 들었을 때도, 평해가 변변한 저항도 하지 못하고 함락되었다고 했을 때도 사내는 동요하지 않았다. 성현의 가르침을 공부하는 선비는 그런 일에 휘둘려서는 안 되었다. 사내는 침착하게 격문을 지어 주변에 돌렸다. 그동안 사내가 쌓은 명망이 있어 반응은 뜨거웠다. 정작 군대를 이끌고 침략자와 맞서야 할 관리들은 대부분 도망치거나 이런저런 핑계를 대며 몸을 사렸지만 선비는 선비대로, 지주는 지주대로, 소작인은 소작인대로, 심지어 하인과 노예조차 사내의 격문에 호응했다. 선비는 집안 대대로 내려오는 장검을 들고, 지주는 꿩사냥에 쓰던 활을 쥐고, 소작인과 하인, 노예는 낫부터 도리깨까지, 그조차 없으면 죽창과 몽둥이를 들고 모였다.

그렇게 모인 무리는 3000명을 헤아렸다. 사내는 무리의 우두머리, 즉 의병장으로 추대되었다. 당연했다. 사내가 쌓은 명망이 없었다면 무리는 모이지 못했을 것이다. 그리하여 의병장이 된 사내는 우선 옛 성현에 대한 제례를 지냈다. 그러고 나서 사내는 엄중하게 말했다.

"싸움에서 이기고 적의 피로 땅을 붉게 적셔도 의를 따르지 못하고 예를 지키지 못한다면 소용없습니다. 다들 몸가짐을 바르게 하여 바다 건너에서 온 야만인에게 성현의 도를 따르는 모습을 보여줍시다. 또 전장에 나서서는 어버이인 국왕 전하께 충성을 다하여 결코 물러남이 없도록 합시다."

제례를 마무리하고 3일 동안 기름진 음식과 술을 멀리하고 남녀 간의 관계를 삼가며 몸과 마음을 정결히 한 다음 사내는 무리를 이끌고 평해로 진격했다. 평해를 점령한 자는 모도영주 모리한으로 와에서는 '서쪽의 지배자'라 불리는 지위 높은 귀족이었다. 다만 세력이 크지 않아 이끄는 부대 역시 그리 강력하지 않다고 여긴 사내는 무턱대고 평해로 진격했다. 성현의 말씀을 제대로 알지 못하는 야만인이 색목인의 사특한 무기로 무장해도 '무기를 든 원숭이'에 불과하다고 판단했다. 평해가 함락된 것은 그곳의 관리와 백성이 성현의 말씀을 제대로 따르지 않았기 때문이므로 사내가 이끄는 의병은 손쉽게 승리할 것이라 믿었다.

  그러나 모리한의 병사들과 마주하자 그런 믿음은 산산이 부서졌다. 그들을 맞이하는 병사들은 고작 500명 남짓이었다. 그중 갑옷을 걸치고 말을 탄 무사는 겨우 50명에 불과했지만 전투 시작과 함께 화승총이 발사되자 의병들은 혼란에 빠졌다. 하얀 연기가 피어오르자 수십 명이 피를 흘리며 쓰러졌다. 계속되는 사격에 매캐한 화약 연기가 퍼지자 더 많은 사람이 쓰러졌다. 의병들은 처음부터 제대로 된 대열을 갖추지 못했고 그나마도 화승총 사격에 질서가 완전히 붕괴되었다. 화승총 사격이 잦아들고 말을 탄 무사들이 돌진하자 의병들은 전의를 상실하고 도망치기 시작했다. 그때부터는 일방적인 학살이었다. 칼에 머리가 잘린 사람, 말에 밟힌 사람, 창에 몸통이 뚫려 내장이 쏟아진 사람 등 온갖 끔찍한 죽음이 전장을 채웠다. 심지어 도망치다가 밟혀 죽는 사람도 있었다. 전장에서 살아 도망친 사람은 사내를 포함하여 300명에 불과했다. 순식간에 십분지일로 줄어든 셈이었다. 그나마도 예상하지 못한 도움이 없었다면 모두 몰살당했을 터였다.

  "이경 선생, 주무십니까?"

  사내, 이경 선생의 회상이 거기까지 이르렀을 때 밖에서 거친 목소리가 들렸다.

"아닙니다. 잠에서 깨었습니다. 잠시 기다리세요."

이경 선생은 서둘러 술병을 치우고 부싯돌을 찾아 촛불을 밝혔다. 그러고는 '거친 목소리'의 주인을 맞이했다.

2

깊은 어둠을 헤치고 이경 선생을 찾아온 남자는 체구가 작았다. 그러나 왜소하게 느껴지지 않았다. 작고 말랐지만 체격이 다부졌고 광대가 약간 튀어나오고 염소수염이 난 얼굴도 투박하면서 강인한 분위기를 자아냈다.

"늦은 시간에 찾아와서 죄송합니다."

남자는 방문을 열고 들어서며 공손히 말했다. 이경 선생은 선비답게 짧은 시간에도 젖은 옷을 갈아입고 두건을 착용하여 차림새가 단정했다.

"몸은 좀 어떠십니까?"

남자는 작은 탁자를 앞에 두고 상석에 자리한 이경 선생 맞은편에 앉으며 물었다. 이경 선생은 겸연쩍은 표정으로 고개를 끄덕이며 대답했다.

"크게 다치지 않아 괜찮습니다. 그저 국왕 전하와 나라를 생각하면 마음이 무거울 따름입니다."

이경 선생의 말은 진심이었다. 남자도 그렇게 생각했다. 다른 백색당원이 비슷한 말을 내뱉었다면 가식과 위선으로 들렸겠지만 이경 선생은 확실히 달랐다. 백색당원이면서도 권력과 재물을 탐하지 않는 사람, 과거에 급제하고도 벼슬길에 나가지 않고 경전을 읽으며 성현의 가르침을 탐구하는 사람, 평해절도사 최관호의 간악한 반역을 발본색원한 사람, 그런 커다란 공을 세우고도 조금도 거들먹거리지 않는 사람. 이경 선생이 그런 사람이 아니었다면 의병은 모이지 않았을 것이다. 사실 남자도 이경 선생의 의병에 합류하려 했다. 정확히 말하면 평해를 탈환하는 작전에 동참하려 했다. 그러나 남자의 마을은 이경 선생이 봉기한 곳에서 꽤 멀었다. 남자의 마을은 훨씬 내륙에 자리해 있었다. 그렇다고 죽전 방향은 아니었다. 죽전이 평해의 북쪽에 위치한 반면 남자의 마을은 서쪽으로 가야 했다. 다만 남자의 마을이 위치한 곳도 죽전으로 향하는 길처럼 산악지대였다. 그러다보니 남자가 사람들을 모아 의병에 합류하기 위해 왔을 때 이경 선생의 의병은 이미 전장으로 떠난 상황이었다. 그래도 남자는 포기하지 않고 이경 선생의 뒤를 쫓았다. 이경 선생 입장에서는 천만다행이었다. 모리한의 부대에 패하고 쫓기는 상황에서 남자가 이끄는 500명의 구원대가 없었다면 이경 선생과 함께 전장에서 가까스로 달아난 300명도 추적을 따돌리지 못했을 것이다. 남자는 이경 선생의 생명의 은인이었다.

남자는 이경 선생과 집안 배경이 전혀 달랐다. 남자는 완전히 몰락하여 소작인보다 나을 바 없는 집안에서 태어났다. 그래도 굳이 따지면 백색당에 해당하여 과거에 합격하고자 공부했지만 실력만으로 과거에 합격하려면 이경 선생처럼 신동 소리를 들을 만큼 뛰어나야 했다. 남자는 매우 성실했으나 신동과는 거리가 멀었다. 경전을 외우고 해석하는 솜씨가 평범할뿐더러 글재주도 보잘것없었다. 마을 아이들에게 글을 가르치고 틈틈이 밭일하며 근근이 세끼 입에 풀칠하는 것이 고작이었다. 그래도 남자는 심지가 굳고 강단이 있으며 거짓말을 거의 하지 않아 사람들에게 신망을 얻었다. 그가 의병에 합류하자고 했을 때 남자의 마을은 물론 근처 마을에서도 적지 않은 사람이 따라나섰다. 그렇게 남자가 이끄는 500명은 이경 선생이 지휘하는 3000명보다 오히려 나았다. 남자와 행동을 함께한 사람들은 척박한 산악지대에 살았기에 훨씬 강인했고 규율이 있었다. 싸움을 전혀 알지 못해 그런 상황에서는 머릿속이 하얘지는 이경 선생과 달리 남자는 훨씬 차분했다. 그런 장점이 없었다면 모리한의 추적대를 따돌리지 못했을 것이다.

"그런데 무슨 일입니까? 이렇게 늦은 시간에?"

이경 선생의 물음에 남자의 눈이 반짝였다.

"이렇게 실례를 무릅쓰고 찾아온 것은 다시 사람을 모으기 위해서입니다. 바다 건너의 야만인, 성현의 말씀을 모르는 간악한 도적떼가 침노하여 국토를 유린하니 한시라도 빨리 물리쳐야 하지 않겠습니까?"

남자의 말에 이경 선생은 고개를 끄덕였다. 이대로 물러설 수는 없었다. 이경 선생은 사람을 모을 수 있는 명망은 있어도 전투를 계획하고 지휘할 능력은 없었다. 반면 사내는 명망은 부족하지만 싸움을 이끌 강단은 있었다. 두 사람이 힘을 합치면 이번에는 다를 터였다.

"그런데 야만인으로부터 평해를 되찾으려면 먼저 해결할 일이 있습니다."

남자의 표정이 심각해졌다.

"이경 선생께서는 모리한이라는 작자의 종교를 아십니까?"

모리한의 종교라. 모리한이 내수교도란 것은 널리 알려진 사실이었다.

"내수교이지 않습니까?"

남자가 갑자기 주먹으로 탁자를 내리쳤고 그 바람에 이경 선생은 깜짝 놀랐다.

"그렇습니다. 그게 문제입니다."

남자의 눈빛이 분노로 이글거렸다.

"평해가 왜 그리 쉽게 함락되었겠습니까? 내수교도들이 내부에서 협력했기 때문입니다. 그 사특한 믿음을 허락해주었더니 은혜를 원수로 갚은 것입니다!"

과연 그럴까 하고 이경 선생은 회의적이었다. 내수교뿐 아니라 만교도 쥬와 와, 카락 모두에 존재했다. 그렇다고 만교의 승려가 적과 내통하는 반역자는 아니지 않은가. 쥬의 내수교도가 모리한과 같은 내수교도라는 이유만으로 협력했을까? 따지고 보면 와의 영주들 중에 내수교도는 모리한뿐이었다. 게다가 모리한은 와에서 그리 영향력이 크지 않았다. 그러므로 쥬의 내수교도가 나라를 배신하고 모리한을 돕는다는 말은 설득력이 부족했다.

"그래서 평해로 진격하기에 앞서 내수교도부터 뿌리를 뽑아야 합니다. 그들을 남겨두면 등뒤가 위험합니다."

이경 선생은 이번에도 자신의 주장을 강력하게 펼치지 못할 터였다. 남자의 주장에 끌려갈 것이 분명했다. 누구보다도 이경 선생 자신이 그 사실을 잘 알았다.

3

인간의 몸은 생각보다 연약하며 무력하다. 아무리 노력해도 표범만큼 날래지 못하고 곰 같은 힘을 지닐 수도 없다. 늑대의 지치지 않는 집요함도, 호랑이의 날카로운 이빨과 무시무시한 발톱도, 독사의 은밀함도 가질 수 없다. 너무 쉽게 다치고 고통에 매우 민감하다. 인간이 만든 온갖 도구의 도움이 없다면 대부분의 동물을 이기지 못할 것이다. 하지만 인간의 정신은 다르다. 어떤 동물보다 날카롭게, 강인하게 벼릴 수 있다. 강인한 정신은 연약한 육체를 지배할 수 있다.

고문에는 기술이 필요하다. 단순히 살갗을 찢고 뼈를 부러뜨리는 것만으로는 자백을 이끌어내지 못한다. 폭력의 수위를 높여도 결과는 달라지지 않는다. 오히려 고문받는 쪽이 비밀을 간직하고 죽어버릴 위험만 커지는데, 고문하는 입장에서는 그만한 낭패도 없을 것이다.

그런 측면에서 현민은 안도했다. 그를 고문한 일당이 죄다 초짜였기 때문이다. 그들은 현민에게 엄청난 증오와 분노를 품어 '이글거리는 광기'라는 표현이 어울렸지만 비밀을 캐내는 기술은 형편없었다. 사실 지나친 분노와 증오를 품으면 효율적으로 고문하기 어렵다. 고문하는 사람은 냉혈한이어야 한다. 냉정하게 평정심을 유지하고 고문 대상의 의지를 꺾으며 불안과 공포에 몰아넣어야 한다. 분노와 증오가 앞서 무턱대고 폭력을 휘두르면 오히려 고문 대상의 의지만 결연하게 만들 뿐이다.

현민을 고문한 일당은 정말 어설픈 풋내기였다. 그들은 현민의 손톱과 발톱을 뽑고 손가락과 발가락을 죄다 부러뜨렸으며 불에 달군 쇠꼬챙이로 온몸을 지졌지만 고통만 주었을 뿐이다. 그런 방식은 거리의 왈패와 조무래기 강도에게나 효과가 있을 터였다. 현민처럼 결연한 의지를 지닌 사람, 이미 죽음을 각오한 사람에게는 효율적이지 않았다. 현민 같은 부류는 그런 폭력을 마주하면 한층 차분하고 경건해질 뿐이었다. 그리하여 '수도원의 숨겨진 출입구를 말하라'는 심문은 메아리 없는 외침에 그쳤다. 고문하는 무리는 시간이 갈수록 악에 받쳐 더욱더 심한 폭력을 행사했지만 현민의 표정은 조금도 바뀌지 않았다. 얼굴에 머금은 옅은 미소, 고문하는 자를 조롱하는 듯한 표정이 조금도 흐트러지지 않았다.

결국 고문하는 쪽이 포기했다. 현민은 만신창이가 된 몸으로 고문대에 홀로 남겨졌다. 전란이 발생하기 전에는 관리들이 범죄 용의자를 고문하던 곳이라 그곳에서 엄청나게 많은 사람이 고통받고 목숨을 잃었을 터였다. 죄가 있든 없든, 정말 사악한 자든 혹은 운 없이 끌려온 불운한 자든 관계없이 일단 고문대에 묶이면 살아날 방법이 없었다. 끝까지 결백을 주장하면 고문대에서 죽음을 맞이할 것이며 고문을 이기지 못하고 거짓으로 자백하면 처형당했을 것이다. 현민도 마찬가지였다. 심지어 현민의 경우 죄는 이미 밝혀졌다. '바다 건너 야만인과 내통하여 국왕을 배신한 역적'이 죄명이었다. 그를 고문한 이유도 그런 날조한 혐의를 인정하라는 것이 아니라 수도원의 숨겨진 출입구를 불라는 것이었다. 내수교도는 모두 와에서 온 침략자와 내통하는 역적들이니 수도원을 공격하여 근거지의 뿌리를 뽑겠다는 것이 폭도들, 그들 스스로는 '의병'이라 일컫는 무리의 계획이었다.

내수교도, 특히 현민 같은 원로에게 그런 상황은 낯설지 않았다. 직접 경험하기는 이번이 처음이었으나 아주 어릴 때부터 그런 상황을 염두에 두고 행동하도록 교육받았다. 내수교도 곽현이 암행총관에 오르고 곽현의 아들 곽곽이 암행총관 자리를 물려받으며 지난 수십 년 동안 내수교도는 쥬에서 비교적 평안했지만 이전에는 거리만 생기면 공격을 당했다. 가뭄, 홍수, 역병 같은 재난이 닥치면 어김없이 내수교도를 박해했다. '내수교도가 사악한 술법을 사용하여 재난을 가져왔다', '내수교도의 이상한 신앙에 하늘이 분노하여 벌을 내렸다' 등의 소문이 돌면 군중은 내수교도를 살해하고 재산을 약탈하면서 자신들의 불안을 달랬다. 그리하여 내수교도는 늘 그런 상황에 대비했다. 내수교 수도원이 '작은 요새'인 것도 그런 이유 때문이었다. 시절이 뒤숭숭하면 내수교도들은 재빨리 수도원으로 모였다.

그렇다면 현민은 왜 수도원으로 피신하지 않았을까? 그가 폭도들에게 잡혀 고문당하는 이유는 무엇일까? 사실 현민도 수도원에 피신했다. 하지만 아무리 '작은 요새' 같은 수도원이라도 버틸 수 있는 데는 한계가 있었다. 물과 식량이 떨어지면 끝장이었다. 그래서 현민은 지역의 내수교 공동체를 대표하여 협상에 나섰다. 폭도(또는 의병)의 우두머리인 이경 선생도 협상에 동의하여 현민은 홀로 수도원에서 나와 협상장으로 향했다. 그런데 협상은 없었다. 현민을 사로잡아 고문하려는 함정이었다. 다만 현민도 그런 위험을 알고 있었다. 그럼에도 이경 선생이 존경받는 선비며 암행총관인 곽곽 선생과도 친분이 있다 하여 조금이나마 희망을 품었을 뿐이다. 물론 그 실낱같은 희망은 무참히 짓밟혔고 '백색당은 백색당'이라는 말을 다시 확인했을 뿐이다.

그때 거친 발소리와 함께 고문장의 문이 열렸다. 서너 명의 폭도가 들어와 현민의 팔다리를 풀고 몸도 제대로 가누지 못하는 현민을 질질 끌어내며 밖으로 향했다.

고문장에서 밖으로 나오니 햇빛이 찬란했다. 눈이 부셔 제대로 뜰 수 없었다. 하지만 현민은 자신이 공터로 끌려가는 것, 사형을 집행하던 광장으로 끌려가는 것을 알 수 있었다. 이윽고 햇빛에 눈이 적응한 순간 현민은 자신을 바라보는 수많은 눈동자를 마주했다. 지위와 빈부, 남녀노소 가리지 않고 광장에 모인 군중은 현민을 증오했다. 바다 건너에서 야만인이 쳐들어온 것, 평해가 무력하게 함락된 것, 이경 선생이 이끈 의병이 모리한에게 살육당한 것 모두 내수교도의 책임이라고 생각하는 듯했다. 그렇게 생각해야 '인정하고 싶지 않은 사실'을 잊어버리고 그들에게 마음 편한 '가공된 사실'을 받아들일 수 있기 때문이었다.

현민은 터져나오는 웃음을 참을 수 없었다. 광장에 모인 군중이야 원래 어리석으니 차치한다손 치더라도 이경 선생처럼 정의로운 척, 고결한 척 온갖 고상을 떨던 인간이 이런 일의 배후란 사실이 우스웠다. 물론 현민의 웃음은 오래 이어지지 못했다. 폭도 가운데 한 명이 몽둥이로 현민의 입을 내려쳤던 것이다. 이가 부러지고 얼굴이 피범벅이 되어 현민은 더이상 웃음소리를 내지 못했다.

광장 중앙에 다다르자 현민은 자신이 어떤 방식으로 최후를 맞이할지 깨달았다. 교수형이나 참수형을 바랐지만 이경 선생은 그런 자비조차 베풀지 않았다. 광장 가운데에 굵고 기다란 기둥이 덩그러니 세워져 있었다. 폭도들은 쇠사슬을 이용하여 현민을 기둥에 묶었다. 심하게 고문당한 터라 기둥에 묶이는 것만으로도 고통스러웠으나 이는 시작에 불과했다. 폭도들은 현민의 몸에 차갑고 끈적한 액체를 발랐다. 송진이었다.

"전능자시여, 저의 영혼을 구원하소서! 당신의 정의가 이 무리에게 임하기를 바라나이다!"

이가 부러졌지만 현민은 마지막 힘을 짜내 외쳤다. 전능자께서는 분명히 정의를 행할 것이다. 그가 휘두르는 검이 이 사악한 무리를 벌할 것이다. 이번에는 누구도 현민의 입을 몽둥이로 내려치지 않았다. 대신 송진을 바른 몸에 불을 붙였다. 쇠사슬에 묶인 상태에서도 현민은 고통에 몸부림쳤다. 불덩이가 춤추는 것 같았지만 이내 움직임이 잦아들었다. 송진이 타는 향긋한 냄새와 인간의 살이 타는 역한 냄새가 뒤섞여 광장을 채웠다.

제3장
서쪽의 지배자

1

 사내는 오랫동안 기병대장으로 모리씨를 섬겼다. 할아버지와 아버지도 그랬다. 그러나 성(姓)조차 하사받지 못하고 모두 와베란 이름으로만 불렸다. 그것이 모리씨가 지닌 한계인지도 모를 일이었다. 물론 모리씨가 '서쪽의 지배자'라는 영광을 뒤로하고 몰락한 데는 여러 원인이 있을 것이다. 다만 와베처럼 오랫동안 충절을 지킨 가신에게 번듯한 봉토와 그에 따른 성을 하사하지 않는 무심함도 한몫했을 것이다. 구산영주만 해도 벼락출세한 졸부, 혈교를 믿는 배신자, 노예무역으로 돈을 버는 악당이라는 흉흉한 소문이 많지만 부하에 대한 논공행상만큼은 확실했다.
 그러나 모리씨는 그렇지 않았다. 모리준은 물론 모리한은 말할 것도 없었다. 모리선의 음모만 보아도 그랬다. 와베와 후야가 활약하지 않았다면 모리한은 단순히 영주의 자리를 빼앗기는 것이 아니라 목이 달아났을 것이다. 모리선이 꼭두각시 영주가 되었을 것이며 실제로는 오토모준이 구산에 이어 모도를 손에 넣었을 것이 분명했다. 하지만 그런 위기를 넘기고도 모리한은 와베와 후야에게 아무것도 베풀지 않았다. 고맙다는 말조차 없었다. 쥬의 암행총관 곽곽에게만 감사하다는 말과 함께 금을 건넸을 뿐이다.

그래도 와베는 분노하지 않았다. 별달리 실망하지도 않았다. 모리한이 어떤 인물인지는 오래전부터 알았다. 그런 일에 실망하고 분노했다면 이미 예전에 배신했을 것이다. 와베는 모리준 또는 모리한을 섬기는 것이 아니라 모리씨를 섬겼다. 모리 가문을 위해 최선을 다하는 것은 무사로 와베가 꼭 지켜야 할 의무였다. 그의 아버지도 그랬고 그의 할아버지도 그랬다. 그런 고결한 의무를 져버릴 수 없었다. 무사의 명예는 의무를 다하는 데서 비롯되고 무사의 의무는 '무조건적'이었기 때문이다.

그런 이유로 와베는 실망과 불만이 없었다. 주어진 일에 의문을 품는 경우도 드물었다. 모리씨를 위해 꼭 필요하다고 판단되면 굳이 주군에게 알리지 않고 독자적으로 행동할 때가 있었지만 모리한의 선택과 판단을 공개적으로 반대하는 일은 없었다.

이번 출정도 마찬가지였다. 쥬에 대한 원정은 상군부가 오랫동안 준비한 일이며 '황당무계한 망상'이 아니었다. 쥬를 완전히 정복하지는 못해도 상당 부분 점령하여 지속적으로 다스릴 수 있을 가능성이 컸다. 하지만 모리한이 반쯤은 떠밀리고, 반쯤은 헛된 자존심에 선택한 임무는 매우 어리석었다. 훨씬 강한 군대를 보유한 오토모준이 흑도를 점령하는 임무를 선택한 것과 달리 모리한은 '서쪽의 지배자'라는 허울 좋은 명칭에 집착하며 평해에 상륙하는 임무를 맡았기 때문이다. 물론 평해도 점령 자체는 어렵지 않았다. 최관호가 반역자로 몰려 처형당한 후 평해에는 절도사가 부임하지 않았으며 쥬의 다른 지역과 마찬가지로 군대는 오합지졸이었다. 서류에만 존재하는 병사가 대부분이었고 그나마 훈련이 부족하고 장비는 낡았다. 또 평해에는 와인촌이 있어 내부의 조력도 기대할 수 있었다.

그러나 점령 후가 문제였다. 평해에서 북쪽으로 진군하면 죽전이었는데, 죽전 부근은 산악지대일 뿐 아니라 평현 곽씨의 지역이었다. 평현 곽씨는 반쯤 독립적인 지방 귀족이며 쥬의 정규군과는 수준이 다른 사병을 거느리고 있었다. 그들이 사병을 동원하여 평해를 탈환하려 할 가능성은 희박했지만 죽전 점령을 묵인할 가능성은 없었다. 모리한의 보잘것없는 부대로 죽전으로의 진군은 불가능했다. 정말 운이 좋아 평현 곽씨를 물리쳐도 손실이 어마어마할 터였다. 오토모준이 흑도를 선택하고 평해를 모리한에게 양보한 것도 그 때문이었다. 흑도를 점령하면 훗날 노예무역의 전진기지로 이용할 수 있고 전쟁중에도 병사들의 손실을 감수해야 하는 전투에서 벗어나 보급 같은 안전한 임무만 맡으면 되었다. 그러므로 모리한은 평해 상륙을 오토모준에게 양보하고 흑도 점령을 선택하거나 아예 상군을 따라 한벌 공격에 나서야 했다.

하지만 모리한은 그런 계산이 가능한 사람이 아니었다. 기껏해야 착한 멍청이에 불과했다. 더구나 모리한에게는 묘한 허영심이 있었다. 모리한은 군사적 능력을 과시하고 싶어했다. 평범한 무사에 무능한 지휘관일 뿐이지만 전투에서 승리하여 영광을 누리기를 갈망했다. 그래서 평해를 손쉽게 점령하자 죽전으로 진격하려 했다. 기병대, 즉 말을 탄 무사는 고작 200명에 불과했고 돈을 주고 고용한 낭인, 잠자리와 음식을 약속하고 모집한 부랑아까지 포함해도 2000명이 겨우 넘는 병력으로 죽전을 향해 진격하는 것은 자살 행위나 다름없었다. 평현 곽씨의 사병은 평해를 지키던 오합지졸과는 완전히 다른 병사였다. 웬만해서는 주군에게 의견을 밝히지 않는 와베도 그때만큼은 잠자코 있을 수 없었다. 그는 모리한에게 짧게 말했다.

"곽곽 선생과 후야를 생각하십시오. 두 사람은 모두 평현 곽씨입니다. 특히 곽곽 선생은 쥬의 암행총관입니다. 곽곽 선생이 사절로 올 때 동행한 수하들의 실력이 어떤지 보지 않았습니까? 죽전을 공략하는 것은 매우 위험합니다."

모리한도 그 말에는 더이상 고집하지 않았다. 모리한도 곽곽 선생이 어떤 사람이며 그의 수하들 수준이 어떤지는 똑똑히 알고 있었다.

그때 운 좋게 의병이 평해를 향해 진군했다. 모리한의 관심이 죽전에서 의병으로 옮겨졌다. 천만다행이었다. 의병이 나타나지 않았다면 얼마 지나지 않아 모리한은 다시 죽전으로 진격하려 했을 가능성이 컸다. 그러나 의병이 나타나면서 상황이 바뀌었다. 모리한은 의병부터 섬멸하기로 결심했고 와베의 입장에서도 바람직한 변화였다. 의병은 머릿수만 많고 기세만 등등할 뿐 실제로는 군대가 아니라 폭도에 불과했다. 모리한의 보잘것없는 부대로도 의병 같은 폭도쯤은 쉽게 제압할 수 있었다.

그런데 의병의 우두머리, 이경 선생이라 불리는 작자도 모리한만큼 멍청한 듯했다. 어설프게 진군했다가 전멸될 위기를 가까스로 넘기고도 다시 사람을 모아 진공을 시작했기 때문이다. 전혀 훈련되지 않은 무리, 약탈과 살인에는 능해도 전투에는 미숙한 폭도를 이끌고 싸우는 짓은 조금이라도 제정신이면 하지 않을 행동이었다. 물론 와베에게는 좋은 일이었다. 의병을 전멸하고 이경 선생의 목을 얻으면 모리한도 어느 정도 만족할 것이며 죽전을 점령하겠다는 망상 따위는 더이상 품지 않을지도 모르기 때문이다.

와베는 갑옷과 창, 허리춤에 찬 검을 확인하고 말에 올랐다.

2

여름답게 후덥지근했다. 쥬는 와보다 북쪽에 있으며 대륙에 위치하여 겨울이 매서운 반면 여름은 서늘하다고 알려졌으나 여름은 여름이었다. 더구나 평해는 쥬의 남동쪽 끄트머리에 위치한 항구여서 습도와 열기가 모두와 크게 다르지 않았다. 땀방울이 벌써부터 모리한의 등줄기를 타고 흘렀다. 이마에도 송골송골 맺혔고 사타구니와 엉덩이도 마찬가지였다. 가면이 달린 투구를 쓰고 갑옷을 차려입은 상태로 창을 들고 말에 올랐으니 당연했다. 모리한은 약간의 어지러움과 함께 갈증을 느꼈다. 아침에 마신 차의 쌉쌀하고 향긋한 향이 떠오르자 갈증은 더욱 심해졌다.

모리한은 확실히 무사와는 거리가 멀었다. 무사라면 갑옷을 걸치고 창을 꼬나든 채 말에 올랐을 때는 긴장과 흥분을 느껴야 한다. 더위에 지쳐 어지럼을 느끼고 아침에 마신 차향을 그리워하는 부류는 단순한 싸움꾼도 되기 어려웠다.

그래도 모리한은 자신만만했다. 기병은 200기에 불과하고 보병을 합해도 2000명을 겨우 넘기는 병력으로 평해를 순조롭게 점령했고 쥬의 의병까지 격파하지 않았는가. 오토모준이 훨씬 많은 병력을 거느리고도 고작 흑도 같은 작은 섬만 점거한 것에 비하면 확실히 자랑할 만한 전과였다. 더구나 이번에 마주할 상대는 이미 한 번 꺾은 적이 있는 의병이었다. 이경이라고 했던가? 열교의 경전을 깊이 공부하여 명성을 얻은 선비가 우두머리인데, 장수로는 재능이 부족한 것이 틀림없었다. 지난번에 전멸될 위기에서 가까스로 목숨을 건져 도망치고도 교훈을 얻지 못한 듯했다. 지난번과 별반 나아진 실력이 없는 부대를 이끌고 다시 평해로 진군하다니! 승리를 목표하는지, 아니면 단순히 싸우다 죽으려는 의도인지 의문스러웠다. 만약 죽음을 원한다면 이번에는 그 소원을 확실히 이루어주리라 마음먹었다. 그래서 지난번보다 훨씬 많은 병력을 동원했다. 평해를 통제하는 데 필요한 최소한의 병력만 남겨두고 모두 출전하도록 했다. 지난번의 참담한 패배에도 이경은 다시 4000명에 육박하는 의병을 모았지만 어차피 머릿수만 많은 오합지졸일 뿐이었다. 이번에는 기필코 전멸하고 이경의 목을 베겠노라 다짐했다. 물론 와베는 신중해야 한다고 말했다. 이경의 의병을 물리치는 데는 500명이면 충분하니 굳이 많은 병력을 동원할 필요가 없고 모리한이 직접 나설 이유도 없다고 조언했다. 모리한은 그 모두가 자신을 위한 말이라 생각했고 와베의 충성을 조금도 의심하지 않았지만 늙은이의 지나친 염려라고 판단했다.

"적을 확인했습니다."

정찰에서 돌아온 기병이 모리한의 곁에 다가와 보고했다.

"이번에도 대열을 제대로 이루지 못했고 무장도 저마다 제각각입니다. 부대보다는 폭도에 가깝습니다. 화승총을 든 포수가 있지만 수가 적고 여기저기 섞여 있어 별다른 위협은 안 될 듯합니다."

기병의 보고에 모리한은 만족스러운 표정으로 고개를 끄덕였다. 그러고는 '이제 쓸데없는 염려는 버리라'는 표정으로 곁에 있는 와베를 바라보며 말했다.

"기병을 돌격시킵시다. 숫자만 많을 뿐, 훈련되지 않은 양떼에 불과하지 않습니까?"

이번에는 와베도 고개를 숙이고 오른 주먹으로 가슴을 치며 확실히 동의했다. 그러자 와베 곁에 있던 부관이 깃발을 흔들었고 기병대가 돌격을 준비했다.

3

무리는 흥분했다. 전투를 앞둔 긴장은 찾아보기 힘들었다. 조금이라도 전장을 아는 사람이라면, 전장에서 벌어지는 끔찍한 일을 조금이라도 경험한 사람이라면 고개를 갸웃할 수밖에 없을 만큼 특이한 상황이었다. 전투는 문자 그대로 무리 지은 사람들이 서로를 효과적으로 죽이고자 노력하는 행위이기 때문이다. 지켜야 할 선도, 하지 말아야 할 금기도 없다. 상대를 더 빠르고 더 많이 죽일 수 있다면 수단과 방법을 가리지 않는다. 맞서는 상대도 마찬가지다. 노련한 무사도, 전장의 살육에 이골이 날 만큼 익숙한 군인도 긴장할 수밖에 없다. 그런 긴장이 나쁜 것도 아니다. 불안과 공포에 휩싸이면 벌벌 떨며 아무것도 하지 못하지만 적당한 긴장은 차분하고 냉정하게 판단하고 행동하도록 도와준다.

그런데도 무리는 지나치게 긴장하지 않았다. 그들은 너무 자신만만했다. 저마다 손에 든 무기가 제각각이며 대열을 이루어 행군하지도 못할 만큼 훈련이 부족하고 규율이 없으면서 '바다 건너에서 온 야만인 따위는 떠돌이 개떼에 불과하다'고 생각하며 의기양양했다.

 물론 스스로 '의병'이라 부르는 그들 가운데에도 공포와 불안에 떠는 자들이 존재했다. 지난 전투에서 운 좋게 살아남은 300명 남짓한 이들이었다. 그들은 전장의 살육을 경험했다. 동료의 머리가 날아가고 배가 갈려 내장이 쏟아지며 사지가 찢기는 광경을 똑똑히 목격했다. 그들 역시 같은 운명을 마주할 뻔했으나 운 좋게 살아남았기에 전투를 시작하기도 전에 가슴이 쿵쾅거리고 손발이 떨리며 눈앞이 흐려졌다. 도망치고 싶었지만 안타깝게도 그런 기회는 주어지지 않았다.

 이경 선생도 마찬가지였다. 그가 느낀 불안과 공포는 특히 심했다. 지난 패배 이후 술을 마시지 않으면 잠을 이루지 못했고 깜박 잠이 들어도 악몽을 피하지 못하는 수준이었다. 그리하여 전장으로 향할 때도 작은 호리병에 술을 담아 홀짝일 수밖에 없었다. 지난번에는 3000명을 헤아리는 의병이 살육되었고, 이번에는 4000명 남짓한 의병이 도륙될 것이며, 그 학살자에는 이경 선생 자신도 포함될 가능성이 컸다.

 물론 어떤 측면에서는 매우 무책임했다. 지난번의 3000명과 이번의 4000명 모두 이경 선생의 명망으로 모인 사람들이었다. 지난번에야 미처 알지 못했다고 해도 지금은 와에서 건너온 침략군이 얼마나 무서운지 잘 알면서도 이경 선생은 사람들을 만류하지 않았다. 이경 선생이 그들을 죽음으로 내모는 것이나 다름없었지만 그는 아무것도 하지 않았다. 술의 힘을 빌려 공포와 불안만 잊는 것이 아니라 양심과 책임감마저 내팽개쳤다.

그러나 술의 힘에도 한계가 있었다. 모리한의 기병대가 모습을 드러내었다. 무서운 표정의 가면을 쓰고 갑옷을 입고 말에 올라 '귀신과 도깨비'를 연상하게 하는 그들이 의병을 덮치자 이경 선생은 그대로 굳어버렸다. 도망쳐야 목숨을 건질 수 있다는 것을 알면서도 팔다리를 움직일 수 없었다. 숨을 쉴 수 없었고 눈앞이 깜깜해지며 머릿속이 하얘졌다. 비명과 신음, 무기가 인간의 살과 뼈를 짓이기는 소리 모두 똑똑히 들렸다. 피비린내와 내장이 터져 쏟아진 오물에서 나는 퀴퀴한 냄새, 화승총이 뿜어내는 매캐한 화약내가 코를 찔렀다. 하지만 이경 선생은 통나무가 된 것처럼 뻣뻣하게 굳어 아무것도 하지 못했다. 어쩌면 차라리 그렇게 죽기를 바랐는지도 몰랐다.

그때, 의병들이 흩어지고 모리한의 부대가 승기를 잡아 양떼를 덮친 늑대떼처럼 움직이기 시작했을 때 긴 나팔소리와 꽹과리가 부딪치는 날카로운 소리가 들렸다. 뒤이어 화승총이 일제히 발사되는 폭음과 함께 함성이 들렸다. 이경 선생은 여전히 그것이 무엇인지 알아차리지 못했지만 의병뿐 아니라 모리한과 와베, 그리고 그들이 지휘하는 병사들은 그 의미를 금방 알아차렸다. 물론 양쪽 반응은 완전히 달랐다. 의병들은 눈물을 흘릴 만큼 안도했고 모리한과 와베는 당혹감에 휩싸였다. 나팔소리, 꽹과리소리, 발사음과 함성의 주인이 전혀 예상하지 못한 '구원군'이었기 때문이다.

  모리한의 부대가 의병을 다시 한번 살육하기 직전에, 이경 선생의 목이 달아나기 직전에 쥬의 구원군이 도착했다. 그들은 국왕이 보낸 부대가 아니었다. 쥬의 정규군이 아니었다. 쥬의 정규군과 달리 창과 칼, 활과 화승총 모두 잘 정비되었고 훌륭하게 훈련되어 규율이 잡힌 그들은 평현 곽씨가 거느린 사병이었다. 다만 그들을 지휘하는 사람은 국왕의 부하가 확실했다. 크고 건장한 체격, 가늘게 찢어진 날카로운 눈매와 오똑한 콧날과 얇은 입술, 검은 투구와 검은 갑옷을 입고 검은 말에 올라 구원군을 지휘하는 사람은 누가 보아도 곽곽 선생이 틀림없었다. 모리한은 절망을 느꼈고 와베는 어떻게 하든 모리한을 살려 퇴각하기 위해 혼신의 힘을 다할 수밖에 없었다.

제4장
이백번째 죄인

1

 의심을 살 가능성이 적다는 것이 승려의 장점이었다. 승려로 변장했을 때가 다른 어떤 신분을 칭하는 것보다 정체를 들킬 위험이 적었다. 물론 모든 종교의 성직자가 그런 것은 아니었다. 내수교는 부당하게 차별당할 위험이 있었고 혈교는 공연한 의심만 살 터였다. 따라서 만교를 선택해야 했다. 만교는 카락과 쥬, 와 모두에서 인기 있고 특히 평범한 계층에게 환영받는 종교였다.
 평해로 잠입하는 임무를 맡았을 때 후야의 선택도 만교였다. 후야는 민머리가 도드라진 외모 때문에 평소에도 만교 승려라고 종종 오해받는 터라 승복만 걸치면 별다른 변장이 필요하지 않았다. 평범한 승려치고는 덩치가 컸지만 와에는 밀정으로 활약하는 승려가 적지 않아 그리 이상하지 않았다. 후야는 와와 쥬 양국 언어에 능통하여 와인촌을 오가며 포교 활동을 펼치는 승려에 꼭 어울렸다. 그래서인지 평해의 성문을 지키는 병사들도 후야를 의심하지 않았다.

평해의 분위기는 흉흉했다. 모리한은 가까스로 퇴각했지만 그와 함께 전투에 나선 병력 대부분은 돌아오지 못했다. 그들의 패배는 놀랍고 참담했다. 누구도 예상하지 못한 결과였다. 사실 와베처럼 노련한 무사조차 이경 선생이 이끄는 의병만 생각했다. 평현 곽씨의 사병이 갑작스럽게 나타나리라고는 전혀 예상하지 못했다. 심지어 곽곽 선생이 그 사병을 지휘하리라고는 상상조차 못 했다. 곽곽 선생은 암행총관인 만큼 한벌 북쪽으로 몽진한 국왕을 수행하며 경호하고 있으리라 생각했다. 그런 곽곽 선생이 평현 곽씨의 사병을 이끌고 모리한의 부대를 기습할 것이라고는 그 덕분에 목숨을 건진 의병들도 전혀 예상하지 못했다.

어쨌든 모리한은 와베를 포함하여 수십 기의 기병만 데리고 겨우 평해로 돌아왔다. 그러고는 절도사 관저에 틀어박혀 두문불출했다. 그동안 와베는 남은 병력으로 평해를 통제하고자 최선을 다했다. 그러나 평해처럼 큰 도시를 고작 500명 남짓한 병력으로 통제하기란 어려웠다. 더구나 그들은 정복자 혹은 침략자였다. 그나마 와인촌이 있어 작은 도움을 얻을 수 있었으나 평해 주민 대부분은 겉으로 적대감만 드러내지 않을 뿐 침략자의 파멸을 원했다. 평해성 내부는 겉으로만 조용할 뿐 숨막힐 듯한 팽팽한 긴장감이 감돌았다.

평해의 거리는 한산했다. 주민들은 정말 꼭 필요한 일이 아니면 바깥출입을 삼갔고 모리한의 병사들은 수가 너무 적어 중요한 곳을 지키기에도 부족했다. 그러다보니 아직 여름 끝자락인데도 초겨울 같은 을씨년스러운 분위기가 평해를 에워쌌다. 그 덕분에 만교 승려 같은 차림으로 거리를 활보하는 후야에게 아무도 관심을 기울이지 않았다. 만교 승려 옷차림을 하고 삿갓을 푹 눌러쓴 덩치 큰 사내가 내수교 수도원을 찾는 행위는 평소라면 주의를 끌었을 테지만 현 상황에서는 관심을 기울이는 이가 없었다.

수도원에 도착한 후야는 능숙하게 입구를 찾았다. 여느 내수교 수도원처럼 요새 같은 건물이라 입구가 눈에 띄지 않았으나 아주 쉽게 입구를 찾아 거칠게 두드렸다. 거리가 한산한 만큼 두드리는 소리가 평소보다 훨씬 크게 울렸다. 이내 문에 달린 작은 창이 열렸다.

"지금 장로가 있나?"

후야는 특유의 어색한 발음으로 다소 무례하게 물었다.

"아무나 장로님을 뵐 수 없소. 우리는 만교에 볼일이 없으니 돌아가시오."

그런 반응에 움츠러들 후야가 아니었다. 후야는 싱긋 웃으며 나직이 말했다.

"후야라는 사람이 왔다고 전해."

2

 장로는 중년을 훌쩍 넘어 노년에 접어든 사내였다. 마르고 크지 않은 체격에 곱슬거리는 고수머리가 길었으며 내수교 공동체 우두머리답게 온화하고 차분한 인상이었다. 찻잔이 놓인 탁자 반대편에 앉은 후야는 사뭇 대조적이었다. 후야는 민머리에 건장하고 강인한 체격에 거칠고 날카로운 인상이라 당장이라도 장로를 벽에 집어던지거나 사지를 찢어버릴 듯한 분위기를 풍겼다.

 장로는 후야의 거칠고 공격적인 분위기에도 움츠러들지 않았다. 그는 찻잔을 들어 여유롭게 홀짝였다. 후야도 마찬가지였다. 장로를 움켜쥐고 목을 뽑아버릴 듯한 기운을 풍기면서도 입가에 옅은 미소를 머금고 찻잔을 들어 홀짝였다. 후야는 찻잔을 내려놓으며 말했다.

 "풀잎을 우려낸 것 말고 진짜 마실 것은 없소?"

 후야는 와 언어로 말했다. 아무래도 쥬 언어로 말할 때는 발음이 어색했기 때문이다.

 "후야님, 이 수도원에는 술이 없습니다."

 장로는 쥬 언어로 대답했다. 와 언어도 유창했지만 굳이 후야에게 맞추어주고 싶지 않았고 후야도 발음만 어색할 뿐 쥬 언어를 알아들었다.

 "예전과 달리 손님 대접이 형편없군."

 후야가 투덜거렸지만 장로는 지지 않고 받아쳤다.

"후야님은 우리의 손님이 아닙니다. 굳이 따지면 불청객입니다. 파문당한 후부터 당신은 우리 공동체의 구성원이 아닙니다."

후야는 머리가 뒤로 젖힐 만큼 크게 깔깔거렸다.

"풀잎을 우려낸 물만큼 시답잖은 소리군. 지금 당신네는 불청객이니 뭐니 하며 새침하게 굴 상황이 아니지 않나?"

후야는 야비한 미소를 머금고 말을 이었다. 그 모습이 곽곽 선생과 묘하게 비슷했다.

"지금 주변 지역에서는 폭도가 내수교도를 공격하는 일이 빈번하오. 당신네가 모리한과 내통하여 평해가 너무 쉽게 함락되었다고 믿기 때문이지. 그런데 정작 모리한은 당신네를 의심하고 있을 거요. 곽곽 선생이 아주 절묘한 시점에 군대를 이끌고 나타난 데는 당신네의 도움이 있었을 것이라 의심하고 있지."

장로는 입술을 깨물었다. 후야의 지적이 정확했기 때문이다. 평해 밖에서는 '모리한과 내통한다'며 학살당하고, 평해에서는 '곽곽 선생과 내통한다'고 의심받았다. 장로는 감정을 가까스로 억누르며 대답했다.

"우리는 누구의 편도 아닙니다. 후야님도 한때는 우리 공동체에 있었으니 잘 알지 않습니까?"

장로가 말을 마치기 무섭게 후야가 다시 웃음을 터뜨렸다.

"천만에. 당신네가 중립이든 아니든 그건 별 의미 없어. 모리한은 그런 것을 따질 만큼 사려 깊은 인간이 아니지. 평해 외부의 폭도들도 마찬가지고. 자기네가 머저리처럼 굴어 망친 일을 당신네 내수교도 때문이라 말하며 핍박할 거요. 당신도 잘 알지 않나?"

장로가 침묵했다. 장로의 반응에 후야는 득의양양한 표정으로 말했다.

"나야 당신네 같은 위선자 따위 죄다 죽어야 한다고 생각하지만 곽곽은 다르더군. 암행총관이 당신네에게 살길을 열어주었어."

후야는 잠깐 말을 멈추고 장로를 바라보았다. 장로의 곤궁한 처지를 즐기는 듯했다.

"당신네가 평해 탈환에 협력하면 쥬의 누구도 내수교를 핍박하지 못할 것이오. 이건 암행총관의 약속일 뿐 아니라 세자의 약속이기도 하오."

장로는 고개를 끄덕였다. 곽곽 선생의 제안은 양쪽 모두에게 합리적이었다.

평해의 내수교도, 나아가 쥬의 내수교도는 쥬에서 살아야 했다. 모리한도 내수교도지만 와가 쥬를 완전히 정복할 가능성은 크지 않았다. 전세가 와에게 유리한 것은 사실이지만 단순히 전투에서 승리하고 성을 함락하고 중요한 도시를 점령한다고 해서 '정복'에 성공하는 것은 아니었다. 더구나 모리한이 와에서 지닌 힘은 보잘것없었다. '서쪽의 지배자'는 겉만 번지르르한 칭호일 뿐이었다. 구산을 다스리는 오토모준이 훨씬 강력한데 녀석은 혈교도였다. 와가 쥬를 정복하면 오토모준을 앞세운 색목인 혈교도가 내수교도를 핍박할 것은 틀림없었다. 반면 곽곽 선생이 쥬에서 지닌 영향력은 강력했다. 게다가 '신실한 신자'는 아니어도 곽곽 선생은 확실한 내수교도였다. 더더구나 세자까지 보증했으니 쥬의 편에 서는 것이 '쥬의 내수교도'에게는 최선이었다.

세자와 곽곽 선생도 마찬가지였다. 모리한이 이끄는 부대는 이제 보잘것없는 패잔병에 불과했지만 그래도 평해성을 정면에서 공격하면 손실이 클 터였다. 또한 모리한을 물리치면 와의 다른 부대가 들이닥칠 것이었다. 그러므로 최소한의 희생으로 평해를 탈환해야 했다. 내수교도가 내부에서 협력하면 아주 작은 희생으로 평해를 되찾을 수 있었다.

"약속만으로는 부족합니다. 내수교도를 핍박하지 않겠다는 확실한 증거가 필요합니다."

장로의 말에 후야는 싱긋 웃었다. 그런 걱정 따위는 할 필요 없다는 듯이.

"이미 암행총관이 행동으로 보였소. 평해 밖에서 어떤 일이 벌어졌는지 곧 소문이 들릴 테니까."

3

여름의 무더위도 막바지에 이르렀다. 낮에는 태양이 높이 떠올라 여전히 후덥지근해도 아침저녁으로는 제법 선선했다. 평소라면 가을걷이를 준비하기 위해 한창 바쁠 시기였지만 전쟁과 함께 상황이 완전히 변했다. 평해가 함락되자 적지 않은 사람이 작물을 버려두고 피란했다. 다행히 그들의 예상과 달리 모리한의 부대는 규모가 크지 않아 평해에서 더이상 진격하지 못했고 난리를 피해 몸을 숨겼던 사람들도 돌아왔으나 가장 중요한 시기에 작물을 돌보지 못했다. 벼는 예민한 작물이라 수확이 형편없을 터였다. 피란을 가지 않은 경우에도 의병을 따라나섰다가 죽은 사람, 흉흉한 틈을 노린 도적떼에게 살해된 사람, 그런 분위기에 휩쓸려 제때 작물을 돌보지 못한 사람이 많았다. 그러다보니 가을은 절망의 계절일 것이며 겨울은 무척 혹독할 것이 자명했다. 마을의 공기는 무겁고 어두웠다.

곽곽 선생이 지휘하는 부대도 그런 무거운 분위기에 한몫했다. 그들은 평현 곽씨가 곽곽 선생에게 빌려준 사병이었는데, 점령군처럼 행동했다. 그들은 마을 사람들을 업신여기고 경멸했다. 침략군을 제대로 막아내지 못하면서 애꿎은 내수교도만 학살하고 그 재산을 강탈한 폭도, 그것이 곽곽 선생의 사병들이 마을 사람들에 대해 품은 생각이었다.

그나마 마을 사람들의 처지는 나은 편이었다. 의병들, 이경 선생을 따라 모리한과 싸우러 갔다가 간신히 목숨만 건진 무리의 처지는 정말 끔찍했다. 곽곽 선생이 절묘한 시점에 나타난 덕분에 그들은 몰살당할 위기에서 겨우 벗어났지만 곽곽 선생은 의병을 아군으로 간주하지 않았다. 모리한의 부대가 '격퇴해야 할 침략군'인 것처럼 의병들도 '진압해야 할 폭도' 혹은 '잠재적인 반란군'에 불과했다. 곽곽 선생의 사병들은 모리한의 군대를 격파하여 전투를 마무리한 후 의병들에게 창을 겨누었다. 의병들은 무기를 빼앗겼을 뿐 아니라 밧줄에 묶였다. 조금이라도 저항하면 목이 달아났다. 곽곽 선생은 의병을 죄다 체포하여 감옥에 가두었다. 상당수는 감옥이 부족하여 사슬을 채워 야외에 묶어두었는데 낮에는 햇볕을, 밤에는 이슬을 피할 수 없었다. 비가 내리면 꼼짝없이 맞아야 했고 식량은 죽지 않을 만큼만 주었다. 의병에 가담하기 전의 지위와 신분은 전혀 관계없었다. 백색당원이든, 부유한 지주든, 관리든 예외가 없었다.

다만 이경 선생만큼은 예외였다. 곽곽 선생은 예전처럼 후하게 대접했다. 특히 술을 아낌없이 주었다. 시큼털털한 탁주가 아니라 색목인의 달콤한 포도주를 원 없이 주었다. 그러나 이경 선생을 위한 것인지는 애매했다. 이경 선생은 이른 아침에 눈을 떠서 늦은 밤 잠을 청할 때까지 늘 취해 있었다. 맑은 정신으로 지내는 시간은 정말 찰나에 불과했다.

이경 선생은 역시나 잔뜩 취한 상태였다. 선선함이 묻어나는 이른 오전 마을에서 조금 떨어진 들판에 마을 사람들을 죄다 모아 의병들을 끌고 온 순간에도 이경 선생은 포도주가 든 도자기병을 손에서 놓지 못했다. 사슬과 밧줄에 묶인 의병들은 죄인처럼 들판 가운데에 꿇어앉았고 마을 사람들은 구경꾼처럼 주변을 둘러쌌다. 곽곽 선생은 급히 만든 단상에 자리했고 옆에는 은산군과 이경 선생이 있었다. 얼큰하게 취한 이경 선생은 간신히 의자에 앉아 겨우 몸을 가누었고 은산군은 다소 못마땅한 표정으로 짜증스레 의병들을 바라보았다. 무장한 병사들이 험상궂은 표정으로 질서를 유지했다.

"너희는 폭도다. 바다 건너에서 야만스러운 무리가 침노하여 흉흉한 틈을 타서 무고한 사람을 죽이고 그 재산을 탐했으니 이는 필시 국왕 전하를 능멸하는 행위다. 너희가 살해하고 재산을 강탈한 이들이 모두 국왕 전하의 충성스러운 백성이기 때문이다."

분위기가 무르익자 곽곽 선생이 의자에서 일어나 단상 가운데로 걸어나오며 말했다. 곽곽 선생의 목소리는 날카롭고 다소 높았지만 들판 전체에 들릴 만큼 쩌렁쩌렁했다.

"너희는 정의로운 의병이라 말하지만 무고한 백성을 학살하고 그 재산을 사사로이 약탈하여 침략군에 맞설 자원을 소모했으므로 어리석고 죄가 무겁다."

살아남은 의병은 1000명에 가까웠지만 누구도 입을 열지 못했다. 억울하다고, 그런 것이 아니었다고 말할 법도 한데 작은 소리조차 내지 못했다. 곽곽 선생이 너무 두려웠기 때문이다. 암행총관이 인간이 아니라 '내수교 악마'라는 소문은 이전부터 있었다. 그가 가는 곳마다 피바람이 부는 것도, 그를 미워하는 사람이 많지만 건재한 것도, 숱한 위기에서 살아남는 것도, 내로라하는 무사들과 겨루어 털끝 하나 다치지 않는 것도 모두 곽곽 선생이 인간이 아니기 때문이었다. 요괴든 악마든 신선이든, 그것이 무엇이든 곽곽 선생은 확실히 인간이 아니었다. 의병들은 곽곽 선생이 싸우는 모습을 직접 목격한 터라 그런 소문을 굳게 믿었다.

"그러나 국왕 전하는 관대하고 자애로운 분이시다. 반역에 버금가는 죄를 저지른 어리석은 너희에게 특별히 관용을 베푸셨다."

그러자 안도의 탄성이 터져나왔다. 의병들뿐 아니라 마을 사람들도 가슴을 쓸어내렸다.

"따라서 나 암행총관 곽곽은 다음과 같이 선고한다."

모든 사람의 시선이 곽곽 선생에게 쏠렸다.

"다섯 중 넷은 죄를 묻지 않겠다. 돌아가 생업에 종사하라. 그러나 다섯 중 하나는 목숨으로 죄를 갚아야 한다."

다섯 명 중 한 명에게만 죄를 묻는 것은 관대한 처분이었다. 사실 대부분은 곽곽 선생이 모두 처형할 것이라고 생각했다. 다섯 명 중 한 명이라면 200명 정도가 처형되는 셈인데, 무엇을 기준으로 살려줄 자와 처형할 자를 정하는 것일까? 또 어떤 방법으로 처형할까? 모두가 궁금해하던 차에 곽곽 선생이 입술을 일그러뜨리는 특유의 미소와 함께 말했다.

"나 암행총관 곽곽은 너희에게 선택할 권리를 주겠다. 너희가 알아서 200명을 죽여라. 방법은 따지지 않겠다. 200번째 녀석의 숨이 끊어지면 남은 자는 자유다."

곽곽 선생의 말과 함께 병사들이 의병들의 사슬과 밧줄을 풀어 주기 시작했다. 의병들과 마을 사람들은 엄청난 충격에 빠졌다. 의병들끼리 싸워 살아남으라는 말이었다. 엄청나게 끔찍한 일이 벌어질 것이 불을 보듯 뻔했다. 차라리 모두를 죽이는 편이 훨씬 관대한 처분이었다.

"곽곽 선생! 천륜에 어긋나는 처분이오! 부자지간도 있고 형제가 모두 의병인 경우도 적지 않소! 이건 성현의 가르침에 어긋나는 처사요!"

이경 선생이었다. 비틀거리며 의자에서 일어나 간신히 걸어나와 혀꼬부랑 소리로 어렵게 말했다. 그런 순간에도 오른손으로는 술병을 꼭 움켜쥐고 있었다.

"오! 이경 선생! 역시 선비답소! 역시 백색당원 중의 백색당원이오! 한 마리의 백로처럼 눈부시게 하얀 군자시라 까마귀처럼 검디검은 이 내수교도 나부랭이는 감히 고개를 들 수가 없소!"

곽곽 선생은 조롱 섞인 웃음을 터뜨리며 빈정거렸다. 이경 선생도 지지 않고 맞섰다.

"암행총관! 말을 삼가시오! 밀정의 우두머리인 주제에 감히!"

이경 선생은 말을 끝맺지 못했다. 곽곽 선생이 표범처럼 다가와 왼손으로 이경 선생의 멱살을 움켜쥐고 들어올렸다. 곽곽 선생의 괴력에 이경 선생은 까치발을 든 것처럼 공중에서 버둥거렸다.

"당신이야말로 조심해야지. 주정뱅이 위선자 주제에 천륜이라니! 전장에서는 당신을 믿고 모인 사람들을 사지로 내몰고 후방에서는 내수교도들이 학살당하는 것을 묵인하고도 천륜이니, 성현의 가르침이니 하는 말을 잘도 주절거리는 것이 정말 백색당원 중의 백색당원이로군."

곽곽 선생은 이경 선생을 바닥에 내동댕이쳤다. 그러고는 부하들에게 명령했다.

"이경 선생을 의자에 묶어라. 폭도들이 살려고 서로 때려죽이는 모습을 똑똑히 목격하게 하라."

그것이 끝이 아니었다.

"마을 사람들도 마찬가지다. 200번째 죄인의 숨이 끊어질 때까지 모든 것을 목격해야 한다. 마을 사람들 중 떠나려는 자와 그 모습을 보지 않고 눈을 피하는 자는 모두 죽여라."

제5장

모리에게 관용을!

1

가을로 접어들자 밤공기가 쌀쌀해졌다. 초저녁에는 낮 동안 태양이 달구어놓은 열기가 아직 식지 않아 그나마 괜찮았지만 밤이 깊어지면 정말 싸늘해졌다. 태양이 떠오르면 그제야 점차 냉기가 사라졌다. 태양이 떠오르기 직전이 가장 추웠다.

밤의 이런 냉기는 어둠에 몸을 숨기고 일하는 부류만 익숙할 터였다. 물론 예외는 있었다. 어둠에 몸을 숨기고 음험한 일을 수행하는 무리가 아니어도, 오히려 그런 무리와 대척점에 있어도 밤의 싸늘한 공기를 마주할 수밖에 없었다.

모리시타도 그 부류에 해당했다. 모리시타의 아버지와 할아버지도 마찬가지였다. 그들 모두 야경꾼이었다. 그들은 아침에 잠을 청하고 늦은 오후에 일어나 해질녘에 일터로 향했다. 여름에는 후덥지근한 공기를 이겨낼 수 있도록 얇은 옷을 입었지만 가을부터 봄까지는 밤의 싸늘한 공기를 버틸 수 있을 만큼 따뜻하게 입었다. 손에는 곤봉을 들고 허리춤에는 날카로운 소리를 토해내는 나팔을 찼다. 그런 차림으로 밤새 모도의 거리를 돌아다녔다. 도둑을 쫓는 일은 그들의 임무가 아니었다. 불을 살피거나 행여나 있을지 모를 화재 감시가 그들의 임무였다.

모도를 파멸로부터 지키는 일이며 할아버지와 아버지도 했던 일이라 모리시타는 자부심을 느꼈지만 시간이 지날수록 상황이 악화되었다. 할아버지와 아버지가 야경꾼으로 일하던 무렵에는 모도가 번성했다. 모도를 다스리는 모리씨도 '서쪽의 지배자'로 강한 영향력을 행사했다. 야경꾼의 보수도 넉넉했다. 그러나 모리시타가 야경꾼이 되었을 때는 달랐다. 모도는 빈집으로 가득한 유령도시로 변했고 '서쪽의 지배자'라는 칭호는 허울뿐이었다.

모리한은 그 유령도시를 다스리는 어리숙한 영주에 불과했다. 야경꾼에게 주는 보수도 당연히 적어졌다. 빈집이 많아지면서 화재 발생 위험이 한층 커져 야경꾼의 삶은 더욱 고달파졌다.

이런 상황에서 쥬를 정복하러 갈 병사를 모집한다는 소식을 들었을 때 모리시타는 조금도 망설이지 않았다. 바다 건너 낯선 땅으로 가는 일인데다 전쟁을 벌여 땅을 빼앗고 그곳 사람들을 통제하는 일이라 '목숨을 담보로 하는 도박'에 가까웠으나 더이상은 '유령도시의 야경꾼'으로 살 수 없었다.

하지만 처음부터 모리한이 불안했다. 평화로운 시기에도 무능했던 모리한이 전장에서 유능할 리 없지 않은가. 평해를 함락할 때까지는 순조로웠다. 의병들을 물리칠 때도 그랬다. 모리한이 의외로 전장에서는 유능하다고 착각할 정도였다. 그러나 곧 밑천이 드러났다. 곽곽 선생이라고 했던가, '내수교 악마', '쥬의 요괴'라 불리는 사내가 강력한 부대를 이끌고 나타나 모리한의 병사들을 도륙했다. 하늘에서 떨어진 것처럼 혹은 땅에서 솟아난 것처럼 나타난 그 부대는 정말 강력했다. 상군의 군대라면 모를까, 모리한이 모집한 병사는 상대가 되지 못했다.

다행히 모리시타는 평해를 지키고자 남은 쪽에 속해 목숨을 건졌다. 전투에 나선 대부분이 돌아오지 못했으니 운이 좋았다. 물론 그래 보았자 겨우 목숨만 부지했을 뿐이다. 이제 모리한이 지휘하는 병력은 기껏해야 500명 남짓이었는데, 그 병력으로 평해라는 큰 도시를 지켜야 했다. 단순히 치안을 유지하는 것도 버거운 병력으로 도시를 지켜야 하는데, 우두머리 모리한은 절도사 관저에 틀어박혀 두문불출했다. 더구나 도시의 주민도 적대적이었다. 모리한의 부대는 물을 채운 커다란 솥에 작은 그릇에 담긴 기름을 부은 것 같은 상황으로 내몰렸다. 거대한 솥을 채운 물에 둥둥 뜬 소량의 기름처럼 모리한과 그 부대는 매우 취약한 처지였다.

상황이 그러다보니 야간 경계에 나선 모리시타는 신경이 한껏 곤두설 수밖에 없었다. 그나마 모리시타는 야경꾼 출신이라 밤의 어둠에도, 찬 공기에도 익숙했지만 동료들은 달랐다. 그들은 매우 빨리 지쳤다. 모리시타조차 새벽의 절정을 지나 아침이 가까워지자 피곤과 졸음을 느꼈으니 다른 보초들은 말할 것도 없었다.

어둠 속에서 은밀히 움직이는 이들이 모리시타와 그 동료들에게 다가온 것도 그때였다. 야경꾼 출신인 모리시타조차 긴장과 불안에 지쳐 졸음에 비틀거릴 무렵 '죽음의 손'이 은밀하게 다가왔다. 검은 옷을 입고 얼굴과 손처럼 피부가 드러난 부분에 검댕을 발라 위장한 그들은 양날 단검처럼 움직일 때 거의 소리가 나지 않는 간단한 무기만 움켜쥔 채 사냥감을 노리는 맹수처럼, 어리석고 순박한 먹잇감을 뒤에서 덮치는 독거미처럼 소리소문 없이 다가왔다. 그들은 솜을 넣은 독특한 신발을 신어 모리시타와 그 동료들이 있는 성문과 망루에 다가설 때도 발소리를 내지 않았다.

그래도 모리시타는 동료들보다 빨리 알아차렸지만 너무 늦었다. 희미한 인기척을 느낀 모리시타가 확실히 확인하려고 망루에서 몸을 젖히는 순간 무섭도록 날카로운 양날 단검이 그의 목에 박혔다. 식칼로 두부를 자르듯 모리시타의 피부를 가르고 경동맥을 잘라 피가 분수처럼 뿜어져나왔다. 성대 주변 기관도 절단되어 모리시타는 비명조차 지르지 못했다. 모리시타는 바람이 빠지는 듯한 소리를 내며 겨울바람에 쓰러지는 허수아비처럼 바닥에 털썩 주저앉았다. 성문과 망루에 있는 다른 보초들도 마찬가지였다. 모리시타처럼 양날 단검에 당한 사람도 있었고, 튼튼한 가죽끈에 목이 졸린 사람도 있었으며, 등뒤에서 다가온 억센 손에 입이 막히고 단검에 척수가 끊긴 사람도 있었다. 어쨌든 그들은 놀랍도록 조용하게 죽었다.

2

평해 앞바다는 수심이 깊고 바위산을 병풍처럼 두르고 있어 거친 파도에도 안전했다. 바다까지 쭉 뻗어 있는 바위산은 거친 바다뿐 아니라 침략자로부터도 지켜주었다. 그런 지리적 이점 때문에 평해는 쥬에서 가장 번성한 항구이자 강력한 요새였다.

모리한의 보잘것없는 군대가 그런 평해를 손쉽게 점령한 것만 보아도 쥬, 정확히 말하면 백색당의 무능과 부패를 짐작할 수 있었다. 사실 모리한조차 자신이 그렇게 쉽게 평해를 점령할 수 있으리라고는 기대하지 않았다.

평해를 점령한 후부터 모리한뿐 아니라 그의 군대도 지나치게 자신만만했다. 이경 선생이 이끄는 의병을 격파하자 아주 기고만장했다. 곽곽 선생이 지휘하는 사병들에게 참패하며 기세가 한풀 꺾였지만 예외가 있었다. 모리한의 수군은 여전히 '나태하다'고 표현해도 이상하지 않을 만큼 여유로웠다. 평해 항구에 정박한 수군은 흑선을 흉내낸 커다란 함선 열 척과 와에서 전통적으로 사용하는 수십 척의 크고 작은 배로 이루어졌다. 물론 모두 모리한의 소유는 아니었다. 가난한 모도영주에게 그런 규모의 함대가 있을 리 없었다. 흑선은 대부분 상군이 빌려주었고 나머지 배들은 해적이나 다름없는 밀수꾼을 고용하고 얻은 것이었다.

그들은 주위를 조금도 경계하지 않았다. 보초를 아예 세우지 않았다. 쥬의 수군은 존재하지 않는 것이나 다름없을 만큼 전력이 형편없어 '바다로부터의 공격'은 있을 수 없었다. 또한 평해의 높고 거대한 성벽을 생각하면 '육지로부터의 공격'이 항구까지 도달하려면 꽤 긴 시간이 필요할 터였다. 곽곽 선생의 부대가 성을 넘어 평해를 탈환해도 그동안 배를 띄워 바다로 피할 여유는 충분했다.

상황이 그러다보니 내수교도들은 손쉽게 함대에 접근했다. 먼동이 터오기 직전의 짙은 어둠을 이용하여 조심스레 움직였지만 함대만 따지면 굳이 그럴 필요가 없었다. 보초 한 명 세우지 않았고 대부분은 늦게까지 술을 마시다 쓰러져 잠든 탓에 요란한 말발굽소리에도 깨지 않을 터였다.

그래도 내수교도들은 조심했다. 그들은 서로 손짓으로 소통하며 모리한의 함대에 폭약을 설치했다. 그들은 폭약을 담을 용기로 작은 대나무통을 사용했다. 대나무통에는 화약과 함께 코를 자극하는 액체가 담겨 있었다. 그 액체야말로 내수교가 자랑하는 '비밀스러운 물질'이었다. 내수교에서도 지위가 높은 사람만 제조법을 아는 액체로 일단 불이 붙으면 물로는 끌 수 없었다. 물을 뿌리면 더욱 맹렬하게 타올랐다. 모래만이 실질적으로 불을 끌 수 있는 유일한 방법이었다.

  내수교도들은 무시무시한 그 대나무통을 모리한의 배에 붙였다. 그러고는 심지를 꽂았다. 정교하게 만든 심지는 저마다 길이와 타들어가는 속도가 달랐다. 첫번째 폭약을 설치하고 심지에 불을 붙여도 나머지 폭약을 모두 설치할 때까지는 폭발하지 않았다. 마지막 폭약을 설치하고 내수교도들이 무사히 빠져나온 후에야 거의 동시에 터졌다. 흑선을 닮은 거대한 함선부터 밀수꾼의 조잡한 배까지 펑펑 터지는 폭음과 함께 불길이 타올랐다. 물론 처음에는 배를 집어삼킬 정도는 아니었다. 정신을 차리고 갑판에 오른 선원들은 어렵지 않게 끌 수 있으리라 생각하며 바닷물을 길어와 뿌렸다. 그러나 그들의 기대와 달리 물을 만나자 불길이 더욱더 맹렬하게 치솟았다. 당황하여 다시 물을 뿌리자 불길이 보다 크게 일어났다. 그제야 선원들은 불을 지른 무리가 내수교도임을 깨달았다. 내수교의 사악한 술법에 휩쓸려 어쩔 도리가 없었다. '내수교의 불'은 더이상 태울 것이 없을 때까지 타올라 함대를 숯더미로 만들 것이 분명했다.

3

  수평선 부근부터 창백한 푸른빛이 짙어졌다. 붉게 타오르는 태양이 수평선 위로는 아직 솟아오르지 않았으나 어둠은 거의 사라졌다. 짙은 안개도 없는 날이라 꽤 멀리 있는 사물도 또렷이 보였다. 게다가 항구에서 큰 불길이 치솟은 까닭에 한참 전부터 횃불 없이도 주변을 살피는 것이 어렵지 않았다.

은산군이 잔뜩 긴장한 것도 그런 이유였다. 갑옷 위에 걸친 망토에 호랑이를 수놓았는데, 황금실을 사용하여 유난히 눈에 띄었다. 갑옷을 입었지만 쥬에서 만든 갑옷은 화승총의 탄환을 막기에는 적합하지 않았다. 가까운 거리에서는 화살도 막을 수 없었다. 특히 은산군 같은 '신분 높은 나리'가 입는 갑옷은 실용적이기보다는 장식적이어서 더욱 그랬다. 물론 황금실로 호랑이를 수놓은 망토와 장식품에 가까운 갑옷 따위는 벗어버리고 가슴에 커다란 철판을 덧댄 갑옷을 입었다면 그런 걱정은 할 필요조차 없었다. 그러나 은산군은 왕족이자 백색당 신파의 우두머리였다. 왕족이라 호랑이를 수놓은 망토를 포기할 수 없었고 백색당이라 색목인이나 입을 법한 요상한 갑옷 따위는 걸칠 수 없었다. 그래서 은산군은 긴장과 공포로 땀을 뻘뻘 흘려 비 맞은 꼬락서니가 되었다. 고삐를 쥔 손도 벌벌 떨고 있어 꼭 술을 마시지 못한 주정뱅이처럼, 며칠 동안 연기를 피우지 못한 아편쟁이처럼 보였다.

조근은 그런 은산군이 웃겼다. 조근도 말에 올라 측근에서 은산군을 호위하는 터라 굳이 노력하지 않아도 은산군을 볼 수 있었다. 불과 1년 전만 해도 그는 은산군의 그런 모습을 이해하지 못했을 것이다. 망토를 벗고 철판을 덧댄 갑옷을 입으면 간단히 해결할 수 있는데, 그러지 않고 전전긍긍하는 까닭을 알지 못했을 것이다. 그러나 이제는 잘 알고 있었다. 와에서 함께 보낸 시간 덕분에 은산군 같은 부류가 얼마나 예법에 집착하는지를, 신파든 구파든 백색당에게 그런 예법이 얼마나 중요한지를 잘 알고 있었다.

"먼저 들어가시오. 당신은 왕족이며 세자의 대리인이니 당연히 그래야 하지 않겠소?"

기병들과 함께 평해성 정문 근처에 도달하자 곽곽 선생이 빙긋 웃으며 말했다. 그러나 은산군은 여전히 열병에 걸린 것처럼 손을 떨고 땀을 비 오듯 흘리며 대답하지 못했다.

"걱정 마시오. 암행관들과 내수교도 협력자들이 이미 평해를 장악했소. 모리한의 함대도 불타고 있지 않소?"

함대를 집어삼킨 거대한 불길은 평해성을 향하는 무리를 길잡이처럼 비추어 곽곽 선생의 말처럼 아군이 이미 평해성 대부분을 장악했을 가능성이 컸다. 그래도 은산군은 대답하지 못했다.

"이봐. 적군이 아직 망루에 있다면 여기까지 오기 전에 총탄이 날아왔을 거요. 왕족입네, 지휘관입네 알려주지 못해 병이라도 난 것 같은 차림을 하고 여기까지 와도 총성도 들리지 않고 화살도 날아오지 않는데, 대체 뭘 망설이는 거요?"

곽곽 선생은 은산군을 닦달했다. 은산군이 아닌 평범한 상대였다면 험상궂게 협박하거나 얄밉게 비아냥대며 조롱했을 것이다. 실제로 곽곽 선생은 입술을 깨물며 치밀어오르는 짜증을 겨우 참았다.

"아, 알겠소. 나는 전, 전장이 낯설다오."

낯설기는 무슨. 곽곽 선생과 조근은 거의 동시에 자신도 모르게 코웃음쳤다. 전장? 무엇이 전장이란 말인가? 성벽과 성문, 망루를 지키던 병사들은 이미 완전히 제압당했을 것이다. 모리한의 함대도 모조리 불탔다. 절도부 주변에서는 아직 싸움이 이어지고 있겠지만 대세는 기울었다. 은산군이 성문을 통과하여 평해에 입성하는 것을 위협할 요소는 전혀 없었다. 은산군은 백색당 신파의 우두머리고 왕족이며 왕세자의 심복이라 곽곽 선생이 '평해 탈환'의 영광을 양보했는데, 이 깡마른 머저리는 아무것도 아닌 일에 잔뜩 겁을 집어먹고 공황에 빠지지 않는가.

"그래서 언제 갈 거요?"

곽곽 선생의 인내가 바닥났다. 그는 한껏 퉁명스레 물었고 그제야 은산군은 용기를 내어 성문으로 말을 달리기 시작했다. 곽곽 선생은 그 모습에 실소를 터뜨릴 뻔했다. 문득 후야가 떠올랐다. 와에게 함락된 평해에 잠입하여 임무를 수행하는 일에 후야만큼 적격인 밀정은 없었다. 다만 한 가지 마음에 걸리는 부분이 있었다.

'후야 녀석, 미친 짓을 하지는 않았겠지?'

곽곽 선생은 찜찜한 걱정을 떨치지 못한 채 은산군을 따라 성문으로 향했다.

4

항구에서 커다란 불길이 치솟았을 때 와베는 결국 올 것이 왔다고 생각했다. 거대한 불길은 단순한 사고가 아니라 주도면밀한 계획에 따른 파괴 공작일 터였다. 항구에 정박한 함대만 공격당한 것은 아닐 것이었다. 함대에 불을 지른 상대는 성문과 망루도 장악했을 터였다. 모리한에게 남은 병력은 너무 적을 뿐 아니라 여기저기서 끌어모은 오합지졸이라 제대로 저항하지 못했을 것이다.

전장에서 곽곽 선생을 보았을 때부터, 곽곽 선생이 지휘하는 평현 곽씨의 사병을 마주했을 때부터 와베는 이런 상황을 예상했다. 전장에서는 운 좋게 모리한을 데리고 퇴각할 수 있었지만 그때부터 평해는 사실상 곽곽 선생에게 넘어간 것이나 다름없었다. 모리한의 병사는 고작 몇백 명밖에 남지 않았고, 제대로 훈련되지 않은 오합지졸이었으며, 모리한은 매우 무능한 지휘관이었다. 그래도 평해는 요새에 가까운 튼튼한 성이라 상대가 정면으로 공격해오면 꽤 오랫동안 버틸 수 있었다. 쥬의 수군은 유명무실했기에 그렇게 버티는 동안 상군부의 도움을 받으면 평해를 지킬 가능성도 있었다. 그러나 상대는 곽곽 선생이었다. 평해 같은 요새를 정면으로 공격할 만큼 무모하지도 않았고 멍청하지도 않았다. 곽곽 선생은 늘 그랬듯이 자신의 장기를 살려 어둠에서 공격할 것이 틀림없었다. 어둠을 틈타 스며드는 그림자처럼 곽곽 선생은 첩자와 밀정, 평해 내부의 동조자를 이용하여 '최소한의 손실'로 평해를 함락하고자 노력할 터였다.

와베는 항구에서 불길이 솟아오르자 곽곽 선생의 공격이 시작되었음을 알아차렸다. 안타깝게도 와베가 할 수 있는 일은 없었다. 애초에 곽곽 선생이 그런 방식으로 공격하리라 예상했을 때부터 와베가 바꿀 수 있는 것은 없었다. 와베가 모리한의 위치였다면 평해를 불 지르고 퇴각했을 것이다. 그것이 그나마 가장 나은 선택이었으나 그런 선택을 받아들이기에 모리한은 너무 무능했다.

그러므로 '죽음의 방법'을 결정하는 것이 와베에게 남은 유일한 선택이었다. 당연히 와베는 무사답게 죽는 방법을 선택했다. 그는 항구의 불길을 본 후 갑옷을 입었다. 그러고는 하인을 불러 차를 가져오라 했다. 모리한과 달리 차를 즐기지는 않았으나 무사의 마지막을 장식하는 음료로는 술보다 차가 어울린다고 생각했다. 평소 차를 즐기지 않아 풋풋한 풀냄새 외에는 별다른 맛을 느끼지 못했다. '이럴 줄 알았다면 술을 마셔야 했나?'라는 생각이 들 정도였다.

그때 밖이 소란했다. 적이 절도부까지 들이닥친 듯했다. 이미 항구의 함대를 불태우고 성벽과 성문을 완전히 장악한 곽곽 선생이 이끄는 주력 부대가 평해에 입성한 듯했다. 이제 모리한이 그들에게 남은 마지막 목표일 터였다.

와베는 허리춤의 장검을 다시 한번 확인하고 절도부의 뜰로 나갔다. 화승총을 쏘는 발사음, 검과 검이 부딪치는 날카로운 금속음, 급히 달리는 어지러운 발소리와 기분 나쁜 신음이 들렸다. 모리한을 호위하는 무사들도 이미 상당수가 제압된 듯했다.

"와베!"

그때 누군가 와베를 불렀다. 익숙한 목소리였다. 곧 덩치 큰 민머리 사내가 나타났다. 와베는 한 손에는 장검, 다른 한 손에는 독특한 모양의 단검을 든 사내의 정체를 어렵지 않게 알아차렸다.

"자네인가?"

와베도 허리춤의 장검을 뽑았다.

"굳이 죽이고 싶지 않지만 다른 방법이 없다는 것은 당신도 잘 알 거요."

후야는 평소와 달리 꽤 정중했다. 와베도 말없이 고개를 끄덕였다. 그것으로 충분했다. 더이상 주고받을 말은 없었다. 와베와 후야는 자세를 취하고 잠깐 상대를 바라보다가 순식간에 거리를 좁혀 맞붙었다.

먼저 검을 휘두른 쪽은 와베였다. 후야 같은 검객에게 주도권을 넘겨서는 안 된다고 생각했다. 와베는 매우 절제된 동작으로 짧고 날카롭게 후야의 가슴을 공략했다. 후야는 살짝 비켜서는 것으로 와베의 공격을 피했다. 너무나도 여유로워 와베조차 감탄할 정도였다. 와베는 포기하지 않고 다시 검을 휘둘렀다. 이번에는 후야의 허리를 베기 위해 짓쳐들어갔다. 그러나 후야는 단검으로 공격을 막았다. 한쪽은 일반 검, 다른 한쪽은 빗처럼 생긴 후야의 독특한 단검을 이용하여 와베의 장검을 무력화했다. 빗처럼 생긴 검에 장검이 끼어 와베는 순간적으로 공격과 방어를 모두 할 수 없었다. 후야는 그 틈을 놓치지 않고 와베의 오른쪽 어깨 아래에 검을 쑤셔박았다. 갑옷의 약한 부분이라 후야의 칼끝이 와베의 쇄골 아래로 파고들었다. 치명상이었다. 쇄골 아래를 지나는 커다란 동맥이 절단되며 피가 안개처럼 뿜어졌다. 와베는 검을 놓치며 무릎을 꿇고 주저앉았다.

"무사답게 끝내주겠소."

후야의 말에 와베는 고개를 끄덕였다. 그러고는 마지막 힘을 짜내 말했다.

"모리가문에게 관용을 베풀게."

후야는 표정 없는 얼굴로 장검을 높이 들더니 가볍게 와베의 목을 베었다. 와베의 목은 깨끗이 잘려 바닥에 뒹굴었고 목을 잃은 몸뚱이는 바닥으로 무너져내려 한참 동안 부르르 떨었다.

5

 와베를 꼭 죽여야겠다고 생각하지는 않았다. 살려줄 생각도 있었다. 후야는 예전부터 와베를 존중했다. 와베가 소중히 여기는 '무사의 명예', '주군에 대한 충정'은 죄다 우스꽝스러운 '위선자 놀음'이며 고상한 헛소리라고 생각했지만 와베의 올곧은 태도는 높이 평가했다. 특히 현실을 예민하게 인식하면서도 고지식할 만큼 강직하고 충성스러운 면을 존경했다.

 그러나 이율배반적이게도 그래서 와베를 죽일 수밖에 없었다. 주군을 지키지 못했으면서 구차하게 삶을 이어가는 불명예를 와베는 용납하지 않을 것이 틀림없었기 때문이다. 모리한이 죽으면 와베도 죽을 수밖에 없다. 와베를 살려주려면 모리한을 죽이지 않아야 한다. 그러므로 후야는 와베를 죽일 수밖에 없었다. 목을 쳐주는 것, 피를 흘리며 서서히 고통스러운 죽음을 맞이하도록 내버려두지 않고 검으로 단번에 목을 잘라 고통도 없고 동시에 무사답게 죽도록 해주는 것이 와베에게 베풀 수 있는 가장 큰 배려였다.

 물론 모리한을 살려주면 굳이 와베를 죽일 필요가 없었다. 모리한이 살면 와베도 살아야 했다. 모리한이 포로생활을 잘 견디도록 보필하는 것이 와베의 의무이기 때문이다. 사실 곽곽 선생도 후야에게 '가능하면 모리한을 생포하라'고 명령했다. 곽곽 선생의 입장에서는 '서쪽의 지배자'를 생포하여 훗날 있을 협상에 활용하고 싶었을 것이다. 또 같은 내수교도여서 꼭 필요한 경우가 아니면 모리한을 살려주고 싶은 듯했다.

그러나 후야는 모리한을 살려주고 싶지 않았다. 아예 죽이기로 결심했다. 같은 스승에게 검술을 배운 동문이며 어린 시절부터 알고 지냈지만 오히려 그 길고 질긴 인연 때문에 모리한을 살려줄 수 없었다.

와베의 목을 친 후에는 모리한의 숙소까지 가는 길에 별다른 방해가 없었다. 몇몇 무사가 달려들었으나 후야의 상대가 안 되었다.

모리한이 머무는 방 앞에 다다르자 후야는 발로 힘껏 문을 걷어찼다. 방어보다는 장식에 초점을 맞춘 건물이어서 문이 쉽게 부서졌다. 그 너머에 모리한이 있었다. 평범한 얼굴, 평범한 표정, 평범한 체격, 무엇 하나 도드라지지 않는 '무채색의 남자'가 벌벌 떨며 의자에 앉아 있었다. 갑옷을 갖추어 입고 허리춤에 검을 차고 있었으나 전혀 위협적이지 않았다. 후야를 보자 의자에서 일어나 검을 뽑았지만 손이 후들거리는 통에 검이 바람에 날리는 갈대처럼 흔들렸다.

"사형! 투항하겠습니다!"

모리한이 간절한 눈빛으로 말했다. 그러나 후야는 차가운 미소와 함께 대답했다.

"닥쳐. 네 목을 가지러 왔다."

모리한은 눈치가 유달리 없었음에도 후야가 자신을 기필코 죽이려 한다는 것을 깨달았다. 그는 남은 희망을 모아 간곡하게 말했다.

"사형, 스승님을 생각해서라도 살려주세요. 우리는 모두 전능자를 믿는 형제가 아닙니까?"

같은 스승을 둔 동문, 전능자를 믿는 형제, 후야는 그런 말이 우스워 견딜 수 없었다.

"닥쳐. 스승님과 나는 너희에게는 더러운 이방인에 지나지 않았어. 그리고 전능자를 모시는 형제라고? 내가 파문당한 것을 잊었나보지?"

후야는 양손에 장검과 단검을 꼬나쥐고 다가들었다. 모리한은 겁에 질려 손에 쥔 검을 바닥에 내동댕이쳤다. 그러고는 무릎을 꿇었다.

"사형, 제발 살려주세요. 아내를 봐서라도 부탁합니다. 아내를 미망인으로, 아이들을 아비 없는 자식으로 만들 수는 없지 않습니까?"

모리한의 말에 후야는 웃음을 터뜨렸다. 모리인, 아니 민슈인을 들먹여서라도 모리한은 살고자 했다. 후야가 한때 자신의 아내를 흠모했다는 점을 이용해서라도 목숨을 구걸하려 했다.

"모리한, 역겹다. 그냥 죽어라."

후야는 냉정하게 말했다. 그러나 갑자기 생각이 바뀌었다. 그렇게 죽이면 너무 관대하다고 생각했다.

"모리한, 이 멍청한 녀석. 누가 널 죽이라고 부탁했을 것 같은가? 곽곽 선생은 너를 생포하라고 했다. 그래야 협상에 써먹을 수 있으니까."

모리한은 무릎을 꿇은 자세로 고개만 들어 후야를 바라보았다. 믿을 수 없다는 경악스러운 표정으로.

"그래. 널 죽이라고 부탁한 사람은 민슈인이다. 네가 죽으면 민슈인의 아들이 모도의 주인이 될 테니까."

모리한은 고개를 가로저었다. 그럴 리 없다고 스스로에게 외치는 듯했다.

"어리석은 녀석. 민슈인이 너를 사랑한다고 생각했나? 애초에 정략결혼이었다는 것을 잊었나보군. 네가 죽으면 민슈인과의 사이에서 태어난 어린 아들이 영주가 되고 민슈인이 모도의 실제 주인이 되겠지. 네가 살아 있는 것보다 민슈인에게는 훨씬 바람직한 상황이지."

후야는 더이상 시간을 주지 않고 모리한에게 다가갔다. 그러고는 간결한 동작으로 모리한의 사지를 베었다.

제6장
국왕의 아들

1

 가을답게 청명한 날씨였다. 하늘은 짙게 푸르렀고 햇빛은 맑고 길게 내리쬐었으며 공기는 서늘하고 건조했다. 평해도 안정을 찾았다. 침략자로부터 탈환하여 다시 쥬의 깃발을 올린 지 이제 겨우 이틀째지만 사람들은 빠르게 일상을 회복했다. 항구에는 불탄 함대의 잔해가 여전히 흉물스럽게 여기저기 널브러져 있었으나 평해는 오랜만에 활기를 되찾았다.

 그러나 그와는 대조적으로 기분 나쁜 냄새가 평해를 에워쌌다. 피와 똥오줌이 뒤섞인 비린내에 짐승 혹은 인간의 살이 썩는 냄새, 도살장에서나 맡을 법한 냄새가 평해 이곳저곳에서 풍겼다.

 냄새의 원인은 평해성 곳곳에 세운 기둥이었다. 불에 적당히 그슬린 나무 기둥은 어른의 허벅지 정도로 제법 굵었고 길이는 어른 키의 갑절만큼 길었다. 물론 나무 기둥 자체가 똥오줌과 피가 섞인 역한 냄새를 풍길 리는 없었다. 나무 기둥에 꿰인 형체가 냄새의 진짜 원인이었다. 그것은 다름 아닌 사람이었다. 끝을 날카롭게 깎은 나무 기둥에는 저마다 사람이 꿰여 있었다. 나무 기둥이 불운한 사람의 몸통을 수직으로 관통했다. 주요 장기를 절묘하게 비껴가는 각도로 꿰뚫어 단번에 절명하지 않고 몇 시간에 걸쳐 고통스레 죽어갔을 듯했다. 영혼이 빠져나가 이제는 반쯤 썩은 고깃덩이에 불과했지만 하나같이 고통스러운 표정의 얼굴을 보면 막 나무 기둥에 꿸렸을 때는 지옥이 펼쳐졌을 듯했다.

다행히 그들은 평해 주민이 아니었다. 아니 쥬의 백성이 아니었다. 나무 기둥에 꿰여 고통스럽게 죽어간 이들은 모두 '바다 건너에서 온 침략자', 즉 모리한의 병사들이었다. 곽곽 선생이 파견한 암행관들과 평해성 내부에서 호응한 내수교도들의 활약으로 하룻밤 만에 평해성 주인이 바뀌었을 때 모리한의 병사들 대부분은 항복했다. 포로에 대한 처분이 관대하지 않겠지만 최악의 경우 기껏해야 노예로 팔리는 것일 테니 싸우다가 개죽음당하는 것보다 낫다고 생각했다. 그러나 그들의 예상은 완전히 빗나갔다. 곽곽 선생은 모리한을 생포하지 않고 살해했을 뿐 아니라 모리한의 병사들도 살려줄 생각이 없었다. '포로는 필요하지 않다'가 그의 냉정한 명령이었다. 곽곽 선생은 포로 수만큼 나무 기둥을 만들고 포로를 한 명씩 꿰어 평해성 곳곳에 전시했다. 갈가리 찢긴 모리한의 시신은 성문 위에 걸렸다.

그리하여 평해성은 피와 똥오줌이 섞인 역한 냄새에 고통스러운 신음이 더해져 지옥의 일부로 변했다. 평해 주민들은 본인들이 나무 기둥에 꿰이지 않은 것에 안도했고 몇 달 동안 정복자로 행세하던 '바다 건너 야만인'의 비참한 최후에 만족했다. 하지만 한편으로는 곽곽 선생에게 공포를 느꼈다. 이전에도 '곽곽 선생'은 이름만으로도 평해는 물론 쥬 전체에 공포를 불러일으켰다. 그러나 이제는 단순히 '무시무시한 인간'이 아니라 혈교와 내수교에서는 '지옥을 다스리는 악마', 만교에서는 '인간을 집어삼키는 야차', 혹은 쥬와 와의 민간신앙에 등장하는 '인간의 피를 마시고 살코기를 뜯는 요괴'처럼 느껴졌다.

평해 주민들은 이른 아침부터 말을 타고 성문으로 향하는 곽곽 선생을 겁에 질린 표정으로 바라보았다. 은산군과 평현 곽씨 가주도 말을 타고 동행했으며 검은 옷을 입은 무사들이 수행했지만 군중의 관심은 온통 곽곽 선생에게 쏠렸다. 전쟁이 일어나기 전에도, 모리한의 병사들을 나무 기둥에 꿰기 전에도 곽곽 선생은 어두운 명성을 날렸다. '곽곽 선생'을 마주하고도 긴장하지 않는 부류는 거의 없었다. 국왕 정도만 예외일 뿐이었다. 백색당의 수뇌부터 지방관, 지주, 농민과 노예, 심지어 부랑아까지도 곽곽 선생의 이름이 들리면 벌벌 떨었다. 곽곽 선생은 죽음을 몰고 다니는 존재며, 고통을 즐기는 악당이었고, 영혼 아래 숨긴 작은 잘못을 찾아내 가혹하게 징벌하는 괴물이었다. 그래도 모리한의 병사들을 산 채로 나무 기둥에 꿰기 전에는 인간으로 느껴졌다. 악랄하고 냉혹하며 교활해도 인간이라 찌르면 피를 흘리고 운이 좋으면 쓰러뜨려 죽일 수 있다고 생각했다. 그러나 평해성 곳곳에 '사람을 벌레처럼 꽂은 나무 기둥'을 세우고는 미소 띤 표정으로 즐기는 곽곽 선생을 보자 생각이 달라졌다. 더이상 인간처럼 보이지 않았다. 지옥에서 도망친 악마 혹은 인간의 살과 피를 탐하는 요괴가 인간의 탈을 뒤집어쓰고 있는 것만 같았다. 그래서 다들 곽곽 선생을 주시하면서도 정작 아무도 눈을 마주치지 못했다.

묘한 분위기 가운데 곽곽 선생이 이끄는 무리가 성문에 도착했다. 그때쯤 성 밖에서도 낯선 무리가 나타났다. 그들은 수십 기의 기병과 500명은 넘어도 1000명에는 이르지 못할 규모의 보병으로 구성된 군대였다. 다만 쥬의 군대가 틀림없었고 평범한 부대도 아닌 듯했다. 수십 기의 기병을 이끌고 선두에 선 장군이 갑옷 위에 호랑이무늬를 화려하게 장식한 망토를 걸치고 있었다. 망토뿐 아니라 깃발에도 '울부짖는 호랑이'가 새겨져 있었다. 장군은 외모가 출중했다. 키가 크고 팔다리가 미끈하여 우아하고 품위 있는 분위기를 풍겼다. 투구가 얼굴을 다소 가렸으나 오뚝한 코와 매끈한 턱선이 어울리는 미남이었다. 같은 남자가 보아도 경탄할 만큼 아름다웠다.

그 잘생긴 장군이 부대와 함께 성문에 도착하자 은산군을 시작으로 평현 곽씨 가주와 곽곽 선생이 말에서 내렸다. 그러고는 바닥에 무릎을 꿇었다. 검은 옷을 입은 무사들 역시 무릎을 꿇었다. 은산군은 장군이 충분히 가까이 다가오자 크게 소리쳤다.

"왕세자 저하, 어서 오십시오!"

2

절도부는 어수선했다. 모리한이 평해를 점령할 때나 곽곽 선생이 평해를 탈환할 때 파괴된 부분은 많지 않았지만 짧은 기간 동안 주인이 자주 바뀌다보니 뒤숭숭했다. 그래도 왕세자를 맞이할 장소는 절도부밖에 없었기에 왕세자, 곽곽 선생, 은산군, 평현 곽씨 가주, 이경 선생은 절도사의 집무실에 모였다. 왕세자가 절도사의 자리에 앉았고 나머지 사람들은 관리들이 앉던 곳에 자리잡았다.

집무실에 모인 사람들 중에서 가장 이목을 끄는 존재는 왕세자였다. 단순히 신분이 높아서가 아니었다. 왕세자의 잘생긴 얼굴과 당당하고 우아한 체격은 바람조차 그를 중심으로 흐르게 하고 햇빛조차 그에게 집중적으로 내리쬘 정도였다. 반면 나머지 사람들은 상대적으로 보잘것없었다. 은산군은 신경질적인 말라깽이처럼 보였고 평현 곽씨 가주는 명문가 출신의 평범한 늙은이처럼 느껴졌다. 몰래 술을 마셔 취기를 가까스로 숨긴 이경 선생이 가장 볼품없었다. 곽곽 선생은 묘한 기운을 내뿜었으나 너무 어둡고 차가웠다.

"경들, 모두 수고했습니다. 이렇게 평해를 탈환하다니 오랜만에 듣는 좋은 소식입니다."

왕세자가 여유 있는 태도로 말했다. 그 점이 국왕과 가장 차이가 나는 부분이었다. 국왕은 잠시도 의심을 내려놓지 않아 늘 긴장했고 경박했다. 국왕과 왕세자는 부자지간임에도 외모뿐 아니라 성격조차 대조적이었다.

"성은이 망극하옵니다."

왕세자의 말에 모두 머리를 조아리며 말했다. 평소라면 있을 수 없는 행위였다. 아무리 왕위를 물려받을 사람이라도 왕세자는 왕세자였다. 국왕과는 예법이 달랐다. 그러나 전쟁이 시작되고 수도 한벌이 함락되면서 국왕은 왕세자를 대리인으로 삼아 남쪽으로 보냈다. '분조(分朝)'를 한 셈이었다. 전쟁과 반란 따위로 국가의 존립이 위태로우면 국왕은 왕세자와 권력을 나눈다. 실질적으로 두 명의 왕이 동시에 존재하는 셈인데, 한쪽이라도 살아남아 왕조의 대를 잇는 것이 목적이다. 다만 국왕의 행위는 매우 비겁했다. 분조가 필요한 상황은 틀림없었으나 왕세자를 안전한 북쪽이 아닌 위험한 남쪽으로 보냈기 때문이다. 한벌과 평해가 함락되고 나머지 지역에도 해안을 따라 적군이 상륙하는 상황에서 남쪽으로 가면 적에게 사로잡히거나 아예 전사할 위험이 컸다. 쥬의 군대는 와해되어 존재하지 않는 것이나 다름없었다. 그나마 의지할 만한 세력은 평현 곽씨였는데, '가문의 생존'을 최우선으로 여기는 집단이라 얼마나 우호적일지 예측하기 어려웠다. 더구나 그런 상황에서도 국왕은 암행총관인 곽곽 선생에게 왕세자를 감시하도록 은밀히 명령했다. 겉으로는 '분조'했지만 왕세자가 살아남아 자신보다 세력이 커지는 상황은 바라지 않는 것이 국왕의 속내였다.

"모두 왕세자 저하의 공덕입니다. 왕세자 저하의 크나큰 덕망에 내수교도들까지 감복하여 평해성 내부에서 협력했으니 평해 탈환의 진짜 주역은 왕세자 저하십니다."

가주였다. 그는 고개를 숙이고 다소 민망할 수준의 말을 내뱉었다. 그러나 누구도 불쾌한 표정을 짓지 않았다. 은산군은 백색당 신파의 우두머리라 왕세자를 중심으로 새로운 세상을 만드는 것이 목표였으므로 그런 상황에 만족했다. 이경 선생은 어서 빨리 회의를 끝내고 술을 마시고 싶은 생각뿐이었다. 게다가 곽곽 선생까지 동의하는 분위기였다. 그는 암행총관이며 왕세자를 감시하라는 밀명을 받았으면서도 전혀 내색하지 않았다.

"왕세자 저하, 저는 무지한 노인에 불과합니다. 저와 함께 온 사내들도 훈련된 병사가 아닙니다. 모두 평범한 농부며 소작인에 불과합니다. 그러니 이제 죽전으로 돌아가 가을걷이에 나설 수 있도록 윤허해주옵소서."

그랬다. 그것이 가주의 속셈이었다. 사실 그는 평해 탈환에 나설 생각이 조금도 없었다. 평현 곽씨의 사병은 상군도 껄끄러워 할 만큼 강력했지만 평해성처럼 튼튼한 요새를 점령하려면 적지 않은 희생이 따를 수밖에 없었다. 가주는 죽전 주변, 즉 평현 곽씨의 땅을 지키는 데만 관심이 있었을 뿐 쓸데없는 위험은 감수하고 싶지 않았다. 그런데도 출병한 이유는 곽곽 선생의 설득 때문이었다. 출병하는 것이 평현 곽씨에게 장기적으로 이익이며 병사들을 희생하지 않고 평해를 탈환하는 묘수가 있다는 말을 듣고서야 사병을 움직였다. 다른 사람이 비슷한 말을 했다면 미친 소리라 여겼겠지만 곽곽 선생에게는 분명히 방법이 있을 터였다. 실제로 곽곽 선생은 평해성 내부의 내수교도와 암행관만 이용하여 평해성을 탈환했다. 평현 곽씨의 사병은 이미 함락된 성에 진격하여 치안을 확보했을 뿐이다.

그리고 그때 곽곽 선생은 가주에게 '왕세자가 오면 모든 공과 권리를 양도하고 철군하라'고 조언했다. 그러면서 와의 입장에서 평해는 꼭 필요한 교두보라 모리한 같은 가난한 영주와는 비교할 수 없는 강력한 영주가 다시 공격할 것이라 했다. 아마도 구산영주인 오토모준이 나설 것이며 그가 열정적인 혈교도임을 감안하면 색목인도 도울 것이니 매우 힘든 싸움이 될 것이라 했다. 그러므로 평해 따위 왕세자에게 주고 죽전으로 돌아가라고 충고했다. 가주는 당연히 동의했다. 가주가 생각해도 곽곽 선생의 말이 맞았기 때문이다.

"그렇지만 경이 돌아가면 누가 나를 돕겠습니까? 여기 남아 야만인들과의 싸움을 도와주세요."

왕세자는 차분하게 말했다. 왕세자에게는 전쟁이 이제부터 시작인 셈이라 평현 곽씨의 사병 같은 정예 병력이 간절했다. 왕세자가 데려온 병력만으로는 평해를 지키기에 벅찼다.

"왕세자 저하, 송구하오나 말씀드린 것처럼 저의 병사들은 군인이 아닙니다. 평범한 농군에 불과합니다. 지금 바로 돌아가지 않으면 가을걷이에 늦습니다. 전란으로 온 나라가 흉흉한 이때 곡식마저 거두지 못한다면 겨울을 어떻게 나며 내년의 보릿고개는 어떻게 지내겠습니까? 백성이 굶주려 무너지고 야만인이 죽전을 점령하면 평해를 지켜도 포위되어 한층 어려운 처지에 놓이게 될 것입니다. 부디 이 어리석은 노인의 말을 굽어살피소서."

꼭 틀린 말은 아니었다. 그러나 가주의 말은 사실이 아니었다. 평현 곽씨의 사병은 농사꾼이 아니었다. 그들은 전문적으로 훈련받은 군사였다. 경우에 따라서는 농사일을 돕겠지만 그들이 없다고 가을걷이를 망치지는 않을 터였다. 가주의 말은 모두 그럴듯한 핑계에 불과했다.

"왕세자 저하, 가주의 말에 일리가 있습니다. 그의 병사들을 돌려보내 가을걷이를 돕고 죽전의 방어를 튼튼히 하는 것이 전란을 극복하는 좋은 방법이라 생각됩니다."

은산군이었다. 그가 입을 연 것 자체는 그리 놀랍지 않았으나 가주의 말을 지지하리라고는 아무도 예상하지 못했다. 왕세자도 마찬가지였다. 왕세자는 은산군이 평현 곽씨의 전공(戰功)을 질투하여 함부로 말한 것이 아닐지 의심했다. 따지고 보면 곽곽 선생도 평현 곽씨니까. 왕세자의 의구심을 알아차린듯 은산군은 이어서 말했다.

"왕세자 저하, 가주의 병사들을 돌려보내도 평해를 지키고, 나아가 야만인에게 빼앗긴 국토를 수복할 병력은 충분합니다. 이미 훈련된 수천 명의 병사를 준비했습니다."

은산군의 말에 모두 놀랐다. 정확히는 왕세자와 가주, 이경 선생이 놀랐다. 곽곽 선생은 아무렇지 않은 표정이었고 실제로도 그랬다. 은산군이 어디서 병력을 구했는지, 누구를 통했는지 쉽게 짐작되었기 때문이다. 어쨌든 은산군의 말에 왕세자도 더이상 묻지 않았다. 은산군은 엄청난 자존심과 그에 비례한 자격지심을 지녔지만 거짓말을 늘어놓거나 허풍을 떠는 부류는 아니었다.

"좋습니다. 그럼 가주는 병사들과 함께 돌아가시오."

왕세자는 특유의 차분한 태도로 말했다. 그러고는 은산군을 바라보며 다시 입을 열었다.

"모두 돌아가서 쉬도록 하세요."

물론 은산군은 물러가지 않을 것이다. 곽곽 선생과 이경 선생, 가주가 물러간 뒤에 왕세자에게 그가 준비한 병사들을 설명해야 하니까.

3

 내수교 수도원의 외관은 평범했다. 제법 큰 건물이며 사실상 '작은 요새'에 가까웠지만 관심을 가지고 살펴보지 않으면 알아차리기 어려웠다. 내부도 마찬가지였다. 화려한 벽화나 장엄한 장식은 찾아보기 어려웠다. 꼭 필요한 것만 갖춘 매우 실용적이고 수수한 공간이었다. 곽곽 선생의 숙소도 다르지 않았다. 탁자와 이부자리를 제외하면 별다른 가구가 없었다. 아직 잠자리에 들 시간이 아니어서 이부자리는 한쪽에 쌓아둔 상태였고 탁자에는 술병과 술잔이 올려져 있을 뿐 다른 음식은 없었다.

 곽곽 선생은 두건을 벗고 검도 탁자 옆에 내려놓았다. 좀처럼 두건을 벗지 않는 터라 다른 사람이 보았다면 짧은 머리카락을 어색하게 느꼈을 것이다. 곽곽 선생은 천천히 술을 따라 한 모금 들이켰다.

 쌀로 빚어 만든 청주의 향긋한 냄새가 혀끝부터 목구멍까지 전해졌다. 곽곽 선생은 마음이 씁쓸했다. 평해를 탈환했으나 애초에 세운 계획이 어그러졌기 때문이다. 후야를 잠입하게 하여 내수교도의 호응을 얻고 소규모의 암행관을 이용하여 별다른 희생 없이 평해성을 되찾았지만 모리한을 살해하는 것은 계획에 없었다. 어떻게 하든 모리한을 생포하여 활용하는 것이 목표였다. 모리한은 협상에도 이용할 수 있었지만 상군과 구산영주를 교묘히 이간질하는 수단으로도 이용할 수 있었다. 그러나 후야가 모리한을 살해하면서 일이 완전히 꼬였다. 그래서 원래는 살려둘 생각이었던 포로들도 잔인하게 죽일 수밖에 없었다. 모리한을 생포하지 못했으니 모리한의 병사들을 살려둘 이유가 없었던 것이다. 살려두면 관리하기 어렵고 소중한 식량만 축낼 터였다. 더구나 와도 포로를 살려두지 않았다. 노예로 삼거나 학살했다. 일이 이렇게 된 이상 곽곽 선생은 포로를 이용하여 심리전을 펼치기로 했다. 곽곽 선생에게는 '내수교 악마', '무시무시한 살육자'라는 악명이 따라다녔으니 그 점을 최대한 부각하기로 마음먹었다. 와의 병사들이 곽곽 선생이라는 이름만 들어도 겁에 질려 벌벌 떨도록 만들고자 했다. 또 적군뿐 아니라 쥬의 병사들과 백성들도 곽곽 선생에게 공포심을 느끼는 것이 유리했다. 그래서 그는 포로들을 산 채로 나무 기둥에 꽂아 평해성 곳곳에 전시했다.

말과 글로 표현하기 힘들 만큼 끔찍한 광경이었고 곽곽 선생은 확실히 목표를 이루었다. 다만 그때부터 곽곽 선생의 마음 깊숙한 곳에서 작은 의문이 떠올랐다. '나는 정말 인간일까?' 곽곽 선생은 그 의문에 답할 수 없었다. 많은 사람, 특히 권력과 가까이 있을수록 잔인한 행위를 저질렀다. 자신의 이익을 위해 타인의 삶을 파괴하고 아무렇지 않게 생명을 빼앗았다. 그래도 다들 최소한의 양심은 있었다. 자신이 저지른 악행의 결과를 두려워했다. 그래서 희생당한 사람들을 '인간이 아닌 짐승'이라 규정하기도 하고 종교의 힘을 빌려 자신을 정당화하기도 했다. 하다못해

'다른 사람도 그런 상황에서는 그랬을 것이다'라고 변명한다.

하지만 곽곽 선생에게는 그런 후회가 없었다. 어린 시절부터 그는 좀처럼 자신의 행위를 정당화하거나 변명하지 않았다. 희생당한 부류를 굳이 악마처럼 그리지도 않았으며 종교의 힘을 빌릴 생각도 아예 없었다. 그냥 무덤덤했다. 효과적으로 일을 해결할 수 있다면, 암행총관인 만큼 자신에게 엄청난 악명을 덧씌워 앞으로 닥칠 일도 한층 쉽게 해결할 수 있다면 조금도 망설이지 않고 정말 악마에게나 어울릴 법한 행위를 감행했다. 아주 가끔씩 상대가 측은하게 여겨지기도 했으나 사실 곽곽 선생이 잔인하게 살해한 대부분은 그런 결말을 맞이해야 마땅한 부류였다. 탐관오리였던 흑도절도사, 평해절도사 최관호, 와의 노예 상인들, 상군부의 광신자들, 내수교도를 학살한 의병들, 그리고 희대의 위선자가 틀림없는 이경 선생, 모두 벌을 받아 마땅했다. 물론 죽전에서 반란을 일으킨 곽무현과 암도의 산진은 애매한 부분이 있었으나 그렇다고 완전히 무고한 것도 아니었다. 나무 기둥에 꿰여 고통스럽게 죽어간 '모리한의 병사들'도 마찬가지였다. 전쟁에 나설 때부터 그런 위험을 감수해야 했다. 하지만 곽곽 선생은 무고한 자의 죽음에도 크게 슬퍼하거나 후회하지 않았다. 임무에 필요하면 기꺼이 실행했다. 정말 조금도 괴롭지 않았다. 곽곽 선생은 의문을 떨치기 어려웠다. 자신이 인간인지 궁금했다. 인간의 탈을 뒤집어쓴 악마가 아닌지 의문스러웠다.

그때 문이 열리면서 곽곽 선생을 깊은 생각에서 빠져나오게 했다. 문을 열고 들어온 이는 후야였다.

"대체 무슨 속셈이냐?"

곽곽 선생은 후야를 노려보며 말했다. 그러나 후야는 조금도 개의치 않았다. 곽곽 선생의 질문에는 아랑곳없이 탁자 앞에 앉았다. 술잔이 하나뿐임을 깨닫자 아예 술병을 들어 벌컥벌컥 마셨다.

"하긴 흑색당 나부랭이 같은 녀석에게 계획이란 것이 있을 리가 없겠지."

곽곽 선생은 특유의 빈정대는 태도로 말했다. 다만 후야는 빙긋 웃으며 별달리 화내지 않았다. 그러고는 익숙한 와의 말로 입을 열었다.

"예전부터 녀석을 죽이고 싶었어."

후야의 말에 곽곽 선생은 조롱 섞인 웃음을 터뜨렸다.

"정신 나갔군. 모리인, 그 여자가 널 조금이라도 생각할 것 같아? 모리한을 죽인다고 달라지는 것은 없어. 미친놈."

후야는 부정하지 않았다. 그는 고개를 끄덕이며 말했다.

"알아. 근본 없는 밀정 따위에게는 눈길조차 주지 않겠지. 그래도 모리한을 죽이고 싶었어. 내수교에서 파문당한 때부터 늘 그랬어."

후야는 곽곽 선생을 쏘아보며 이어 말했다.

"암행총관이란 작자가 그 정도는 알아야지. 세상 모든 사람을 꼭두각시처럼 부리는 곽곽 선생께서 이 민머리 밀정 놈의 생각을 읽지 못했다는 것이 신기하군."

곽곽 선생은 손가락으로 턱을 만지다가 입가를 쓰다듬었다. 그러고는 대화의 주제를 바꾸었다.

"은산군이 데려오겠다는 병력이 흑색당 잔당이지?"

이번에는 후야가 웃음을 터뜨렸다. 알면서 왜 묻냐는 듯이.

"이제 왕세자와 은산군을 체포해서 고문이라도 할 텐가? 그게 암행총관의 임무이지 않나?"

후야는 다시 술병을 들어 벌컥벌컥 들이마셨다. 곽곽 선생은 야릇한 미소를 띠며 잠깐 침묵했다. 평현 곽씨의 사병을 죽전으로 돌려보내는 것이 곽곽 선생의 목표였다. 평해가 다시 취약해지는 것, 왕세자가 위험에 노출되는 것을 원했다. 그러나 왕세자도 바보는 아니었다. 순순히 평현 곽씨의 사병을 돌려보낼 리가 없었다. 따라서 은산군이 후야를 통해 흑색당 잔당을 모은 것은 곽곽 선생에게 나쁘지 않았다. 죽전과 평해는 흑색당의 오랜 근거지였던 터라 몰락하고 수십 년이 지난 요즘에도 잔당을 모을 수 있었다. 하지만 수는 제법 많아도 오합지졸일 따름이었다. 그들이 합류해도 왕세자와 평해성은 여전히 취약할 터였다.

"굳이 그럴 필요가 없다네. 너 같은 미치광이는 꿈도 꾸지 못하겠지만 이 곽곽 선생에게는 계획이란 것이 있거든!"

제7장
전능자의 종

1

 전쟁은 겨울을 한층 가혹하게 만들었다. 여느 때라면 가을걷이한 식량으로 평안하게 겨울을 보내겠으나 전쟁은 그 자체가 심각한 흉년이었다. 땅과 하늘, 비와 바람이 은혜를 베풀어도 인간들끼리 싸우면 풍년이 들 수 없었다. 창칼을 휘두르고 화승총을 겨누며 서로 죽이는 데 골몰하면 김을 맬 여유도, 제때 물을 댈 시간도, 익은 곡식을 늦지 않게 거둘 기회도 없었다. 자연이 풍년을 허락해도 증오에 눈이 멀어 서로 싸우면 최악의 흉년이 들 수밖에 없었다. 그런 흉년은 승리자와 패배자, 침략자와 방어군 모두를 괴롭혔다.
 사내와 부하들도 그랬다. 후지타가 이끄는 상군부 선발대가 쥬의 수도 한벌을 점령하고 모리한의 모도군이 평해를 강점하고 오토모준의 구산군이 흑도를 점거하여 기세를 올릴 무렵 사내도 자신의 군대를 이끌고 쥬의 남부 해안에 상륙했다. 그때까지만 해도 곧 전쟁이 끝나리라 생각했다. 한벌과 평해, 쥬에서 가장 중요한 도시 두 곳이 모두 함락되었으니 얼마 버티지 못하리라 판단했다. 쥬의 국왕은 운 좋게 북쪽으로 달아났지만 우두머리가 무력하게 도망쳤으니 별다른 저항이 없으리라 예상했다. 그러나 시간이 흐르면서 상황이 조금씩 꼬였다. 초반에 기세를 올렸음에도 불구하고 묘한 교착 상태가 찾아왔다. 거기에는 몇 가지 원인이 있었다.

먼저 상군은 지나치게 조심스러웠다. 후지타가 이끄는 선발대가 한벌을 점령했으나 쥬의 국왕은 생포하지 못했다. 쥬의 국왕이 도망친 북쪽은 산과 숲이 많아 후지타의 선발대로는 추격이 어려웠다. 상군부의 주력을 동원할 차례였지만 상군은 쥬의 겨울을 경계했다. 쥬의 겨울, 특히 북부 지역의 겨울은 길고 혹독하기로 유명했다. 주력 부대를 동원했다가 겨울까지 국왕을 잡지 못하면 골치 아픈 상황에 빠질 위험이 있었다. 그래서 상군은 한벌을 점령한 후에는 그 주변을 확보하는 데 주력했다. '북쪽으로의 진격'은 사실상 유보했다.

평해를 점령한 모리한은 애초에 거기서 나아갈 힘이 부족했다. 평해를 점거한 것만 해도 기대 이상의 성과였다. 다만 그후부터 일이 틀어졌다. 모리한은 지원이 절실했다. 충분한 지원이 없으면 평해를 지키는 것도 쉽지 않았다. 그러나 지원은 없었다. 쥬의 남부를 정복하려면 평해가 꼭 필요한 교두보임에도 다들 외면했다. '서쪽의 지배자'라는 허울 좋은 칭호만 있을 뿐 그에 어울리는 힘을 가지지 못한 모리한은 상군에게는 거추장스러운 존재였다. 또 구산영주 오토모준에게는 출셋길을 막는 장애물이나 다름없어 어떻게 하든 제거해야 할 대상이었다. 그래서 상군은 미적지근하게 지원했고 오토모준은 아예 아무것도 도와주지 않았다. 오토모준은 흑도만 점령하고는 그저 상황을 관망했다. 모리한이 평해를 빼앗기고 몰락하면 그때 자신이 나서겠다는 심산이었다. 물론 상군, 모리한, 오토모준 외에도 원정에 참여한 영주는 많았다. 하지만 나머지는 '명목상의 병력'만 동원했다. 쥬에 대한 원정이 실제로는 자기네를 견제하고 통제하려는 상군의 음모가 아닌지 의심했기 때문이다.

  사내도 그런 '영주'에 해당했다. 다만 다른 영주들이 동생, 조카, 숙부 혹은 가신을 지휘관으로 삼아 병사들과 함께 보내고 와에 남은 것과 달리 사내는 직접 전장에 나섰다. 그리고 사내가 지휘하는 병사는 고작 300명에 불과했으나 그 병력이 동원할 수 있는 전부였다. 모리한처럼 가난한 영주조차 최선을 다하면 2000명 남짓한 병력을 모을 수 있었으므로 사내는 정말 보잘것없는 존재였다. '영주님'이라 불리지만 실질적인 힘은 오토모준 같은 영주의 가신만도 못했다.

생각이 거기까지 미치자 사내는 자신도 모르게 쓴웃음을 지었다. 오토모준을 섬기는 사냥개들보다 못하다니! 화가 치밀었다.

"모두 기도합시다. 전능자 앞에서 분노와 슬픔, 탐욕과 질투를 내려놓읍시다."

사내의 표정을 보았는지 사제가 엄숙하게 말했다. 그러자 사내는 부끄러움에 얼굴이 붉어졌다. 다른 생각을 하느라 예배에 충실하지 못한 것을 들켰기 때문이다. 사내는 사제의 말대로 분노와 질투를 내려놓고자 노력하며 무릎을 꿇었다. 원래는 열교 사원으로 쓰이던 건물이라 꽤 훌륭했으나 겨울이라 바닥이 차가웠다.

"구원자의 기도문으로 예배를 마치겠습니다."

사제가 엄숙히 말하자 사원을 채운 사람들—대부분 사내의 부하들이다—이 장엄하고 성스러운 기도문을 외웠다.

"우리의 주인이신 전능자의 사랑과 은혜가 여기 모여 예배하는 모든 작은 이에게 함께하기를 기원하노라!"

사제의 축복과 함께 예배가 끝났다. 사내는 천천히 자리에서 일어났다. 사내는 중간 정도의 키와 그리 크지 않은 체구였다. 다만 짧은 머리카락과 앙다문 입술, 강인한 눈빛을 지녀 매우 다부져 보였다. 동원할 수 있는 병력이 고작 300명에 불과한 보잘것없는 영주가 아니라 '서쪽의 지배자' 같은 거창한 칭호가 어울리는 외모였다.

"영주님, 정말 말씀하신 것처럼 진행해도 되겠습니까?"

사내가 사원을 나가려고 몸을 돌리는 순간 사제가 다가와 조심스레 물었다.

"그렇습니다."

사내는 대수롭지 않게 말했다. 그러나 사제는 도무지 믿을 수 없다는 표정이었다.

"정말 대단하십니다. 저들은 이교도며 더구나 지금은 전쟁중이지 않습니까!"

사제의 말에 사내는 빙긋 웃으며 대답했다.

"이교도라도 전능자의 피조물이 아닙니까? 아직 복된 말씀을 듣지 못했을 뿐입니다. 그러니 그들을 당연히 도와야 합니다. 지금 그들에게 절실한 것은 육체의 양식이니 그걸 채워주면 언젠가는 영혼의 양식인 복음을 듣지 않겠습니까?"

사내의 말에 사제는 감탄했다는 표정으로 손을 들어 축복하는 의미의 성호를 그었다.

2

겨울은 아직 그리 깊지 않았다. 추위도 마찬가지여서 절정에 이르지 못했다. 그래도 만만한 추위는 아니었다. 산이 많은 동남부와 평야인 서남부의 경계에 자리한 지역은 특히 그랬다. 바다에서 불어온 습한 바람이 평야를 지나 산에 부딪히는 터라 벌써부터 눈이 제법 쌓였다. 물론 예년에는 그런 눈과 추위도 별다른 문제가 아니었다. 가을걷이로 마련한 식량이 있어 따뜻하게 불을 때며 평안하게 지낼 수 있었다. 그러나 전쟁이 모든 것을 바꾸었다. 쥬가 여전히 다스리는 곳은 그나마 사정이 조금 나았으나 침략자가 정복한 곳은 완전히 달랐다. 침략자는 노예로 팔기 위해 아이들을 끌어냈고 남자들을 징집하여 허드렛일을 시켰다. 들판에서 곡식을 추수하여 군량으로 사용하는 경우도 적지 않았다. 한벌 주변과 남부 해안, 곧 와의 군대가 점령한 곳에서는 주민들이 굶주렸다. 먹을 것을 찾아 앙상한 나무로 가득한 겨울 산을 뒤졌으며 개와 고양이는 말할 것도 없고 쥐도 잡아먹었다. 그렇게 아등바등 견디어도 긴 겨울을 버틸 길이 보이지 않는 경우에는 애써 숨겼던 아이들을 침략자에게 넘겼고, 심지어 아내를 바치는 사례도 있었다.

사원 밖에 모인 군중도 그런 부류인 듯했다. 불과 몇 달 전까지 열교 사원이었으나 이제는 혈교, 색목인이 전한 요상한 종교의 사원으로 변한 곳에 굶주리고 지치고 고통받는 사람들이 불안한 표정으로 모여들었다. 그들 대부분은 제대로 먹지 못해 비쩍 말랐으며 얇은 지방과 줄어든 근육으로는 추위를 감당하지 못해 저마다 더러운 담요를 두툼한 겉옷 위에 뒤집어쓰고도 몸을 벌벌 떨었다.

그런데 묘하게도 그들은 빈손이었다. 음식을 받아들 그릇만 지니고 있었다. 침략자에게 아이를 넘기거나 아내를 바치는 분위기가 아니었다. 그렇다고 집안에서 내려오는 금붙이 혹은 침략자들이 귀하게 여기는 오래된 책을 가져온 것도 아니었다. 그들은 정말 빈 그릇만 지녔다.

"전능자는 여러분을 사랑하십니다. 전능자에게 여러분은 모두 소중한 자녀입니다."

갑자기 사제가 나서서 어색한 쥬의 말로 외쳤다. 그러자 병사들, 침략자가 틀림없는 이들이 커다란 솥을 낑낑대며 옮겼다. 사원 앞 작은 공터에 커다란 솥을 내리고 모인 사람들을 줄을 세운 뒤 커다란 솥에서 죽을 퍼서 사람들의 빈 그릇에 차례대로 덜어주었다. 죽을 받은 사람은 공손히 굽신거린 뒤 몇 걸음 떨어진 곳에서 허겁지겁 먹었다. 기묘한 광경이었다. 침략자가 쥬의 백성에게 식량을 나누어주다니! 그것도 생경한 '전능자'의 이름을 말하며 나누어주다니! 전쟁으로 뒤집힌 세상에서도 도무지 이해할 수 없는 광경이었다. 그러나 진짜 놀랍고 이해할 수 없는 일은 이제 막 벌어질 참이었다.

"이건 너무 묽어 물이나 다름없잖아. 고기는 없냐? 하다못해 생선이라도 줘야지!"

병사가 퍼준 죽을 본 사내가 거칠게 말했다. 침략자를 두려워하는 백성이 그렇게 항의하는 것도 이상했는데, 심지어 사내는 와의 말을 썼다. 병사는 깜짝 놀라 어떻게 반응해야 할지 갈피를 잡지 못했다. 그저 눈만 끔뻑이며 사내를 바라볼 뿐이었다. 그러고 보니 사내는 평범한 농부와 너무 달랐다. 짧은 머리카락에 당당하고 건장한 체격이었다. 게다가 찢어진 눈매와 오뚝한 콧날, 얇은 입술이 어우러져 인상이 거칠고 날카로울 뿐 아니라 상대를 움츠러들게 만드는 묘한 분위기를 풍겼다.

"이런 것은 네놈이나 처먹어라!"

사내는 그릇에 든 뜨거운 죽을 병사의 얼굴에 부었다. 그러고는 순식간에 몸에 칭칭 둘렀던 넝마 같은 담요와 두툼한 겉옷을 벗어던졌다. 그러자 가죽과 면으로 만든 검은 옷이 드러났고 어느새 손에는 단검을 쥐고 있었다. 사내는 그 단검으로 뜨거운 죽을 뒤집어쓴 병사의 목을 그었다. 병사는 쿨럭거리는 소리와 함께 피를 뿜으며 쓰러졌다. 다른 병사들의 운명도 크게 다르지 않았다. 그들은 그저 죽을 나누어주러 왔을 뿐이라 그런 상황은 전혀 예상하지 못했다. 그들이 점령한 곳이 해안에서 내륙으로 꽤 들어간 지역이라도 정말 별 볼 일 없는 산골이었기에 쥬의 군대가 탈환하고자 공격하리라고는 예상하지 못했다. 식량을 얻으러 모인 군중을 제대로 확인하지 않은 것도, 그다지 감시하지 않은 것도 그런 이유였다. 더구나 사내는 혼자가 아니었다. 사내 외에도 담요와 겉옷을 벗어던진 남자들이 꽤 있었다. 그들은 하나같이 건장했고 검은 옷을 입었으며 단검을 사용하는 방식으로 보아 잘 훈련된 무사가 틀림없었다.

"곽곽 선생이다!"

사내와 검은 옷을 입은 무리를 지켜보던 백성들이 말했다. 그랬다. 사내는 암행총관, 도술을 부린 것처럼 신출귀몰하여 실제로는 인간의 탈을 쓴 요괴란 소문이 있는 무시무시한 존재가 틀림없었다.

"검은 악마다! 내수교 악마다!"

백성들뿐 아니라 병사들도 외쳤다. 인간의 살과 피를 탐하는 악마, 모리한을 갈가리 찢어 죽이고 그 부하들을 산 채로 나무 기둥에 꿰어버린 냉혈한이 분명했다.

병사들은 순식간에 공포에 빠졌다. 그때부터는 일방적인 살육이었다. 곽곽 선생이 이끈 무리는 겨우 30명 남짓이었으나 사원에 있는 병사들은 물론 나머지도 아주 손쉽게 제압했다. 상대를 인간이 아닌 악마라 믿는 순간부터 싸움의 승패는 결정된 것이나 다름없었다.

3

방은 매우 비좁았다. 숨조차 제대로 쉬지 못할 정도였고 창문도 없었다. 사람이 쉬고 자는 곳보다 이런저런 물건을 보관하는 창고에 가까웠다. 그러나 사제에게는 아무런 문제가 되지 않았다. 창문이 없는 좁은 방에서도 비명이 들렸기 때문이다. 직접 보지 못해도 소리만으로도 누가 비명을 지르는지 똑똑히 알았다. 비명의 주인은 생포된 병사들이 틀림없었다. 평해성을 탈환한 뒤 모리한의 부하들을 산 채로 나무 기둥에 꿴 것처럼 곽곽 선생은 이번에도 비슷한 일을 저지르고 있을 터였다. 비명이 들릴 때마다 사제는 자신도 모르게 성호를 긋고 기도문을 중얼거렸다. 예전에는 곽곽 선생을 두고 '인간의 살과 피를 탐하는 요괴' 혹은 '지옥에서 도망친 악마'라 부르는 소문을 믿지 않았다. 그저 뜬소문에 지나지 않으며 곽곽 선생이 적에게 공포를 심어주려고 사용하는 술책에 불과하다고 생각했다. 그러나 곽곽 선생을 직접 마주하자 생각이 바뀌었다. 단검만으로 병사들을 도륙하는 모습은 도무지 인간처럼 느껴지지 않았다. '어둠의 군주'와 계약을 맺고 인간을 괴롭히는 악마가 틀림없었다. 사제인 자신을 아직 살려두고 골방에 가둔 것도 평범한 병사들보다 훨씬 큰 고통을 주려는 목적일 것이라 판단했다. 어쩌면 전능자를 배반하고 어둠의 종이 되도록 고문할지도 모르는 일이었다. 사제는 더욱 자주 성호를 긋고 한층 애타게 기도문을 중얼거렸다. 그래도 한편으로는 전능자께서 꼭 지켜주실 것이라 믿었다. 사제의 인생을 보면 그 자체가 전능자의 은혜였기 때문이다.

사제는 원래 쥬에서 태어났다. 정확히 기억하지 못하지만 아버지는 가난한 어부였고 어머니는 없었다. 아무래도 어머니는 사제를 낳고 산욕열로 사망한 듯했다. 다섯 살 무렵 해적이 마을을 습격했고 사제는 납치되었다. 해적은 사제를 와로 데려가 노예로 팔았는데, 첫번째 주인은 무두장이로 아주 거칠고 가혹했다. 다행히 가죽을 사러 온 색목인이 사제를 불쌍하게 여겨 무두장이로 부터 다시 샀다. 두번째 주인은 여느 색목인처럼 혈교도였고 굉장히 너그러웠다. 다만 곧 와의 풍토병에 걸렸다. 죽음을 예감한 그는 사제를 노예에서 해방해주고 혈교 수도회에 맡겼다. 그렇게 쥬에서 태어나 와에 노예로 팔린 소년이 사제가 되었다. 해적의 습격에서 살아남고 첫번째 주인의 학대에서 벗어나 사제가 되기까지 전능자께서 보호하고 이끌어주신 것이 틀림없었다.

그때 문에 채워놓은 사슬을 푸는 소리가 들렸다. 이내 문이 덜컹거리며 열렸다. 검은 옷을 입은 건장한 무사 둘이 감정을 드러내지 않는 얼굴로 들어와 사제를 끌어냈다. 사제는 포박당하지 않았으나 무사들이 양쪽에서 팔을 움켜잡아 전혀 반항하지 못했다. 사제는 죽음이 다가왔다고 생각하며 더욱 간절하게 기도문을 중얼거렸다. 그러나 건물 밖으로 나와 묘한 냄새를 마주하자 기도문조차 외울 수 없었다. 상군이 통치를 확립한 후에도 와에서는 영주끼리 이런저런 다툼이 잦았고 혈교를 믿는 병사들을 돌보고자 종군한 경험이 적지 않아 그 냄새가 무엇인지 잘 알고 있었다. 퀴퀴한 비린내와 지방을 태우는 누린내, 말라붙은 똥오줌이 풍길 법한 노린내가 뒤섞인 악취였다. 사제는 그 냄새를 똑똑히 알았다. 시신을 태우는 냄새, 인간의 육체가 타는 냄새가 틀림없었다.

건물에서 조금 떨어진 공터, 평화로운 시기에는 장터였던 곳에 다다르자 냄새의 원인이 눈에 들어왔다. 예상대로 인간의 육체를 태우고 있었다. 그러나 그들이 태우는 것은 시신이 아니었다. 살아 있는 인간의 몸을 태우고 있었다. 장터에는 구경꾼인 마을 사람들로 빼곡했고 검은 옷을 입은 무사들이 생포한 병사들을 한 명씩 끌고 와 발목에 쇠사슬을 채웠다. 쇠사슬은 땅에 깊이 박힌 말뚝에 연결되어 있어 불운한 희생자는 도망칠 수 없었다. 그들은 희생자의 몸에 송진과 기름을 발랐다. 희생자는 몸부림치며 저항했으나 그때마다 검은 옷을 입은 무사들이 곤봉으로 후려쳤다. 희생자, 즉 생포된 병사들 중에는 심하게 다친 이도 있었다. 그러면 일이 한결 수월했다. 축 늘어진 희생자를 쇠사슬에 묶고 송진과 기름을 충분히 바른 뒤 불을 붙였다. 송진과 기름 덕분에 불은 맹렬히 타올랐다. 희생자는 비명과 함께 몸부림쳤다. 부상당하지 않은 이들은 고통에서 도망치려는 듯이 달렸다. 그러나 쇠사슬에 묶인 터라 몇 발자국 옮긴 뒤에는 쓰러졌고 곧 움직임을 멈추었다. 송진과 기름만으로는 인간의 육체를 완전히 태우기 어려웠기에 불이 사그라지면 반쯤 탄 사체가 남았다. 그것만으로도 끔찍했으나 무사들은 조금도 개의치 않았다. 아주 능숙하게 잔해를 치웠고 새로운 희생자를 데려와 반복했다.

사제는 그런 처형을 몇 번이나 지켜보았다. 자신의 차례일 것이라 예상했으나 몇 번의 처형이 지난 후에도 자신의 차례는 오지 않았다. 사제는 다소 평정을 찾았다. 구경꾼들이 눈에 들어왔다. 지옥에서나 벌어질 법한 끔찍한 처형을 보면서 그들은 환호했다. 송진과 기름을 바르는 손길에 희생자가 두려움에 떨 때도, 불이 당겨진 후에 고통에 몸부림칠 때도 얼굴을 찌푸리는 사람이 없었다. 모두 기뻐하고 즐거워했다. 사제에게는 그 모습이 더욱 끔찍하고 절망스러웠다.

그렇게 꽤 긴 시간이 흐른 뒤 마침내 무사들이 사제를 데리고 움직였다. 드디어 자신의 차례일까? 그러나 무사들은 사제를 다른 곳으로 데려갔다.

4

방은 크고 밝았다. 사제가 갇혀 있던 골방과는 완전히 달랐다. 전쟁이 터지기 전에는 마을을 다스리는 관리 혹은 지주가 소유했으리라. 그래서인지 가구도 꽤 고급스러웠다. 방의 주인이 앉는 상석 뒤편에는 화려하게 수놓은 병풍이 있었고 앞에 놓인 탁자는 색목인이 만든 물건을 몰래 수입한 듯했다. 심지어 탁자에는 유리병이 놓여 있었는데, 거기에 담긴 자줏빛 액체는 포도주가 틀림없었다. 사제는 별반 놀라지 않았다. 가난하고 별 볼 일 없는 마을이었으나 관리와 지주 같은 백색당원은 부유했으니까. 마을뿐 아니라 쥬의 모든 곳이 그렇다고 이전부터 알고 있었다. 사제가 놀란 것은 상석과 그 맞은편에 앉은 사람들 때문이었다. 상석에 앉은 건장한 사내는 '내수교 악마'라 불리는 곽곽 선생이 틀림없었다. 검은 두건과 검은 옷, 찢어진 눈매와 얇은 입술로 미루어 보아 확실했다. 맞은편에는 사제가 섬기는 영주, 쥬의 백성에게 식량을 나누어주라고 명령한 '관대한 사내'가 앉아 있었다.

"어서 앉게."

곽곽 선생은 와의 말을 유창하게 구사했다. 그래서 더욱 섬뜩했다. 불길에 휩싸여 버둥거리는 병사들의 모습이 떠올라 사제는 손발이 떨렸고 식은땀을 흘렸다.

"그러니까 당신네 둘은 혈교를 믿지? 그것도 아주 진지하고 신실하게."

곽곽 선생은 쾌활하게 말하며 유리병에 있는 포도주를 자신의 잔에 따랐다. 그러고는 한 모금 벌컥 들이켜고 맛본 후에 사내와 사제에게도 따라주었다.

"포도주를 보니 집주인이 백색당 놈치고는 취향이 좋았군. 그래 봤자 머저리였겠지만."

곽곽 선생은 싱글거렸다. 그 표정을 본 사제는 올라오는 구역질을 가까스로 참았다. 포로를 산 채로 나무 기둥에 꿰고 불태우는 인간이 포도주를 마시며 자기네 편에 대해서도 독설을 퍼붓는 모습을 보니 정말 악마처럼 느껴졌다.

"어쨌든 당신네는 정의롭고 고지식한 백색당원만큼 희귀한 존재들이야. 전능자의 가르침에 진지하게 충실하려는 혈교도라니! 더구나 영주와 사제가 그러기는 정말 드물지."

사제는 곽곽 선생의 의도를 종잡을 수 없었다.

"그 진지한 믿음이 당신네를 살렸으니 전능자의 복음은 정말 구원의 수단이 맞아."

믿음 덕분에 목숨을 구했다니 대체 무슨 뜻일까? 사제뿐 아니라 사내도 이해하지 못했다.

"물론 오직 믿음만으로 목숨을 구한 것은 당신이지."

곽곽 선생은 왼손을 뻗어 사제를 가리키며 말했다. 그러고는 사내를 바라보며 말을 이었다.

"당신에게는 믿음과 혈통, 두 가지가 모두 작용했어."

그런 다음 천천히 덧붙였다.

"그렇지 않나? 오토모신. 당신의 수양 형제에게 감사하라고."

제8장
도총관

1

 처음에는 대수롭지 않게 생각했다. 산에 익숙했고 눈을 헤치고 길을 찾는 데도 능숙했기 때문이다. 그러나 눈이 완전히 달랐다. 흑산에도 겨울이면 눈이 엄청나게 내리지만 쌓여도 부드럽고 푹신했다. 그러나 범백산맥의 눈은 딱딱하고 날카로웠다. 흑산은 겨울에도 공기가 축축하지만 범백산맥은 눈이 내려도 건조하여 바람이 매서웠다. 동쪽 해안을 따라 쥬를 북쪽에서 남쪽으로 종단하는 범백산맥은 확실히 흑산과는 달랐다. 그래서 조근도 당황했으나 곧 평정을 찾았다. 흑도에서의 삶도 만만치 않았지만 곽곽 선생을 만난 후에 겪은 일은 한층 예사롭지 않아 겨울에 범백산맥을 타고 움직이는 것쯤은 별일이 아니었다. 다만 다른 골칫거리가 있었다.

"뜨거운 차가 없느냐? 뜨거운 차를 마시고 가야겠다."

목소리만 들어도 짜증이 밀려왔다. 목소리의 주인은 처음부터 조근을 비롯한 무사들을 괴롭히고 짜증나게 만들었다. 조근 일행이 평해부터 범백산맥을 따라 북쪽으로 행군하여 사내를 만난 것은 한 달하고도 보름쯤 전이었다. 그때만 해도 겨울이 시작될 무렵이라 길은 그리 힘들지 않았다. 하지만 사내의 태도가 문제였다. 사내는 조근과 무사들을 보더니 대뜸 "왜 곽곽 선생이 직접 오지 않았느냐?"라고 물었다. 그 물음에 조근을 비롯한 무사들은 어이없는 표정을 지을 수밖에 없었다.

곽곽 선생은 암행총관이었다. 국왕의 직속이며 절도사보다 높은 지위였다. 게다가 관리를 감찰하고 반역을 조사하는 사람이었기에 막강한 권력을 가졌다. 왕세자와 은산군조차 슬그머니 눈치를 보는데, 사내는 너무 쉽게 곽곽 선생을 언급했다. 사내가 백색당의 원로며 국왕의 명령으로 평해를 비롯한 '남쪽의 전황'을 조사하러 간다고 해도 곽곽 선생을 함부로 대할 처지는 아니었다. 곽곽 선생은 사내보다 훨씬 더 큰 영향력을 행사하는 최관호도 손쉽게 처형했다. 물론 사내가 왜 그렇게 행동하는지 곧 깨달았다. 사내는 도무지 상황을 파악하지 못했다. 사실 백색당은 원로일수록, 지위가 높을수록, 한벌에서 거주한 기간이 길수록 현실을 제대로 인식하지 못했다. 자기네를 너무 크고 높게 평가했다. 그럼에도 불구하고 사내는 지나쳤다.

"이제 조금만 가면 죽전입니다. 적의 세력권에서는 벗어났으나 아직 완전히 안전한 것은 아닙니다. 그러니 여기서 쉬는 것은 위험합니다."

조근이 조리 있게 말했다. 절도부에 딸린 노예였던 터라 사내 같은 부류를 예전부터 잘 다루었다.

"그래서 안 된다는 건가? 감히 암행관 따위가 이 신동현을 가르치려는 건가?"

사내는 소리를 버럭 질렀다. 곽곽 선생보다 열다섯 살에서 스무 살쯤 많을 듯한 사내는 중년의 끄트머리를 지나 노년의 문턱에 접어든 나이였다. 머리카락은 흰머리가 희끗희끗했고 체구는 통통했다. 검을 휘두른 적도 없으며 팔다리의 근육을 제대로 사용한 적도 없을 것이 틀림없었다. 적당히 살이 오른 뺨과 동그란 눈매는 온화한 느낌을 주었으나 입만 열면 심술 맞기가 이를 데 없었다.

놀랍게도 사내는 '대장군'이었다. 국왕의 명을 받아 남쪽의 전황을 조사하여 보고할 임무를 띤 도총관이기도 했다. 물론 사내, 신동현은 임무를 달갑잖게 생각했다. 안전한 북부를 떠나 와가 점령한 중부를 지나야 했기 때문이다. 정상적인 길로는 중부를 지날 수 없었기에 험한 범백산맥을 따라 내려가야 해서 도무지 탐탁지 않았다. 죽전에 다다르면 침략자의 세력권에서 벗어나지만 죽전이 어떤 곳인가? 흑색당의 근거지며 불과 1년 남짓 전에 반란이 일어나 백색당원인 절도사를 죽인 곳이었다. 죽전에서 강력한 세력을 누리는 평현 곽씨도 마찬가지였다. 녀석들은 흑색당보다도 믿을 수 없는 존재, 뱀처럼 기분 나쁜 냉혈한들이었다.

하지만 그것도 최악은 아니었다. 최악은 평해에서 만날 왕세자였다. 백색당 신파를 이끈다는 은산군도 그랬다. 그 말라깽이 녀석은 겉으로만 백색당일 뿐이었다. 실제로는 끊임없이 음모를 꾸미는 반역자이며 왕세자는 그런 음모를 가능하게 하는 기반이며 배후였다. 곽곽 선생도 암행총관이라면서 왕세자와 은산군에게는 관대했다. 최관호 같은 충신을 서슴없이 처단하면서 정작 잠재적인 반역자들은 묵인했다. 다만 신동현도 공개적으로 의중을 드러내지는 못했다. 왕세자와 은산군을 반역자로 탄핵하는 행위는 매우 위험했다. 국왕과 왕세자의 사이가 매우 나쁘지만 그래도 아버지와 아들이 아닌가.

그래서 신동현은 처음부터 임무가 싫었다. 곽곽 선생이 직접 오지 않은 것도 마음에 들지 않았고 암행관들이 자신에게 경멸스러운 눈빛을 보내는 것도 짜증났다. 근본도 없는 천한 것들이 곽곽 선생의 위세를 믿고 나대는 꼴이라니! 뜨거운 차를 먹고 싶다면 당장 대령할 일이지 위험하니 어쩌니 하며 반박하다니! 임무를 끝내고 돌아가면 암행총관은 몰라도 암행관들의 무례에 대해서는 꼭 벌주겠다고 다짐했다. 그러면서 어쩔 수 없이 차를 마시지 않고 걸음을 재촉했다.

2

 커다란 방은 정사각형이 되기에 조금 모자란 직사각형이었다. 북쪽 벽에는 거대한 문이 있었고 남쪽 벽에는 창문이 여러 개 있었다. 쥬에서는 대부분 얇은 종이로 창을 만드는 것과 달리 하나같이 유리를 사용한 것으로 보아 집주인은 매우 부유한 사람일 가능성이 컸다. 문이 있는 북쪽을 제외한 나머지 세 면에 'ㄷ'자 형태로 배치된 자리에는 30명 남짓한 사내들이 앉아 있었다. 사내들 앞에는 저마다 작은 탁자가 놓여 있었는데, 삶은 문어, 염장한 상어, 절여서 발효시킨 채소, 먹기 좋게 잘라 익히지 않고 고소한 기름에 버무린 쇠고기가 올라와 있었다. 사내들의 나이는 겨우 성인이 된 애송이부터 머리카락과 수염이 희고 눈가에 주름이 자글자글한 노인까지 다양했다. 상석에 앉은 노인은 강렬한 기운을 내뿜지는 않았으나 기품 있고 온화한 인상이었다. 그의 옆자리만 비어 있었다.

 "도총관이 왔습니다."

 문밖에서 하인의 목소리가 들렸고 곧이어 문이 열리며 신동현이 들어왔다. 그는 성큼성큼 걸어와 비어 있는 자리, 즉 상석의 바로 옆자리에 앉았다. 다만 쿵쾅거리는 걸음걸이와 찌푸린 표정으로 보아 불만이 가득해 보였다.

 "도총관, 여기까지 오느라 수고했습니다."

 상석에 앉은 노인이 말했다. 그러자 신동현의 표정이 더욱 일그러졌다. 깍듯한 말투였으나 노인이 자신을 크게 존대하지 않았기 때문이다. 신동현은 참을 수 없었다. 아무리 평현 곽씨의 위세가 대단해도 벼슬길에 나선 적 없는 늙은이가 가주랍시고 대장군인데다 왕의 명령을 집행하는 도총관인 자신과 동격인 것처럼 말하는 본새에 화가 치밀었다.

"가주는 어찌해서 도총관을 존대하지 않는 거요?"

신동현은 잔뜩 찌푸린 표정으로 말했다. 그의 말이 입술을 떠나 방에 울리자 순식간에 분위기가 얼어붙었다. 중년에 이른 사내들은 어이없다는 듯한 표정으로 웃거나 짧게 한숨을 내쉴 뿐이었지만 젊은 사내들은 당장이라도 잡아먹을 듯한 눈빛으로 신동현을 쏘아보았다. 심지어 탁자 옆에 놓아둔 검의 손잡이를 만지작거리는 이도 있었다. 그러나 가주의 표정은 전혀 변하지 않았다. 아무 일도 아니라는 듯한 얼굴이었다.

"도총관은 예법이 마음에 들지 않나봅니다. 그런데 도총관은 어디에 국왕 전하의 명을 집행하러 왔습니까?"

가주의 물음에 신동현은 여전히 화가 나서 벌겋게 달아오른 얼굴로 대답했다.

"평해의 상황을 파악하고 야만인들이 남쪽에서 어찌 하는지 살펴보러 왔소."

그러자 가주가 빙긋 웃으며 말했다.

"여기는 평해가 아니라 죽전입니다. 또 주변에 야만인은 없소.

왕세자 저하께서 훌륭히 대처하셔서 야만인은 해안에서 발이 묶였습니다. 그러니 여기서 당신은 도총관이 아니라 그냥 손님일 뿐입니다."

가주의 말은 궤변에 해당했다. 죽전에서도 도총관은 도총관이었다. 그러나 그런 부분을 알아차려 반박하기에는 신동현이 너무 어리석었다. 다른 백색당원처럼 오만하며 무능한 위선자에 불과했다. 신동현은 기세가 꺾였다. 그제야 젊은 사내들의 살기어린 눈빛을 마주했다. 자신이 무장하지 않았다는 사실도 깨달았다. 물론 신동현의 검술은 형편없어 무장했어도 젊은 사내들을 이기지 못할 터였다. 덧붙여 신동현의 일행은 50명을 헤아렸는데, 절반은 암행관이었기에 진짜 부하는 30명에도 미치지 못했다. 분위기가 험악해지면 몰살당할 위험이 컸다. 평현 곽씨들과 암행관들이 작당하여 신동현과 그 부하들을 도륙하고 '와의 군대가 매복해서 기습했다'고 둘러대어도 진상을 밝힐 방법이 없었다. 신동현은 호칭과 존대를 더이상 언급하지 않았다.

대신 탁자에 있는 음식으로 눈을 돌렸다. 무엇 하나 먹을 만한 것이 없었다. 기름에 무친 생고기는 맛볼 엄두조차 나지 않았다. 용기를 내서 문어를 집어 입에 넣었으나 비릿하고 질겨 무슨 맛인지 알 수 없었다. 가까스로 목구멍으로 넘겼으나 연한 가죽을 먹는 것과 다름없었다. 염장한 상어는 평범한 생선처럼 보였지만 너무 짰다. 채소도 마찬가지였다. 도무지 먹을 수 없었다. 그런데도 다른 사내들은 맛있게 먹었다. 술까지 주거니 받거니 하며 신동현을 제외하고 모두 화기애애했다.

신동현은 다시 화가 났다. 부아가 치밀었다. 촌놈들이 감히 자신 같은 고귀한 백색당원을 놀린다고 생각했다. 그러나 처음과 달리 불만을 드러낼 수 없었다. 신동현도 목이 달아나는 것은 두려웠기 때문이다. 어서 연회를 파하고 평현 곽씨의 장원을 떠나 평해로 향하고 싶은 마음뿐이었다.

3

바람은 생각만큼 거칠지 않았다. 겨울 바닷가에 세찬 바람이 몰아칠 것을 예상했던 터라 의외였다. 한벌에서 나고 자란 은산군에게는 오히려 온화한 날씨에 속했다. 물론 그것은 은산군의 착각이었다. 평해를 포함한 동남부 해안의 바람은 겨울이 아니라 초봄에 기세를 떨쳤다. 추위가 물러가고 새싹이 파릇파릇 돋아나 기대에 부푼 순간 세찬 바람이 불어닥쳤다. 그 사실을 알지 못하는 은산군은 그저 '역시 남쪽은 따뜻하다'고 판단했다.

하지만 따뜻한 날씨와 달리 은산군이 마주한 상황은 녹록지 않았다. 가장 큰 문제는 평현 곽씨의 사병을 대신한 병력이었다. 평현 곽씨의 사병은 쥬에서 가장 유능한 군대가 틀림없었으나 왕세자에게 충성하리라 기대할 수 없었다. 평현 곽씨는 오직 자기네 가문의 이익에만 충실했기에 백색당 구파나 흑색당보다도 위험했다. 더구나 암행총관도 평현 곽씨였다. 평현 곽씨의 사병이 평해에 머무르면 왕세자가 아니라 곽곽 선생이 주도권을 잡을 것이었다. 지금까지는 곽곽 선생이 왕세자에게 제법 우호적이었지만 그래도 암행총관이었다. 언제든 왕세자와 은산군에게 반역 혐의를 씌울 수 있었다. 물론 정확히 따지면 왕세자와 은산군이 하려는 일은 넓은 의미에서 반역 행위였다. 고루한 백색당 구파를 몰아내고 왕세자와 백색당 신파가 권력을 장악하려면 국왕을 제거하거나 최소한 물러나도록 만들어야 하니 왕세자와 은산군의 계획은 명백히 반역이었다. 따라서 암행총관과 평현 곽씨의 영향력을 줄여야 했고, 그러려면 그들이 통제하지 못하는 군대가 필요했다.

그런데 은산군이 마련한 새로운 병력에도 문제가 있었다. 기껏 데려온 병력 대부분이 흑색당 잔당이었던 것이다. 사실 은산군은 수십 년 전에 몰락한 흑색당의 잔당이 아직도 많다는 데 놀랐다. 흑색당의 통치를 받은 사람은 거의 모두 사망했고 살아 있어도 몸을 제대로 가누지 못하는 늙은이일 수밖에 없었는데, 흑색당에 동조하는 젊은이가 그렇게 많은 것에 놀랐다. 흑색당의 보루였던 죽전이 평해에서 그리 멀지 않다고 해도 젊은 흑색당원이 너무 많았다. 흑색당이 통치하던 시절을 이야기로만 들었을 애송이들이 왜 그리도 흑색당을 지지하는 것일까? 흑색당원이란 사실이 드러나기만 해도, 아니 단순히 흑색당에 동정적이란 점만 내비쳐도 목이 달아날 수 있는데, 그들은 왜 흑색당원을 자처할까?

어쨌든 흑색당 잔당이라도 수는 충분했다. 거의 5000명에 가까운 병력이었기에 그럴듯해 보였다. 하지만 병사보다는 폭도에 가까웠다. 그에 비해 봄이 찾아오면 마주할 적은 잘 훈련된 군사일 가능성이 컸다. 아마도 오토모준이 이끄는 구산군이 평해를 공격할 터였다. 구산군 자체도 무장과 훈련이 우수하지만 오토모준에게는 색목인 용병대도 있었다. 흑색당의 과격한 사상을 추종하는 애송이들로 과연 오토모준의 무시무시한 군대를 상대할 수 있을까?

하지만 코앞에 닥친 문제와 비교하면 모두 '잠재적인 걱정'에 불과했다. 왕세자와 은산군에게는 당장 해결해야 할 위협이 있었다. 은산군이 왕족답게 차려입고 절도부 회의실에 행차한 것도 그런 이유였다. 은산군뿐 아니라 후야도 같은 이유로 평소와 달리 쥬의 장군처럼 차려입었다.

"도총관이 도착했습니다."

회의실 밖에서 호위병이 외쳤다. 문이 드르륵 열렸고 신동현이 성큼성큼 들어왔다. 신동현은 불과 몇 시간 전에 평해에 도착했으나 예복을 완벽하게 차려입었다. 다만 평현 곽씨의 가주를 만날 때처럼 불만이 가득하여 일그러진 표정이었다. 그는 회의실 원탁에서 은산군과 마주하는 자리를 골라 앉았다. 그러는 동안 은산군에게는 목례조차 하지 않았다.

"도총관은 예를 표하라!"

은산군은 표정을 일그러뜨렸다. 도총관 따위가 무례하게 행동하는 것을 참지 못했다. 자신은 왕족이었다. 또 왕세자가 분조하여 남부에서는 국왕을 대리하는 터라 그 심복인 자신의 지위가 도총관 따위와는 비교할 수 없다고 생각했다. 게다가 신동현이 누구인가? 대장군의 벼슬에 있으나 그 늙다리가 군대를 지휘하여 승리한 적이 있던가? '최후의 흑색당원'이라 불리던 곽산의 반란을 진압한 것이 신동현이 자랑하는 유일한 공적이었다. 그러나 당시 실제로 군대를 지휘하여 곽산을 토벌한 이는 곽현이었다. 곽곽 선생의 아버지이며 당시 암행총관이었던 곽현이 토벌의 주역이었다. 신동현 따위가 군대를 지휘했다면 '죽전의 늑대'라 불리던 곽산을 이기지 못했을 것이다. 그런데도 신동현 따위가 먼저 머리를 숙이지 않으니 참을 수 없었다.

"나는 도총관이오. 국왕 전하의 명령으로 당신을 감찰하러 왔으니 내가 상급자요."

신동현이 불만 섞인 눈으로 은산군을 노려보며 대답했다. 그러자 은산군은 분노를 참지 못했다. 손을 부들부들 떨다가 이내 주먹을 쥐고 원탁을 내리쳤다.

"닥쳐라! 나는 분조한 왕세자 저하를 보필하고 있으며 왕족이다. 길거리를 떠도는 들개 따위가 감히 호랑이에게 덤비느냐!"

은산군은 당장이라도 검을 뽑을 기세였다. 그 모습을 본 후야는 웃음을 참기 어려웠다. 꽤 오랫동안 은산군을 알았으나 그렇게까지 단호한 모습은 처음이었다. 짜증내거나 공포에 질려 벌벌 떠는 모습만 보았는데, 신동현과 지위 문제로 다투며 어느 때보다 단호히 행동하는 모습이 우스웠다.

"너는 누구냐? 네놈은 어찌하여 가만히 있는 것이냐?"

후야는 처음에는 누구를 가리키는 말인지 깨닫지 못했다. 은산군과 대치하던 신동현이 누구에게 그러는지 몰랐다. 그러다가 주변을 둘러본 후에야 자신에게 한 말임을 깨달았다. 오랫동안 밀정으로 지내다보니 자신이 장군처럼 차려입었다는 사실을 잠시 잊고 있었다.

"나는 평해절도사 박무현이오."

정작 말하니 박무현이란 이름이 어색했다. 흑색당 잔당을 모은 군대를 지휘하기에는 후야가 적격이었으나 후야란 이름을 사용할 수 없었다. 곽훈이란 본명은 곽산과 연결되니 더욱 금기였다. 그래서 박무현이란 가명을 썼고 왕세자는 후야, 즉 박무현을 평해절도사에 임명했다. 평소라면 말도 안 되는 일이었지만 전쟁중이라 가능했다. 또 공식적으로 분조했으므로 왕세자는 죽전부터 평해에 이르는 지역에서는 무엇이든 마음대로 할 수 있었다.

"본관이 어디며 부친은 누구요?"

신동현이 의혹이 가득한 표정으로 물었다. 아무리 왕세자가 분조를 이끌어도 평해절도사에 이상한 인물을 앉히다니! 정말 믿을 수 없었다. 말투도 어색하고 민머리가 도드라지는 외모는 파계한 만교 승려에나 어울릴 법한데, 그런 작자가 평해절도사라니!

"알 것 없소. 당신에게 대답할 의무가 없지 않소?"

후야는 능글거리며 말했고 신동현의 얼굴은 한층 일그러졌다.

"다만 당신네 백색당 나부랭이가 아닌 것은 확실하오."

백색당 나부랭이란 단어에는 신동현뿐 아니라 은산군의 얼굴도 일그러졌다. 은산군도 어디까지나 백색당원이었기 때문이다. 후야의 말에 불안이 엄습했다. 왕세자의 군대는 이제 대부분 흑색당원이었다. 후야가 본색을 드러내 왕세자를 내세워 반란을 일으키면 어떻게 될까? 은산군은 그때까지 간과했던 위험을 그제야 인식했다.

"어디서 함부로 지껄이느냐? 은산군, 이건 반역이오! 감히 백색당을 모욕하다니!"

신동현이 의자에서 일어나며 소리쳤다. 그러자 은산군이 뭐라 말할 틈도 없이 후야도 자리에서 일어났다. 후야는 곽곽 선생보다도 덩치가 커서 곰을 연상하게 했으나 표범처럼 움직였다. 순식간에 신동현에게 다가가 왼손으로 목을 움켜잡았다. 그러고는 신동현의 발이 바닥에 닿지 않을 만큼 들어올렸다. 신동현은 숨이 막혀 발을 버둥거렸다. 후야는 여차하면 단검을 꺼내 신동현의 목을 그을 기세였다. 다행히 그런 일은 일어나지 않았다. 문밖에서 낭랑한 목소리가 들렸기 때문이다.

"왕세자 저하께서 드셨습니다!"

제9장
백색당원에게는 백색당의 방법으로

1

 모리한이 평해를 점령했을 때 백성들은 불안과 긴장에 시달렸다. 다만 모리한과 모도군을 두려워하는 사람은 많지 않았다. 그저 앞으로 펼쳐질 상황이 너무 불확실하여 전전긍긍했을 뿐이다. 곽곽 선생이 평해를 탈환하자 백성들은 그제야 진짜 공포를 경험했다. 곽곽 선생은 침략자로부터 그들을 해방시켰지만 다들 벌벌 떨었다. 곽곽 선생이 모리한의 병사들에게 저지른 만행이 너무 끔찍했기 때문이다. 살아 있는 사람을 나무 기둥에 꿰어 전시하는 형벌, 그것도 한두 명이 아니라 수백 명을 학살하는 장면은 다시는 떠올리고 싶지 않을 만큼 잔인하고 공포스러웠다. 다행히 곽곽 선생이 평해를 직접 다스리는 일은 없었다. 왕세자가 입성했고 평현 곽씨의 사병은 죽전으로 돌아갔다.

평해는 오랜만에 안정을 되찾았다. 왕세자는 곧 박무현이라는 낯선 인물을 평해절도사에 임명했다. 새로운 절도사는 야만인을 물리치고자 군대를 일으키려 사람을 모았다. 처음에는 다들 사람이 모이지 않을 것이라 예상했다. '침략자에 맞서자'라는 구호는 멋있었지만 지금 상황에서 군인이 되는 것은 자살행위나 마찬가지였다. 하지만 예상과 달리 많은 사람이 모였다. 수천 명의 젊은이가 평해성에 도착했다. 평해성에는 활기가 돌았다. 술집과 식당이 문을 열었고 시장에도 물건이 조금이나마 늘어났다.

사내들도 그런 '병사'에 해당했다. 사실 '사내'라 부르기에 민망할 만큼 어렸다. 나이가 많아 우두머리 노릇을 하는 녀석도 겨우 스무 살이 넘은 듯했고 대부분은 10대 후반이었다. 가장 어린 녀석은 열다섯 살 정도인 듯했다. 물론 녀석들은 '병사들' 중에서도 예외적으로 어린 축에 속했다. 20대 후반 혹은 서른 살을 갓 넘긴 경우가 일반적이었다. 하지만 확실히 다들 젊었다. '어리다'가 한층 적절한 표현이었으며 '애송이'란 단어도 어울렸다. 그래도 다들 군모와 군복을 착용하고 허리춤에 칼을 차거나 긴 창을 꼬나들며 으스댔다.

술집 주인도 그들을 환영했다. 술을 마시기에 너무 어린 나이인 듯했으나 개의치 않았다. 여기서 팔지 않으면 다른 술집을 찾을 터였다. 술집 주인은 시큼털털한 싸구려 탁주를 나무통에 담아 내주었다. 말린 생선과 절인 채소가 안주의 전부였고 둘러앉은 탁자는 낡아 여기저기 금이 가 있었다. 의자는 없었고 마루 역시 낡아 사내들이 몸을 움직이면 삐걱거리며 비명을 질러댔다.

"이제 새로운 세상이 올 거야."

탁주가 몇 차례 돌자 우두머리 노릇을 하는 녀석이 입을 열었다. 스무 살을 겨우 넘긴 주제에 세상만사에 통달한 것처럼 말을 내뱉었다.

"뭐 새로운 세상도 아니지. 원래대로 되돌리는 것이니까."

나머지 녀석들은 침을 꿀꺽 삼키며 귀를 쫑긋 세웠다. 거물의 이야기라도 듣는 것처럼.

"백색당의 위선자들이 나라를 탈취하기 전만 해도 이렇지 않았어. 카락 기병조차 우리를 두려워했지. 바다 건너 해적 놈들은 감히 우리를 넘볼 생각조차 못했어. 머리를 조아리며 조공을 바쳤지."

흑색당이 다스리던 시절은 수십 년 전에 끝났다. 녀석의 할아버지라면 모를까, 녀석이 흑색당의 통치를 경험했을 리 없었다. 그러나 녀석은 생생하게 경험한 것처럼 말을 이었다.

"색목인조차 흑색당의 군대를 두려워했어. 그때는 굶어 죽는 사람도 없었고 터무니없는 세금에 시달리지도 않았어. 백색당 놈들은 아무것도 하지 않으면서 열교 경전만 읽지. 옛 성현의 말씀이 어쩌니 하며 실제로 도움되는 일은 하지 않아. 농사지을 줄도 모르고 사냥할 줄도 모르지. 나무를 깎아 막대를 만든 적도 없고 담을 쌓거나 서까래를 올린 적도 없어. 먹고사는 데 필요한 일은 아무것도 못 하면서 우리를 착취하지. 그러나 흑색당은 달랐어. 전투든 농사든 건축이든 장사든 그들은 직접 했다고!"

녀석들은 우두머리의 말을 경청했다. 조금도 의심하지 않고 초롱초롱한 눈빛을 보냈다.

그때 박수 치는 소리와 함께 깔깔거리는 웃음이 들렸다. 그러고 보니 술집에는 녀석들 외에도 손님이 있었다. 짧은 머리카락, 찢어진 눈매, 오뚝한 콧날, 얇은 입술이 도드라지는 거구의 남자가 홀로 술을 마시고 있었다.

"이봐, 자네 꼭 그때 살았던 것처럼 말하는군."

남자의 말에 사내들은 머쓱했다. 다만 조롱당한 듯한 느낌이라 곧 사나운 표정으로 남자를 바라보았다.

"이거 무섭게 노려보는군. 내가 틀렸나? 기껏해야 스무 살 겨우 넘겼을 듯한데, 흑색당의 통치는 거의 50년 전에 끝나지 않았나?"

틀린 말이 아니어서 더욱 기분이 나빴다. 사내들은 남자가 혼자라는 사실에 한층 거칠어졌다.

"이거 칼부림이라도 나겠군."

거구의 남자는 수적 열세에도 여유로웠다.

"다들 자신 있나?"

사내들은 조롱을 참지 못하고 모두 자리를 박차고 일어났다.

낡은 마루가 비명을 질렀다. 사내들은 각자 무기를 움켜쥐고 무례한 남자에게 향했다. 앞장선 녀석이 남자에게 달려들자 상황이 변했다. 사내들이 반응할 틈도 없이 남자가 자리에서 일어나 검을 뽑았다. 너무 빠르고 간결한 동작이라 인간처럼 느껴지지 않았다. 남자가 뽑은 검 끝이 가장 앞에 선 사내의 목에 닿았다. 따끔거리는 느낌이 들었다. 남자가 마음만 먹었다면 사내를 죽일 수도 있었다. 사내들은 경악했다.

"그리고 흑색당을 찬양하는 것은 반역이네. 능지처참을 당할 혐의지."

사내들은 두려웠다. 그제야 거구의 남자가 누구인지, 그의 정체가 무엇인지 어렴풋이 알아차렸다. 쥬에서 그런 검술을 지닌 사람은 흔하지 않았으니까. 그러자 남자는 다시 한번 껄껄 웃으며 말했다.

"맞아. 나 곽곽 선생일세!"

2

방은 깔끔하고 소박했다. 가구도 간소했다. 생활에 불편하지 않을 만큼 꼭 필요한 것만 갖추어져 있었다. 이는 내수교 수도원이 공유하는 특징이었다. 카락과 와에 자리한 수도원도 그런 전통에서 크게 벗어나지 않았다. 게다가 내수교 수도원은 외부에 드러나지 않았다. 작정하고 찾지 않으면 지나치기 쉬웠고 내부에서 일어나는 일을 염탐하기도 대단히 어려웠다. 암행총관에게는 더할 나위 없이 훌륭한 은신처였으며 현장에서 임무를 추진할 수 있는 본부였다. 더구나 곽곽 선생은 대대로 내수교를 믿어 내수교도의 협력을 받기에도 수월했다.

곽곽 선생은 몇 주 만에 평해로 돌아와 수도원을 찾았다. 곽곽 선생은 평해성에 이르기 전에 암행관들을 해산하며 각자 은밀하게 침투한 후 수도원에 모이도록 명령했다. 곽곽 선생이 평범한 무사로 변장하고 싸구려 술집을 찾은 것도 그런 까닭에서였다. 물론 굳이 술집을 찾을 이유는 없었으나 분위기를 살피고 정보를 모으는 것도 암행총관이 해야 할 임무였다.

다행히 싸구려 술집을 찾아 시큼털털한 탁주를 몇 모금 들이켠 보람이 있었다. 은산군과 후야가 모은 병력에 대한 의문을 풀었기 때문이다.

애초에 은산군과 후야가 평현 곽씨의 사병에 의존하지 않고 선택할 수 있는 대안은 흑색당 잔당밖에 없었다. 다만 곽곽 선생도 그 실체를 파악하기 어려웠다. '최후의 흑색당원'이라 불린 곽산이 비참한 최후를 맞은 후에도 흑색당 잔당은 죽전과 평해 근처에서 명맥을 유지했으나 곽무현이 죽전에서 일으킨 폭동을 끝으로 거의 사라졌기 때문이다. 그래서 은산군과 후야가 5000명 남짓한 병력을 모은 것에 매우 놀랐다. 기껏해야 수백 명 정도일 것이라 예상했다. 흑색당을 입에 올리기만 해도 반역자가 되는 세상에서 어떻게 5000명이나 모였을까? 무엇보다 흑색당의 통치는 수십 년 전에 막을 내렸는데, 어떻게 젊은이가 그리도 많이 모였을까? 대를 이어 충성하는 소수의 근본주의자는 곽산과 곽무현이 일으킨 두 번의 반란으로 거의 사라졌는데, 어떻게 된 일일까?

곽곽 선생은 싸구려 술집에서 만난 애송이들을 통해 그런 의문을 해소할 수 있었다. 그 애송이들은 굳이 따지면 흑색당이라 부를 수밖에 없었으나 과거의 흑색당과 직접 연결된 부류는 아니었다. 그들에게 과거의 흑색당은 신화와 전설에 등장하는 영웅에 불과했다. 그들은 흑색당을 동경할 뿐 진짜 모습은 알지 못했다. 역사에 실존했던 인물도 전설과 신화의 주인공이 되면 점차 미화되어 실체가 희미해지기 마련이었다. 애송이들이 생각하는 흑색당도 그랬다. 악랄한 왕을 몰아내어 백색당의 위선적이고 경직된 통치를 종식한 영웅들, 왕을 세우지 않고 과두제를 행하며 백성을 위해 통치한 정의로운 자들, '성현의 말씀'을 들먹이며 현실과 동떨어진 정책을 고집하는 백색당과 달리 부국강병을 이룩한 유능한 현실주의자들. 애송이들은 흑색당을 그렇게 인식했다.

그러나 환상이었다. 흑색당이 왕을 폐위한 후에 백색당을 쫓아내고 과두제를 택한 것은 사실이지만 백성을 위한 통치와는 거리가 멀었다. 백색당이 교조주의에 빠져 허우적거리는 사악한 위선자라면 흑색당은 내세울 명분조차 없이 오직 권력투쟁에만 몰두하는 탐욕스러운 기회주의자에 불과했다. 또 백색당과 마찬가지로 소름 끼칠 만큼 무능했다. 애송이들은 환상에 빠져 도피처를 찾으려는 불우한 무리였다. 백색당의 통치에 절망하여 현실에서 벗어나려고 '흑색당의 전설'을 이용하는 것에 불과했다.

곽곽 선생은 애송이들을 살려주었다. 함부로 입을 놀리면 다음에는 정말 목이 달아날 것이라 말하며 머리카락만 잘랐다. 평해를 지킬 병력이 한 명이라도 많은 것이 곽곽 선생에게도 유리했기 때문이다.

다만 신동현이 꺼림칙했다. 신동현이 이미 후야와 마주했다는 것, 왕세자가 없었다면 후야가 신동현을 죽였을지도 모른다는 것은 조근의 보고를 통해 알았다. 물론 후야가 신동현을 죽여도 이상하지 않았다. 후야는 곽산의 아들이었고 신동현은 곽산을 토벌한 공으로 출세했다. 엄밀히 따지면 실제로 곽산을 물리친 주역은 곽곽 선생의 아버지 곽현이었지만 곽산을 집요하게 괴롭혀서 '반역할 수밖에 없는 상황'으로 몰아넣은 주모자는 신동현이었다. 후야에게는 신동현을 죽일 이유가 충분했다. 사실 곽곽 선생도 신동현을 죽일 수밖에 없었다. 은산군과 후야가 모은 '왕세자의 군대'가 흑색당 잔당이란 사실이 국왕에게 알려지면 안 되었다. 그런 행위는 틀림없는 반역이었기에 그것을 묵인한 곽곽 선생도 공범이 되었다. 또 만에 하나 신동현이 후야의 정체를 알아차리면 더욱 낭패였다. 곽훈은 곽산과 함께 죽었다고 알려졌다. 곽훈이 살아 있으면 곽곽 선생뿐 아니라 이미 세상을 떠난 곽현도 반역자로 몰릴 수밖에 없었다.

따라서 신동현은 살아서는 돌아갈 수 없었다. 다만 후야처럼 천방지축으로 날뛰면 곤란했다. 신동현은 자연스럽게 죽어야 했다. 그래야 국왕이 의심하지 않을 테니까.

3

오랜만에 활기가 넘쳤지만 왠지 모르게 어수선하며 불길한 기운을 떨쳐버릴 수 없는 평해와 달리 죽전 근처는 놀랍도록 평온했다. 병마관이 절도사를 살해하고 폭동을 일으켜 백색당을 학살한 사건이 불과 2년 전이란 사실을 떠올리기 어려울 정도였다. 쥬의 다른 지역이 직접 혹은 간접으로 전쟁에 휘말려 고통받는 것과 달리 죽전은 어느 때보다 평화로웠다.

오토모신과 사제도 그 평안을 만끽했다. 다른 포로들이 끔찍하게 처형될 때만 해도 이런 상황은 예상하지 못했다. 오토모신은 더욱 그랬다. 원정에 나설 때부터 살아서 돌아가지 못하리라 확신했다. 오토모신이 이끈 적은 병력은 소모품처럼 사용되고 사라질 가능성이 컸다. 그래서 비슷한 규모의 군대를 보낸 영주들은 대부분 가신이나 친척을 지휘관으로 파견하고 자신은 와에 남았다. 그러나 오토모신은 직접 군대를 이끌고 원정에 나설 수밖에 없었다. 원정의 성공 여부와 관계없이 그가 살아서는 와에 돌아갈 수 없는 것도 같은 이유였다.

'오토모'란 가문이 문제였다. 그들은 와의 귀족으로는 특이하게 거의 100년 전부터 혈교를 믿었다. 구산과 모도 사이에 위치한 작은 영지를 다스렸기에 혈교로의 개종은 색목인의 도움을 얻으려는 의도였다. 물론 혈교를 믿는다고 꼭 색목인이 도와주리란 보장은 없었다. 또 주변의 영주들은 개종을 탐탁지 않게 생각할 가능성이 컸다. 그러니 도박이었다. 색목인이 크게 도와주지 않으면 개종은 오히려 상황을 한층 불리하게 만들 위험이 있었다. 다행히 오토모씨의 도박은 성공했다. 색목인은 오토모씨를 크게 도왔고 곧 생존에 필수적인 존재가 되었다. 그러나 색목인이 간섭하기 시작했다. 색목인의 도움이 클수록, 그들에게 의지하는 부분이 많아질수록 오토모씨에 대한 간섭도 강해졌다. 급기야 색목인은 오토모씨에게 양자를 들이라고 강요했다. 색목인이 양자로 들이라며 지목한 인물은 언뜻 그럴듯했다. 구산영주였기 때문이다.

구산영주가 지닌 부와 권력은 오토모씨가 꿈도 꾸기 힘들 정도였다. 그러나 구산영주는 노예무역으로 부를 쌓았으며 해적의 우두머리나 다름없었다. 막대한 부와 막강한 권력을 지녔으나 와의 귀족들은 그를 천박한 졸부로 여겼다. 그들은 오토모씨의 양자를 내세워 와의 전통적인 귀족사회에서 활동할 발판을 마련하려는 것이 틀림없었다. 오토모씨는 매우 불쾌했다. 적지 않은 이가 분노했으나 어쩔 수 없었다. 혈교에 지나치게 의존하는 터라 간섭을 뿌리치지 못했다. 그리하여 구산영주는 오토모준이라는 이름을 얻었다. 오토모씨 중에서 처음에는 그를 경멸하던 부류도 그의 부와 권력에 곧 태도를 바꾸었다. 오토모준은 강력한 권력과 막대한 부를 지녔을 뿐 아니라 외모가 매우 아름다웠고 사람의 마음을 쥐락펴락하는 술수에도 능했다. 시간이 흐르자 오토모씨 대부분이 그에게 순종했다. 딱 한 명, 오토모신만 작은 영지에서 오토모준에 맞섰다. 이것이 오토모신이 살아서 돌아갈 수 없는 이유였다. 전투에서 살아남더라도 오토모준이 오토모신의 귀환을 용납하지 않을 터였다.

"무슨 생각을 그리도 깊이 하십니까?"

사제가 물었다. 그제야 오토모신은 꼬리에 꼬리를 무는 회상과 예상에서 벗어났다. 함께 혈교 경전을 읽고 있었는데, 오토모신이 너무 오랫동안 책장을 넘기지 않아 사제가 입을 연 듯했다. 오토모신은 머쓱한 미소를 지었다.

오토모신과 사제가 경전을 읽는 방은 깨끗했다. 화려한 장식은 없어도 매우 쾌적한 것이 한때는 유력자의 별장이었을 터다. 오토모신과 사제는 그 저택에서 '밖으로 나갈 자유'를 제외한 모든 것을 누렸다. 곽곽 선생은 포로를 잔인하게 학살하는 인간, '인간의 탈을 쓴 악귀'라는 평판과 달리 그들을 매우 존중했다. 그럴수록 이유가 궁금했다.

"전능자께서는 어떤 뜻으로 우리를 여기까지 데려왔을까요?"

사제는 어깨를 으쓱이는 것으로 답을 대신했다. 오토모신은 다시 질문을 던졌다.

"사제님은 이런 의문을 품은 적이 없습니까? 사제님의 삶만 봐도 어딘가에 전능자의 뜻이 있으리라 생각할 수밖에 없지 않습니까?"

틀린 말은 아니었다. 쥬에서 태어나 와에 잡혀와 노예로 살다가 혈교의 사제가 되었으니 단순히 우연과 우연에, 다시 우연이 겹친 결과라 생각하기는 어려웠다. 사제의 삶에는 틀림없이 전능자의 깊은 뜻이 있을 터였다.

"인간이 어찌 전능자의 뜻을 알 수 있겠습니까? 하지만 일의 끄트머리에 다가서면 어렴풋이나마 그 뜻을 알 수 있을 겁니다."

그때 문이 스르륵 열렸다. 문밖에는 무사가 있었고 조용한 걸음으로 방에 들어왔다. 그는 곽곽 선생의 부하답게 건장하고 다부졌다. 다만 수없이 살생한 사람치고는 선량한 얼굴이었다. 포로를 산 채로 나무 기둥에 꿰거나 불태우는 일을 했다고는 생각할 수 없었다. 외모뿐 아니라 실제로도 그랬다. 무사는 보름 전부터 매일 비슷한 시각에 오토모신과 사제를 찾아왔다. 놀랍게도 혈교의 교리를 배우는 것이 무사의 목적이었는데, 오토모신과 사제는 처음부터 무사가 단순히 명령에 따라 배우는 것이 아니라 혈교의 믿음에 정말 관심이 있음을 깨달았다.

"어서 오십시오."

사제가 어색한 발음으로 말했다. 무사는 카락이나 와의 언어를 몰랐다. 쥬에서도 심한 사투리를 써서 처음에는 사제도 알아듣기 힘들었다. 사제도 어린 시절에 납치된 터라 쥬의 말이 완벽하지 않았기 때문이다. 그래도 어색하게나마 사제와 무사는 대화할 수 있었고 오토모신은 사제를 통해 무사와 소통했다.

"무슨 말을 하고 있었습니까?"

무사가 빙긋 웃으며 물었다. 사제는 오토모신에게 무사의 말을 전한 다음 물음에 답했다.

"전능자의 뜻에 대해 이야기하고 있었습니다."

무사에게 답하면서 사제의 머릿속에 갑자기 생각이 떠올랐다. 정확히 말하면 오토모신이 던진 물음에 대한 대답이 번뜩였다. 조근이라고 했던가, 곽곽 선생의 명령을 받아 그들에게 혈교를 배우는 무사가 전능자의 뜻이란 생각이었다. 사제가 해적에게 납치되어 바다 건너 와에 노예로 팔렸던 일도, 오토모준이 오토모 씨를 장악하여 오토모신이 거의 막다른 길에 내몰린 일도, 심지어 곽곽 선생에게 다른 포로들이 잔인하게 학살당한 일 모두 이 조근이란 무사에게 전능자의 복음을 전하려는 뜻에서 일어난 일이 아닐까? 사제는 자신이 정답을 찾았다고 확신했다. 그래서 조근의 손을 굳게 움켜쥐며 말했다.

"무사님은 어찌하여 여기까지 왔는지 곰곰이 따져본 적이 있습니까?"

4

해안에서 멀지 않았지만 겨울 바다답게 파도가 거칠었다. 선박에는 무거운 짐이 잔뜩 실려 있었다. 비록 바닥이 넓고 평평하여 무거운 짐을 싣는 용도의 선박이었지만 '무거운 짐'은 어른 손목 굵기의 쇠사슬로 단순히 무겁기만 한 것이 아니었다. 무척 긴 쇠사슬에는 어른 서넛의 키에 해당하는 길이마다 커다란 나무상자가 매달려 있었다. 파도가 치면 거대한 평저선은 당장 뒤집어질 듯 흔들렸다. 쇠사슬이 조금만 한쪽으로 쏠려도 재앙이 발생할 터였다. 배가 뒤집히면 이 거친 겨울 바다에서는 아주 노련한 선원도 살아남지 못할 것이었다.

선장이 표정을 잔뜩 찌푸린 것도 그런 이유였다. 조그마한 실수, 잠깐의 방심에도 자신뿐 아니라 선원들까지 물고기 밥이 될 터였다. 재앙은 거기서 그치지 않을 것이었다. '나라님'의 성정을 생각했을 때 선장과 선원들의 잘못으로 귀중한 쇠사슬을 잃어버린 죄를 물어 가족에게까지 책임을 전가할 것이 틀림없었다. 왕세자와 흑색당은 다르다고 생각하는 사람도 있겠으나 어차피 그 밥에 그 나물이었다. 늑대와 들개에 큰 차이가 있을 리 없었다. 그러므로 선장처럼 유능한 뱃사람도 잔뜩 긴장할 수밖에 없었다. 거친 파도를 헤치고 나아가며 배에 실린 쇠사슬을 바다에 던져야 했다. 그들은 평해성에 딸린 항구 입구에 쇠사슬을 치고 있었다. 평해 앞바다는 수심이 깊고 바위산이 병풍처럼 에워쌌다. 지리적으로 최고의 항구였다. 수심이 깊어 커다란 선박도 드나들 수 있었으며 바위산이 병풍처럼 보호해주어 거친 풍랑이 몰아칠 때도 안쪽으로 들어오면 안전했다. 바위산이 자연스레 방파제 구실을 하는 셈이었다. 그뿐 아니라 병풍 혹은 방파제 같은 바위산이 에워싸지 못한 곳, 평해 앞바다와 외부 바다를 연결하는 통로만 통제하면 외부로부터의 공격을 막을 수 있었다. 그 통로에 쇠사슬을 설치하여 외부에서 평해 앞바다로 들어오는 선박을 막는 것이 선장과 선원들의 임무였다.

사실 그런 임무는 평화로운 시기에 해야 했다. 평해 앞바다로 향하는 통로 양쪽에 작은 요새를 만들고 거대한 바퀴 같은 장치를 설치하여 평화로운 시기에는 쇠사슬을 바다 깊숙이 늘어뜨려 선박이 드나들게 하고 적의 공격이 예상되면 쇠사슬을 수면 가까이 들어올려 적의 선박이 통과하는 것을 막아야 했다. 그러나 백색당이 임명한 어떤 절도사도 그런 일을 수행하지 않았다. 모리한이 평해를 손쉽게 점령했던 데는 그런 부분이 크게 작용했다. 평해의 항구를 보호할 아주 기본적인 준비도 없었으니 다른 부분은 말할 것도 없었다.

가까스로 평해를 탈환하자 왕세자는 그제야 부랴부랴 쇠사슬을 설치하라고 명령했다. 다만 평시 상황이 아니었던 터라 시간이 없었기에 커다란 나무상자들을 묶은 쇠사슬을 통로를 가로질러 설치할 수밖에 없었다. 그러면 적의 함대가 평해 앞바다에 들어오기 어렵고 평해항의 선박도 바깥 바다로 나갈 수 없었다. 왕세자에게는 다른 선택권이 없었다. 평해가 지닌 항구로서의 기능을 포기해서라도 일단 곧 들이닥칠 '오토모준의 공격'에 대비해야 했다.

그러나 이 모든 것은 왕세자 같은 '나라님'의 사정일 뿐이었다. 선장과 선원들은 평해를 떠나 도망치면 그만이었다. 그런데도 목숨을 걸고 겨울 바다에 나와 쇠사슬을 쳐야 했기에 기분이 썩 좋지 않았다.

그때 평소보다 훨씬 거친 파도가 몰아쳤다. 높이는 대단하지 않았으나 밀어내는 힘이 엄청났다. 선장은 배의 균형을 잡고자 혼신의 힘을 기울였지만 쇠사슬이 바닥에 끌리는 기분 나쁜 소리가 들렸다. 선원들의 욕설이 뒤따랐고 곧 바닥이 한쪽으로 들렸다. 선장은 그 의미를 잘 알았다. 배는 균형을 회복하지 못할 것이었다. 선장과 선원들은 차가운 바다에서 물고기 밥이 될 터였다. 바다가 얼음처럼 차가워 죽음은 순식간에 찾아올 것이었다. 쇠사슬을 잃어버리게 될 것이었다. '나라님'은 화낼 것이며 가족들에게 분풀이할 것이었다. 이는 쥬에서 평범한 백성이 감내해야 할 삶이었다.

5

회의실 분위기는 괴이했다. 너무 이상하여 공기가 서로 섞이지 않고 편을 나누어 싸우는 것 같았다.

원탁에 앉은 사람들을 보면 그런 분위기의 원인을 쉽게 짐작할 수 있었다. 상석에 앉은 왕세자를 중심으로 오른쪽에는 신동현, 왼쪽에는 은산군과 후야가 앉았다. 은산군은 신동현을 경멸하는 표정으로 바라보았고 신동현은 증오로 이글거리는 눈빛으로 후야를 노려보았다. 후야는 능글거리며 여유로운 표정이었으나 당장 원탁을 뛰어넘어 신동현의 경동맥을 잘라도 이상하지 않을 만큼 매서운 눈빛이 때때로 번뜩였다. 왕세자만 평정을 유지하고 평소처럼 온화한 표정이었으나 그런 태도가 더욱 섬뜩했다.

"쇠사슬을 실은 평저선이 세 차례 침몰했습니다. 다행히 네번째에는 성공했습니다. 그리하여 이제는 누구도 평해에 입항할 수 없습니다."

후야, 아니 평해절도사 박무현이 말했다. 그러나 이름을 바꾸어도 어색한 발음은 전혀 고쳐지지 않았다. 쥬의 관리, 특히 평해 같은 중요한 곳을 책임지는 고위직이라고는 생각할 수 없을 만큼 어색했다. 이에 신동현은 얼굴을 잔뜩 찌푸렸다.

"아니! 어떻게 세 번이나 실패한 거요! 절도사가 돼먹지 못한 뱃놈들에게 너무 만만히 보여 일어난 일이 아니오?"

신동현은 왕세자 앞이라고는 생각할 수 없을 만큼 버럭 화를 내며 말했다. 이번에는 은산군이 얼굴을 일그러뜨렸다. 신동현 따위가 백색당 구파의 힘을 믿고 왕세자 앞에서 경거망동하는 모습에 화가 치밀었다. 그러나 후야는 개의치 않는 듯 능글맞게 웃으며 대응했다.

"겨울 바다는 거칩니다. 평저선은 바닥이 평평해서 무거운 짐을 실을 수 있지만 높은 파도에 쉽게 전복됩니다. 뭐, 도총관은 한 번도 제대로 된 일을 하지 않아 잘 모르겠지만 현실은 그렇습니다."

그러더니 한층 천연덕스러운 표정으로 덧붙였다.

"선원들은 실패할 위험이 크고 실패하면 생명이 위험하다는 것을 알면서도 나라를 위해 용감하게 나섰으니 상을 주어야 합니다. 도총관은 그들에게 벌을 주어야 한다고 말하기 전에 스스로 나라를 위해 목숨을 건 적이 있는지 반성하세요."

발음은 어색했지만 언사는 유창했다. 신동현은 귀까지 벌겋게 달아올랐다. 반박하기 힘들어 더욱 화가 났다.

"지금 도총관인 나를 모욕하는 건가?"

신동현은 이제 왕세자 따위는 안중에도 없었다. 왕세자와 백색당 신파를 자처하는 은산군 모두 백색당 구파의 입장에서는 가소로운 존재였다. 갑자기 전쟁이 터진 덕분에 분조니 어쩌니 하며 남부 해안을 다스리게 되었지만 전쟁이 끝나면 죄다 죽은 목숨이었다. 더구나 암행총관이 남부 해안 근처에 있지 않은가. 국왕은 왕세자와 은산군을 믿지 않아 암행총관을 보냈다. 신동현은 곽곽 선생을 좋아하지 않았지만 암행총관으로는 뛰어나다고 생각했다. 여차하면 곽곽 선생이 왕세자와 은산군을 반역으로 처단할 터였다. 그래서 신동현은 기고만장했다.

"근본도 모르는 천한 것이 절도사가 되었다고 어디서 함부로 지껄이느냐!"

은산군이 화를 참지 못하고 폭발했다. 그는 주먹으로 원탁을 내리치며 소리쳤다.

"닥쳐라! 신동현! 감히 도총관 따위가 왕세자 저하 앞에서 무슨 짓이냐! 왕실을 능멸하면 반역이다!"

은산군의 말에 신동현은 주춤했다. 어쨌든 왕세자는 국왕의 아들이었다. 또한 분조를 이끄는 터라 도총관이 함부로 날뛸 상황이 아니었다. 왕세자는 여전히 차분했다. 입을 다물고 지켜볼 뿐이었다.

"암행총관이 도착했습니다."

회의실 밖에서 시종이 외쳤다. 그러자 왕세자가 드디어 입을 열었다.

"들라 하라."

회의실 문이 열리고 곽곽 선생이 들어섰다. 검은 두건에 검은 옷을 입고 야릇한 미소를 한껏 머금은 특유의 모습이었다. 그는 자리에 앉은 뒤 천천히 입을 열었다.

"왕세자 저하, 분부에 따라 평저선의 전복을 조사했습니다."

곽곽 선생의 말에 은산군과 신동현의 눈이 휘둥그레졌다. 반면 후야는 재미있는 장난을 치고 결과를 기다리는 아이처럼 얼굴이 환해졌다.

"아무리 겨울 바다라도 평저선이 세 번이나 전복된 것은 이상한 일이 틀림없습니다. 그래서 왕세자 저하의 명을 받아 주변을 조사했습니다."

신동현과 은산군의 표정이 굳었다. 곽곽 선생이 말하는 조사가 무엇인지 잘 알기 때문이었다. 암행총관, 특히 곽곽 선생의 조사는 사실과 관계없었다. 곽곽 선생은 자신이 원하는 진실을 만들었다. 결과를 정해두고 그에 맞는 사실을 조작했다. 고문과 매수, 회유와 협박을 능수능란하게 사용하여 원하면 무엇이라도 사실로 둔갑시켰다.

"그랬더니 왕세자 저하의 예상대로 반역이었습니다. 간악한 구산영주 오토모준으로부터 황금 100냥과 상군이 정복에 성공하면 평해 일대에 영지를 하사받는 조건으로 도총관 신동현이 부하를 시켜 평저선의 조타 장치를 훼손했습니다. 다행히 세 척만 훼손하여 네번째 평저선은 임무에 성공할 수 있었습니다."

곽곽 선생은 저녁으로 준비한 음식을 설명하는 요리사처럼 말했다. 매일 겪는 일상이라 특별하지 않으나 자신이 만든 것에 대한 자부심으로 다소 신나하는 태도였다. 따지고 보면 신동현을 반역죄로 엮은 것은 곽곽 선생의 작품이므로 크게 이상한 태도는 아니었다. 반면 신동현은 얼굴이 하얗게 질렸다. 다른 사람이면 모를까, 곽곽 선생이 반역자라 지목하면 살아남을 수 없었다. 반역자라고 단정하며 증거 혹은 증인을 제시하면 그것으로 끝이었다. 왕족도 벗어나기 어려웠다.

"암행총관! 그게 무슨 말이오! 나는 북쪽으로 몽진하신 국왕 전하를 모시다가 불과 보름 전에 평해에 도착했소. 그런데 어떻게 오토모준과 내통할 수 있겠소? 내 부하들도 마찬가지오."

신동현은 최선을 다해 방어했다. 사실 그의 변론은 상당히 합리적이었다. 신동현과 오토모준은 아무리 따져도 접점이 없었다. 전혀 모르던 사람을 불과 며칠 만에 포섭하여 파괴 공작을 벌이도록 만드는 것은 불가능했다.

"누가 지금 포섭했다고 했습니까? 신동현, 당신은 이미 몇 해 전부터 오토모준과 내통했습니다. 평저선을 파괴하여 평해 방어를 방해한 것만 혐의가 아닙니다. 한벌이 그토록 쉽게 함락된 것도 당신이 오토모준에게 기밀을 넘겼기 때문입니다. 모두 밝혀졌으니 지금이라도 죄를 인정하고 참회하는 것이 좋습니다."

곽곽 선생은 천연덕스럽게 말했다.

"그, 그럼, 증거가 있소? 아무리 암행총관이라도 증거 없이 백색당원에게 죄를 물을 수는 없소!"

평소라면 곽곽 선생은 너털웃음을 터뜨렸겠으나 왕세자가 있어 잠깐 싱긋거린 후에 대답했다.

"당신의 부하들이 모두 실토했습니다. 사실대로 말하지 않고 버티다가 죽은 녀석도 있습니다만 손톱 하나 뽑지 않아도 술술 불어버린 녀석들이 많았습니다."

 곽곽 선생의 심문, 정확히 말해 고문은 매우 유명했다. 곽곽 선생의 방식은 특히 여럿을 심문할 때 힘을 발휘했다. 처음 몇 명에게는 아무 질문도 하지 않고 고문했다. 서서히 고통의 강도를 높이며 반나절에 걸쳐 고문했다. 나중에는 고문받는 쪽이 '무엇이라도 자백하겠다'며 부디 고통을 멈추고 죽여달라 간청하는데, 곽곽 선생은 당연히 외면했다. 그렇게 처음 몇 명이 극단적인 고통을 겪은 끝에 죽음을 맞이하면 그 과정을 지켜본 나머지는 손가락 하나 건드리지 않아도 알아서 자백했다.

 신동현은 회의실 바닥에 털썩 주저앉았다.

제10장
겨울은 음모의 계절

1

 말하는 능력을 빼앗으려면 어떻게 해야 할까? 흔히 혀를 뽑는 방법을 떠올린다. 그러나 상당한 양의 피를 흘리기 때문에 단지 몇 시간만 살려둘 사형수가 대상이라면 적합하지 않은 방법이다. 그런 때는 턱뼈를 부러뜨리는 방법이 한층 실용적이다. 턱뼈가 부러지면 입을 벌리고 다물기가 매우 고통스러워 제대로 발음하기 힘들다. 물론 아주 강한 의지를 지닌 사람은 턱뼈가 부러져도 고통을 이겨내고 말할 수 있다.

 하지만 다행히 신동현은 그런 부류가 아니었다. 신동현뿐 아니라 대부분의 백색당원이 그럴 터였다. 그들은 타인을 고통스럽게 만드는 일에는 익숙해도 정작 자신이 고통을 이겨내는 데는 매우 미숙했다. 위선자가 원래 그렇지 않은가.

곽곽 선생도 신동현의 턱을 부러뜨리라고 명령했다. 직접 할 수도 있었으나 턱뼈를 부러뜨리는 정도는 곽곽 선생이 직접 나설 일이 아니었다. 곽곽 선생은 신동현에게 보다 깊고 쓰라린 고통을 주고자 했다.

곽곽 선생이 평해절도부에 딸린 감옥을 찾았을 때 신동현의 몰골은 형편없었다. 발은 족쇄에 채워져 있었고 목과 손은 커다란 형틀에 묶여 있었다. 도총관이 입는 겉옷은 모두 벗겨졌으며 속옷은 여기저기 찢겼다. 똥오줌까지 지려 악취가 진동했다. 머리카락은 봉두난발이었으며 턱뼈는 곤봉에 맞아 툭 불거졌고 입 주변은 피가 말라붙었다. 반쯤은 고통에 기절했고 반쯤은 잠이 든 상태였는데, 곽곽 선생은 찬물을 끼얹으라고 명령했다. 무사들은 신동현이 갇힌 감옥 문을 열고 거칠게 찬물을 뿌렸다. 신음과 함께 신동현이 깨어났다. 곽곽 선생은 쇠창살 밖에서도 말을 건넬 수 있었지만 신동현 곁으로 다가갔다.

"정신이 듭니까?"

곽곽 선생은 언제나처럼 한쪽 입술을 일그러뜨리며 웃었다. 곽곽 선생을 발견한 신동현은 분노에 차서 무엇이라 말하려 했으나 웅얼거릴 뿐 말을 제대로 내뱉지 못했다.

"도총관, 역시나 고통을 참지 못하는군요. 이놈 저놈을 흑색당이라며 고문할 때는 꽤 솜씨가 있습디다만 정작 고통을 이길 힘은 없나봅니다."

곽곽 선생은 몸을 웅크리고 신동현을 자세히 살폈다. 그러고는 빙긋 웃더니 신동현 곁에 앉았다.

"흑색당원을 고문할 때는 도총관도 이곳을 다른 기분으로 찾았을 겁니다. 뭐, 진짜 흑색당원이 아닌 사람도 많았으니 지금 나와 비슷한 기분이었겠군요."

곽곽 선생은 신동현의 형틀을 만지작거리며 말을 이었다.

"당신네가 흑색당원으로 몰아서 고문하고 죽인 죄수들 중에는 적지 않은 사람이 무고했던 것처럼 신동현 당신도 반역자는 아니지."

신동현은 팔다리를 버둥거렸다. 고통스러워 말하지 못했기에 그것이 할 수 있는 반발의 전부였다.

"흥분하지 마시오. 그렇다고 도총관이 무고한 자는 아니지 않습니까. 몇 번을 고문당하고 죽어야 할 만큼 많은 죄를 짓지 않았습니까? 그런데 아쉽게도 처형은 한 번뿐입니다. 다들 목숨은 공평하게 하나뿐이니까요."

곽곽 선생은 휘파람을 불며 일어났다.

"그래도 실망하지 마세요. 아주 고통스러울 겁니다. 도총관 같은 분을 깨끗하게 보내드릴 수야 있겠습니까."

곽곽 선생은 감옥을 나가려다 이내 다시 다가와 허리를 숙이고 신동현의 귀에 속삭였다.

"그런데 도총관, 박무현은 사실 곽훈입니다. 곽산의 아들이죠.

아버지와 내가 곽훈을 와로 빼돌렸는데 글쎄, 당신네 백색당은 국왕부터 졸개까지 우리 부자를 너무 믿지 뭡니까?"

곽곽 선생이 신동현의 턱을 부러뜨린 이유였다. 물론 꼭 필요한 행위는 아니었다. 쓸데없이 위험을 감수하는 행위에 해당했다. 평소라면 곽곽 선생이 가장 싫어하는 행위였을 것이다. 그러나 그때만큼은 신동현을 끝까지 괴롭히고 싶었다. 신동현의 육체뿐 아니라 영혼까지 고통받으며 죽기를 원했다.

곽곽 선생은 신동현의 처형을 보지 않고 평해를 떠났다. 신동현이 고통에 몸부림치는 모습을 충분히 보았기 때문이다. 더구나 평해에는 곽곽 선생이 할일이 더이상 남아 있지 않았다.

2

겨울 막바지에 접어들었으나 바다는 여전히 거칠었다. 쥬의 선박으로는 먼바다에 나가기 어려웠다. 와의 선박은 색목인의 흑선을 흉내내어 쥬의 선박보다는 나았으나 위험이 따랐다. 상군의 군대가 한벌 주변을 점령한 후 숨 고르기에 나섰고 흑도를 완전히 장악한 오토모준이 모리한의 패배를 전해듣고도 평해로 진군하지 않은 데는 그런 이유도 한몫했다. 겨울이라 바다를 통한 보급과 이동 모두가 원활하지 않았다.

하지만 흑선은 예외였다. 색목인이 만든 진짜 흑선은 겨울에도 먼바다를 항해할 수 있었다. 쥬의 동쪽 해안에 나타난 커다란 선박도 그런 흑선이었다. 상인들의 선박보다 훨씬 컸고 돛대 가장 높은 곳에 '전능자의 깃발'이 휘날리는 것으로 보아 혈교 교단의 소속인 듯했다. 예전에는 그런 흑선이 출몰하면 백성부터 관리까지 분주하게 움직였겠지만 전쟁이 많은 것을 바꾸어놓았다. 침략자를 가득 태운 와의 선박이면 모를까, 혈교 교단에 소속된 흑선에는 이제 다들 관심이 없었다. 거기까지 신경쓸 여유도, 동원할 병력도 없었다. 그리하여 거대한 흑선은 여유롭게 해안 근처에 닻을 내린 뒤 나룻배를 띄웠다. 나룻배라고 해도 크고 튼튼하여 20명 남짓한 인원이 탈 수 있었는데, 그런 나룻배가 세 척이나 해안으로 향했다.

나룻배에 탄 사람들은 매우 잘 훈련되어 한 치의 오차도 없이 마치 한 몸처럼 노를 저었다. 나룻배는 빠르게 해안으로 다가갔다. 모래와 자갈이 깔린 해변에 이르자 그들은 아주 능숙한 솜씨로 나룻배를 끌어올렸다. 그와 동시에 주변을 빠르게 경계했다. 갑옷을 입지 않은 가벼운 차림이었으나 단검과 석궁, 화승총 따위로 무장했다. 그들의 절반가량은 색목인이었지만 카락의 남부 지역에서 온 사람도 있었고 혼혈도 눈에 띄었다. 그러나 우두머리인 듯한 사내는 녹색 눈과 황금처럼 반짝이는 머리카락을 지닌 전형적인 색목인이었다. 그만 유일하게 단검이 아닌 장검을 허리춤에 차고 있었다. 그는 천천히 나룻배에서 내려 해변으로 향했다. 모래와 자갈을 밟는 소리가 주위의 평온을 깨뜨렸고 사내와 일행은 긴장한 눈빛으로 주변을 살폈다.

"주교의 사절인가?"

그때 카락어가 들렸다. 제법 유창했으나 못내 어색한 발음이 카락인은 아닌 듯했다. 사내와 일행은 목소리가 들린 곳을 찾아 신경을 곤두세웠고 곧 검은 옷을 입은 무사들이 눈에 띄었다. 열 명 남짓한 무사는 모두 건장했고 검은 옷에 장검을 차고 있었다.

"그렇다. 당신들은 누군가?"

우두머리가 대답하자 검은 옷의 무사들은 고개를 끄덕였다. 그러고는 한 명이 성큼성큼 다가왔다. 그는 우두머리에게 작고 동그란 패를 꺼내 넘겨주었다. 우두머리는 패를 면밀하게 살폈다. 작지만 정교하게 가공된 패는 암행관의 신분을 보증하는 물건이 틀림없었다. 우두머리는 고개를 끄덕이고는 품에서 밀랍에 찍힌 인장이 도드라진 종이뭉치를 꺼내 무사에게 넘겨주었다. 무사도 그 종이뭉치를 자세히 살폈다. 주교의 인장, 즉 포르안의 인장임을 확인하고 고개를 끄덕였다. 그제야 긴장이 풀렸다. 우두머리와 무사는 패와 종이뭉치를 서로 돌려받았다. 그러고는 함께 육지 깊숙한 곳으로 향했다.

3

오토모신과 사제는 조근에게 혈교 경전을 가르치는 이유를 알지 못했다. 아무리 생각해도 짐작조차 어려웠다. 그러나 그들에게는 선택할 권리가 없었다. 곽곽 선생은 마음만 먹으면 그들을 죽일 수 있었다. 그뿐 아니라 온갖 끔찍한 방법으로 고통을 준 후에 죽일 가능성이 컸다. 그러므로 감사하는 마음으로 조근에게 혈교 경전을 가르칠 수밖에 없었다. 그러자 다른 의문이 떠올랐다. 조근이 혈교의 교리를 충분히 깨우치면 그들은 어떻게 될까? 조근에게 혈교 경전을 가르치는 동안은 살려두겠으나 그다음에는 어떻게 될까? 곽곽 선생은 절대 쓸데없는 자비를 베풀지 않았다. 적에게는 더더욱 그랬다. 오토모신과 사제를 살려둘 이유가 없어지면 당연히 살해할 터였다. 그렇다면 곽곽 선생은 조근이 어느 수준까지 이르기를 바랄까? 어떤 종류의 신앙을 품기를 원할까? 도무지 종잡을 수 없었다. 더구나 조근도 특이하고 위험한 구석이 있었다.

"전능자의 복음에 따르면 그의 왕국에서는 가난한 자도, 부유한 자도, 고귀한 자도, 비천한 자도 없으며 모두가 평등한 형제라고 하지 않습니까? 그런데 혈교에도 주교가 있고 사제가 있으며 평범한 신도가 있습니다. 색목인이 사는 곳에도 왕이 있고 영주가 있으며 노예가 있습니다. 전능자를 따르면서 어떻게 그럴 수 있습니까?"

"전능자께서는 형제가 다른 형제를 착취하고 핍박하는 것을 금하셨습니다. 노예 상인이야말로 죽음을 파는 사악한 인간이며 악마의 하수인이라 하셨죠. 그런데 어찌하여 색목인들은 쥬와 카락에서 노예를 공공연히 매매합니까? 구산영주 오토모준만 해도 신실한 혈교 신자면서 노예무역의 우두머리가 아닙니까?"

사제와 오토모신 모두 그 질문에 제대로 답할 수 없었다. 조근도 그들에게 별다른 기대를 하지 않는 듯했다. 다만 그런 의문과 별개로, 혹은 그런 의문에 힘입어 조근이 혈교에 대해 지닌 관심은 점점 커졌다. 급기야 믿음이라 부를 수 있는 단계에 이르렀다. 그러나 혈교의 일반적인 신앙과는 사뭇 달랐다. '전능자의 은혜 가운데 모두 평등하다', '전능자의 왕국에서는 모두가 자유롭다' 같은 말에 지나치게 집착했다. 혈교의 긴 역사를 돌아보면 그런 생각을 품는 사람은 항상 존재했다. 그들은 모두 이단으로 몰렸고 비극을 피하지 못했으나 그럼에도 항상 비슷한 생각을 지닌 존재가 나타났다. 평소라면 사제와 오토모신은 조근을 꾸짖고 교정하려 노력했을 것이다. 그러나 그들은 그럴 위치가 아니었다. 사실 오토모신과 달리 사제는 조근의 생각에 은근히 동조했다. 따지고 보면 조근이 품은 생각이 전능자의 가르침에 충실하다고 판단했다.

어쨌든 사제와 오토모신, 조근의 기묘한 공부는 갑자기 끝났다. 하지만 그들은 그 순간을 맞이하면서도 깨닫지 못했다. 여느 때처럼 경전을 공부하고자 모인 평범한 날이었기 때문이다. 오토모신과 사제는 경전을 펴고 조근에게 교리를 설명했고 조근은 특유의 진지한 태도로 경청했다. 그때 갑자기 곽곽 선생이 나타났다. 역시나 검은 옷에 검은 두건을 쓰고 얼굴에는 야릇한 미소를 띤, 특유의 모습이었다. 그는 오토모신과 사제, 조근의 깜짝 놀란 반응을 즐기며 입을 열었다.

"굳이 나를 소개할 필요는 없겠군요."

오토모신과 사제를 배려해서인지 곽곽 선생은 와의 언어로 말했다. 그는 성큼성큼 걸어와 혈교 경전이 놓인 탁자 앞에 앉아 왼손으로 혈교 경전을 들어 힐끔 훑고는 피식 웃으며 내려놓았다.

"전능자의 가르침을 이제 좀 알겠나?"

이번에는 쥬의 언어로 조근에게 물었다. 조근은 조심스레 고개를 끄덕였다. 곽곽 선생은 그런 줄 알았다는 듯 만족스러운 표정을 지었다.

"자네 같은 부류에게는 혈교의 복음이 아주 매력적일 거야. 틀림없어. 물론 매우 과격하게 이해했겠지. 모두 평등하고 모두 자유로운 천상의 왕국을 꿈꾸겠지!"

곽곽 선생은 너털웃음을 터뜨렸다. 오토모신은 쥬의 말을 알아듣지 못해 어리둥절한 표정이었지만 사제는 곽곽 선생의 웃음이 꺼림칙했다.

"하지만 조심해야 해. 쥬에서 그런 믿음은 곧 반역일세."

곽곽 선생의 말에 사제의 표정이 굳어졌다. 도무지 의도를 가늠할 수 없어 한층 불길했다.

"물론 요즘이야 그걸 누가 신경이나 쓰겠나? 전란이 닥쳤는데

말일세."

곽곽 선생은 다시 빙긋 웃으며 오토모신을 바라보았고 이내 와의 언어로 말하기 시작했다.

"당신을 죽이지 않은 이유가 궁금하지? 사실 당신네에게 별다른 감정은 없어. 강한 쪽이 있고 약한 쪽이 있으면 전쟁이 일어나기 마련이지."

곽곽 선생은 오토모신의 눈을 뚫어져라 쳐다보았다. 오토모신도 곽곽 선생의 눈을 피하지 않았다. 그러나 이내 섬뜩한 느낌이 머리부터 목덜미를 타고 내려갔다.

"그런데 포로는 귀찮아서 말이야. 나는 오토모준이 아니라서 노예 장사에는 관심이 없거든. 그렇다고 살려두자니 식량을 축낼 뿐 아니라 관리하기도 어려워. 그래서 가장 효과적인 방법을 선택했을 뿐이야. 그렇다고 그냥 포로를 학살하면 나를 단순히 미워하지 않겠나? 하지만 상상조차 못할 만큼 잔인하고 끔찍하게 처리하면 나를 두려워하겠지. 악당을 미워할 수는 있어도 악마는 너무 두려워 미워할 수도 없는 법이니까."

곽곽 선생은 자랑스러운 일을 해낸 소년처럼 굴었다. 미소를 머금은 표정으로 조금 흥분하여 아주 빠르게 말했다. 오토모신은 조금 전에 느낀 섬뜩함의 이유를 확실히 깨달았다.

"다행히 오토모신, 당신은 매우 가치 있어. 모리한 따위와는 비교할 수 없을 정도야."

겨울은 음모의 계절

곽곽 선생은 눈을 찡긋거리며 오토모신과 사제를 잠시 바라보았다.

"물론 그 가치도 당신네가 나를 도와주어야 의미가 있어. 나를 돕지 않겠다면 나무 기둥과 송진 범벅, 둘 중 하나를 선택해야 할 거야. 충고하면 후자가 나을 것 같아. 그나마 고통이 짧은 듯하거든. 하긴 죽은 자에게 뭐가 더 고통스러웠냐고 물어볼 수 없으니 이것도 추측이지."

오토모신은 곽곽 선생이 악마처럼 느껴졌다. 곽곽 선생이 그 모든 끔찍한 행위를 진심으로 즐기는 듯했기 때문이다.

"그러니 나를 돕는 것이 좋을 거야. 더구나 오토모신, 당신에게도 유리한 제안이야. 따지고 보면 당신이 나를 돕는 것이 아니라 내가 당신을 돕는 셈이지."

4

겨울치고는 며칠 동안 바다가 평온했다. 물론 평소처럼 파도가 거칠었어도 쥬의 동쪽 해안에서 흑도에 이르는 길지 않은 항해는 거대한 흑선에게는 평범한 일상에 불과했을 것이다. 하지만 짧은 항해 내내 우두머리의 마음은 무거웠다. 특히 흑도에 근접하자 긴장과 불안이 몰려왔다. 평소라면 항구에 가까워질수록 평안했겠지만 이번에는 반대였다. 흑도의 북쪽 항구에 다다르자 불안과 긴장이 절정에 달했다.

겨울이 다가오면 흑도의 항구는 조용했다. 아주 급한 일이 아니고서는 거친 겨울 바다를 항해하는 배가 없었다. 사실 겨울이 아니어도 어선을 제외하면 세금과 진상품을 실어나르는 배만 드나들었다. 그러나 오토모준이 흑도를 점령하자 완전히 달라졌다. 색목인의 상선이 쉴새없이 항구를 드나들었다. 평범한 화물을 실은 배뿐 아니라 '살아 있는 상품', 즉 노예를 실은 배도 자주 나타났다. 오토모준은 아예 흑도에 노예시장을 만들어 멀리 남방에서 오는 상인들까지 받아들였다.

  그래도 오토모준은 흑도 주민을 사고파는 일은 엄격히 금지했다. 흑도를 구산을 대신할 근거지로 삼는 것이 오토모준의 목표여서 주민의 환심을 얻으려 했기 때문이다. 그래서 너그럽게 통치했고 혈교의 포교에 힘을 기울였다. 흑도는 쥬에서 늘 착취당하고 차별받는 입장에 있던 터라 혈교를 포교할 요건이 충분했고 혈교의 기세가 오를수록 오토모준에게도 유리했다. 다만 오토모준은 포르안 대신 '전능자의 사도회'와 손을 잡았다. 와에서 혈교를 대표하는 인물은 포르안이 틀림없었으나 오토모준은 그가 꺼림칙했다. 그런 반응은 포르안도 마찬가지였다. 포르안은 오토모준을 탐욕스러운 기회주의자라 생각했고 오토모준은 포르안을 쓸데없이 간섭하는 색목인이라 판단했다. 그리하여 오토모준은 흑도에서 포르안의 영향력을 어떻게 하든 줄이고 싶어 '전능자의 사도회'와 밀착했다.

그것이 우두머리가 긴장과 불안을 느끼는 이유였다. 그들은 '전능자의 사도회' 소속이 아니었다. 그들은 포르안의 부하였다. 물론 형식상으로는 포르안이 와의 모든 혈교도를 통솔했다. '전능자의 사도회'도 포르안의 권위에 순종했다. 그러나 형식과 실제는 달랐다. '전능자의 사도회'는 여간해서는 포르안의 명령을 따르지 않았다. 더구나 구산영주와 '전능자의 사도회'가 흑도에서 이룬 성과를 격려하고자 포르안이 보낸 선물을 전달하는 일이 표면적인 임무였으나 진짜 임무는 오토모준과 '전능자의 사도회'에 심각한 골칫거리를 안겨주는 것, 즉 20명 남짓한 무리를 쥬의 동쪽 해안에서 실어 흑도에 몰래 잠입시키는 것이었다. 쥬의 동쪽 해안에 들러 곽곽 선생을 만난 것도 그 때문이었다.

포르안은 자세한 내용을 알려주지 않았으나 우두머리는 동쪽 해안에서 배에 태운 20명 남짓한 무리에서 낯익은 얼굴을 발견했다. 바로 오토모신이었다. 우두머리는 포르안의 계획을 추측할 수 있었다. 오토모신을 이용하여 오토모준을 견제하는 것이 계획일 터였다. 봄이 무르익으면 오토모준은 함대와 병력을 총동원하여 평해를 공격할 것이었다. 그때 오토모신이 흑도에서 비정규전을 벌이면 오토모준은 아주 난처한 상황에 놓일 터였다. 그런 상황은 곽곽 선생에게도 유리하여 포르안과 곽곽 선생이 거래한 듯했다. 다만 단순히 오토모신이 흑도에서 오토모준에 저항하는 봉기를 일으키는 것만으로는 곽곽 선생에게 일방적으로 유리하니 분명히 다른 계략도 있을 것이었다. 포르안은 허술한 인간이 아니었다. 하지만 우두머리는 그것이 무엇인지까지는 별반 궁금하지 않았다. 굳이 알고 싶지 않았다. 주제넘게 그런 일을 알려고 들면 목이 달아나기 십상이었다. 우두머리는 그저 자신의 임무만 성공적으로 완수하고 싶었다.

우두머리가 불안과 긴장에 시달리는 사이 배가 부두에 닿았다. 선원들은 능숙한 솜씨로 닻을 내리고 부두에 배를 대었다. 곧 관리와 병사들이 다가왔고 우두머리는 천천히 그들을 맞이했다.

"주교님께서 구산영주에게 보낸 하사품을 전달하고자 왔다."

우두머리는 꼬장꼬장한 태도로 말했다. 구산영주든, '전능자의 사도회'를 이끄는 기사단장이든 포르안보다 지위가 낮았다. 포르안의 명령을 전할 때 공손할 이유가 없었다. 특히 관리와 병사들에게는 더욱 그랬다. 공손하면 만만한 상대라 생각하여 까탈스럽게 굴 터였다. 그랬다가는 진짜 임무를 그르칠 위험이 있었다.

"알겠습니다. 일꾼을 보내 하역을 돕겠습니다."

부두를 책임지는 관리는 우두머리의 기세에 눌린 듯했다. 우두머리는 한층 세게 다그쳤다.

"겨울 바다를 항해해서 선원들이 지쳤다. 숙소는 어디인가?"

그러자 관리가 당황했다. 배에서 지낼 것이라 예상한 듯했다.

"설마 준비하지 않은 것은 아니겠지?"

우두머리의 말에 관리는 우물거렸다. 숙소를 준비하지 않아 무

겨울은 음모의 계절 163

엇이라 대답해야 할지 몰랐다.

"됐다. 그럼 일부는 배에 머물고 나머지는 우리가 알아서 숙소를 징발하겠다. 영주께도 그렇게 아뢰어라."

사실 숙소가 준비되지 않은 편이 우두머리에게 유리했다. 그래야 마음에 드는 숙소를 골라 오토모신 일행을 침투시킬 수 있기 때문이었다.

"알겠습니다."

관리의 말에 우두머리는 여전히 쌀쌀맞게 말을 이었다.

"숙소에 대한 비용은 그쪽에서 부담하는 것으로 알겠다. 숙소를 구해 복장을 정비하고 영주를 찾아뵙겠다."

관리는 아무 말도 하지 못했다. 숙소를 준비하지 못한 것에 온통 마음이 쓰여 선원들 틈에 조금 이상한 사람들이 섞여 있는 것은 전혀 알아차리지 못했다.

제11장
봄이 되면 독사가 움직인다

1

 겨울이 지나 봄이 찾아오면 생명이 움텄다. 앙상했던 나뭇가지에 파릇파릇 새싹이 돋아나고 이름 모를 풀이 황량했던 대지를 초록빛으로 장식했다. 개구리가 모습을 드러내고 그에 맞추어 뱀도 슬그머니 나타났다. 남쪽으로 떠났던 철새가 돌아와 지저귀고 온갖 곤충이 본격적으로 활동을 시작했다.
 그러나 적지 않은 사람에게, 정확히 말하면 쥬를 구성하는 대부분의 부류에게 봄은 잔인한 계절이었다. 지난가을에 걷은 곡식은 겨울을 지나며 바닥이 드러났고 보리를 수확하려면 아직 시기가 일렀다. 그리하여 그들은 생명이 되살아나는 계절에 굶주렸다.
 물론 예외는 있었다. 관리와 백색당원은 그런 걱정 따위는 마음에 담을 필요가 없었다. 그들은 봄의 싱그러운 기쁨을 온전히 만끽할 수 있었다. 창고에는 여전히 곡식이 넉넉했고 그것을 바탕으로 한층 큰 부를 손에 넣기 때문이었다.

그들은 굶주린 사람들에게 곡식을 빌려주었다. 물론 이자가 무시무시했다. 봄에 한 가마니를 빌리면 가을에는 두 가마니로 갚아야 했다. 그러면 겨울을 지내기가 빠듯하여 봄이면 식량이 또다시 바닥이 났다. 그래서 두 가마니를 빌릴 수밖에 없으면 절박한 사정을 악용하여 가을에 다섯 가마니를 갚아야 했다. 그래도 굶어죽지 않으려면 빌릴 수밖에 없었는데, 이런 과정을 몇 년 반복하면 농민은 땅을 빼앗기고 소작인이 되었다. 소작인은 소작료를 지불할 수 없어 노예가 될 수밖에 없었다.

도병수도 그런 부류에 속했다. 백색당원인 점을 제외하면 아무 능력이 없었으나 쥬에서는 그것으로 충분했다. '최후의 흑색당원' 곽산의 반란이 실패한 후 죽전과 평해 근처에서는 많은 사람이 흑색당원으로 몰려 처형되거나 유배되어 재산을 빼앗겼다. 도병수는 백색당 수뇌부와 연줄을 대어 그런 재산을 차지했다. 죽전과 평해의 경계에 자리한 꽤 넓은 토지와 그에 딸린 저택을 손에 넣었고 곡식을 기반으로 하는 고리대금업을 통해 막대한 부를 쌓았다. 벼슬길에 나설 야망 따위는 일찌감치 버리고 오직 재산 불리기에만 집중하여 평해 인근에서 손꼽히는 지주가 되었다.

도병수에게 바다 건너 야만인이 쳐들어온 사건은 큰 근심거리였다. 그러나 모리한은 평해성을 함락한 후에는 더이상 확장하지 못했다. 왕세자가 평해성을 탈환하자 근심이 완전히 사라졌다. 전쟁이 나도 그의 재산은 줄어들지 않을 듯했다. 오히려 전쟁으로 굶주린 사람들에게 한층 무시무시한 이자로 곡식을 빌려주어 재산을 더욱 불릴 수 있으리라 기대했다.

그런데 그때부터 상황이 이상하게 흘렀다. 왕세자는 박무현이라는 정체불명의 사내를 평해절도사에 임명했다. 박무현은 백색당원이 아닐뿐더러 신분 자체가 모호했다. 심지어 흑색당원이라는 소문도 있었다. 도병수는 모두 유언비어일 뿐이며 별다른 일이 생기지 않으리라 생각했다. 하지만 그 예상은 빗나갔다. 박무현은 '구산영주의 공격에 대비한다'는 명분으로 병사를 모집했는데, 그렇게 모인 사람들 대부분이 흑색당원이었다. 흑색당의 과두정이 붕괴되고 왕정복고를 이룬 후 국왕과 백색당이 집요하게 흑색당을 색출했는데, 흑색당 잔당의 규모가 수천이 훌쩍 넘다니! 죽전과 평해 근처의 지주들은 깜짝 놀랐다(정확히는 평현 곽씨를 제외한 모든 지주가 놀라고 두려워했다). 그들은 흑색당 잔당이 저지를 수 있는 온갖 끔찍한 일을 떠올리며 공포에 떨었다.

안타깝게도 그 모든 공포가 곧 현실로 드러났다. 박무현은 '군량을 준비한다'는 명목으로 평해 근처부터 멀리는 죽전 부근까지 병사들을 보내 지주들을 약탈했다. 창고에 쌓아둔 곡식은 물론 귀중품까지 '돈이 될 만한 물건'은 죄다 빼앗았다. 거기에 그치지 않고 지주를 살해하는 경우도 많았다. 평현 곽씨를 제외하면 모든 지주가 '약탈할 대상'에 해당했다.

도병수는 단단히 준비했다. 창과 몽둥이로 하인과 노예를 무장하게 하고 돈을 들여 사냥꾼과 왈패를 고용했다. 손꼽히는 부자인 만큼 지킬 것도 많아 100명에 육박하는 장정을 무장시켰고 그 정도면 충분하리라 생각했다. 기껏해야 흑색당 잔당이 아닌가. 겉으로는 제법 군대처럼 보여도 실제로는 오합지졸에 불과할 터였다.

하지만 도병수의 예상은 빗나갔다. 평해절도사의 깃발과 함께 200명 남짓한 병사가 저택 앞에 도착하자 도병수의 부하들이야말로 오합지졸인 것이 드러났다. 하인과 노비는 제대로 싸워본 적 없었고 왈패는 거리의 부랑자일 뿐이었다. 그나마 사냥꾼은 화승총을 지녔으나 대여섯 명에 불과했다. 처음에는 용감하게 화승총을 발사했지만 상대의 화만 돋웠다. 총소리가 들리자 병사들은 한층 거칠게 반응했다. 저택에 난입하여 닥치는 대로 부수었다. 사람이 눈에 띄면 즉시 칼을 휘두르고 창을 찔렀으며 조금이라도 값이 나가는 물건이 보이면 약탈했다. 도병수의 부하들은 그런 기세에 눌려 도망치기 급급했고 도병수는 발만 동동 구를 뿐이었다. 도병수가 있는 저택의 깊숙한 곳까지 병사들이 진입하는 동안에도 부들부들 떨고만 있었다.

"네가 여기 주인이냐?"

덩치 큰 사내가 도병수에게 다가와 물었다. 병사들의 우두머리인 듯한 사내는 갑옷을 입어 한층 커 보였다. 투구에는 도깨비를 닮은 가면이 달려 있었다. 도병수는 더욱 왜소해 보였다. 특히 검은 머리카락을 찾기 힘들 만큼 하얗게 세어버린 머리카락과 눈가에 잡힌 잔주름은 도병수를 실제보다 훨씬 늙어 보이게 했다.

"도적떼 같은 놈들!"

도병수는 사내의 말에 대답하는 대신 분노와 절망을 담아 소리쳤다. 그러자 사내가 투구를 벗었고 도깨비 가면에 가려졌던 얼굴이 드러났다. 만교 승려를 떠올리게 하는 민머리에 날카로운 눈매를 지녀 옅은 미소를 머금었는데도 사납게 느껴졌다.

"백색당 놈이 입에 올릴 말은 아니지."

사내는 성큼성큼 도병수에게 다가갔다. 사내가 다가올수록 도병수는 점점 쪼그라드는 듯했다. 사내는 왼손을 뻗어 도병수의 목을 움켜잡았다. 그러고는 아주 쉽게 번쩍 들어올렸다. 도병수는 팔다리를 버둥거렸으나 발이 바닥에 닿지 않아 물 밖으로 끌려나온 물고기 같은 꼬락서니였다.

"이 집만 해도 네놈 것이 아니지 않았느냐? 네놈이 가진 땅도 죄다 다른 사람의 것이 아니었냐?"

사내는 어색한 발음으로 말했다. 그는 도병수를 바닥에 내던졌다. 틀린 말은 아니었다. 도병수는 평범한 농민에게 빼앗은 땅으로 대지주가 되었다. 그의 저택도 원래는 주인이 따로 있었다. '최후의 흑색당원'인 곽산이 저택의 원주인이었다. 그러고 보니 사내의 눈매와 콧날이 어딘지 모르게 낯익었다. 오래전 곽산의 반란을 진압할 때 비슷한 얼굴을 본 듯했다. 그때 실제 진압은 곽현과 그 부하들이 했지만 많은 백색당원이 보상을 얻기 위해 종군했다. 신동현 같은 부류는 벼슬아치로 출세하고자, 도병수 같은 부류는 흑색당원의 재산을 빼앗아 부를 일구고자 앞다투어 나섰다. 하지만 그럴 리가 없었다. 곽산과 그 가족은 모두 죽었다.

"그들은 반역자였다. 나는 목숨을 걸고 반란을 진압했고, 이 저택을 얻었다. 나는 정당하다!"

도병수는 용기를 내어 소리쳤다. 어차피 죽음을 면하기 어려우므로 움츠러들 이유가 없었다. 흑색당의 찌꺼기 같은 도적떼에게는 더욱 그랬다. 그러나 도병수의 말에 사내는 싸늘하게 웃으며 입을 열었다.

"목숨을 걸었다고? 조금이라도 위험한 일은 죄다 암행총관에게 맡겼으면서 끝까지 거짓말이군."

사내는 바닥에 쓰러진 도병수 근처에 쪼그려앉았다. 어느새 왼손에 단검을 꼬나쥐고 도병수의 목덜미에 가져다대었다. 날카로운 칼끝에 피부가 따끔거려 도병수는 숨도 크게 쉬지 못했다.

"내가 직접 봤으니 거짓말은 이제 그만두지. 아버지가 죽을 때도 백색당원은 없었어. 조금이라도 위험한 일은 죄다 곽현에게 시켰잖아."

도병수의 눈이 커졌다. 아버지가 죽을 때라니! 곽산의 아들이 살아 있다니! 암행총관이 곽산과 그 가족의 죽음을 확인하지 않았던가! 그렇다면 곽현이 거짓으로 보고했던 것일까? 그런 행위는 반역이 틀림없다!

"맞아. 곽현은 올곧은 충신이 아니야. 생각해봐. 밀정의 우두머리 따위에게 그런 충정을 기대하는 것이 이상하지 않아? 멍청한 백색당 벌레 놈들!"

사내는 일어나며 도병수를 다시 일으켰다. 그러고는 주먹으로 오른쪽부터 쇄골 부위를 가격했다. 사내의 괴력에 도병수의 양쪽 쇄골이 손쉽게 부러졌다. 고통이 밀려왔으나 비명을 지르며 다리만 버둥거릴 뿐이었다. 쇄골이 부러져 팔도 움직일 수 없었.

"아버지는 직접 가족을 죽여야 했어. 아내와 자식들을 자신의 손으로 죽였지."

사내는 옅은 미소와 함께 말을 이었다.

"그래도 자비를 베풀게. 네 손으로 네 가족을 죽일 필요는 없어. 그건 우리가 할 테니 너는 그냥 천천히 지켜보면 돼. 너는 마지막으로 죽여줄게."

사내가 어색한 발음으로 내뱉은 말이 도병수의 귓가에 소용돌이쳤다.

2

평해는 쥬에서 한벌 다음으로 크고 번화했다. 하지만 한벌과 비교하면 절반에도 미치지 못했다. 한벌은 수도이며 국왕이 머무는 곳이었지만 평해는 절도사가 머무는 항구일 뿐이었다. 평해의 절도부 건물도 마찬가지였다. 다른 절도부와 비교하면 규모가 컸지만 왕궁에 비할 바는 아니었다.

왕세자는 평해가 마음에 들었다. 정확히 말하면 그 상황에 만족했다. 그는 귀족이든 평민이든 노예든 쥬에서 살아가는 대부분의 사람이 싫어하는 전란을 즐겼다.

물론 왕세자도 '바다 건너의 야만인'을 싫어했다. 어떡하든 침략자를 몰아내고자 노력했다. 다만 전란이 벌어지며 그에 따라 분조를 이끌게 된 것에 만족하고 기뻤다.

사실 전란이 벌어지기 전까지 왕세자의 위치는 매우 약했다.

먼저 국왕과 관계가 나빴다. 늙은 국왕은 흑색당의 과두정이 붕괴하고 백색당이 왕정복고를 결정하며 운 좋게 왕좌에 오른 터라 자격지심이 심했다. 의심이 지나치게 많고 졸렬하며 온갖 계략을 사용하여 자신의 권력을 지키려 했다. 그러다보니 왕세자는 '왕좌를 물려줄 사랑하는 아들'이 아니라 '잠재적인 반역자'로 취급받았다. 왕세자가 국왕을 거의 닮지 않은 것도 한몫했다. 좋게 평가하면 평범한 외모, 나쁘게 말하면 볼품없는 외모를 지닌 국왕과 달리 왕세자는 남자도 경탄할 만큼 아름답고 당당했다. 성격도 달랐다. 자격지심과 의심으로 똘똘 뭉친 '좁고 얕은 마음'을 지닌 국왕과 달리 왕세자는 한층 신중하고 차분했다. 왕세자는 아버지인 국왕보다 후궁인 어머니를 닮았고, 그래서 부자는 사이가 나빴다.

두번째로 백색당의 주류, 즉 백색당 구파가 왕세자를 싫어했다. 국왕은 권력에 대한 집착이 강해도 능력이 부족하여 백색당 구파가 걱정할 필요가 없었다. 그나마 암행총관의 활약으로 백색당이 왕권을 능멸하는 것을 견제할 수 있을 뿐이었다. 하지만 왕세자는 달랐다. 왕실에서 쫓겨난 상태에서 자란 국왕이 제대로 교육받지 못한 것과 달리 왕세자는 아주 어릴 때부터 군주교육을 받았다. 타고난 자질도 나쁘지 않아 따르는 무리도 있었다. 백성들 사이에서 인기도 괜찮은 편이라 왕위에 오르면 백색당 구파에게 골치 아픈 존재가 될 가능성이 컸다. 더구나 왕세자는 후궁의 자식이었다. 평범한 귀족 가문에서는 서자로 분류되어 벼슬길에도 나가지 못했을 것이다. 열교의 경전을 문자적으로 해석하는 백색당에게 왕세자는 '더러운 존재'에 해당했다.

상황이 그러다보니 왕세자에게는 왕좌보다 반역자가 묶이는 형틀이 더 가까웠다. 왕세자가 상군과 혈교 주교에게 밀사를 파견하여 도움을 청한 것도 그만큼 위태로운 처지였기 때문이다.

안타깝게도 상군과 주교 모두 왕세자의 요청을 외면했다. 오히려 상군은 쥬를 침략했다. 하지만 상군의 침략이 왕세자에게 묘한 기회를 제공했다. 국왕은 한벌을 버리고 안전한 북쪽으로 피란하는 데만 집중했을 뿐 한벌 이남에 대해서는 조금도 신경쓰지 않았다. 영토를 빼앗기든 백성이 노예로 잡혀가든 조금도 개의치 않았다. 백색당 구파는 그나마 국왕보다는 나아서 남쪽을 포기하지 않았다. 그러나 그들도 위험천만한 일을 직접 할 생각은 없었다. 그리하여 백색당 구파는 왕세자를 분조로 세워 남쪽을 다스리게 하라고 건의했다. 하지만 미덥지 않아 분조한 왕세자가 반역을 일으킬 위험이 있으니 암행총관을 보내 감시해야 한다고 덧붙였다. 백색당 구파의 입장에서는 눈엣가시 같은 왕세자와 곽곽 선생을 동시에 처리할 수 있는 묘책이었다.

다만 전쟁의 흐름이 백색당 구파의 예상에서 빗나갔다. 와는 한벌과 평해를 기세 좋게 점령했지만 그후부터는 지지부진했다. 몇몇 해안 지역만 점령지에 추가했을 뿐이다. 평현 곽씨의 세력에 눌려 죽전 같은 내륙으로는 진군하지 못했다. 오히려 곽곽 선생과 왕세자가 평해를 탈환했다. 그러면서 왕세자는 백성들 사이에서 영웅이 되었고 곽곽 선생은 와의 병사들 사이에서 '인간의 살과 피를 탐하는 요괴'로 불리며 공포의 대상으로 자리매김했다.

왕세자는 매우 즐거웠다. 곧 아주 힘들고 어려운 일이 닥치겠지만 개의치 않았다. 구산영주의 강력한 군대로부터 평해를 지키는 일은 노련한 장군에게도 만만치 않은 임무일 테지만 백색당 구파의 음모에 걸려 반역자로 죽을 날을 무력하게 기다리는 것보다는 훨씬 나았다. 평해를 빼앗기고 목숨을 잃어도 최소한 왕세자로 죽을 테니까.

"왕세자 저하, 절도사의 행동에 대해 드릴 말씀이 있습니다."

은산군이 말했다. 왕세자는 그제야 은산군의 존재를 깨달았다. 왕세자는 절도부 집무실에서 은산군을 독대하고 있었다. 평소라면 후야도 자리했겠지만 백색당원으로부터 식량과 자금을 징발하기 위해 지난 며칠 동안 병사를 이끌고 평해와 죽전 근처를 훑고 있어 참석하지 못했다.

"무슨 문제라도 있습니까?"

왕세자는 시치미를 떼며 반문했다. 은산군이 무슨 말을 하려는지 아주 쉽게 알아차렸으나 짐짓 모른 체했다.

"왕세자 저하, 절도사는 무고한 백색당원을 습격하여 재물을 빼앗고 집을 불태우며, 심지어 살해까지 합니다. 이는 적법한 행위가 아니라 범죄나 다름없습니다. 왕세자 저하의 이름에 큰 누가 될 것입니다."

무고한 백색당원이라. 왕세자는 백색당에 무고한 사람이 있는지 의문스러웠다. 백색당뿐 아니라 흑색당이든 회색당이든 정말 무고한 사람이 있을까? 은산군은 무고할까? 곽곽 선생은 어떨까? 왕세자 자신은? 은산군은 왕족이며 백색당 신파의 우두머리지만 왕세자와 결탁하여 국왕과 백색당 구파를 내쫓으려 한다. 그러니 사실상 반역자였다. 곽곽 선생은 한층 복잡했다. 누구에게 충성하는지, 무엇을 위해 투쟁하는지 도무지 짐작조차 할 수 없는 인간이었다. 왕세자 자신은 국왕을 유폐하고 권력을 탈취하려는 무리의 우두머리이므로 '반역의 괴수'였다. 그러니 모두 무고하지 않았다.

"그들은 나라의 법을 악용하여 사사로운 이익을 추구한 죄인입니다. 백성을 핍박하고 착취하며 불법으로 재산을 모았으니 환수하여 군자금으로 사용하는 것은 너무나 당연한 처분입니다."

왕세자는 차분하게 말했다. 반면 은산군의 얼굴은 순식간에 달아올랐다. 왕세자는 그런 은산군을 보며 생각에 잠겼다. 은산군과 왕세자는 꽤 가까운 친척이었다. 6촌 형제였다. 그렇지만 거의 닮지 않았다. 같은 일족이라 생각하기 어려울 정도였다. 왕세자가 눈부시게 아름다운 외모를 지닌 것과 달리 은산군은 깡마른 체구에 신경질적인 인상이었다. 사실 대부분의 왕족은 국왕 혹은 은산군과 비슷했다. 왕세자가 특이한 셈이었다.

"그렇지만 왕세자 저하, 그 백색당원들은 대부분 지주이며 훗날 왕위에 오르실 때 큰 지지 기반이 될 수도 있습니다. 그런데 이런 식으로 대하면 그들뿐 아니라 백색당 전체의 지지를 잃게 됩니다."

은산군 입장에서 틀린 말은 아니었다. 다만 왕세자는 그리 생각하지 않았다. 전쟁 전이면 몰라도 이제는 구파든 신파든 백색당의 힘을 빌릴 이유가 없었다.

"그들은 죄인입니다. 나라의 법도를 어지럽히고 백성을 핍박했으니 죄가 아주 무겁습니다. 그러니 절도사에게도 현장에서 적절히 처분하라고 일러두었습니다."

왕세자의 말에 은산군은 소스라치게 놀랐다. 후야, 역적 곽산의 아들이 틀림없는 녀석을 '박무현'이라는 가명으로 절도사에 임명하고 이제 백색당을 노골적으로 공격하다니! 은산군은 왕세자에게 크게 실망했다. 그와 함께 자신의 결정을 후회했다. 평현 곽씨의 사병이 평해에 머물면 왕세자의 업적이 상대적으로 덜 돋보이고 은산군 자신의 영향력도 작아질 수밖에 없어 그들을 돌려보내고 흑색당 잔당을 모집했다. 그런 계획을 처음 구상한 이는 후야였지만 은산군도 적극적으로 지지했다. 그때만 해도 일이 이렇게 진행되리라 상상조차 하지 못했다.

"왕세자 저하, 절도사와 병사들은 흑색당입니다. 그들은 왕을 인정하지 않고 성현의 경전을 우습게 아는 불경한 이단입니다. 그런 무리를 높이 쓰고 백색당원을 핍박하는 것은 천륜에 어긋납니다."

은산군이 강하게 말했다. 그러나 왕세자는 조금도 흔들리지 않았다. 그는 여전히 차분했다.

"은산군, 오인(吾人)은 그렇게 생각하지 않습니다. 백색당이냐, 흑색당이냐, 열교냐, 내수교냐, 혈교냐, 오인에게는 그런 구분이 중요하지 않습니다. 누구든 오인에게 충성하면 충신입니다. 마찬가지로 누구든 오인에게 충성하지 않으면 죄인입니다."

왕세자는 온화하게 말했으나 은산군의 귀에는 세상이 무너지는 소리로 들렸다.

3

사내의 옷차림은 매우 화려했다. 갑옷은 색목인의 것과 비슷했지만 금과 은을 잔뜩 사용하다보니 정작 강철로 된 부분은 찾기 어려웠다. 머리에 쓴 투구도 마찬가지였다. 보석을 아낌없이 사용했고 금박을 입혀 상대의 공격에서 머리를 보호할 수 있을지 의문스러웠다. 허리춤에 찬 검도 정교한 장식이 돋보였으나 정작 상대의 살과 뼈를 자를 수 있을지 의심스러웠다. 하지만 이런 화려한 차림새도 사내의 아름다움과 비교하면 빛을 잃었다. 사내는 너무 아름다워 어둠을 물리치고 떠오른 태양처럼 빛났다. 다만 사내는 모두에게 생명의 빛을 선사하는 '관대한 태양'과는 거리가 있었다. 강렬한 열기로 대지의 수분을 죄다 빼앗아 아주 작은 생명조차 짓밟는 '잔혹한 태양'을 떠올리게 했다. 사내는 놀랄 만큼 아름다우면서 동시에 잔인하고 음험한 기운이 넘쳤다.

색목인의 흑선을 흉내낸 거대한 전함의 갑판에 선 사내에게 '군주'라는 칭호가 어울렸다. 사내가 탄 전함과 그 전함이 이끄는 거대한 함대도 사내의 아름다움에 힘을 더했다. 상군 따위는 말할 것도 없었고 카락의 황제조차 사내의 위용에 미치지 못할 듯했다.

사내도 자신에게는 영주보다 군주가 어울린다고 생각했다. 터무니없는 망상이라 비난하는 사람도 있겠지만 사내의 삶을 살펴보면 꼭 그렇지만도 않았다. 몰락한 귀족으로 태어나 해적질과 노예무역으로 돈을 모았고 권력을 움켜쥐고자 '파란 눈의 악마'가 믿는 혈교로 개종했다. 오토모씨의 양자가 되고 구산을 상군부 다음가는 번화한 도시로 만들었다. 사내가 태어났을 때 얼마나 한미한 위치였는지 감안하면 오늘의 모습은 '터무니없는 망상'이 현실에서 이루어진 것이나 다름없었다. 그러니 '군주가 되겠다'는 야망도 '실현 가능한 목표'였다. 와에서 상군이라는 자리는 늘 그렇게 교체되지 않았던가!

사내에게는 평해가 꼭 필요했다. 평해를 점령하고 쥬의 왕세자를 생포하면 상군보다 사내가 더 큰 명예를 얻을 터였다. 구산과 흑도, 평해를 이용하여 노예무역을 늘리고 혈교에게 포교할 권리를 주어 더 많은 화약 무기와 지원을 얻으면 그가 상군부의 주인이 될 수도 있었다.

오토모준이 그런 희망과 기대에 한껏 부풀어 있을 때 멀리 지평선이 나타났다. 드디어 평해에 도착한 것이다.

제12장
독사가 땅에 오르다

1

 땅 아래에 굴을 파는 사례는 흔하지 않다. 평화로운 시기에는 거의 필요하지 않다. 와에서 땅을 파서 지하에 통로를 만들 때는 딱 하나, 상대의 성을 무너뜨릴 때뿐이다. 성벽 아래까지 땅굴을 판 후에 화약을 터뜨리는 것은 다른 방법이 신통치 않을 때 상황을 해결하기에 아주 좋다.
 하지만 와에서도 그런 상황은 극히 드물었다. 성벽 아래에 땅굴을 파서 화약을 터뜨려야 무너뜨릴 수 있을 만큼 튼튼한 성은 와에도 흔하지 않았다. 그런 성의 영주는 매우 강력하여 성이 포위당할 정도의 위기에는 좀처럼 빠지지 않는다. 특히 상군부의 통제가 강해진 후부터는 영주들끼리 소규모 분쟁에 휘말리는 경우는 종종 있어도 서로의 성을 포위하여 총력전을 펼치는 사례는 거의 사라졌다.

그런 측면에서 히데키는 '거의 사라진 직업의 계승자'였다. 동물로 치면 멸종 직전의 희귀종일 터였다. 전장에서 적의 성벽 아래까지 땅굴을 파는 일이 이제는 극히 드물었기 때문이다.

히데키는 구산영주의 원정에 따라나설 때도 일할 기회가 있으리라고 생각하지 않았다. 다른 분야는 몰라도 전쟁 기술만큼은 쥬는 와의 상대가 되지 않을 만큼 약했다. 그래서 히데키는 땅굴을 팔 만큼 튼튼한 성이 있을 리 없다고 생각했다. 실제로 흑도에서 마주한 성들은 보잘것없었다. 사다리와 공성퇴만으로도 손쉽게 함락했다. 모리한이 평해에서 패배하고 전사했다는 소식이 전해지고 겨우내 준비를 마친 구산영주가 평해를 공략하고자 출정했을 때 히데키도 따라나섰으나 평해성도 대단하지 않을 것이라 예상했다. 설령 평해성이 튼튼해도 그곳을 지키는 병력이 신통치 않아 어렵지 않게 함락할 것이라 판단했다.

그러나 그런 예상과 판단은 완전히 빗나갔다. 처음부터 일이 꼬였다. 바다에서 포격으로 평해성을 무너뜨리는 것이 오토모준의 계획이었다. 오토모준의 함대에는 흑선을 모방해서 만든 함선이 꽤 있었고 거기에 장착한 대포는 성벽을 부술 만큼 큰 탄환을 발사할 수 있었다. 쥬는 사실상 수군이 존재하지 않았으므로 평해항에 접근하여 포격하면 큰 희생을 감수하지 않아도 함락할 수 있으리라 판단했다. 하지만 오토모준의 함대는 평해성에 접근하지 못했다. 먼바다에서 항구로 들어가는 입구에 쇠사슬이 설치되어 있었기에 오토모준의 함선들은 통과할 수 없었다. 함대는 포격하여 성벽을 무너뜨릴 수 있는 지근거리까지 접근하지 못했다.

오토모준은 육지에서 평해성을 포위하여 공격할 수밖에 없었는데, 그것도 만만치 않았다. 평해항을 사용하지 못해 오토모준의 커다란 함선들은 해안에서 조금 떨어진 곳에 닻을 내릴 수밖에 없었고 나룻배를 이용하여 병력과 물자를 내리는 과정이 만만치 않았다. 시간이 오래 걸릴뿐더러 대포처럼 무거운 무기를 옮기기 어려웠다. 게다가 해안을 따라 우거진 숲과 수풀에서 갑자기 화살이 날아왔다. 활시위를 당겨 발사하는 일반적인 화살과 달리 굉음과 함께 불꽃과 연기를 뿜으며 날아왔다. 크기도 컸고 화약을 채운 기다란 통이 달린 것으로 보아 활시위가 아니라 화약의 힘으로 발사하는 듯했다. 명중률은 형편없었지만 훨씬 먼 거리에서 쏠 수 있었으며 불꽃과 연기, 굉음은 상륙하는 병사들에게 공포와 혼란을 주었다. 더구나 적은 소규모로 움직였고 발사하면 즉시 자리를 옮겨 마땅히 대응하기 어려웠다.

화가 난 오토모준은 수풀과 숲에 불을 지르라고 명령했다. 쥬와 와의 겨울은 건조하여 봄이었다면 겨우내 바싹 마른 숲과 수풀이 손쉽게 타올랐겠지만 이미 봄을 지나 여름의 문턱에 접어든 터라 습기를 잔뜩 머금어 좀처럼 불이 붙지 않았다. 그런데다 숲과 수풀에 불을 붙이려 병사들이 다가가자 이번에는 '활시위를 당겨 쏘는 화살'이 날아왔다. 연기도, 불꽃도, 굉음도 없었으나 놀랄 만큼 정확했다. 천신만고 끝에 꽤 큰불이 타올랐으나 나무와 풀이 습기를 잔뜩 머금은 탓에 연기가 지나치게 많이 났다. 숲과 수풀에 숨어 상륙을 방해하는 소규모의 적을 물리치려고 붙인 불이 거대한 연기를 만들어 적에게 훨씬 좋은 은폐물을 제공했다.

그렇게 상륙은 엉망진창으로 진행되었다. 3만 명에 이르는 병력이 모두 내리는 데 3일이 걸렸다. 함대는 마땅히 정박할 곳을 찾지 못해 4분의 3이 흑도와 구산으로 돌아갔다.

다행히 평해성에 도달하여 포위할 때까지는 별다른 저항이 없었다. 상륙을 끈질기게 방해하던 유격대도 나타나지 않았다. 다만 평해성 주변이 아주 황폐했다. 주민들은 모두 피란하거나 평해성으로 도망쳤다. 그러면서 모든 건물에 불을 질렀다. 산과 들에도 불을 지른 듯했다. 우물을 메우고 샘에는 짐승의 사체를 던져넣었다. 그것이 끝이 아니었다. 오토모준의 군대가 행군하는 길목마다 커다란 나무 기둥에 꿰인 시체가 놓여 있었는데, 와의 병사가 틀림없었다. 그뿐 아니라 눈알과 내장을 제거하여 가죽과 살, 뼈만 남은 시신이 걸려 있는 경우도 있었다. 그런 시신을 마주할 때마다 병사들은 '인간의 살과 피를 탐하는 요괴'를 떠올렸다. 쥬의 암행총관 곽곽 선생이 그런 요괴란 소문은 이미 널리 퍼져 병사들을 은근히 짓눌렀다.

포위망을 완성하고 공격을 시작한 후에도 상황은 나아지지 않았다. 우선 성벽을 부술 만큼 커다란 대포는 너무 무거워 나룻배로는 해안에 내릴 수 없었다. 그런 대포를 실은 함선들은 어쩔 수 없이 정복군이 확보한 다른 항구로 향했으나 그곳에서 평해까지는 꽤 멀었다. 더구나 무거운 대포를 육로로 옮기는 일은 무척 까다로웠다. 게다가 암행총관이 이끄는 유격대가 끊임없이 나타나 괴롭히는 바람에 이동은 더욱더 더뎠다. 평소라면 보름쯤 걸릴 거리였지만 대포가 언제 도착할지 기약하기 어려웠다.

다음으로 사다리와 공성퇴를 사용하는 방법은 너무 소모적이라 그것만으로는 평해성을 함락하기 어려웠다. 5000명 남짓한 수비대가 잘 훈련된 병력은 아니었지만 사기가 높았다. 사기가 떨어질 만하면 왕세자가 직접 갑옷을 입고 모습을 드러냈다. 새로 임명된 절도사도 만만치 않았다. 그는 제대로 훈련되지 않은 수비대를 훌륭하게 통제했다. 또한 도자기에 쇳조각과 화약을 넣은 조그마한 폭탄부터 뜨거운 기름, 긴 쇠스랑, 투척용 돌까지 성 아래의 공격자를 상대할 무기도 충분한 듯했다. 심지어 불이 붙으면 물을 뿌려도 끌 수 없는 액체를 사용하여 성벽 아래로 화염을 뿜기도 했는데, 내수교도가 깊이 협력한 결과인 듯했다.

오토모준은 히데키와 그 부하들을 호출했다. 평해의 성벽 아래까지 땅굴을 파고 화약을 설치한 후 터뜨리는 것만이 남은 희망이었다. 전혀 예상하지 못한 일이었지만 히데키에게는 기회였다.

구산영주는 와에서 누구보다 부유하고 논공행상이 확실했다. 땅굴을 파서 성벽을 무너뜨리면 히데키에게 엄청난 재물을 하사할 것이 틀림없었다.

하지만 땅굴을 파는 일은 힘들고 위험했다. 히데키처럼 노련한 기술자도 마찬가지였다. 지상에서는 적의 주의를 돌리기 위해 공성퇴와 사다리를 사용한 공격이 여전히 이루어졌고 지하에서는 히데키와 부하들이 희미한 불빛에 의지하여 흙을 파내고 나무판자와 나무 기둥으로 보강하며 조금씩 전진했다. 환기구를 설치해도 공기는 탁했고 바닥은 물이 스며들어 질척였다. 흘러내린 땀에 옷이 흠뻑 젖어 몸에 착 달라붙었다. 숨을 아무리 크게 내쉬어도 가슴이 답답했다. 나무판자와 나무 기둥이 압력을 견디지 못하고 무너지면 산 채로 매장당한다는 사실이 뇌리에 스치면 그때부터는 죽음에 대한 공포가 밀려왔다. 그 공포를 재빨리 떨치지 못하면 숨이 쉬어지지 않고 손발이 마비되어 쓰러질 수도 있었다.

히데키는 훌륭한 기술자였다. 오토모준의 바람대로 땅굴을 파는 작업은 순조롭게 진행되었다. 일주일 만에 땅굴을 꽤 깊이 파서 이제 사나흘만 지나면 성벽 아래 닿을 듯했다.

어두침침한 등불 아래 드러난 히데키의 얼굴에는 자부심과 기대가 가득했다. 중년의 끄트머리에 접어들었으나 여전히 다부진 어깨와 튼튼한 팔다리를 자랑하는 히데키는 곡괭이를 닮은 도구를 이용하여 조심스레 흙을 파냈다. 조수들이 쌓인 흙을 그때그

때 치웠으며 파낸 공간이 충분해지면 나무판자를 대서 무너지지 않게 고정했다. 판자를 몇 개 사용하면 기둥을 세울 수 있었다.

그런데 히데키가 간과한 점이 하나 있었다. 정확히 말하면 간과한 것이 아니라 신경쓸 필요가 없다고 판단했다. 히데키는 다른 진동과 소음에 주의를 기울이지 않았다. 공성전을 벌일 때 공격자만 땅굴을 파는 것이 아니었다. 수비자도 대응하여 땅굴을 팠다. 공격자는 성벽 아래에 도달하여 화약을 터뜨리는 것을 목표로 하고 수비자는 그런 공격자의 땅굴을 찾아 성벽 아래에 다다르기 전에 무너뜨리는 것이 목표였다. 따라서 땅굴을 팔 때는 반대편에서 접근하는 다른 땅굴을 경계해야 했다. 그렇지 않으면 수비하는 쪽의 땅굴이 공격하는 쪽의 땅굴 근처에 다다라 화약을 터뜨려 땅굴이 무너지면서 기술자와 인부들이 생매장당하고 공격 계획은 실패할 수 있었다. 히데키는 노련한 기술자라 그런 위험을 잘 알았지만 쥬에는 자신과 같은 기술자가 없다고 확신했다. 영주들끼리 툭하면 분쟁을 벌이고 전투 기술을 매우 중요하게 여기는 와와 달리 쥬는 백색당이 왕정복고를 이룬 이래 군대 자체를 방치했다. 그러므로 땅굴 파기 기술자가 있을 리 만무했다. 그런 선입견이 없었다면 히데키는 반대쪽에서 들리는 작은 소음과 진동을 알아차렸을 것이다. 그러나 히데키는 땅굴을 빨리 파는 데만 집중했다.

히데키는 갑작스레 커다란 진동이 울린 후에야, 일주일 넘게 판 소중한 땅굴이 무너지며 흘러내린 흙에 숨통이 막히기 시작한 후에야 자신의 판단이 틀렸음을 깨달았다. 다만 그 깨달음이 너무 늦었을 뿐이다.

2

"잠깐 쉰다."

행렬 앞쪽에서 반가운 소리가 들렸다. 드디어 기다리던 휴식이었다. 나오는 커다란 수레를 떠나 서둘러 쉴 만한 그늘을 찾았다. 산길이라 다행히 나무 그늘을 어렵지 않게 찾을 수 있었다. 그러나 공기가 습기를 잔뜩 머금은 까닭에 햇빛을 피해도 더위는 가시지 않았다. 나무 아래 흙도 물기가 많아 옷에 묻었다. 이미 땀으로 젖은 바지에 축축한 흙이 달라붙자 더욱 불쾌했다. 시원한 물이라도 마셨으면 좋으련만 커다란 물통을 짊어진 병사가 나무 국자로 나누어주는 물은 미적지근했다.

"어서 일어나라. 길이 멀다."

그런 휴식조차 너무 빨리 끝났다. 나오는 짜증이 치밀었으나 딱히 화풀이할 곳이 없었다. 그는 구산영주가 이끄는 원정대에서 가장 낮은 계층에 속해 곤봉조차 지급받지 못했다. 그에게 주어진 임무는 직접 싸우는 것이 아니라 물건을 옮기는 것부터 오물과 쓰레기를 치우는 것까지 온갖 허드렛일이었다. 구산의 항구에서 반쯤은 부랑자로, 반쯤은 하역꾼으로 지냈던 터라 막상 다른 일이 주어져도 무척 난감할 것이었다. 그래도 무더운 여름에 대포 같은 무거운 짐을 수레에 싣고 쥬의 거친 산길을 지나는 것은 너무 힘들었다. 차라리 전장에서 목숨을 밑천 삼아 싸우는 편이 낫다고 여겨질 정도였다. 물론 정작 전장에 가면 나오 같은 부류는 벌벌 떨며 아무것도 하지 못할 테지만.

어쨌든 나오는 수레로 돌아가 다시 열심히 밀기 시작했다. 거대한 대포를 실은 수레가 천천히 움직였다. 사실 사람이 밀거나 끌게 만들어진 수레가 아니었다. 말이나 소가 끌어야 할 수레였으나 안타깝게도 그 수가 충분하지 않았다. 함대에 실을 수 있는 짐이 제한되어 구산에서 소와 짐말을 최소한으로 데려왔다. 또한 구산영주와 장군들은 평해성을 항구 방향에서 공격하면 쉽게 함락할 것이라 예상하여 수레로 대포를 옮길 필요가 없으리라 판단했다. 그러나 쥬의 방비로 계획이 꼬이면서 다른 항구를 찾아 대포들을 내렸지만 평해성까지는 거친 산길이라 옮기는 과정이 만만치 않았다. 쥬에서는 말과 소를 구하기 어려워 어쩔 수 없이 나오와 같은 일꾼들이 부족한 소와 말을 대신하여 수레를 끌어야 했다.

"이런 빌어먹을! 쌍!"

나오는 자신도 모르게 욕설을 내뱉었다. 다른 일꾼들도 마찬가지였다. 숨을 제대로 쉬지 못할 만큼 더운 날씨에 수레를 끄는 일은 정말 죽을 맛이었다.

그때 길옆의 숲에서 둔탁하게 펑펑거리는 소리와 함께 하얀 연기가 피어올랐다. 수십 개의 연기가 피어오르면서 폭죽을 터뜨리는 듯한 소리가 들렸다. 평범한 일꾼이었던 나오는 그것이 무엇인지 알아차리지 못했다. 그러나 수레를 경비하던 병사들은 달랐다. 그들은 하얗게 질린 표정으로 "매복이다"라고 외치며 뛰어다녔다. 하지만 연기가 피어오를 때마다 병사들이 쓰러졌으며 이내 숲에서 검은 옷을 입은 무사들이 모습을 드러냈다. 가죽을 덧댄 검은 옷을 입고 장검으로 무장한 그들은 우왕좌왕하는 병사들과 달리 사냥감을 노리는 늑대떼처럼 일사불란하게 움직였다. 화승총을 발사하는 연기와 폭음은 멈추었지만 그들이 장검을 휘두를 때마다 핏빛 안개가 퍼지며 병사들이 쓰러졌다. 나오는 도망치고 싶었으나 팔다리가 후들거리고 발이 얼어붙어 좀처럼 떨어지지 않았다. 숨이 쉬어지지 않을 만큼 더운 날씨에도 나오는 덜덜 떨었다.

그때 나오의 눈에 검은 두건을 쓴 거구의 남자가 보였다. 날카롭게 찢어진 눈매와 오똑한 콧날, 얇은 입술이 도드라진 사내는 얼굴 가득 웃음을 머금고 있었다. 유쾌하고 기분 좋은 웃음은 아니었다. 악마 혹은 요괴가 지을 법한 섬뜩한 웃음이었으며 사내는 살육을 즐기고 있었다. 그제야 나오는 사내가 누구인지 알아차렸다. 인간의 겉모습을 흉내냈지만 실제로는 인간의 살과 피를 먹고 사는 요괴, 인간의 힘으로는 결코 죽일 수 없는 무시무시한 존재, 사내는 곽곽 선생이라 불리는 악마가 틀림없었다. 사내에게 생포되면 산 채로 나무 기둥에 꿰이거나 불태워질 것이었다. 운이 나쁘면 살아 있는 상태에서 곽곽 선생이 내장을 파먹을 지도 몰랐다. 나오는 그렇게 죽고 싶지 않았다. 차라리 단번에 죽고 싶었다.

그래서 용기를 냈다. 크게 소리지르며 곽곽 선생에게 돌진했다. 곽곽 선생이 휘두른 장검이 잘 익은 돼지고기를 써는 것처럼 나오의 목을 베었다.

3

막사는 화려했다. 막사의 자재와 장식, 안에 비치된 가구와 물품까지 호사스러운 사냥여행에 어울렸다. 도무지 전장에 자리한 거처라고 생각할 수 없었다. 그러나 그런 화려하고 호사스러운 막사도 주인과 비교하면 빛을 잃었다. 막사의 주인은 어떤 여자보다도 아름다웠다. 다만 그의 얼굴은 어두웠다. 짜증과 불안, 분노와 증오가 가득했다. 칼을 뽑아 막사의 가구들을 내리쳐도 이상하지 않을 정도였다. 이마에 주름이 깊게 잡힐 만큼 얼굴을 찌푸렸고 눈에는 핏발이 섰다. 입술과 귓불도 조금씩 떨렸다.

막사의 주인, 오토모준이 그런 감정에 휘말린 이유는 간단했다. 평해성을 공략하는 계획이 무엇하나 뜻대로 돌아가지 않았다. 손쉬운 승리를 기대했으나 거대한 쇠사슬이 항구로 향하는 수로를 가로지른 것부터 불길한 징조였다. 어쩔 수 없이 해안에 상륙했지만 나룻배로는 무거운 물품을 나를 수 없어 공성용 대포를 실은 배들은 멀리 떨어진 다른 항구를 이용해야 했다. 그래서 공성용 대포 없이 공격에 나섰으나 성과가 없었다. 평해성을 지키는 병력은 예상과 달리 선전했다. 급기야 기술자를 시켜 땅굴을 파게 했으나 그마저도 적에게 간파당해 실패했다.

그런 상황에서 공성용 대포를 운반하던 병력이 곽곽의 매복에 걸려 몰살되었다는 소식까지 전해졌다. 항구로 향하는 수로는 봉쇄되었고, 땅굴은 무너졌으며, 대포들은 도착하지 않을 것이었다. 그뿐 아니라 방어군이 초토화 작전을 펴서 평해성 주변에는 아무것도 없었다. 3만 명에 이르는 원정군이 마실 물을 구하는 일조차 쉽지 않았다.

오토모준은 꼬리를 무는 고민을 잠시라도 떨쳐내고자 금박을 입힌 의자에서 일어났다. 그러고는 천천히 막사 한편의 진열장을 찾아 유리병을 집었다. 정교하게 만든 유리병에는 핏빛 액체가 가득했다. 오토모준은 마개를 열고 병째 입으로 가져갔다. 병을 기울이자 향긋하면서도 쌉쌀한 맛이 오토모준의 입안을 채웠다. 그는 두어 모금을 들이켜고는 유리병을 원래 자리에 내려놓았다. 오토모준처럼 아름답고 매혹적인 남자가 색목인의 비싼 술을 병째 들이켜는 모습이 매우 어색했다. 오토모준도 자신의 행동이 낯설었다. 한 번도 경험하지 못한 상황에 놓이다보니 자신도 모르게 평소라면 결코 하지 않을 행동을 한 듯했다. 그래서 오토모준은 막사에서 나가 잠깐 바깥공기를 마시기로 했다.

하지만 막사 바깥은 오토모준의 바람과 달랐다. 오토모준이 원하는 '청량한 공기'는 어디서도 맡을 수 없었다. 막사를 나오는 순간 후끈한 열기와 축축한 공기가 목을 죄었다. 오징어 내장이 썩는 듯한 고약한 냄새가 코도 찔렀다. 물론 내리쬐는 태양 아래 부패하는 것은 오징어 내장이 아니었다. 그 불쾌한 냄새의 원인은 다름 아닌 인간의 육체였다. 오토모준의 막사가 자리한 곳은 원정군의 진영에서도 가장 쾌적한 장소이며 평해성과는 꽤 거리가 있었으나 전장에 널브러진 시신이 썩는 냄새를 피하기는 어려웠다. 강렬한 냄새가 지나간 후 눈에 들어오는 광경도 처참했다. 많은 병사가 평해성을 공격하고자 전장으로 떠났지만 진영에 남은 병사도 적지 않았다. 전장의 병사들이 먹고 마실 음식과 물을 준비하고 보급품을 관리하며 전장에서 손상된 온갖 무기와 기구를 고치는 일에도 상당한 일손이 필요했기 때문이다. 그러나 진영에 남은 병사들 중 부상자가 가장 많았다. 부상에서 회복할 수 있는 경우는 많지 않았다. 상처에 꼬이는 파리떼를 쫓을 힘도 없이 누워 있는 대부분은 며칠 내로 죽음을 맞이할 터였다. 차라리 전장에서 단번에 죽는 것이 나을 만큼 고통스러운 과정을 거치는 셈이었다. 운 좋게 팔다리만 절단된 부상자는 살아남을 가능성이 있었으나 다시는 전투에 복귀하지 못할 것이었다. 전장에서 살아

남아도 이제 그들이 할 수 있는 일이라고는 구걸이 전부였다.

오토모준은 더욱 우울해졌다. 벗어나려 몸부림치면 한층 강하게 죄이는 올무에 묶이고 빠져나가려 발버둥치면 더욱 깊이 빠져드는 수렁에 빠진 것만 같았다. 그래서 진영을 둘러볼 용기를 낼 수 없었다. 오토모준은 겨우 몇 걸음만 내딛다가 막사로 돌아왔다. 온갖 모략에 뛰어난 그도, 누구보다 아름답지만 독사처럼 교활한 그도 전장의 끔찍함에는 도무지 익숙해지지 못했다.

제13장

독사를 사냥하는 법

1

 태양은 강렬했고 공기는 텁텁했다. 사람만 더위에 지치는 것이 아니어서 고코루가 탄 말도 땀에 흠뻑 젖었다. 고코루는 덩치가 컸고 갑옷까지 챙겨 입은 터라 잘 훈련된 군마에게도 쉬운 일이 아닌 듯했다. 자칫 말이 쓰러질 수 있어 고코루는 부관에게 잠깐 멈추라고 손짓했다. 부관이 길게 나팔을 불자 곧 전체 무리가 멈추었다. 병사들은 서둘러 그늘을 찾았고 말을 관리하는 병사는 고코루의 말에게 다가와 물을 먹였다. 고코루도 말에서 내려 투구를 벗고 잠시 숨을 돌렸다.

 고코루는 구산에서 나고 자라 쥬의 여름을 그다지 두려워하지 않았다. 쥬의 겨울은 와보다 춥고 혹독하겠지만 여름의 더위는 와에 비할 수 없다고 생각했다. 하지만 막상 겪어보니 쥬의 여름도 만만치 않았다. 특히 죽전과 평해 같은 남동부는 와에 견주어도 밀리지 않을 만큼 무더웠다.

오토모준의 원정군에 합류할 때 고코루는 이런 상황을 전혀 예상하지 못했다. 모든 일이 쉽게 풀릴 것이라 생각했다. 적어도 고코루가 아는 쥬는 '정복하기 쉬운 나라'였다. 정말 그렇게 믿었다. 고코루는 어설픈 풋내기도 아니었고 쥬에 관한 지식이 적은 것도 아니었다. 농민과 구분하기 힘들 만큼 몰락한 '무사 집안'의 셋째 아들로 태어나 어린 시절부터 해적에 합류했다. 초반의 힘든 시기를 운 좋게 버티고 해적떼의 우두머리가 되었으며, 곧 오토모준의 눈에 들어 '구산영주의 가신'이 되었다.

하지만 하는 일은 크게 달라지지 않았다. 부하들을 이끌고 쥬의 해안을 습격하여 약탈하고 주민을 노예로 잡았다. 그러면서 살펴본 쥬는 '망하지 않으면 이상한 나라'였다. 관리는 백성을 착취하는 데만 혈안이 되어 있었고 군대는 존재하나 마나였다. 명예와 희생 같은 숭고한 정신은 물론 규율과 질서처럼 공동체를 유지하기 위한 최소한의 기강조차 확립되지 않았다. 국왕부터 지주와 관리, 농민과 노예까지 오직 자신만의 이익을 위해 무엇이든 하는 '지옥 같은 사회'였다. 해적이자 노예 상인에 불과한 고코루에게 그리 보일 정도이니 아주 손쉽게 정복할 수 있을 듯했다. 실제로 상군부의 선발대가 수도 한벌을 점령하고 모리한이 평해를, 오토모준이 흑도를 아주 쉽게 차지할 때만 해도 예상대로였다. 모리한이 어이없게 평해를 빼앗기고 죽음을 맞이했으나 모도영주는 '서쪽의 지배자'라는 칭호만 그럴듯한 존재라 그럴 수도 있다고 생각했다. 오토모준이 직접 군대를 이끌고 나서면 평해쯤이야 보름 안에 점령할 것이라 예상했다.

그러나 평해는 이미 두 달을 버텼다. 앞으로 얼마나 더 버틸 수 있을지 알 수 없었다. 평해를 함락할 수 있을지도 의문스러웠다. 공성용 대포를 수송하던 부대는 곽곽 선생의 매복에 걸려 몰살당했다. 성벽 아래로 파던 땅굴은 발각되어 무너졌다. 무엇보다 식량이 부족했다. 그렇게 오랫동안 공성전이 이어질 것이라 예상하지 못해 오토모준이 준비한 군량은 바닥났다. 구산에서 식량을 실어오는 데는 한계가 있었고 평해 주변은 적들이 완전히 초토화하여 식량이 될 만한 것은 남아 있지 않았다. 오토모준은 고코루에게 2000명 남짓한 병력을 주며 멀리 죽전 근처까지 진군하여 식량을 찾도록 했다.

그러나 '죽전 근처에서 식량을 찾으라'는 임무는 결코 쉽지 않았다. 죽전 근처는 평현 곽씨의 영역이었기 때문이다. 평현 곽씨의 사병은 쥬에서 가장 강력했다. 체계적으로 훈련되었을 뿐 아니라 장비도 충분하고 사기도 높았다. 그래서 고코루는 평현 곽씨의 영역을 피해 조심스레 식량을 찾았다. 정확히 말하면 주민들의 식량을 강제로 빼앗았다. 하지만 식량처럼 생존과 직결된 먹을거리를 순순히 내주는 사람이 극히 드물어서 반발이 거셌다.

곽곽 선생이 이끄는 소규모 병력도 끈질기게 괴롭혔다. 낮에는 길이 꺾이는 모퉁이, 울창한 숲, 갈대가 우거진 곳에서 고코루 일행을 기습했다. 밤에는 조용히 막사에 다가와 불운한 병사를 납치했다. 그러고 나서 며칠 후에는 눈과 혀가 뽑히고 내장이 제거된 시신으로 돌아왔다. 곽곽 선생이 인간의 탈을 쓴 요괴라 인간의 내장을 즐긴다는 소문이 병사들 사이에서는 사실로 여겨졌다. 인간이 만든 무기로는 그런 요괴를 잡을 수 없다고 생각하여 부적을 품에 넣거나 혈교 경전을 휴대하는 병사가 많아졌다. 시간이 흐르면서 곽곽 선생의 공격은 한층 대담하고 집요해졌다. 거기에 속임수까지 더해졌다.

며칠 전만 해도 곽곽 선생의 야비한 속임수에 넘어가 낭패를 보았다. 곽곽 선생의 부하로 추정되는 40명 남짓한 무리와 마주쳤는데, 그들은 수레를 이용하여 식량처럼 보이는 물품을 나르고 있었다. 수적 열세를 인식한 그들은 싸우지 않고 도망쳤고 고코루 일행은 곽곽 선생의 부하들이 옮기던 짐을 탈취했다. 식량을 찾는 것이 임무인 만큼 고코루는 기뻐하며 곽곽 선생의 부하들이 버리고 간 짐을 옮기라고 명령했다. 그러나 그 짐들은 식량이 아니었다. 쌀을 가득 담은 가마니처럼 보였으나 실제로는 교묘하게 위장한 벌통이었다. 고코루의 병사들이 옮기려고 드는 순간 가마니에서 성난 벌떼가 쏟아져나왔다. 벌들의 매서운 공격에 병사들이 우왕좌왕하는 틈을 타 곽곽 선생이 기습했다. 화살이 빗발치고 작은 항아리에 화약과 쇳조각을 담아 만든 폭탄이 여기저기서 터지자 고코루 일행은 혼란에 빠졌다. 가까스로 정신을 차렸을 때는 곽곽 선생과 그 부하들이 사라진 뒤였으며 고코루의 병사 수십 명만 목숨을 잃고 바닥에 나뒹굴고 있었다.

"식량처럼 보이는 짐들을 발견했습니다. 적어도 수십 가마니는 될 듯합니다."

휴식을 취하며 생각에 잠긴 고코루에게 정찰병이 다가와 말했다. 식량이라. 열흘 전에는 반가운 마음이 들었을 것이다. 하지만 이제는 아니었다. 그 '식량처럼 보이는 짐'은 곽곽 선생이 판 함정이 틀림없었다. 고코루는 시큰둥한 표정으로 코웃음쳤다.

'곽곽 선생도 별것 없군. 식량을 가장한 벌통으로 한 번 재미를 봤다고 다시 써먹다니. 요괴니 악마니 해도 그렇게 빤한 수법을 쓰다니.'

고코루는 이번에야말로 갚아줄 기회라 생각했다.

"모두 일어나라!"

고코루가 외치자 병사들은 서둘러 휴식을 끝내고 무기를 챙겼다. 정찰병이 문제의 짐을 발견한 곳은 그리 멀지 않았고 쌀가마니가 틀림없을 것만 같은 물건들이 쌓여 있었다.

"벌통이 틀림없다. 불을 질러라."

고코루는 웃으며 명령했다. 이번에는 순순히 당하지 않으리라. 벌통에 당한 병사들도 마찬가지였다. 이제는 곽곽 선생 따위의 잔꾀에 속지 않는다며 횃불을 만들어 쌓여 있는 가마니에 불을 붙였다.

그러자 고코루와 병사들이 전혀 예상하지 못한 상황이 벌어졌다. 가마니에 불이 붙나 싶더니 고막을 찢을 듯한 굉음과 함께 지진이 난 것처럼 땅이 크게 흔들렸다. 흙먼지가 자욱이 피어올랐고 매캐한 냄새가 코를 찔렀다. 횃불을 들었던 병사들 중 몇몇은 아예 찾을 수 없었고 나머지는 피투성이가 되어 바닥에 쓰러졌다. 화약이었다. 이번에는 벌통이 아니라 쇳조각을 섞은 화약이 가마니마다 가득했다. 거기에 불을 붙였으니 큰 폭발로 이어지는 것은 당연지사였다.

고코루는 다행히 화약더미와 꽤 떨어진 위치에 있어서 귀만 먹먹했을 뿐 다른 부상은 없었다. 하지만 상황을 제대로 파악하기 어려웠다. 부상을 입지 않은 병사들도 마찬가지였다. 그들은 갈팡질팡하며 허둥거렸다.

그때 꽹과리를 치는 소리, 귀를 찢을 듯한 요란한 소리가 들렸다. 그와 함께 화살이 날아왔다. 가까운 거리에서 쏜 화살이라 속도가 매우 빨랐다. 바람을 가르고 휘파람 같은 소리를 내며 날아온 화살은 병사들의 목에 꽂혔다. 평범한 궁수가 아니라 잘 훈련된 무사의 솜씨가 틀림없었다. 폭발 충격에서 벗어나지 못한 병사들은 다시금 혼란에 빠졌다. 화살이 날아오는 방향을 알아차리지 못한 경우가 많았고 요행히 위치를 알아도 제대로 반응하지 못했다. 고코루부터 무슨 명령을 내려야 할지 판단하지 못했다. 해적의 우두머리로는 유능할지 몰라도 군대의 지휘관으로는 무능했다. 그러는 동안 적지 않은 병사들이 화살에 쓰러졌고 드디어 적도 모습을 드러냈다. 수풀을 헤치고 나온 그들은 주요 부위에 가죽을 덧댄 검은 옷을 입었고 대부분 활과 장검으로 무장했다. 고코루와 병사들은 그들의 정체를 알았다. 쥬의 암행총관인 곽곽 선생이 거느린 무사들이었다. 적의 정체를 확인하자 혼란이 한층 더해졌다. 무기를 버리고 도망치는 병사들이 생겼고 나머지 병사들도 제대로 싸우지 못했다. 적의 기습에 대한 조직적인 반격은 꿈도 꾸지 못했다.

고코루는 가까스로 평정심을 찾아 검을 뽑아들고 병사들에게 소리쳤다. 어떻게 하든 대열을 정비하려 했으나 병사들은 이미 통제에서 벗어난 상태였다. 고코루도 어쩔 수 없이 도망치기로 결심했다. 대열은 완전히 무너졌고 적과 뒤섞인 상황이라 말은 도움이 되지 않았다. 오히려 지휘관인 것을 드러내 표적이 될 위험이 있어 고코루는 말에서 내렸다.

"쥐새끼처럼 도망치지 마라."

고코루의 귀에 와의 말이 들렸다. 발음이 약간 어색했으나 매우 유창했다. 깜짝 놀라 살펴보니 유달리 강한 인상을 지닌 사내가 앞에 있었다. 날카롭게 찢어진 눈매, 오똑한 콧날, 얇은 입술, 와의 병사들이 두려워하는 '내수교 악마'가 틀림없었다. 고코루는 살아남기 힘든 것을 깨달았으나 검을 꼬나쥐고 호흡을 가다듬었다. '내수교 악마', 곽곽 선생은 흥미롭다는 표정으로 지켜보았다. 정확히 말하면 저항하는 여우를 마주한 늑대의 표정이었다.

호흡을 가다듬은 고코루는 양손으로 잡은 검을 왼쪽 무릎 바깥으로 비스듬히 늘어뜨리고 달려들었다. 상대를 아래에서 위로 베려는 의도였다. 그러나 곽곽 선생은 고코루의 공격을 가볍게 피했다. 큰 동작도 없이 살짝 비켜서듯 흘렸다. 그러고는 고코루의 왼쪽으로 돌더니 오른손으로 검을 휘둘렀다. 곽곽 선생의 동작은 간결했고 고코루의 시선이 닿기 힘든 사각에서 이루어졌다. 고코루는 곽곽 선생의 검이 그의 목을 왼쪽부터 오른쪽으로 깨끗이 벨 때도 무슨 일이 일어나는지 제대로 알지 못했다. 잘린 머리가 바닥에 구르고서야 아직 의식이 남은 짧은 순간 동안 이제 죽음이 다가온다는 사실을 깨달았을 뿐이다.

2

고양이고기는 냄새가 고약했다. 양과 염소도 누린내를 풍겼지만 고양이와는 비교할 수 없었다. 고양이고기는 당장 굶어죽을 위기에 처한 것이 아니면 웬만해서는 먹지 않았다. 종종 개를 잡아먹었지만 고양이는 정말 예외였다. 더구나 고양이를 도살하는 과정은 정말 끔찍했다. 죽인 뒤 가죽을 벗기고 내장을 제거한 후 살을 발라내는 과정 내내 누린내가 코를 찌를 뿐 아니라 마음도 불편했다. 개를 도살할 때는 충심과 의리를 배신한 데 대한 죄책감과 미안함을 느낀다면 고양이를 도살할 때는 무섭고 불안했다. 고양이는 요물이라 죽어도 끝까지 복수할 것만 같았다.

 동구는 어떻게 하든 고양이만큼은 손대고 싶지 않았다. 그러나 어쩔 수 없었다. 평해성에 있는 개는 말할 것도 없고 쥐와 뱀까지 보이는 대로 잡아 씨가 말랐다. 소와 염소, 닭과 오리 같은 가축은 한참 전에 사라졌다. 왕세자가 탈 군마조차 병사들의 식량이 되었다. 그러므로 동구 같은 평범한 백성에게는 선택의 여지조차 없었다. 더구나 동구는 다리를 저는 터라 식량 배급에서 순서가 밀렸다. 오토모준의 군대가 평해성을 포위한 순간부터 '전투 기여도'에 따라 식량을 배급했다. 물론 그런 식량 대부분은 백성에게서 빼앗은 것이었다. 왕세자로부터 '농성전을 준비하라'고 명령받은 절도사는 곡식과 말린 생선처럼 보관하기 쉬운 식량을 강탈했다. 그러나 누구도 반발할 수 없었다. 어색한 발음으로 말하는 절도사가 너무 두려웠기 때문이다. 그는 장검과 한쪽 날이 머리빗처럼 생긴 기묘한 단검을 사용했는데, 병사들이 "곽곽선생도 절도사를 이길 수 없을 것이다"라고 수군거릴 만큼 무시무시한 검술을 지녔다. 발음이 어색하여 짧게 명령했으나 그만큼 단호하고 냉정했다. 평범한 백성의 식량뿐 아니라 부유한 상인과 오만한 백색당원의 창고도 주저 없이 털었다. 조금이라도 반항하면 죽였다. 백색당원의 경우에는 반항하지 않아도 죽였고 식량뿐 아니라 쓸 만한 것이면 무엇이든 약탈했다. 덕분에 꽤 많은 식량을 모았지만 충분하지 않았다. 포위가 시작된 지 벌써 두 달이 지났기 때문이다. 한여름이 지나 이제 곧 가을이 다가올 시기였지만 포위는 여전히 촘촘했다. 왕세자와 절도사가 온 힘을 다해 준비하고 병사들과 백성이 하나가 되어 싸운 덕분에 성을 함락시키려는 시도는 죄다 실패했다. 하지만 성 밖으로 나가 오토모준의 군대를 물리치고 포위를 풀기에는 역부족이었다.

"이거 얼마요?"

동구의 작은 가판에 손님이 찾아왔다. 거리 한쪽에 조그마한 화로를 내놓고 직접 도살한 고기를 구워 파는 것이 동구의 호구지책이었다. 식량 배급에서 밀린 동구는 그렇게 해서라도 입에 풀칠을 해야 했다.

"은자 세 냥이면 되겠소?"

은자 세 냥은 큰돈이었다. 그러나 포위가 시작되기 전에 그랬을 뿐이다. 당장 굶어죽을 판에 은자가 무슨 소용인가!

"은은 먹을 수도 없고, 마실 수도 없소. 그것 말고 다른 걸 주시오."

행색으로 보아 병사인 듯했다. 절도사가 평해를 지키고자 모집했던 흑색당 잔당이 분명했다.

"당신은 군인이니 먹을거리를 받을 거 아니오? 죽이든, 개떡이든 받았을 테니 그걸 주시오."

병사의 얼굴에 마뜩지 않은 표정이 떠올랐다. 그러나 잠시 망설인 끝에 품에서 잡곡을 섞어 구운 개떡을 꺼냈다. 손바닥만한 개떡 하나를 받은 동구는 구운 고양이고기 한 토막을 건넸다. 병사는 누린내에 자신도 모르게 얼굴을 찌푸렸으나 이내 크게 한입 물었다.

"젠장! 이게 뭐요!"

병사는 한입 물었던 고양이고기를 그대로 뱉었다.

"이거 익힌 게 맞소?"

병사의 기준에서 고양이고기는 날것이나 다름없었다. 포위당한 평해성에는 식량만 부족한 것이 아니었다. 땔감도 매우 부족했다. 건물에서도 무너지지 않을 만큼 나무를 빼내서 사용했다. 그러므로 동구에게는 고양이고기를 익힐 땔감이 충분하지 않았다.

"절름발이 새끼가 어디서 사기를!"

화가 치민 병사는 칼을 뽑았다. 동구를 죽이고 고기를 모두 빼앗을 심산이었다. 동구도 그것을 알았지만 어쩔 도리가 없었다. 다리가 불편한 동구가 건장한 병사를 이길 수는 없었다. 굶어죽는 것보다 칼에 찔려 죽는 것이 낫다며 자신을 위로할 수밖에 없었다.

그러나 바닥에 쓰러진 이는 칼을 뽑아든 병사였다. 앞으로 고꾸라진 병사의 등에는 화살이 박혀 있었다. 동구는 놀란 눈으로 주변을 두리번거렸다. 그러고는 이내 '화살의 주인'을 찾았다. 잘생긴 얼굴과 당당한 체격을 지닌 젊은 사내가 갑옷을 입고 손에 활을 들고 서 있었다. 동구는 그가 누구인지 단번에 알아차렸다.
"왕세자 저하, 감사합니다! 왕세자 저하 만만세!"
동구는 무릎을 꿇고 머리를 바닥에 조아리며 외쳤다.

3

절도부 회의실에는 세 사람이 앉아 있었다. 무슨 옷을 입고 어디에 있든 외모에서 드러나는 아름다움을 감출 수 없는 왕세자와 만교 승려를 떠올리게 하는 민머리에 건장한 체격을 지니고 야릇한 미소를 짓는 후야, 그리고 불만과 짜증이 가득한 표정의 말라깽이 은산군이었다. 세 사람 모두 갑옷을 입었으나 느낌은 완전히 달랐다. 왕세자는 여느 때처럼 아름답고 품위 있었다. 그야말로 '군주'라는 칭호가 어울렸다. 한편, '평해절도사 박무현'이라 불리는 후야는 인간을 도륙하는 도살자를 떠올리게 했다. 곽곽 선생이 '지옥에서 온 악마'에 가까운 섬뜩하고 날카로운 분위기인 반면, 후야는 '지옥에서 온 사냥개' 혹은 '지옥에서 온 집행자' 같은 느낌이었다. 곽곽 선생이 적에게 끔찍한 고통과 함께 천천히 다가오는 죽음을 선사한다면 후야는 기계처럼 적을 짓이겨버릴 것만 같았다. 마지막으로 은산군은 '나리'라는 말이 정말 잘 어울렸다. 불만과 짜증이 가득했지만 전투와 관련할 가능성은 크지 않으리라. 그는 음식, 잠자리, 의전 같은 부분에 골몰한 듯했다.

"병사들의 사기는 어떻습니까?"

왕세자는 천천히 입을 열었다.

"좋을 수가 없죠."

후야에게 어색한 부분은 발음만이 아니었다. 궁정에서 지켜야 할 예법도 자연스럽지 못했다. 왕세자는 분조를 다스리기에 사실상 국왕이나 다름없었으나 후야는 그냥 마음대로 답했다. 그 모습을 지켜본 은산군의 얼굴에 못마땅한 표정이 떠올랐다.

"물은 부족하지 않습니다만 식량은 매우 부족합니다. 가을까지는 겨우 버티겠지만 겨울이 오면 굶어죽는 사람이 생길 겁니다."

후야는 사기가 낮을 수밖에 없는 이유를 설명했다.

"어제 병사가 백성의 식량을 빼앗으려는 것을 봤습니다."

왕세자가 무겁게 말했다. 그러나 후야와 은산군은 시큰둥했다. 은산군은 후야가 너무 못마땅해 아무것도 귀에 들어오지 않았고 후야는 어쩔 수 없는 일이라 생각하는 듯했다.

"고양이고기를 뺏으려던 병사의 사건은 저도 들었습니다. 고작 고양이고기를 약탈하려고 백성을 죽이려던 병사는 정말 어리석은 녀석이죠. 물론 자기 목숨을 그 어리석음의 대가로 치렀지만요."

은산군은 후야의 무례한 말투가 여전히 불쾌했다. 그러나 왕세자는 후야가 그 사건을 세세히 알고 있어 섬뜩했다. 왕세자인 자신을 감시하는 것일까?

"어쨌든 훌륭하게 처리하셨습니다. 백성들이 왕세자 저하를 좋아할 겁니다."

틀린 말은 아니었다. 그러나 그것이 무슨 의미가 있을까? 오토모준의 공격을 훌륭하게 막아내고 있지만 그것이 전부인 상황이었다. 성문을 열고 나가 포위를 풀기에는 병력의 양과 질이 모든 면에서 부족했다. 그나마 곽곽 선생의 유격대가 오토모준의 보급을 방해하고 있으나 평해성의 식량 사정이 훨씬 나빴다. 무엇보다 오토모준은 바다를 통해 식량을 보급받았다. 평해와 가까운 항구를 확보하지 못해 풍족한 양을 공급받지는 못해도 평해성의 방어군보다는 여유 있었다. 그러므로 이대로 계속 가면 평해성의 방어군이 패배할 수밖에 없었다.

"평현 곽씨는 어떻습니까?"

왕세자가 은산군에게 물었다. 그러자 은산군이 어두운 표정으로 대답했다.

"별다른 반응이 없습니다."

평현 곽씨의 사병이 오토모준을 공격하면 방어군에게 승산이 있었다. 오토모준의 군대도 지치고 낙담한 터라 평현 곽씨의 사병들이 기습하고 평해성의 방어군이 호응하면 크게 승리할 가능성이 있었다. 그러나 평현 곽씨는 도박을 좋아하지 않았다. 승리할 것이며 자기네 피해도 크지 않으리라는 확신이 있어야 움직일 터였다. 그리하여 그들의 도움을 기대해서는 안 되었다.

"그럼 그 방법밖에는 없겠군요."

왕세자가 한숨을 내쉬며 말했다. 그러자 은산군의 표정이 더욱 굳었다.

"왕세자 저하, 그 방법은 옛 성현의 말씀을 거스르는 것으로 오늘의 작은 승리를 얻기 위해 선조와 후손에게 큰 죄를 짓는 일입니다. 부디 깊이 헤아려주시길 간청합니다."

은산군은 절박했다. 반면 후야는 매우 여유로웠다. 은산군의 반응을 즐기는 듯했다.

"아닙니다. 결심을 굳혔습니다."

왕세자는 단호하게 말했다. 백색당처럼 옛 성현의 케케묵은 말에 집착하고 싶지 않았다. 열교든, 혈교든, 내수교든, 백색당이든, 흑색당이든 통치에 도움이 된다면 누구와도 손잡을 수 있다고 판단했다. 그것이 아버지인 국왕과 왕세자 자신의 차이라고 생각했다.

제14장
시작하면 그만둘 수 없다

1

쥬의 남쪽 해안은 매우 복잡했다. 크고 작은 섬이 흩어져 있고 깊이 들어간 만도 많았다. 대부분의 수로는 구불구불했고 물살은 빠르고 거칠었다. 매우 아름답지만 그만큼 위험했다. 작은 배는 소용돌이에 휩쓸려 가라앉기 쉬웠고 큰 배는 모래톱에 박히거나 암초에 부딪쳐 침몰할 위험이 있었다. 평해가 중요한 항구도시로 자리매김할 수 있었던 이유도 그런 지형 때문이었다. 남쪽 해안과 동쪽 해안이 접하는 곳에 위치한 평해는 커다란 함선부터 작은 고깃배까지 모두 걱정 없이 정박할 수 있는 거의 유일한 항구였다. 물론 평해가 남쪽 해안에서 유일한 항구는 아니었다. 다만 평해처럼 큰 항구가 없었다.

와의 원정군이 정복을 시작하면서 한벌과 평해, 흑도에 들이닥친 것도 같은 이유였다. 한벌은 수도고, 흑도는 와에서 쥬로 가는 중간기지며, 평해는 쥬의 남부를 정복할 발판이었다. 그렇게 중요한 평해 점령을 모리한에게 맡기다니! 모리한은 허울만 근사한 '서쪽의 지배자'일 뿐 무능하고 우유부단한 머저리에 불과했다. 운 좋게 평해를 점령했지만 멍청한 머저리가 분에 넘치는 성공을 거두었으니 목이 달아나는 것은 시간문제였다. 실제로도 그렇게 흘러가지 않았는가. 곽곽 선생, 악마 혹은 요괴가 틀림없는 녀석에게 모리한은 좋은 사냥감에 불과했다. 왕세자니, 평현 곽씨니 어쩌니 해도 쥬의 남부에서 가장 무서운 상대는 곽곽 선생이었다. 사악하고 잔인한 악마의 계략은 정말 섬뜩했다. '뭔가 잘못되었다'고 느끼면 이미 늦었다. 곽곽 선생의 촉수가 숨통을 죄기 직전에야 그런 생각이 들기 때문이다.

"퉤퉤."

포도주 한 방울이 목에 걸리며 겐타의 생각을 방해했다. 선장실에 걸린 해먹에 누워 포도주를 홀짝이다가 사레가 들려 갑작스레 기침을 해대는 꼴이 볼품없었지만 다행히 곁에 아무도 없었다. 선장실에는 선장인 겐타뿐이었다. 겐타는 다시 생각에 잠겼다.

그리고 보면 오토모준도 곽곽 선생의 계략에 빠졌을 가능성이 있었다. 물론 오토모준도 계략은 누구에게도 뒤지지 않는 인간이었다. 애초에 오토모준이 평해를, 모리한이 흑도를 점령하는 것이 순리였다. 모리한의 보잘것없는 군대로는 요행히 평해를 점령해도 그것이 전부였다. 모리한의 오합지졸로는 평현 곽씨가 지키는 죽전으로 진격하기 어려웠다. 그럼에도 오토모준이 평해 점령을 '양보'한 이유는 모리한의 파멸을 바랐기 때문이다. 모리한이 평해를 점령해도 죽전으로 진격했다가 패배하거나 아예 평해에 틀어박혔다가 곽곽 선생에게 제거당할 것이라 예상했을 가능성이 컸다. 실제로 거기까지는 오토모준의 예상대로 흘러갔다. 그래서 오토모준은 모리한을 대신하여 평해를 점령하고 곽곽 선생을 물리친 후 죽전으로 진격할 꿈에 부풀었을 것이다. 그러나 오토모준이 평해를 공격하는 순간부터 삐걱거렸다. 항구는 방어가 철저했다. 땅굴 파기도 실패했다. 공성용 대포는 평해로 옮기다 파괴되었다. 식량도 구하기 어려웠다. 곽곽 선생은 신출귀몰하며 식량을 구하러 간 병력을 몰살했고, 심지어 오토모준의 진영에도 야간 기습을 감행했다. 솔직히 겐타는 '오토모준도 곽곽의 계략에 걸린 것이 아닐까?' 하는 의문을 품었다.

"선장, 여기 좀 와야겠어요."

조타수가 선장실 문을 벌컥 열었다. 오토모준의 해군은 대부분 해적 출신이라 선장에 대한 예의가 형편없었다. 하지만 겐타도 해적 출신이라 크게 개의치 않아했다. 다만 해먹에 누워 한가로이 생각의 나래를 펼치는 것을 방해받아 짜증이 치밀었다.

"뭔데?"

겐타의 짜증스러운 표정에 조타수는 움찔했다.

"이상한 배들이 접근해서요."

'이상한 배들이라.' 겐타는 코웃음쳤다. 쥬에는 해군이 없었다. 서류에는 존재할지 몰라도 현실에는 존재하지 않았다. 그러므로 '이상한 배들'의 정체가 무엇이든 걱정할 필요가 없었다. 와의 다른 해군, 오토모준과 계약한 다른 해적, 길을 잘못 든 색목인 상선대, 그중 하나일 터였다. 오토모준이 통제하지 않는 해적이라도 걱정할 필요 없었다. 감히 어떤 해적이 오토모준의 함대를 공격하겠는가. 그래도 일단 확인해보아야 했다. 겐타는 짜증이 가득한 얼굴로 조타수를 따라 갑판으로 나갔다.

오른편에는 쥬의 복잡한 해안이 보였고 왼편에는 '이상한 배들'이 있었다. 다행히 그 배들은 색목인의 흑선이 틀림없었다. 색목인의 상선대였다. 길을 잃었거나 오토모준에게 식량과 화약을 선물하러 온 듯했다. 오토모준은 색목인의 친구며 '전능자의 사도회'의 동맹이었기 때문이다.

"그냥 색목인이잖아!"

겐타는 조타수를 나무랐다. 겐타뿐 아니라 함대의 다른 선장도 같은 생각인 듯했다. 함대의 4분의 3은 흑도와 구산으로 돌아가 평해 근처에는 4분의 1만 남았으나 여전히 큰 규모였다. 색목인의 상선대도 규모가 꽤 컸다. 그런데 너무 가까이 접근했다. 마치 습격이라도 할 것처럼 배의 측면을 보이며 오토모준의 함대에 접근했다.

"뭐 하자는 거야?"

젠타가 짜증스럽게 중얼거리는 순간 색목인의 배 측면에 있는 포문이 일제히 열렸다. 측면에 대포가 배치된 구조라 그 의미는 매우 명확했다. 물론 젠타는 도무지 믿을 수 없었다. 젠타뿐 아니라 다른 선장들도 마찬가지였다. '색목인의 상선대'가 내뿜은 포탄이 그들의 배를 갈가리 찢는 순간에도 눈앞의 현실을 믿을 수 없었다. 곽곽 선생의 여느 계략처럼 이번에도 사냥감은 마지막 순간에야 파멸을 알아차렸다.

2

노인의 육체는 나이를 고려하면 매우 강건했다. 아니, 젊은 사내와 비교해도 밀리지 않았다. 얼굴의 주름과 하얀 머리카락을 감추고 나머지 부분만 보여주면 대부분은 '젊은 무사의 몸'이라 대답할 터였다. 사내의 차림새도 무사에 어울렸다. 물고기 비늘을 닮은 금속편과 가죽으로 주요 부분을 보강한 갑옷, 허리춤에 찬 장검, 손에 든 활과 등에 비스듬히 두른 화살통, 모두 무사가 할 법한 차림새였다. 사내의 신분을 감안하면 그런 모습은 매우 이례적이었다. 적어도 쥬에서는 그랬다. 쥬의 상류층, 특히 명문세가에 속하는 부류는 검을 가까이하지 않았다. 사냥을 취미삼은 경우에만 가끔 존재할 뿐이었다. 노인의 나이에 이른 사람, 명문세가의 가주인 사람이 무예를 단련하는 사례는 극히 드물었다.

그리 따지면 노인뿐 아니라 노인이 속한 가문 자체가 쥬에서는 매우 이질적인 집단이었다. 그들은 오래전부터 무예를 중요하게 여겼다. 사냥을 즐기고 개인의 신체를 단련하는 수준을 넘어 공공연히 사병을 양성했다. 지역마다 영주가 있는 와에서는 당연했으나 국왕을 중심으로 중앙이 지방을 통제하는 쥬에서는 매우 특이한 일이었다. 그들의 독특함은 거기에 그치지 않았다. 그들은 백색당, 흑색당, 회색당 모두와 협력했다. 만교, 열교, 내수교를 모두 믿었다. 죽전 근처에서 강력한 영향력을 유지하는 데 도움이 된다면 누구와도 협력하고 어떤 종교든 믿었다. 다만 늘 거리를 유지했다. 지나치게 가까이 가서 원하지 않는 소용돌이에 휘말리는 것을 꺼렸다. '어떻게 하든 살아남아 번성하라'가 그들이 지닌 유일한 신념이었다.

이번 전쟁이 터진 후에도 그랬다. 평해가 함락되었고, 한벌이 불탔으며, 국왕이 북쪽으로 몽진하고 왕세자가 분조하는 상황에서도 그들은 사병을 출전시키지 않았다. 죽전 근처의 땅을 지키는 데만 집중했다. 곽곽 선생의 끈질긴 설득에 평해 탈환에는 참여했으나 곧바로 왕세자에게 성을 바치고 철수했다. 오토모준의 군대에 맞서 농성전을 벌이는 일은 승리가 확실하지 않을 뿐 아니라 병력 손실이 따르는 '위험한 도박'이었다. 오토모준이 평해를 포위한 후도 마찬가지였다. 곽곽 선생의 유격대에 수백 명의 병력을 지원했으나 그것이 전부였다. 사병을 모두 동원하여 오토모준의 진영을 기습하면 평해성의 포위를 무너뜨릴 수 있지만 역시 큰 병력 손실을 감수해야 하므로 나서지 않았다. 그것이 평현 곽씨가 지금껏 생존한 비결이었다. 흑색당이 과두정을 이끌든 백색당이 왕정복고를 이루든 관계없이 평현 곽씨가 가문의 힘을 유지한 비결이었다.

그런 평현 곽씨가 사병을 모두 동원하여 출전했다. 사병뿐 아니라 농민까지 죽창과 몽둥이로 무장시켜 데려왔고 가주가 직접 갑옷을 입고 지휘에 나섰다.

"공격합시다."

곽곽 선생이 가주에게 말했다. 평현 곽씨의 사병, 암행총관의 무사들, 급히 무장시킨 농민까지 거의 8000명을 헤아리는 거대 병력이었다. 물론 2000명에 이르는 농민은 훈련받지 않은 오합지졸이었으나 평현 곽씨의 사병과 암행총관의 무사들은 훌륭한 병사임이 틀림없었다. 오토모준의 원정군이 3만 명이라 알려졌지만 두 달 넘는 공성전 동안 손실이 있었으며 남은 병사들도 지쳤다. 게다가 평해 근처 바다에 있던 오토모준의 함대가 괴멸되었다. 그로 인해 원정군의 사기가 크게 떨어졌고 보급도 완전히 끊겼다. 더구나 원정군은 평현 곽씨의 병력이 진영 가까이 접근할 때까지 알아차리지 못했다. 보초가 납치되어 며칠 후에 내장이 제거된 주검으로 발견되는 일이 반복되자 진영 근처의 숲에는 보초를 세우지 않았다. 그래서 곽곽 선생과 가주가 이끄는 병력은 밤새 진영 근처의 숲에서 조금씩 전진했다. 그리하여 먼동이 터오며 하늘이 희끄무레하게 밝아온 지금은 진영 바로 앞까지 다다랐다.

"나팔을 불어라!"

가주가 짧게 명령하고는 화살을 꺼내 시위를 당겼다. 오토모준의 진영을 겨냥하여 시위를 놓자 화살이 바람을 가르며 날아갔다. 그와 동시에 요란한 나팔소리가 울렸다. 숨을 죽이고 있던 병사들이 일제히 화살을 날리고는 거친 함성과 함께 오토모준의 진영으로 돌격했다.

오토모준의 병사들은 대부분 아직 일어나지 않은 상태였다. 밤새 진영을 지킨 보초들과 식사를 준비하고자 일찍 일어난 병사들은 빗발치는 화살에 바로 쓰러졌다. 평현 곽씨의 사병들은 폭풍이 만든 해일처럼 오토모준 진영으로 들이닥쳤다. 그들은 천막에 들어가 잠자리에서 일어나지 못한 병사들을 도륙했다. 얼결에 잠에서 깨어나 무기를 집어든 병사들도 상대가 되지 못했다. 전투보다는 학살에 가까운 상황이 벌어졌고 여기저기서 불길이 치솟으며 함성, 욕설, 비명, 신음이 사람들의 귀에 메아리쳤다.

가주도 장검을 빼들고 앞장서서 적을 베었다. 곽곽 선생과 후야에게는 미치지 못했지만 가주의 검술도 만만치 않았다.

"포로는 필요 없다. 모두 죽여라!"

가주 곁에서 곽곽 선생이 소리쳤다. 곽곽 선생이 굳이 명령하지 않아도 병사들은 적을 살려둘 생각이 없었다. 적의 생명을 빼앗는 것, 우리와 다른 이를 살해하는 것, 인간이 지닌 가장 원초적인 욕망에 완전히 잠식되어 피비린내와 비명, 신음과 고통을 즐겼다. 병사뿐 아니라 농민도 마찬가지였다. 전장에 끌려오며 느낀 긴장과 공포는 이미 사라졌다. 오토모준의 군대는 완전히 와해되어 저항하려는 의지를 상실한 터라 농민이 실제로 두려워할 것도 없었다. 죽창과 몽둥이로 무장한 그들은 몰려다니며 오토모준의 불운한 병사들을 죽였다. 이미 목숨이 끊어진 시신도 죽창으로 찌르고 몽둥이로 두들겨 난도질했다. 일방적인 학살과 그에 따른 광기가 오토모준의 진영을 가득 채웠다.

3

오토모준은 뱀을 닮은 사내였다. 아름답지만 위험하고 교활하기 짝이 없는 독사를 빼닮았다. 그러나 늑대 또는 범고래 같은 부류와는 거리가 멀었다. 사악하고 음험한 모략꾼이었으며 평범한 사람을 잡아 노예로 팔고 자신의 목적을 위해 살인을 서슴지 않지만 직접 칼을 들고 살육을 저지르는 존재는 아니었다. 호화로운 저택의 밀실에서 음모를 꾸미고 사람들을 교묘히 이간질하며 조종하는 데는 탁월했지만 피가 튀고 살이 찢기며 뼈가 으스러지는 전장에는 어울리지 않았다.

안타깝게도 오토모준은 그 사실을 너무 늦게 깨달았다. 평현 곽씨의 사병, 곽곽 선생의 무사, 성난 농민이 자신의 진영을 유린하고 한때 3만 명을 헤아리던 원정군이 놀란 토끼떼 혹은 무력한 양떼처럼 흩어져 학살당하는 모습을 지켜본 후에야 전쟁에 나선 것을 후회했다. 흑도를 점령하고는 상군과 다른 영주를 지원하며 시간을 보내야 했다. 평해를 점령하겠다고 나선 것은 최악의 실수였다.

오토모준은 분노가 치밀었다. 포르안! 이 쥐새끼 같은 배신자! 오토모준은 남을 속이고 배신하는 역할에는 익숙했으나 배신당하는 데는 낯설었다. 물론 근본적인 책임은 자신에게 있었다. '전능자의 사도회'와 주교가 서로에게 가진 묘한 경쟁의식과 강한 질투에 관심을 기울여야 했다. 오토모준을 지원하여 와에서 혈교를 상징하는 인물로 키우려는 쪽은 '전능자의 사도회'였다. 포르안은 마지못해 오토모준을 도와주었을 뿐이다. 포르안은 오토모준을 싫어했고 경계했다. 그는 오토모준이 언젠가는 혈교에 걸림돌이 될 것이며 오토모준은 진정한 믿음을 지닌 것이 아니라 혈교를 이용하는 기회주의자에 불과하다고 생각했다. 오토모준은 포르안의 그런 판단을 알면서도 별반 주의를 기울이지 않았다. 자신을 대신할 만한 선택이 포르안에게는 없고 '전능자의 사도회'가 주교보다 강력하다고 생각했다. 완전히 틀린 판단은 아니었다. '전능자의 사도회'는 명목상으로만 주교에 충성했다. 기사단장은 포르안이 원하지 않은 일도 망설이지 않고 진행했다.

그러나 주교 포르안도 기사단장이 좋아하지 않는 일을 진행할 수 있으며 기사단장이 반대하는 일도 서슴없이 선택할 수 있음을 간과했다. 평해 근처 바다에 있던 오토모준의 함대가 괴멸된 것이 그런 방심의 대가였다. 오토모준이 '전능자의 사도회'의 지원을 받으며 방심한 틈을 이용하여 왕세자가 곽곽 선생을 통해 포르안과 접촉했다. 분조하여 쥬의 남부에서는 국왕과 다름없는 권력을 지닌 왕세자가 포르안에게 혈교를 자유롭게 포교할 권리를 인정했다. 그뿐 아니라 흑도를 다스릴 권리를 포르안에게 부여했다. 왕세자가 여전히 절도사를 임명했지만 절도사는 혈교를 믿어야 하며 중요한 결정은 포르안이 파견한 성직자가 승인해야 실행에 옮길 수 있었다.

대신 주교는 왕세자에게 색목인 용병을 고용할 수 있는 권리를 보장했다. 왕세자에게 고용된 색목인 용병은 쥬의 해군으로 간주되어 해적으로 처벌받지 않았다. 따라서 왕세자와 계약한 색목인 용병은 '전능자의 사도회'를 직접 공격하는 것이 아니면 오토모준의 함대를 공격하고 약탈해도 범죄가 아니었다. 그리하여 왕세자가 고용한 색목인 용병과 해적이 오토모준의 함대를 기습했다. 평해 근처 바다에 머무르던 함대뿐 아니라 흑도와 구산에 있던 나머지 함대도 공격당했고 결과는 처참했다. '감히 누가 우리를 공격하겠냐'며 방심했던 오토모준의 함대가 모두 패했다. 살아남은 함선은 십분지일에 불과했다. 그래서 보급이 사라졌고 병사들의 사기가 바닥에 떨어졌다. 파멸은 시간문제였다.

"어서 길을 열어라."

오토모준이 짜증스럽게 명령했다. 한시라도 빨리 전장에서 빠져나가고 싶었다. 피비린내가 진동하고 매캐한 화약 냄새가 코를 찌르며 욕설과 비명, 신음과 함성으로 가득한 공간에서 벗어나고 싶었다. 자신을 향해 화살이 날아오고 총탄이 빗발치는 곳에서 사라지고 싶었다. 그러나 쉬운 일이 아니었다. 호위무사들은 오토모준을 지키려고 악전고투했다. 커다란 방패를 거북이 등딱지처럼 들어 화살과 총탄을 막는 무리와 퇴로를 확보하고자 싸우는 무리 모두 힘에 부쳤다. 적들의 기세도 거셌지만 아군이 더 큰 문제였다. 질서가 사라지며 저마다 살고자 우왕좌왕하는 병사들이 길을 막았다. 급기야 호위무사들이 아군을 공격하기 시작했다. 오토모준이 무사히 도망치려면 아군을 살육할 수밖에 없었다.

4

동이 틀 무렵 시작한 전투는 정오가 되기 전에 끝났다. 엄밀히 따지면 시작과 함께 결말을 마주한 것이나 다름없었다. 오토모준의 병사들은 싸우기 전에 이미 전의를 잃었다. 이른 아침에 기습당하지 않았어도 결과는 크게 다르지 않았을 것이다. 두 달이 훌쩍 넘어가는 성과 없는 공성전에 지쳤고 부족한 식량에 굶주렸다. 열병을 앓는 병사와 설사에 시달리는 병사도 적지 않았다. 그런 상황에서 함대가 괴멸되었다는 소식은 치명타였다. 그들은 이미 패배한 것이나 진배없었다.

그리하여 한때 3만 명 넘는 인원이 '삶의 터전'으로 삼던 곳이 거대한 무덤으로 변했다. 아니, 무덤보다 처형장에 가까웠다. 오토모준을 호위하며 탈출한 수백 명을 제외하면 대부분 빠져나가지 못했다. 겁에 질려 항복하는 병사들도 꽤 있었지만 곽곽 선생의 부하들은 포로를 살려둘 생각이 전혀 없었다. 저항하든 항복하든 모두 죽였다.

곽곽 선생도 그런 살육에 적극 가담했다. 부하들과 함께 진영을 구석구석 누비며 아직 목숨이 붙어 있는 적을 찾아냈다. 늘 입는 검은 옷이 피에 젖어 붉게 보일 만큼 살육에 집중했다. 불운한 희생자를 찾으면 망설이지 않고 칼을 휘둘렀고 상대가 고통에 몸부림치면 얼굴에 야릇한 미소를 떠올렸다. 그 모습은 정말 '지옥에서 온 악마' 혹은 '인간의 피를 탐하는 요괴'처럼 보였다. 적군뿐 아니라 아군도 섬뜩하게 느낄 정도여서 평현 곽씨의 가주는 일찌감치 평해성으로 철수했다. 평현 곽씨의 사병들도 마찬가지였다. 암행총관의 무사들과 갑작스레 동원된 농민들만 오토모준의 진영에 남아 학살을 계속했다.

"이제 그만 좀 하지. 작작 죽이라고."

피를 뒤집어쓴 곽곽 선생에게 어색한 발음의 목소리가 들렸다. 곽곽 선생은 상대를 쉽게 알아차렸다.

"닥쳐. 가짜 이름으로 사는 주제에."

곽곽 선생은 씩 웃으며 목소리의 주인을 돌아보았다. 후야였다. 절도사처럼 차려입은 후야는 곽곽 선생을 보고 너털웃음을 터뜨렸다.

"가짜면 어떻고, 진짜면 어떤가? 어차피 그날부터 실체 없는 그림자였어."

정말 그랬다. 곽산이 가족과 함께 비참한 최후를 맞이한 그날 이후 후야는 '존재하나 존재하지 않는 자'였다.

"죄다 죽일 수밖에 없어. 이제 와서 그만둘 수는 없지."

곽곽 선생은 시큰둥하게 말하고는 신음하는 부상자의 목에 검을 찔러넣었다. 피가 울컥거리며 쏟아지는 소리가 들렸다. 곽곽 선생이 검을 뒤틀자 부상자는 경련을 일으켰고 이내 조용해졌다.

"악마의 탈을 쓰기로 마음먹었으면 끝까지 해야 해."

곽곽 선생의 말에 후야도 고개를 끄덕였다. 곽곽 선생은 와의 병사들이 자신을 악마로 여겨 두려워하기를 바랐다. 쥬의 병사들도 자신을 두려워하기를 원했다. 적군이 두려움에 떨어 사기가 꺾이고 전의를 상실하기를 바랐고 아군은 두려워서 어떤 명령이든 복종하기를 원했다.

"앞으로 어떻게 될 것 같은가?"

후야가 어색한 발음으로 물었다. 그러자 곽곽 선생이 웃음을 터뜨렸다. 그렇게 웃긴 질문이 어디 있냐는 듯이 깔깔거렸다.

"그걸 어떻게 알겠나? 이제 겨우 시작했을 뿐이지 않은가."

그 말에 후야도 쓴웃음을 지었다. 그래, 이제 겨우 모든 것이 시작되었을 뿐이다.

제2부

제1장
늑대가죽을 입은 사내

1

 옷을 꽁꽁 싸매도 파고드는 바람은 막지 못했다. 얼음으로 만든 송곳이 쑤셔대고 날카로운 바늘이 찌르는 것만 같았다. 내쉬는 숨을 따라 하얀 입김이 나타났다가 이내 사라졌다. 숨을 들이쉬면 너무 차가워 상쾌함을 넘어 아렸다. 구름이 낮게 내려앉은 하늘에서 눈이 내리기 시작했다. 폭신하고 부드러워 보이는 눈은 얼음이 아닌가 싶을 만큼 단단했다.
 겨울이 시작되었다. 쥬의 북부에는 겨울이 빨리 찾아오고 매우 혹독했다. 여느 때 같았으면 가을이 조금이라도 길어지기를 원했을 것이다. 간절한 마음으로 기도해도 계절의 흐름을 거스를 수 없음을 알면서도 겨울이 더디게 오기를 바랐을 것이다. 그러나 전쟁은 그런 평범한 마음조차 바꾸어놓았다. 쥬의 백성들, 아직 와가 점령하지 못한 북쪽에 사는 사람들은 '겨울이여 어서 오라'란 심정이었다. 추위가 찾아오고 산과 들에 눈이 내리기 시작하면 겨울 날씨에 익숙지 않은 침략군은 공세를 멈출 터였다. 그것이 전쟁 첫해에 침략군이 한벌과 그 주변을 손쉽게 점령하고도 숨을 고를 수밖에 없었던 이유였다.

두번째 해에는 봄과 여름에도 침략군의 공세가 지지부진했다. 보급을 담당한 오토모준이 평해 공략에 주력하면서 한벌에 주둔한 상군의 군대가 충분한 물자를 확보하지 못했던 것이다. 오토모준은 길어도 보름 정도면 평해를 함락할 것이니 한벌에 대한 보급은 그후에 진행하면 된다고 생각했으나 예측이 완전히 빗나갔다. 오토모준은 여름내 발이 묶였고 심지어 승리하지도 못했다. 포르안이 쥬의 왕세자와 협정을 맺어 오토모준을 배신한 바람에 오히려 쓰라린 패배를 경험했다. 3만 명을 헤아리던 원정군은 수백 명으로 줄어 겨우 도망쳤다. 함대도 전체의 절반이 사라졌다. 첫해에 점령했던 흑도에도 저항군이 기세를 올리고 있어 오토모준은 구산으로 돌아갈 수밖에 없었다. 상황이 그러다보니 '겨울이 온다'는 몇 달 동안의 평화를 의미했다.

관문에는 보초가 없었다. 관문이 위치한 곳은 한벌에서 북부로 향하는 '유일한 통로'의 입구였으며 야트막한 산지가 험한 산맥으로 바뀌는 지점이었다. 침략군이 공세를 펼칠 길목에 해당했으나 겨울이 시작되어 이미 눈이 꽤 쌓인 터라 보초를 세울 필요가 없다고 생각한 듯했다. 물론 명목상으로는 보초가 있었다. 그러나 다들 커다란 화로 주변에 모여 있을 뿐이었다. 망루에서 살피는 사람도, 관문에서 아래를 내려다보는 사람도 없었다. 적이 쌓인 눈을 뚫고 공격할 가능성이 희박했기 때문이다. 카락군이면 몰라도 상군의 군대는 그러지 못할 것이라 확신했다. 와에서 온 '바다 건너 야만인'은 추위라면 치를 떨었으니까.

그러다보니 관문에 주둔한 누구도 눈보라를 헤치고 다가오는 무리를 알아차리지 못했다. 그들은 곰가죽과 늑대가죽으로 만든 외투를 입고 커다란 눈신을 신어 언뜻 짐승처럼 보였다. 500명 남짓한 무리가 그런 모습으로 다가오니 전설과 민담에 등장하는 '겨울의 괴수'가 떼를 지어 나타난 듯했다. 겨우내 고립된 마을을 습격하여 식량을 약탈하고 살아 있는 인간의 배를 갈라 간과 신장을 김이 모락모락 나는 상태로 씹어먹는 괴수, 그들이 실제로 나타난 것만 같았다. 그들이 커다란 관문에 다가설 때까지 병사들이 알아차리지 못한 것이 다행일 수도 있었다. 그들이 멀리서 다가오는 모습을 보았다면 공포에 떨며 도망쳤을지도 모르니까.

관문 앞에 다가선 선두에 선 몇몇이 거대한 철퇴를 휘두르기 시작했다. 건장한 남자의 절반에 이를 만큼 긴 막대 끝에는 아이의 머리통만큼 커다란 쇠뭉치가 달려 있었으며 막대와 쇠뭉치 모두 거무튀튀한 강철로 만들어져 휘두를 때마다 성문이 흔들렸다. 커다란 참나무를 엮어 쇠로 테두리를 입힌 문이었지만 철퇴로 두들길 때마다 비명을 지르듯 삐걱거렸다.

성문이 쿵쿵 울리는 소리에 드디어 보초가 나타났다. 곰가죽과 늑대가죽을 뒤집어쓴 거구의 사내들이 문을 때려 부수는 광경을 목격하고 황급히 나팔을 불었다. 관문에 주둔한 병사는 300명 정도여서 철퇴를 휘두르는 정체불명의 무리보다 수가 적었으나 관문에 의지하면 충분히 승산이 있었다. 병사들은 나팔소리에 무장하고 달려나왔지만 관문 아래 무리를 보자 다들 당황했다. 그들이 누구인지, 어떻게 대응할지 판단하지 못하고 우왕좌왕했다. 가을까지는 관문을 공격하는 적에게 끼얹고자 기름을 뜨겁게 데워두었으나 겨울이라 준비하지 않았다. 관문 아래 적에게 던질 돌과 쇳조각도 마찬가지였다. 부랴부랴 화승총을 가져왔으나 눈이 내리고 바람이 불어 화승에 불을 붙이기 어려웠다. 겨우 불을 붙여도 방아쇠를 당기면 화약이 점화되기 전에 화승의 불꽃이 사그라졌다. 그나마 활은 화살을 제대로 메길 수 있었으나 예상하지 못한 상황에 갈팡질팡하여 괴수떼 같은 무리를 제지할 만큼 정확히 날리지 못했다. 그러는 동안 관문이 부서졌다. 단순히 곰가죽과 늑대가죽을 뒤집어쓴 것이 아니라 평범한 사내보다 덩치가 컸고 힘도 엄청나서 튼튼한 관문도 버티지 못했다.

관문이 부서지자 괴수들은 사냥감을 쫓는 늑대떼처럼 순식간에 내부로 들이닥쳤다. 병사들은 저마다 창과 칼을 들고 맞섰으나 상대가 되지 않았다. 정말 괴수와 인간이 싸우는 것만 같았다. 그들은 커다란 철퇴를 나무막대처럼 가볍게 휘둘렀다. 그들이 철퇴를 휘두를 때마다 병사들의 머리통이 수박처럼 깨지고 팔다리가 수수깡처럼 꺾였다. 몸통을 가격당하면 피를 토하고 쓰러졌다.

얼마 지나지 않아 관문에 주둔한 병사들이 모두 쓰러졌다. 몰아치는 눈보라와 쌓인 눈 때문에 도망친 사람은 없었다. 그래서 관문 다음에 있는 주둔지에 위험을 알릴 수 없었다.

2

막사는 어두침침했다. 구름이 낮게 깔리고 눈보라가 간간이 몰아쳐도 겨우 아침을 지난 터라 밖은 밝았으나 막사는 깊은 밤처럼 어둠에 잠겨 있었다. 추위를 막고자 창문부터 작은 문틈까지 죄다 막았던 것이다. 타오르는 장작이 막사를 밝히는 빛의 전부였다. 그 덕분에 따뜻했지만 너무 어두웠고 매캐한 냄새가 코를 찔렀다. 밖에서 막사에 들어오면 어지럽고 속이 메슥거릴 정도였다. 그래도 병사들은 만족했다. 어떻게 하든 추위를 막아내려고 숨이 막히지 않을 만큼만 환기했다. 그러다보니 병사들은 반쯤 잠든 상태였다. 그들은 그렇게 담요를 덮어쓰고 누워 있었다. 당장 적이 들이닥치면 속수무책으로 당할 수밖에 없었다. 칼과 창 같은 무기야 주변에 있었으나 연기에 취해 반쯤 눈이 감긴 상태로는 단검조차 휘두르기 어려웠다.

물론 무모하거나 어리석은 행위는 아니었다. 침략군은 쥬의 혹독한 추위에 익숙하지 않아 겨울에는 공세를 펼치지 않기 때문이다. 주둔지의 모든 막사가 그랬다. 겨우내 장작을 태우며 문과 창을 꽁꽁 막고는 반쯤 졸린 상태로 지낼 계획이었다.

그런데 문이 벌컥 열렸다. 정확히 말하면 찢겼다. 요란한 소리가 났고 세찬 눈보라와 함께 찬바람이 막사로 몰려들었다. 반쯤 잠든 병사들의 입에서 욕설이 흘러나왔다. 몇몇은 마지못해 상체를 반쯤 일으킨 후에 힘겹게 눈을 뜨고는 문을 바라보며 소리를 질렀다.

"뭐야! 무슨 짓이야!"

그러나 문을 연 상대는 대답 대신 성큼성큼 안으로 들어왔다. 병사들 대부분은 아직도 반쯤 잠든 상태여서 알아차리지 못했지만 정신을 차린 몇몇은 깜짝 놀랐다. 문을 부수다시피 막사로 들어온 사내의 차림새가 독특했기 때문이다. 덩치 큰 사내는 곰가죽으로 만든 겉옷을 걸쳤고 양손에는 거대한 철퇴가 들려 있었다. 사내는 혼자가 아니었다. 비슷한 차림의 사내들이 막사로 짓쳐들어왔다. 사냥에 나선 맹수떼가 막사를 덮친 것 같았다. 병사들은 아직 몽롱하게 잠에 취한 상태여서 막사에 들어온 사내들이 현실인지 환상인지 구분하지 못했다. 그때 사내들이 철퇴를 휘두르자 동료의 두개골이 호두껍질처럼 부서지고 뇌가 으깬 두부처럼 흘러나오는 모습을 보며 현실을 자각했다. 병사들은 자리에서 일어나 무기를 잡으려 허둥거렸다. 그러나 그들은 너무 느렸고 사내들은 너무 빨랐다. 커다란 막사는 순식간에 도살장으로 변했다. 병사들은 한 명도 막사에서 벗어나지 못했다.

다른 막사의 상황도 크게 다르지 않았다. 곰가죽과 늑대가죽으로 만든 겉옷을 입고 거대한 철퇴를 든 500명의 사내가 주둔지에 있는 2000명의 병사를 때려죽이는 데 필요한 시간은 그리 길지 않았다.

3

정오를 지나 눈보라가 잦아들자 해가 모습을 드러냈다. 겨울이라 해는 창백했고 공기는 여전히 차가웠다. 그 덕분에 악취가 덜했다. 여름의 강렬한 해와 뜨거운 공기 아래에서는 피비린내는 물론 죽음과 부패의 역한 냄새가 코를 찔렀을 것이다.

물론 김탁에게 그런 차이는 별다른 의미가 없었다. 투구는 사라졌고, 갑옷은 여기저기 찢어졌으며, 머리카락과 얼굴에는 피가 말라붙어 볼썽사나운 몰골로 연병장으로 끌려나왔다. 그는 성한 몸뚱이로 살아남은 몇몇에 해당했다. 그러나 얼마나 더 살아 있을지는 의문스러웠다. 곰가죽과 늑대가죽으로 만든 겉옷을 입고 거대한 철퇴를 든 무리가 사형집행을 지켜보는 구경꾼처럼 그를 둘러쌌다.

"당신이 지휘관인가?"

짐승떼 같은 무리에서 한 명이 나서서 말했다. 다른 사내들보다 덩치가 작고 쥬의 말이 매우 유창한 것으로 보아 바다 건너 야만인에게 붙은 배신자가 틀림없었다. 김탁은 대답 대신 침을 바닥에 뱉었다. 그러자 배신자의 얼굴에 묘한 미소가 떠올랐다.

"군장께서는 당신에게 관용을 베풀어 무사답게 죽을 기회를 주셨다."

배신자는 김탁에게 장검을 던졌다. 장검이 둔탁한 소리와 함께 바닥에 떨어졌다.

"당신의 검이 맞나?"

김탁은 어렵지 않게 자신의 검을 알아보고는 천천히 허리를 숙여 움켜잡았다.

"군장께서는 당신이 쥬의 귀족임을 높이 사서 직접 목숨을 거두실 것이다."

배신자의 말이 끝나기 무섭게 거구의 사내가 성큼성큼 앞으로 나왔다. 무리를 이룬 사내들이 하나같이 건장한 체격임을 감안하면 사내는 다른 무리보다 훨씬 컸다. 사내는 천천히 곰가죽으로 만든 겉옷을 벗었다. 겉옷 아래 드러난 얇은 사슬갑옷도 벗었고 그 아래에 입은 옷도 벗었다. 사내의 상체에는 실오라기 하나 남지 않았다. 그렇게 드러난 상체를 본 김탁은 자신도 모르게 움츠러들었다. 사내의 상체는 곰처럼 우람하면서도 호랑이처럼 굳세고 표범처럼 날렵했다. 인간이 아니라 하늘에서 내려온 전사처럼 느껴졌다. 그러나 감탄할 여유가 없었다. 사내가 거대한 철퇴를 양손으로 들고 다가왔다.

  김탁은 현실을 받아들일 수 없었다. 어제까지만 해도, 오늘 아침을 맞이하기 전만 해도 그는 2500명을 헤아리는 병사를 거느린 장수였다. 전쟁의 첫번째 여름에 파죽지세로 한벌을 점령한 침략군을 험한 산세에 의지하여 저지했고, 두번째 겨울을 맞이할 때까지 훌륭히 막아낸 주역이었다. 백색당원으로는 이례적인 성과였고 그만큼 앞날이 창창했다. 왕세자와 곽곽 선생이 남쪽에서 연신 승전보를 알렸지만 왕세자는 기반이 취약했고 곽곽 선생은 더러운 일을 처리하는 밀정일 뿐이었다. 전쟁이 끝나고 평화가 찾아오면 자신이야말로 '백색당의 앞날'로 각광을 받으며 권력을 거머쥘 것이라 믿어 의심치 않았다. 물론 전쟁의 종식에는 긴 시간이 걸리겠지만 그래도 쥬가 승리할 가능성이 컸다. 바다 건너 야만인들이 기세 좋게 한벌과 평해를 점령했지만 평해에서는 이미 패했고 한벌에서도 북쪽의 험한 지형과 혹독한 추위에 막혀 진격하지 못했기에 그렇게 몇 년이 흐르면 제풀에 지쳐 돌아갈 터였다. 그러면 논공행상을 따질 것이며 당연히 자신이 최고의 공신으로 인정받으리라 예상했다. 백색당 주류가 어떡하든 왕세자를 제거할 것이므로 늙은 국왕이 사망하면 백색당 주류는 왕자들에서 군주를 옹립하여 허수아비로 세울 것이었다. 그렇게 되면 자신이 그런 백색당 주류의 중심인물이 될 것이라 기대했다. 그런데 이게 무엇인가! 반나절 만에 2500명 남짓한 부하를 모두 잃었다. 짐승 같은 놈들이 휘두르는 철퇴에 머리통이 깨지고 내장이 터져 끔찍하게 죽었다. 자신은 투견판의 개처럼 구경거리가 되었다.

그러나 선택권이 없었다. 김탁은 검을 꼬나쥐고 사내에게 달려들었다. 물론 사내를 이길 가능성은 희박했다. 요행히 사내를 이긴다 해도 살아남지 못할 것이 틀림없었다. 그래도 이렇게 죽음을 순순히 받아들일 수는 없었다. 사내가 가까워지자 김탁은 힘껏 검을 휘둘렀다. 100년 묵은 거대한 나무도 베어버릴 듯한 기세였다. 하지만 사내가 살짝 비켜서자 검은 허공을 갈랐다. 너무 크게 휘두른 탓에 김탁은 몸이 앞으로 쏠려 휘청였다.

그럴 수밖에 없었다. 김탁은 무사가 아니었다. 검술을 제대로 배운 적도 없었다. 유력한 백색당 가문에서 태어난 덕분에 장군이 되었을 뿐이다. 물론 다른 백색당원보다는 병사를 부리는 법을 알고 전투를 이끌 감각은 있었으나 그것이 전부였다.

"무사가 아니군."

사내가 중얼거렸다. 다만 김탁은 사내의 말을 알아듣지 못했다. 사내가 와의 말을 사용했기 때문이다. 사내의 얼굴에 실망스러운 표정이 떠올랐다. 당연히 무사일 것이라 생각하고 김탁에게 '명예로운 기회'를 주었는데, 무사가 아닌 사람이 군대를 지휘한다는 사실에 사내는 도무지 이해할 수 없었다. 전선에서 멀리 떨어진 곳도 아니고 적의 공세를 재빨리 차단할 수 있는 중요한 위치에 검을 다룰 줄도 모르는 자를 임명하다니! 사내는 관용을 베푼 것을 후회하며 철퇴를 휘둘렀다. 사내는 건장한 남자도 힘겹게 들 철퇴를 나무막대처럼 가볍게 다루었다.

거무튀튀한 철퇴의 쇠뭉치가 바람을 가르며 김탁의 오른쪽 허벅지 뒤쪽을 때렸다. 뼈가 으스러지는 고통에 김탁은 비명을 지르며 검을 떨어뜨렸다. 왼쪽 다리에 의지하여 바닥에 고꾸라지는 것만 겨우 면했을 뿐이다.

김탁은 이미 저항할 의지를 완전히 잃었으나 사내는 이제 관용을 베풀 마음이 없었다. 김탁이 무사답게 검을 다루었다면 단번에 머리통을 부수어 편한 죽음을 선사했겠으나 무사가 아니므로 그럴 이유가 없었다. 그래서 다음 철퇴질은 김탁의 오른쪽 무릎으로 향했다. 쇠뭉치가 닿자 슬개골이 푸석이며 박살이 나면서 김탁이 쓰러졌다. 앞으로 쓰러지는 바람에 얼굴과 배에 바닥의 찬기가 전해졌다. 사내는 그런 김탁에게 다가와 철퇴의 쇠뭉치로 목덜미를 눌렀다. 그때 뒤통수에 철퇴질 한 번이면 김탁을 고통에서 구해줄 수 있었다. 그러나 사내의 성미는 강팔랐다. 사내의 철퇴질은 어깨로 향했다. 그다음은 반대편 어깨였다. 그렇게 사내는 철퇴질로 연신 김탁의 몸통과 사지를 가격했다. 무사가 아닌 김탁에게 가장 고통스러운 방식을 선사한 것이다.

제2장
백색당의 우두머리

1

노인은 솜을 잔뜩 넣어 누빈 겉옷을 입고 가마에 올랐으나 추위를 막기에는 부족했다. 북쪽의 겨울바람은 보이지 않는 수천 개의 바늘이 파고드는 것만 같아 누빈 솜으로는 어림도 없었다. 게다가 머리도 문제였다. 고위 관료가 착용하는 관모는 화려하지만 실용적이지 않아 온기를 유지하지 못했다. 추위를 막으려면 늑대나 곰 같은 짐승의 가죽으로 만든 옷이 필요했다. 늑대가죽과 곰가죽을 구하기 힘들면 개가죽도 나쁘지 않았다. 또 짐승의 털로 만든 모자도 필요했다. 모자는 여우와 족제비, 수달 같은 작은 동물의 털이면 충분했다.

그러나 노인은 그런 옷차림을 할 수 없었다. 하지만 가마꾼을 여덟 명이나 고용하고 길잡이와 경호원까지 거느린 것으로 보아 짐승가죽을 구입하지 못할 정도로 가난한 것은 아니었다. 돈과 권력은 누구에게도 뒤지지 않을 만큼 충분했다. 그런데도 짐승가죽으로 만든 옷차림을 하지 못한 이유는 노인이 백색당원이었기 때문이다. 심지어 평범한 백색당원이 아니라 우두머리에 해당했다. 짐승가죽으로 만든 옷은 용납할 수 없었다. 그런 옷차림은 야만인에게나 어울렸다. 경전을 공부하며 성현의 가르침을 좇는 사람에게는 가당치 않았다. 노인은 애써 추위를 잊으려 했다. 움츠러드는 어깨와 등을 쫙 펴고 덜덜 떨리는 팔다리를 진정시키려 노력했다. '기껏해야 추위일 뿐이다. 성현의 말씀에 의지하면 몸의 고통쯤은 잊을 수 있다.' 노인은 그렇게 마음을 다잡았다.

다행히 노인은 곧 추위를 잊었다. 다만 성현의 말씀이 위력을 발휘한 결과는 아니었다. 깊이 고민할 수밖에 없는 생각이 떠올라 골몰하다보니 추위조차 잊은 것이었다.

'천석꾼에게는 천 석의 근심이 있고 만석꾼에게는 만 석짜리 걱정이 있다'는 속담처럼 노인도 막강한 권력과 막대한 재산만큼 고민이 깊었다. 따지고 보면 노인이 북쪽의 추위를 경험하는 것, 그 자체가 고민이었다. 나라 꼴이 정상이었으면 백색당의 우두머리가 한벌을 떠날 이유가 없었다. 평화로운 시기에는 추밀원장이 북쪽의 맹렬한 추위를 마주할 일이 없었다. 그러나 바다 건너에서 온 야만스러운 침략군에게 한벌을 무력하게 내주고 국왕이 북쪽 멀리 갑천으로 몽진하여 나라 꼴이 말이 아니었다. 그나마 험한 산세와 혹독한 추위가 아니었다면 갑천도 안전하지 않았을 터였다. 물론 쥬는 반도에 자리한 왕국이라 왕실과 조정이 허리에 위치한 한벌을 버리고 북쪽으로 피란하면 남쪽을 포기하는 것과 마찬가지였다. 그래서 '백성을 버렸다'는 비난을 피하고자 국왕은 분조하여 왕세자를 남쪽으로 보냈다. 하지만 쥬에서 두번째로 큰 도시인 평해마저 적에게 함락된 상황이라 왕세자가 실질적인 승리를 거두리라고는 기대하지 않았다. 솔직히 왕세자의 패배를 바랐다. 적에게 잡히거나 전사하기를 원했다. 추밀원장 같은 백색당 주류, 즉 백색당 구파에게 왕세자는 눈엣가시 같은 존재였다. 왕세자를 보좌하는 은산군도 마찬가지였다. 백색당 신파의 우두머리인 은산군이 왕세자와 함께 사라지는 것이 백색당 구파에게는 최고의 결과였다.

그런데 왕세자와 은산군이 예상하지 못한 승리를 거두었다. 모리한에게서 평해를 탈환했을 뿐 아니라 오토모준의 정예 병력을 물리쳤다. 왕세자가 흑색당 잔당을 규합하여 군대를 편성했고 혈교 주교와 동맹을 맺었다는 소식이 전해졌다. 백색당 구파에게는 최악의 상황이었다. 왕세자와 백색당 신파가 승승장구하는 것만 해도 골치 아픈데 흑색당 잔당과 색목인이라니!

심지어 그것이 끝이 아니었다. 상군의 원정군은 겨울이면 공세를 중단했는데, 이번에는 인간인지 괴수인지 구분하기 힘든 무리가 갑천 방어에 아주 중요한 요새를 완파했다. 김탁을 비롯하여

2500명 남짓한 수비대가 몰살당했다. 그 요새와 갑천 사이에는 다른 요새가 없었다. 폭설이 내려 시간이 걸리겠으나 갑천도 이제 위험해졌다. 괴수를 연상하게 하는 무리의 정체—당연히 와에서 온 침략군이겠으나 정확한 정체는 아직 몰랐다—를 밝히고 그들을 저지할 군대를 보내는 것이 당장 발등에 떨어진 불이었다. 그러나 군대도 마땅하지 않았고 군대를 지휘할 장군은 더더욱 그랬다. 백색당은 무예를 가볍게 여기고 무사를 경멸하여 인재가 없었다. 백색당에서 무능하고 게으른 부류만 어쩔 수 없이 무관을 선택했다. 회색당에는 유능한 군인이 꽤 있었지만 죄다 '흑색당원'이라는 죄목으로 숙청했다. 그나마 김탁이 백색당에서 가장 유능한 지휘관이었는데, 죽은 사람에게 군대를 맡길 수는 없었다.

그런데 그 모두 최악은 아니었다. 추밀원장이 마주한 진짜 최악의 골칫거리는 따로 있었다. 고민이 거기까지 이르자 가마가 임시로 마련한 궁궐에 도착했다. 추밀원장은 조금이라도 빨리 실내로 들어가 추위를 피하고 싶어 황급히 가마에서 내렸다.

2

궁궐은 초라했다. 국왕이 거주하고 조정이 자리잡은 곳이라 생각하기 힘들었다. 물론 카락에서 온 사신이 묵던 숙소여서 당연히 한벌의 궁궐과는 비교하기 어려웠다. 사실 갑천 자체가 도시라 하기에 부끄러울 만큼 소박했다. 쥬에서 북쪽은 낙후되고 차별받는 지역이었다. 더구나 백색당은 상업을 강력하게 규제했고 카락을 야만인이라 경멸했기에 국경을 따라 명맥을 유지하던 무역조차 쇠퇴했다. 그러다보니 갑천과 그 주변은 유배지까지 죄수를 압송하는 형리들만 드나들었다. 그래도 임시 궁궐도 궁궐이라 호랑이깃발을 내걸었고 사신들이 회의실로 사용하던 커다란 방에 용상을 마련했다.

하지만 국왕의 꼬락서니는 형편없었다. 호랑이가 그려진 화려한 의복은 변함없었으나 머리카락을 제대로 관리하지 않아 익선관 밖으로 삐죽삐죽 비어져 나왔고 눈이 심하게 충혈되었다. 제대로 씻지도 않아 얼굴이 꾀죄죄했고 손톱에는 검은 때가 끼었다. 그래도 국왕은 아랑곳하지 않고 더러운 손으로 유리그릇에 든 견과를 집었다. 설탕을 입힌 견과라 번드르르 윤기가 흘렀는데, 그것을 게걸스럽게 씹어대는 국왕의 얼굴 전체가 번들거렸다.

"전하, 추밀원장 박상은이 인사 올립니다."

회의실에 도착한 추밀원장이 앞으로 나와 공손히 무릎 꿇고 말했다. 그러나 국왕은 어전에 든 추밀원장을 알아차리지 못했다. 설탕을 입힌 견과에 모든 관심을 빼앗긴 듯했다.

"전하, 추밀원장이옵니다."

국왕은 여전히 반응하지 않았다.

"전하, 박상은이옵니다."

세번째로 아뢰자 국왕은 그제야 겨우 추밀원장을 바라보았다.

"오, 추밀원장 오랜만이오."

국왕은 괴기스럽게 웃으며 입을 열었다. 그런 국왕의 말에 회의실을 채운 관료들은 얼어붙었다. 오랜만이라니! 갑천으로 몽진한 후 매일 회의실에서 마주하는 추밀원장에게 오랜만이라니! 몇몇은 나직이 한숨을 내쉬었다. 그것이 무엇을 의미하는지 어렴풋이 짐작했기 때문이다.

"전하, 어제 아뢴 것과 같이 상군의 군대가 요새를 돌파했습니다. 김탁 장군과 수비대는 끝까지 충성을 다했습니다."

'끝까지 충성을 다했다'는 '몰살당했다'는 완곡한 표현이었다.

"아니, 그게 무슨 말이오?"

국왕의 눈이 휘둥그레졌다. 하지만 다음에 이어지는 말은 대부분의 예상을 빗나갔다.

"김탁이 어떻게 장군이오? 누가 장군으로 임명했소? 과인 외에 다른 국왕이 있단 말이오?"

국왕은 얼굴을 붉히며 소리쳤다. 그러나 그럴수록 회의실은 얼어붙었다.

"전하, 김탁은 전란이 일어난 해에 공을 세워 장군이 되었습니다."

추밀원장이 마지못해 아뢰었다. 그러자 국왕의 눈이 더욱 커졌다.

"아니, 그럼 카락이 다시 침공했소? 그게 김탁으로 될 일이오?

어서 암행총관을 부르시오!"

국왕을 제외한 모두가 망연자실했다. 뭐라 말할지 고민하는 사이 추밀원장이 입을 열었다.

"전하, 곽곽은 평해에 있습니다."

이번에도 국왕은 도무지 이해할 수 없다는 표정을 지었다.

"그게 무슨 말이오? 곽곽은 아직 아이잖소. 암행총관인 곽현을 부르시오!"

어렴풋이 짐작하던 일이 명확해졌다. 모두에게 당혹스러울 일이 틀림없었으나 추밀원장은 평정을 유지했다.

"분부대로 하겠습니다, 전하."

추밀원장은 평소와 다름없이 말했고 국왕은 다시 유리그릇에 손을 뻗어 견과를 한 움큼 집은 다음 게걸스럽게 먹었다.

3

어전회의는 어수선하게 끝났다. 요새가 함락되어 갑천까지 이르는 문이 열렸을 뿐 아니라 서슬 퍼런 동장군도 침략군을 막지 못하는 것이 밝혀져 위기가 심각했으나 그런 사안에 대해서는 입도 뻥끗하지 못했다. 국왕이 그런 일을 결정할 상태가 아니었다. 국왕은 이제 과거에 갇힌 죄수일 뿐이었다. 그에게는 현재도 없고 미래도 없었다. 국왕의 영혼은 이제 새로운 기억을 담지 못했다. 시간이 흐르면 과거에 관한 기억도 점차 잃어버릴 것이었다.

마지막에는 자신에 대한 기억도 사라질 터였다. 물론 그때까지 살지 못할 수도 있다. 과거에 갇히면 육체의 다른 부분도 급격히 쇠하기 때문이다.

추밀원장을 비롯한 관료들은 자리를 옮겨 다시 모였다. 무력하게 손놓고 있을 수 없었다. 침략군을 막기 위해 무엇이라도 해야 했다.

"상군에게 화친을 요청하면 어떻겠습니까?"

화친이라니 가당치 않았다. 성현의 말씀을 따르는 사람이 어찌하여 야만인에게 숙일 수 있겠나! 다만 추밀원장이 굳이 화낼 필요가 없었다.

"그게 무슨 말씀입니까! 윤리를 모르고 도덕도 없는 불한당과 협상을 하자니요!"

추밀원장이 나서지 않아도 다른 관료들이 서릿발처럼 반응했다. 화친을 꺼낸 이는 얼굴을 붉히며 입을 다물 수밖에 없었다.

"카락에게 원병을 요청합시다."

카락이라. 이이제이(以夷制夷), '야만인으로 야만인을 막는다'는 쥬가 오랫동안 사용한 방법이었다. 그러나 카락 역시 달갑지 않은 침략자며 야만인이었다. 더구나 카락은 흑색당을 좋아했다. 백색당이 왕정복고를 이룬 후 카락이 침입하여 북방전쟁이 발발했던 이유기도 했다.

"안 될 말씀입니다. 카락도 야만인입니다. 심지어 흑색당과 우호적이지 않습니까? 카락의 힘을 빌려 와를 막으면 자칫 흑색당에게 역모를 꾸밀 기회를 줄 수 있습니다!"

이번에도 추밀원장이 나설 필요가 없었다. 관료들 모두 백색당이라 '이익과 손해'를 공유했기 때문이다. 백색당에게는 자기네 권력을 유지하는 것이 가장 중요했다. 다른 세력에게 권력을 넘겨주고 국가를 보존하는 것보다 백색당이 권력을 장악한 상태로 멸망하는 것이 나았다.

"성현의 말씀을 모르는 자와 그 가르침을 경외하지 않는 무리에게 도움을 청할 수는 없소. 그런 행위가 처음에는 쉬운 해결책처럼 보일지라도 결국에는 커다란 재앙이 될 것이오. 성현께서 이르기를 소인의 길은 넓고 평탄하나 대인의 길은 좁고 험난하다고 했소. 다들 아시겠소?"

드디어 추밀원장이 입을 열었다. 하얀 수염을 멋있게 길렀고 체격이 당당하며 목소리까지 진중하여 우두머리로 부족함이 없었다.

"우리가 스스로 문제를 해결해야 하오. 카락이든, 흑색당이든, 회색당이든 그들에게 도움을 청하는 순간이 우리의 마지막이 될 것이오."

추밀원장의 말에 다들 고개를 끄덕였다. 하지만 모두 침묵했다. 추밀원장의 말에 동의했으나 누구도 나서고 싶지 않았다. '외부의 도움을 청하지 말고 우리 스스로 해결하자'는 말이 멋지고 그럴듯하지만 막상 침략군과 싸우려니 엄두가 나지 않았다. 백색당은 성현의 가르침을 두고 벌이는 토론에 능숙하며 경전 해석에 따라 상대를 사문난적으로 몰아 유배를 보내고 처형하는 데는 익숙해도 직접 창칼을 들고 서로 목숨을 노리는 일에는 미숙했다. 그러다보니 가문이 변변하지 않거나 너무 무능하여 문관으로는 도저히 벼슬길에 나갈 수 없는 경우에만 무신이 되었다. 물론 장군들은 죄다 백색당 명문가 출신이지만 일단 문신으로 출세한 후에 장군을 겸했을 뿐이다. 그나마 김탁이 그런 부류에서는 가장 유능한 지휘관이었으나 저세상 사람이니 마땅한 인물이 없었다.

"김현철 선생은 어떻겠소? 나는 선생이 이런 일에 적격이라 생각하오."

추밀원장이 자신만만한 표정으로 말했다. 그러나 주변의 반응이 의외였다. 평소에는 추밀원장이 재채기만 해도 "현명한 판단입니다"라고 목소리를 높이던 무리가 말하는 법을 잊은 것처럼 조용했다.

"추밀원장님, 김현철은 신파이지 않습니까?"

한 명이 용기를 내어 입을 열었다. 그러자 몇몇이 고개를 끄덕였다. 김현철은 은산군보다도 악질이었다. 같은 백색당이었지만 흑색당보다 위험했다. 그런 김현철에게 갑천을 방어할 임무를 맡긴다니! 아무리 추밀원장이라도 이번에는 잘못 판단한 것이다. 갑천과 주변에 남은 병력의 지휘권을 받은 김현철이 침략군과 싸우기에 앞서 반정을 시도할 수도 있었다. 백색당 구파를 도륙한 후 남쪽의 은산군과 힘을 합쳐 왕세자를 옹립하면 차라리 야만인에게 정복당하는 것이 나은 재앙이 펼쳐지는 셈이었다.

"쓸데없는 걱정이오. 은산군과 김선생은 모두 뱀 대가리가 되려는 작자요. 대가리가 두 개인 뱀을 봤소? 그런 뱀은 존재하지 않거니와 혹시 있어도 생존할 수 없소. 대가리가 두 개라 하나가 왼쪽으로 가면 다른 하나는 오른쪽으로 가려고 할 거외다. 서로 독니를 드러내고 물어뜯어 죽음을 자초할 수도 있소. 그러니 걱정하지 마시오."

그러고는 가장 강력한 말을 꺼냈다.

"선생이 탐탁지 않으면 대신 자원할 분이 있으시오?"

4

쥬에서 '선생'은 아주 특별한 칭호였다. 강력한 권력, 고귀한 혈통, 어마어마한 재산 등 단순히 이런 조건으로는 얻기 힘들었다. 주변의 백색당원이 기꺼이 인정해야 '선생'이라 불릴 수 있었다. 덧붙여 '선생'이 벼슬길에 나가는 일은 극히 드물었다. 부귀영화를 멀리하고 초야에 묻혀 성현의 말씀을 공부하며 그 가르침을 따르는 데 힘써야 진정한 '선생'이었기 때문이다. 물론 예외는 있었다. '선생'의 칭호를 얻은 다음 그것을 발판삼아 단번에 높은 관직을 받는 경우도 종종 있었다. 또 자신에게 붙은 '선생'이라는 호칭을 달갑지 않게 여기는 사람도 있었다. 높은 관직을 얻기에 충분한 능력과 배경을 가졌으나 이런저런 이유로 어쩔 수 없이 초야에 묻혀 있는 경우에도 '선생'이라 불렸기 때문이다.

김현철이 그런 부류에 해당했다. 신동으로 유명했고 스무 살에도 이르지 않은 나이에 급제했다. 그러나 벼슬길에는 나가지 못했다. 백색당 구파가 탐탁지 않게 여겼기 때문이다. 다만 김현철은 '소년 급제'를 이룬 청년답게 백색당의 고리타분한 교조주의를 비판하여 반감을 산 것이 아니었다. 그는 추밀원장 같은 백색당 구파의 수뇌부처럼 권력욕이 이글이글 불타오르는 존재였다. 백색당 구파가 그를 싫어한 이유는 자기네 기득권을 빼앗으려 했고, 심지어 지나치게 오만했기 때문이다. 그러다보니 김현철은 자의 반 타의 반으로 백색당 신파에 합류했다. 그러나 백색당 신파에서도 위치가 애매했다. 백색당 신파는 왕세자를 중심으로 '새로운 세상'을 꾸리려는 집단이었는데, 김현철은 정작 왕세자와 접점이 없었다. 또 은산군과 사이가 나빴다. '왕족입네' 하는 권위적 태도가 뿌리내린 은산군에게 김현철은 '오만한 평민'에 불과했다. 반면 김현철에게 은산군은 '왕족의 권위만 내세우는 무능한 인간'일 따름이었다.

그래서 김현철은 자신만의 공부에 집중했다. 특히 카락을 통해 색목인의 기술을 받아들여 성현의 가르침과 조화를 이루게 하는 데 주력했다. 그 덕에 '선생'이란 칭호를 얻었지만 따지고 보면

'빛 좋은 개살구'였다. 그래도 삶은 새옹지마와 같아서 엎치락뒤치락하다보면 단점이 장점이 되고 위기가 기회로 변하는 때가 있기 마련이었다. 물론 반대로 꼬이는 상황도 존재하지만 이번에는 위기가 기회로 변했다. 적어도 김현철에게는 그랬다. 김탁이 이끄는 수비대가 전멸되어 갑천으로 향하는 통로가 열린 것은 위기가 틀림없었으나 그 덕에 김현철은 '쥬의 모든 군대'를 지휘할 기회를 얻었다. 다만 '쥬의 모든 군대'라고 해보았자 갑천과 그 주변에 남은 병력뿐이었다. 왕세자와 은산군, 곽곽 선생이 거느린 '남쪽 군대'는 현실적으로 김현철의 통제 밖에 있었다. 그리 따지면 김현철이 지휘할 병력은 만 명 정도였다. 머릿수는 제법 채웠으나 여기저기서 끌어모은 병력이라 무기, 훈련, 복장이 죄다 제각각이었다. 그런 오합지졸이 국왕에게 남은 마지막 군대였다.

하지만 김현철은 의기양양했다. 임시 궁궐로 오라는 명령에 개선장군처럼 집을 나섰다. 평범한 백색당원은 '성현의 말씀을 공부하는 자'답게 차려입었겠으나 김현철은 색목인이 만든 가벼운 사슬갑옷과 비단에 솜을 넣어 누빈 겉옷을 입었다. 신발도 색목인이 만든 가죽장화를 신었으며 허리춤에 찬 검도 색목인이 사용하는 형태였다. 마지막으로 색목인의 솜씨 좋은 대장장이가 강철을 두드려 만든 투구를 착용했다. 솜을 넣어 누빈 겉옷을 제외하면 백색당원보다 혈교 기사단원에 어울리는 차림이었다.

집을 나서 임시 궁궐까지 오는 길에 사람들의 시선이 김현철에게 쏠렸다. 북쪽의 보잘것없는 도시에 국왕과 조정이 몽진한 터라 갑천은 엄청나게 북적여서 순식간에 구경꾼이 무리지어 모여들었다.

"저 사람이 김현철이야?", "색목인의 기술에 통달했다더니 역시 옷차림부터 다르네", "저 투구는 화승총도 뚫지 못한다지?", "저게 색목인의 검이야? 방패도 잘라버린다는 그 검이 맞아?" 김현철은 구경꾼의 수군거림을 즐겼다. 무엇보다 그렇게 관심받고 유명세를 얻는 것이 행복했다.

임시 궁궐에 도착하자 행복은 한층 배가되었다. 경비병부터 휘둥그렇게 뜬 눈으로 바라보았기 때문이다. 문을 지나 회의실로 향하는 길에서도 마찬가지였다. 환관과 궁녀도 놀라움과 신기함이 섞인 눈으로 쳐다보았다. "저 사람이 김현철 선생이래", "저 사람은 색목인의 모든 술법을 부릴 수 있다는군" 등의 말이 귓가에 스쳤다.

회의실에 들어가니 기쁨이 절정에 달했다. 관료 대부분은 경계하면서도 은근히 기대하고 못마땅해하면서도 사뭇 신기한 눈빛으로 맞이했다. 그런데 딱 하나, 아쉬운 부분이 있었다. 국왕이 보이지 않았다.

"전하께서는 옥체가 미령하시어 나에게 일 처리를 맡기셨소."

추밀원장이 차분한 태도로 말했다. 곽곽 선생과 비슷한 또래로 여전히 젊은 김현철과 주름진 얼굴에 하얀 머리카락이 도드라진 추밀원장은 묘한 대비를 이루었다.
"그럼 어명을 받들어 장군의 직을 내릴 것이니 김현철은 어서 예를 갖추시오."
추밀원장의 말에 김현철은 부푼 마음으로 무릎을 꿇었다.

제3장

야인의 아들

1

눈은 형태가 다양한 것이 신기하다. 물도 아니며 그렇다고 얼음도 아닌 것이 하늘에서 풀풀 날리듯 내려와 손바닥에 떨어지면 이내 녹아버린다. 하지만 쌓인 눈을 모아 뭉치면 눈덩이를 만들 수 있다. 그런 눈덩이는 꽤 단단하고 손에 쥐어도 좀처럼 녹아 사라지지 않는다. 그래서 어린아이든 강아지든 눈을 처음 접하면 설레는 마음에 가만히 있기 힘들다.

그러나 그런 낭만적인 반응은 눈이 '겨울에 가끔 방문하는 손님'일 때만 가능하며 상군부와 구산, 모도 같은 곳에 사는 사람들이 품는 '아름다운 기억'일 뿐이다. 와는 동쪽에서 서쪽으로 흘러내린 형태, 즉 동쪽 끄트머리는 북쪽으로 올라갔고 서쪽 끄트머리는 남쪽으로 내려간 모양새라 서쪽과 동쪽의 기후가 완전히 다르다. 서쪽은 겨울이 짧고 따뜻하며 여름이 길고 무덥지만 동쪽은 여름이 짧고 서늘하며 겨울이 길고 춥다. 그래서 동쪽 끄트머리에 사는 사람에게 눈은 완전히 다른 존재다. 그들에게 눈은 손에 닿으면 사라지고 기껏해야 뭉쳐서 눈덩이를 만들 수 있는 '낭만적인 물질'이 아니다. 짧은 여름이 끝나고 가을이 순식간에 지나면 다음 봄이 찾아올 때까지 눈이 끝없이 내리기 때문이다. 그렇게 쌓인 눈은 민가의 지붕을 무너뜨리는 소소한 일부터 시작하여 길을 지우고 다리를 부수며 급기야 눈사태를 만들어 마을을 통째로 집어삼킨다.

인간뿐 아니라 동물에게도 눈은 무시무시한 위협이다. 곰 같은 맹수조차 눈이 만든 '하얀 사막'에서는 먹이를 구할 수 없어 겨우내 긴 잠을 청한다. 늑대떼는 굶주림을 이기지 못하여 마을을 습격하고 호랑이는 산길을 걷는 무모한 나그네를 먹어치운다.

군대도 마찬가지다. 끝없이 내리는 눈이 방해하는 것은 행군만이 아니다. 활시위는 탄력을 잃고 활대는 꺾이기 쉽다. 화승에 불을 붙이기 어렵고 화약도 제대로 타오르지 않아 화승총이 쇠막대나 다름없어진다. 솜씨 좋은 대장장이가 만든 날카로운 검조차 쉽게 이가 나가고 자칫하면 부러진다. 얼어죽지 않으려면 두툼한 옷을 입어야 하고 맨손이 냉기에 노출되거나 발이 젖으면 동상에 걸려 손가락과 발가락을 잘라야 한다. 얼어죽지 않고 밤을 보낼 곳을 구하기가 쉽지 않고 음식과 물을 보급하는 것도 대단히 어렵다. 눈과 얼음을 녹여 식수로 쓰려 해도 땔감과 커다란 솥이 필요하다. 더구나 커다란 눈덩이를 녹여도 얻을 수 있는 물은 매우 적다.

이런 이유 때문에 와의 동쪽은 오랫동안 야인의 땅이었다. 어떤 상군도, 제아무리 야심만만한 영주도 동쪽 끄트머리를 정복하고 개척하려 하지 않았다. 그 '눈과 얼음의 땅'에 금광이 있다는 소문이 돌면서 몇몇 모험가가 호기롭게 원정대를 꾸렸으나 모두 '하얀 사막'에 먹히거나 야인에게 살해되었다.

쿠쿠는 그런 '눈과 얼음의 땅'을 다스리는 군장이었다. 물론 상군이 임명한 영주이기에 이제는 군장이 아니지만 여전히 많은 사람이 군장이라 불렀다. 동시에 적지 않은 사람이 쿠쿠를 '벼락출세한 야인'이라 비웃었다.

틀린 말은 아니었다. 쿠쿠에게는 정말 야인의 피가 흐르니까. 정확히 말하면 쿠쿠에게는 야인의 피가 절반쯤 흐른다. 쿠쿠의 어머니가 군장의 딸이었다. 쿠쿠의 아버지는 완전히 몰락한 무사 집안에서 태어났다. 무사계급에 해당했으나 검술도, 궁술도 배우지 못했고 먹고살기 위해 야인에게 짐승가죽을 사고파는 일을 할 수밖에 없었다. 야인은 거칠고 예측하기 힘들어 오랫동안 거래했어도 작은 오해에 목이 달아날 수 있어 매우 위험했다. 그래도 쿠쿠의 아버지는 꽤 성공했다. 다시 무사가 될 수 있을 만큼 재산을 모았지만 안타깝게도 갑작스럽게 죽었다. 여느 때처럼 야인에게서 짐승가죽을 잔뜩 사서 상군부로 향했지만 그것이 마지막이었다. 거래를 완료하기 전 숙소에서 피를 토하고 쓰러져 다시는 일어나지 못했다. 그의 성공을 질투하고 재산을 가로채려는 다른 상인이 독살했을 것이다.

쿠쿠가 태어난 것은 아버지가 죽고 몇 달이 지난 후였다. 쿠쿠의 아버지와 어머니는 결혼한 사이가 아니었으나 야인의 사회에서 '정식 결혼'은 별다른 의미가 없었다. 더구나 아버지가 없어도 어머니가 군장의 딸이었기에 큰 어려움이 없었다. 어머니로부터는 군장의 피를, 아버지로부터는 '상군을 섬기는 무사'의 피를 이어받아 어릴 때부터 싸움에 뛰어났다. 그리하여 외삼촌과 외사촌을 제치고 외할아버지의 후계자가 되었고 그는 다른 방식으로 전사들을 훈련했다. 약탈과 사냥 같은 일이 있을 때만 모이던 집단을 전투를 목적으로 하는 규율 잡힌 군대로 바꾸었다. 그러고는 그 군대를 발판삼아 야인을 하나로 통합했다. 순순히 합류하는 자에게는 상을 내렸고 저항하는 자는 처형하고 가족을 노예로 삼았다. 그러면서 상군부의 상인과 접촉하여 광산기술자를 데려왔다. 소문으로만 떠돌던 '야인의 금광'을 개발하기 위해서였다. 다행히 소문은 사실이었으며 그 황금을 기반으로 쿠쿠는 성을 짓고 무역을 늘렸으며 상군에게 영주로 인정받았다(물론 상군에게 막대한 황금을 바쳐야 했다). 그리하여 그는 북방영주 노다 쿠쿠가 되었다.

그러나 북방영주라는 거창한 지위는 허울 좋은 이름에 불과했다. '빛 좋은 개살구'나 매한가지였다. 대부분의 영주는 쿠쿠를 자신들과 동등한 존재로 인정하지 않았다. 상군도 쿠쿠를 은근히 경멸하고 차별했다. 쿠쿠는 분명히 귀족이며 북방영주는 꽤 서열이 높았으나 귀족들은 쿠쿠를 그들의 집단에 끼워주지 않았다. 쿠쿠는 여전히 야인의 우두머리일 뿐이며 금광 덕분에 벼락출세한 존재에 지나지 않았다.

상군이 야심 차게 준비한 원정에도 끼워주지 않았다. 거의 모든 영주가 상군의 명을 받아 출병했으나 쿠쿠는 예외였다. 그는 동쪽 끄트머리의 땅, '눈과 얼음'으로 뒤덮인 황무지에 머무를 수밖에 없었다. 사실 쿠쿠는 원정에 참여하려 해도 쥬까지 갈 방법이 없었다. 다른 영주와 달리 함대가 없었기 때문이다.

그런데 원정이 묘하게 흘러갔다. 한벌과 평해를 기세 좋게 점령했지만 더이상 진군하지 못했다. 평해에서는 모리한과 오토모준이 차례로 패했다. 한벌 방면도 비슷하여 거친 지형과 혹독한 추위에 진격이 막혔다. 상군의 군대뿐 아니라 영주들이 이끄는 병력도 북쪽의 추위에 제대로 대응하지 못했다. 그러자 상군도 다급해졌다. 이제는 갑천으로 가는 길을 돌파하여 쥬의 국왕을 생포하는 것이 원정을 '깔끔한 성공'으로 이끌 거의 유일한 방법이었다.

상군은 어쩔 수 없이 쿠쿠를 불렀다. 자신의 함대를 파견하여 쿠쿠의 '야인 군대'를 모셔왔다. 전투에 필요한 것은 무엇이든 지원하고 모든 피해를 보상하겠노라 약속할 수밖에 없었다.

"역시 북방영주답습니다. 늑대 무리가 사슴떼를 도륙하는 것처럼 수비대를 몰살했군요."

쿠쿠의 맞은편에 앉아 뜨거운 차를 홀짝이는 녀석이 그 약속을 실행하는 하수인이었다. 후지타라고 했던가. 상군이 가장 신뢰하는 무사가 쿠쿠에게 물자를 보급하는 임무를 맡았다. 상군이 신임하는 만큼 능력은 나무랄 데 없었으나 쿠쿠는 녀석이 못내 마음에 들지 않았다. 물론 후지타가 '노예 상인의 아들'이라는 출신에 가지는 편견은 아니었다. 자신도 '야인의 아들'이라 차별받았기에 그런 저열한 편견은 아니었다. 후지타는 강인한 싸움꾼이며 충성스러운 무사가 틀림없었지만 어디까지나 상군의 부하였다. 상군의 이익에 따라 언제든 쿠쿠를 배신하고 궁지에 몰아넣을 수 있었다. 쿠쿠는 후지타에게서 의심을 거두지 못했다.

"어차피 놈들은 적이 아니오."

쿠쿠는 시큰둥한 표정으로 말했다. 쥬의 나약한 수비대는 문제가 아니었다. 겨울이 진짜 문제였다. 갑천으로 향하는 통로 초입에 있는 요새를 점령한 것은 시작일 뿐이었다. 군대를 이끌어 갑천까지 진격하려면 겨울을 이겨내야 했다.

"보급은 걱정하지 마세요. 상군께서 이미 약속하시지 않았습니까."

쿠쿠의 군대는 3000명 남짓이었다. 갑천을 점령하고 쥬의 국왕을 생포하려는 목적을 감안하면 초라한 병력으로 느껴질 수도 있었다. 그러나 규모는 중요하지 않았다. 쿠쿠의 부하들은 단순한 병사가 아니었다. 그들은 겨울을 이겨내고 진격하여 거대한 철퇴로 적의 머리통을 으깨버릴 수 있는 전사였다. 하지만 먹지도, 마시지도 않고 싸울 수 있는 전사는 없었다. 온갖 자질구레한 일을 담당하는 인력까지 합치면 거의 4000명에 이르렀다. 그들을 먹이는 일은 만만치 않았다. 게다가 겨울이라 훨씬 많은 땔감이 필요했고 전투를 치르려면 무기를 관리해야 했다. 그러므로 보급도 전투만큼 중요했다. 그런 중요한 일을 상군부, 정확히 말하면 후지타가 맡은 것이 못내 마음이 놓이지 않았다. 물론 후지타는 유능했다. 임무를 충분히 완수할 것이었다. 그러나 상군을 믿기 어려웠다. 상군과 영주의 관계가 원래 그랬다. 상군은 영주가 반란을 일으킬 것이라 의심했고 영주는 상군이 자신의 영지를 빼앗을 것이라 의심했다. 상군은 영주가 자신에게 도전하는 것을 용납하지 않았고 영주는 상군의 권력이 자기네를 억압할 만큼 강해지는 것을 두려워했다. 그러므로 쿠쿠는 수비대와 겨울, 상군, 이렇게 세 적과 싸워야 했다.

"보급이 제때 이루어지지 않으면 당신 머리통이 박살날 거요."

쿠쿠는 후지타를 보며 무뚝뚝하게 말했다. 위협치고는 감정이 거의 섞이지 않았는데, 그래서 한층 더 섬뜩했다. 쿠쿠가 곰가죽으로 만든 겉옷을 입어 야수처럼 보이는 터라 더욱 무시무시했다. 하지만 후지타는 껄껄거리며 웃음을 터뜨렸다. 다만 그런 걱정 따위는 하지 말라는 것인지, 당신 따위가 내 머리통을 박살낼 수 있냐며 비아냥거리는 것인지는 명확히 구분하기 어려웠다.

2

창과 검을 관리하는 일은 크게 어렵지 않았다. 녹이 슬지 않도록 기름칠하고 날을 날카롭게 벼리기만 하면 그만이었다. 다만 창은 나무로 만든 자루가 좀먹지 않도록 주의했다. 활은 조금 성가셨다. 활대와 시위 모두 탄력을 유지해야 했기 때문이다. 덥고 습한 여름과 춥고 건조한 겨울에는 세심한 관리가 필요했다. 조금만 방치해도 활대가 부러지고 시위가 끊어졌다. 요행히 그런 상황을 피하더라도 시위가 늘어나면 화살을 제대로 날릴 수 없었다.

그러나 화승총과 비교하면 모두 관리하기 쉬운 무기였다. 화승총은 천둥 같은 소리와 함께 불꽃과 연기를 내뿜으며 갑옷을 뚫어 살을 찢고 뼈를 관통하는 무시무시한 위력을 자랑하지만 관리가 조금만 허술해도 '거추장스러운 쇠막대'로 전락했다. 심지어 총열이 폭발하여 화승총을 사용하는 사람이 다칠 수도 있었다.

화승총은 구조부터 복잡했다. 철로 만든 기다란 총열에 나무 개머리판을 붙인 형태만 보면 꽤 단순하다고 생각할 수도 있으나 착각이었다. 총열과 개머리판이 만나는 부분, 화약을 점화하고 폭발하게 하여 총탄을 발사하는 부분은 다른 무기와 비교할 수 없을 만큼 복잡했다. 용두, 방아쇠, 화약접시, 덮개가 어지럽게 얽혀 있었다.

화승총을 발사할 때 이 복잡한 구조는 다음과 같이 작동한다.

먼저 화약접시에 아주 작은 양의 화약을 넣고 덮개를 닫는다. 그리고 개머리판을 바닥으로 내려 총구를 하늘로 향하게 한 후 총열 앞쪽으로 많은 양의 화약을 붓는다. 그런 다음 납으로 만든 동그란 탄환을 총열 앞쪽으로 넣고 탄환과 화약이 압착되도록 기다란 꼬챙이를 총열 앞쪽에 넣어 몇 번 쑤신다. 여기까지가 장전이다.

장전이 끝나면 용두에 불붙은 화승을 부착한다. 대마를 꼬아 만든 끈인 화승은 천천히 타들어간다. 부착한 후에는 포수가 입으로 불어 재를 제거해야 불꽃이 인다.

여기까지 완료하면 화승총을 들어 목표를 겨냥한다. 그런 후에 방아쇠를 당기면 용두가 화약접시를 향해 떨어진다. 그러면 용두에 끼운 화승의 불꽃이 화약접시에 있는 작은 양의 화약에 불을 붙인다. 이어서 총열에 있는 많은 양의 화약이 폭발하고 그 폭발이 만든 힘에 탄환이 앞으로 날아간다.

따라서 조금만 관리를 잘못해도 재앙이 발생한다. 화승이 지나치게 건조되어 너무 빨리 타도, 반대로 축축해서 불이 붙지 않아도 화승총을 발사할 수 없다. 총열이 뒤틀리면 겨냥한 방향으로 날아가지 않는다. 총열 내부에 이물질이 있거나 녹슬어 약한 부분이 생기면 폭발이 만든 힘이 탄환을 밀어내는 대신 총열을 파괴할 것이다. 그러면 쓰러지는 이는 적이 아니라 화승총을 발사한 포수다. 용두가 내려오는 각도가 조금만 달라져도 화약접시를 지나칠 것이며 그러면 화약이 점화되지 않는다. 화약접시의 덮개가 헐거우면 화약이 흘러내려 용두와 화승이 정확하게 내려와도 탄환을 발사할 수 없다.

이처럼 화승총은 까탈스러운 부잣집 아이 같은 존재다. 조금만 관리가 부족해도 작동하지 않고, 심지어 사용하는 사람을 다치게 한다. 전장에서도 마찬가지다. 바람이 불면 화승의 불꽃이 자주 꺼져 발사하기 어렵다. 비나 눈이 내리면 화승에 불이 붙지 않아 아예 사용할 수 없다. 화승총에 문제가 없어도 화약이 습기를 머금거나 납탄 모양이 이상하면 기대한 성능을 발휘할 수 없다. 화약을 너무 적게 넣으면 탄환의 위력이 떨어지고 너무 많이 넣으면 총열이 폭발하여 포수가 다친다. 덧붙여 적이 지나치게 가까이 접근하면 포수는 무력해진다. 화승총을 장전하고 발사하는 과정이 길고 복잡하기 때문이다. 따라서 장전할 시간이 부족하면 화승총은 그저 쇠막대에 불과할 뿐이다. 화승총과 화약, 탄환이 무거워 포수가 다른 무기를 휴대하기도 어렵다. 기껏해야 단검을 지닐 수 있을 뿐이다.

이런 문제로 쥬는 화승총병을 육성하지 않았다. 국방 자체를 소홀히 한데다 북방전쟁에서 참담하게 패하며 화승총병의 필요성을 실감하고도 달라지지 않았다. 그나마 곽현 덕분에 화기군이 겨우 명맥만 유지했을 뿐이다.

길성은 그 몇 안 되는 화기군이었다. 곽현이 암행총관과 화기총관을 겸하던 시절에 훈련받은 진짜 전문가였다. 단순히 화승총을 다루는 것을 넘어 직접 만들고 수리했으며 화약도 능숙하게 제조했다. 그래서 길성은 처음부터 김현철이 마음에 들지 않았다. 길성의 눈에 김현철은 카락과 색목인을 들먹이는 애송이 혹은 사기꾼에 불과했다. 김현철의 계획에는 번지르르한 말만 가득했다.

김현철이 '우수한 무기'라며 보여준 총만 보아도 그랬다. 김현철은 '바람이 부는 날에도 제대로 작동한다', '화승의 불꽃이 꺼질까봐 노심초사할 필요 없다', '달리는 말에서도 발사할 수 있다'며 자랑했지만 길성은 시큰둥했다.

물론 김현철이 보여준 '총열이 짧은 화기'는 대단히 우수했다. 전체적인 형태는 화승총과 비슷했으나 방아쇠와 용두가 용수철이 포함된 시계 장치에 연결된 구조였다. 방아쇠를 당기면 용두가 용수철의 힘을 이용하여 힘껏 화약접시를 내리쳤다. 다른 화승총의 용두가 천천히 화약접시에 내려오는 것과 달랐다. 또 용두에 화승을 끼우는 자리가 없었다. 대신 용두 끝에 조그마한 황철석이 붙어 있었다. 방아쇠를 당기면 용두가 힘껏 화약접시를 내리치면서 용두의 황철석과 화약접시의 철이 부딪쳐 불꽃이 튀었다. 따라서 화승이 없어도 화약을 점화할 수 있었고, 바람이 부는 날에도 문제없이 발사할 수 있었으며, 말에 탄 상태에서도 사용할 수 있었다.

하지만 그런 화기는 만들기 어려웠다. 용수철이 포함된 시계장치가 매우 복잡했기 때문이다. 숙련된 기술자가 며칠 동안 끙끙거려야 만들 수 있고 그만큼 매우 비쌌다. 또 쉽게 고장나고 전장에서는 수리하기 힘들었다. 그런 약점 때문에 카락에서는 황제가 지휘하는 정예기병만 사용했으며 색목인의 경우에는 귀족과 지휘관의 호신무기로 지급되었다. 평범한 보병이 대량으로 사용하는 무기가 아니었다.

김현철이 보여준 나머지 무기도 죄다 그랬다. 대부분 화약을 이용했는데, 발상이 기발하고 사용 기술이 뛰어났지만 전장에서는 작동하지 않을 가능성이 컸다. 그런 무기를 짧은 시간에 만드는 것도 가능하지 않았다.

길성을 비롯한 화기군 장교들은 한층 현실적인 대안을 제시했다. 갑천으로 향하는 길이 골짜기에 위치한 만큼 산마루에서 화약을 터뜨려 눈사태를 일으키자고 했다. 여러 곳에 눈사태를 일으키면 적이 아무리 추위와 폭설에 익숙해도 앞으로 나아가기 어려울 것이며 그렇게 번 시간을 이용하여 제대로 준비한 후에 싸우자고 했다.

그러나 김현철은 벌겋게 달아오른 얼굴로 거부했다. "감히 나를 가르치려는 건가?", "당신네가 케케묵은 화승총이나 청소할 때 나는 색목인의 선진 기술을 통달했소!", "그런 패배주의 따위 집어치우시오!"라며 고래고래 소리쳤다. 길성은 어쩔 수 없었다. 조용히 김현철의 계획을 따를 수밖에 없었다.

그때 길성의 운명이 정해졌으리라. 길성도 그 사실을 잘 알았다. 살아남기는 어렵고 얼마나 고통스럽게 죽느냐만 달라질 뿐이라고.

그래도 너무 고통스러웠다. 적의 철퇴가 머리를 내려쳤다면 고통이 덜했을 것이다. 그러나 적의 철퇴는 길성의 가슴을 내리쳤다. 그곳을 맞으면, 그래서 늑골이 부러지면 호흡하기 어려웠다. 내쉴 수만 있고 들이마실 수 없어 조금씩 숨이 막혔다. 보이지 않는 손이 숨통을 죄는 듯한 고통과 함께 죽음이 서서히 다가왔다. 길성은 적이 돌아와 철퇴로 머리통을 쳐주기를 간절히 바랐다. 그것이 아니면 단검으로 목을 그어주기를 바랐다.

하지만 안타깝게도 그런 일은 일어나지 않았다. 김현철의 무모한 계획에 희생된 많은 병사와 함께 길성은 하늘에서 내리는 눈을 바라보며 천천히 죽음을 맞이했다.

3

 하늘에는 회색 구름이 가득하여 푸른빛을 찾기 어려웠다. 바람이 매서웠으나 눈은 거의 내리지 않았다. 싸락눈이 조금 흩날렸을 뿐이다. 눈보라가 몰아치는 날씨와는 거리가 있었다. 그 덕분에 산마루에서 전장을 자세히 살펴볼 수 있었다. 시력이 좋으면 맨눈으로도 대략의 상황을 파악할 수 있었고 색목인이 만든 신기한 물건, 망원경을 사용하면 아주 세밀한 부분까지 확인할 수 있었다.
 후지타에게는 좋은 구경거리였다. 다만 전투는 아주 빠른 시간에 승부가 갈렸다. 물론 애초에 쥬가 이길 가능성은 크지 않았다. 하지만 김현철, 쥬의 지휘관은 패배하기로 작정한 사람처럼 움직였다.
 먼저 최악의 장소를 전장으로 골랐다. 쿠쿠를 막으려면 산마루에 숨어 유격전을 펼쳐야 했다. 사슬갑옷 위에 짐승가죽으로 만든 방한복을 입고 거대한 철퇴를 휘두르는 무시무시한 보병을 막으려면 그 방법이 최선이었다. 기습조차 엄두가 나지 않을 때는 산마루에 화약을 묻고 터뜨리면 그만이었다. 그러면 눈사태가 쿠쿠의 진격을 막아줄 터였다. 그런데 김현철은 갑천으로 향하는 길에서 어쩌다 나타나는 넓고 평평한 지형을 전장으로 택했다. 만 명가량의 병력을 빠짐없이 배치하려는 의도였으나 오합지졸의 머릿수를 늘려보아야 별반 달라지는 것은 없었다. 앞서 정예병을 추려 유격전을 벌이며 쿠쿠를 괴롭히는 쪽이 훨씬 승산이 있었다.

심지어 김현철은 진지를 구축하는 데 서툴렀고 전투에 적합한 대형을 배치하지도 못했다. 군대를 지휘한 적이 있는지 의심스러울 정도였다. 또 온갖 이상한 무기를 동원했는데, 모두 화약을 이용했다. 화약이 가득한 대나무통을 단 거대한 화살을 수십 발씩 장전한 화차가 특히 눈에 띄었는데, 화약의 힘으로 화살을 날리는 무기인 듯했다. 제대로 작동하면 적에게 심각한 타격을 줄 가능성이 컸지만 그런 무기는 겉보기만 그럴듯한 경우가 많았다. 사실 그런 무기를 만드는 부류는 죄다 몽상가나 사기꾼이었다. 상군부에도 기발한, 때로는 괴랄한 화약 무기를 팔려는 '기술자'가 거의 매일 찾아왔다. 그러나 그들의 무기가 제대로 작동하는 사례는 없었다. '아무 일도 일어나지 않는 것'이 최선의 결과였고 때로는 엉뚱하게 작동하거나 아예 폭발하여 무기를 다루는 사람이 다치거나 죽었다. 김현철의 무기도 그랬다. 거대한 화살을 잔뜩 실은 수십 대의 화차 중 상당수는 점화와 함께 폭발했다. 화살이 아군을 향해 날아가는 경우도 있었다.

그래서 전투는 시작과 함께 끝난 것이나 다름없었다. 수십 대의 화차가 폭발하거나 아군을 향해 거대한 화살을 날리자 김현철의 오합지졸은 혼란에 빠졌다. 쿠쿠의 보병대가 접근하여 철퇴를 휘두르기 전에 대열은 이미 무너졌다. 조금이라도 빨리 도망치려다보니 아군에게 밟혀 죽는 사람이 생겼다. 게다가 춥고 바람까지 부는 날씨여서 화승총은 대부분 작동하지 않았다. 화승총병을 배치한 위치도 이상하여 그나마 작동하는 화승총도 쿠쿠의 보병에게는 위협이 되지 못했다. 김현철은 대나무를 이용하여 만든 작은 대포를 잔뜩 가져왔는데, 그것도 문제를 일으켰다. 김현철의 예상과 달리 대나무는 화약이 폭발하는 힘을 견디지 못했다. 대나무에 든 탄환은 쿠쿠의 보병을 향해 날아가지 않았다. 대신 대나무로 만든 포신이 폭발을 견디지 못하고 부서지면서 파편들이 김현철의 병사들을 덮쳤다. 그런 상황에서 쿠쿠의 보병이 접근하여 철퇴를 휘두르자 전투는 일방적인 도살로 변했다. 김현철은 용케 무사히 퇴각한 듯했으나 만 명을 헤아리던 병력 대부분은 눈 덮인 전장에 쓰러져 죽음을 맞이했다.

"불을 붙여라. 여길 떠난다."

후지타는 부하들에게 짧게 말했다. 전투의 승부가 결정되었으니 이제 계획했던 일을 해야 했다. 후지타가 이끄는 50명 남짓한 병사는 이미 산마루에 화약을 설치했다. 물론 산마루까지 화약을 옮기는 것이 쉽지 않아 많은 양은 아니었으나 눈사태를 일으켜 길을 막기에는 충분했다. 또 심지가 꽤 길어 후지타와 부하들이 안전한 곳에 다다른 후에 화약이 폭발할 것이었다. 그러면 폭발이 만든 눈사태가 길을 막아 쿠쿠의 발이 묶일 터였다.

그런데 왜 후지타는 쿠쿠를 방해하려는 것일까? 이유는 간단했다. 어떤 영주도 상군보다 빛날 수 없었다. 갑천으로 진격하여 국왕을 사로잡아 쥬를 정복하는 영웅은 상군이어야 했다. 쿠쿠 같은 '짐승의 우두머리'가 그런 영광을 누리도록 내버려둘 수 없었다.

제4장

늙은 호랑이

1

 여느 겨울날처럼 눈이 쏟아졌다. '폭설'이라는 지극히 상투적인 단어 외에는 달리 표현할 말을 찾기 힘들 만큼 하늘 너머에서 거대한 쟁기로 눈을 끌어와 쏟아붓는 것처럼 펑펑 내렸다. 바람까지 매섭게 몰아쳐 50보 너머도 제대로 보이지 않았다. 물론 갑천의 겨울에는 흔한 날씨였다. 북쪽 주민은 별다른 불편을 느끼지 않았다. 겨울이면 늘 그랬으니까. 그러나 남쪽 사람들, 국왕을 따라 한벌에서 피란한 무리에게는 무척 불편하고 두렵기까지 한 날씨였다.
 득곤도 그중 한 사람이었다. 솜을 넣어 누빈 비단 외투는 북쪽의 추위를 막지 못했다. 모자도 마찬가지였다. 족제비털로 만든 모자와 늑대가죽으로 만든 외투를 착용하고 수달가죽으로 덧댄 신발을 신어야 했다. 그래야 추위를 막고 안락함을 느낄 수 있는데, 득곤은 그럴 수 없었다. 솜을 넣어 누빈 비단 외투가 입을 수 있는 방한복의 전부였다. 득곤이 입은 비단 외투면 늑대가죽으로 만든 겉옷을 몇 벌이나 살 수 있었지만 득곤은 돈이 있어도 그런 '짐승의 가죽'은 걸칠 수 없었다. 추밀원장 같은 백색당원이 가죽으로 만든 옷을 입지 못하는 것과 같은 이유였다. '성현의 가르침'에 어긋났기 때문이다. 다만 득곤은 박상은 같은 무리와는 신분이 완전히 달랐다. 국왕을 가까이 모시고 '성현의 가르침'에 따라 엄격한 예절을 지켜야 하는 것은 동일했지만 추밀원장은 득곤을 사람으로 대하지 않았다. 당나귀나 노새 같은 가축으로 취급했다. 그럼에도 득곤은 박상은 같은 백색당원에게 공손했다. 득곤이 환관이었기 때문이다.

쥬의 왕실에서 환관은 중요한 역할을 했다. 국왕과 왕실을 가장 가까이에서 모시며 그들을 지키는 '최후의 경호원'인 동시에 궁궐 밖의 일을 알려주는 '눈과 귀'였다. 그럼에도 불구하고 그들은 오랫동안 홀대받았다. '출세를 위해 스스로 신체를 훼손한 인간', '왕의 마음을 어지럽히는 요상한 무리', '비뚤어진 욕망을 지닌 변태' 같은 편견에 시달렸다. '부모가 물려준 신체는 소중히 여기는 것'이 열교의 핵심 교리여서 백색당은 특히 그들을 경멸했다. 다만 그나마 백색당이 나았다. 국왕을 쫓아내고 과두제로 나라를 다스렸던 흑색당은 환관이라는 제도 자체를 아예 폐지했다. 기존의 환관을 모두 처형했고 새로운 환관을 뽑지 않았다. 흑색당이 몰락하며 백색당이 왕정복고를 이룬 후에야 다시 환관을 뽑았다. 그래서 왕정복고 후에도 한동안 '흑색당이 돌아와 모두 처형할 것'이라는 불안이 환관들을 괴롭혔다. '최후의 흑색당원'이라 불린 곽산이 죽음을 맞이한 후에야 불안이 사라졌다.

남쪽에서 들리는 소식이 매우 불길했다. 왕세자와 은산군이 평해를 탈환하고 오토모준의 정예부대를 괴멸했다는 소식은 기뻐해야 마땅한 승전보였다. 그러나 승리의 동력이 된 '왕세자의 새로운 군대'가 흑색당 잔당으로 이루어졌다는 소문은 득곤 같은 환관에게는 흉흉한 소식이었다. 왕세자는 예전부터 국왕과 결이 달랐기에 더욱 불안했다. 국왕에게 남은 시간이 많지 않으므로 왕세자가 곧 권력을 차지할 터였다. 왕세자가 남쪽에서 분조하여 큰 공을 세웠고 백성이 따르는 터라 백색당 구파가 반대해도 막지 못할 것이었다. 그런 왕세자 곁에 흑색당 잔당이 있으니 왕세자가 왕위에 오르면 자칫 득곤 같은 환관을 내쫓거나 최악의 경우에는 모두 살해할 가능성도 있었다.

하지만 눈앞에 닥친 위험이 훨씬 컸다. 갑천으로 향하는 통로 입구에 있는 요새가 함락되었다. 부랴부랴 모은 병력을 이끌고 김현철이 전투에 나섰으나 패배했고 겨우 1000명만 돌아왔다. 운 좋게 눈사태가 일어나 적의 진격이 막혔지만 날씨가 좋아지면, 겨울이 끝나고 봄이 찾아오면 갑천은 벌거벗은 것과 다름없는 상태로 적의 공격을 마주해야 했다. 그래서 세찬 눈보라가 고마웠다. 눈보라가 멈추지 않고 영원히 몰아치기를 바랐다.

"전하는 어떠십니까?"

낯익은 목소리가 득곤을 생각에서 깨웠다. 말을 건 사람의 옷차림도 득곤과 같았다. 중년에 이른 나이에도 수염이 거의 없는 것으로 보아 상대도 환관이 틀림없었다. 두 사람은 임시 궁궐의 처마 아래에서 하염없이 내리는 눈을 바라보며 대화를 나누었다.

"어제와 비슷합니다."

득곤은 한숨을 짧게 내쉬며 말했다. 국왕의 노망은 심각했다. 설탕을 입힌 견과에 무서울 만큼 집착하고 다른 것에는 전혀 관심이 없었다. 자신이 왕이란 사실은 아직 기억하지만 이미 대부분의 사람을 알아보지 못했다. 한벌에서 몽진할 때만 해도 그저 건망증일 것이라 생각했으나 지난겨울부터 가까운 사람들, 특히 환관들은 국왕의 노망을 알아차렸다. 그리고 지난 몇 주 동안 아주 빠르게 악화되었다. 이제는 추밀원장을 비롯한 대부분의 관료가 그 사실을 알았다.

"암행총관도 알고 있습니까?"

상대의 물음에 득곤은 고개를 가로저었다.

"정확히는 모릅니다. 중세가 시작되었다는 소식만 전했습니다."

암행총관에게 은밀하게 소식을 전한 것은 겨울이 시작되기 전까지였다. 국왕이 한벌에서 북쪽으로 몽진할 때 암행총관은 남쪽으로 향했다. 평현 곽씨를 설득하여 남쪽에서 와의 침략군을 저지하고 왕세자를 돕고 아울러 왕세자와 은산군을 감시하는 것이 암행총관의 임무였다. 합리적인 결정이었으나 갑천이 적의 위협에 놓인 현재에는 곽곽 선생 같은 유능한 무사가 매우 아쉬웠다. 곽곽 선생이 있었다면 김현철처럼 어설픈 녀석이 군대를 이끌지 않았을 것이다.

"날씨가 좋아지면 어떻게 하든 소식을 전해야 합니다. 적이 눈을 치우고 진격하기 전에 암행총관이 행동해야 하지 않겠습니까?"

상대의 말에 득곤은 고개를 끄덕였다. 곽곽 선생이 이제 마지막 희망이었다. 하지만 득곤은 곽곽 선생이 갑천을 구할 수 있을지 회의적이었다. 곽곽 선생도 인간에 불과했다.

그때 비명이 들렸다. 한두 명이 아니라 여러 명의 비명이 이어졌다. 문이 부서지는 소리가 들렸고 쇠가 부딪는 소리도 들렸다. 득곤은 그것이 무엇을 의미하는지 똑똑히 알았다. 역모였다. 누군가 반란을 일으켜 임시 궁궐을 공격한 것이었다. 도대체 누가 그런 일을 벌일지 짐작하기 어려웠으나 반란은 확실했다. 득곤은 거추장스러운 겉옷을 벗고 허리춤에서 검을 뽑았다. 함께 있는 환관도 함께 행동했다. 그들은 국왕을 지키는 '최후의 경호원'이기도 했으니까.

2

 쥬에서 '최고의 검객'은 누구일까? 고민할 것도 없이 곽곽 선생이었다. 그럼 쥬에서 가장 강력한 무사는 누구일까? 역시 곽곽 선생이었다. 음험한 술책과 냉혹한 계략을 뒷받침할 실력이 없었다면 암행총관으로 성공하지 못했을 것이다. 곽곽 선생이 지휘하는 암행관도 모두 뛰어난 무사였다. 그들은 전장에서 싸울 때와 조용히 암살할 때, 두 가지 임무 모두에 적합했다.

 그렇다면 암행총관과 암행관을 제외하면 누가 가장 실력이 뛰어날까? 국왕을 지키는 호위대를 떠올리겠지만 섣부른 판단이다. 호위대도 실력이 괜찮았지만 추밀원장의 경호대와 비교하면 부족했다. 사실 국왕이 추밀원장보다 강력한 권력을 가졌는지도 명확하지 않다. 국왕이 지위가 높고 상급자인 것은 틀림없지만 쥬를 실제로 통치하는 사람은 추밀원장이었다. 국왕이 노망나도 당장은 별다른 문제가 발생하지 않겠지만 추밀원장이 노망나면 조정이 마비될 터였다. 그래서 추밀원장의 20명 남짓한 경호대는 매우 강력했다. 상대가 암행관만 아니면 비슷한 수의 대결에서는 결코 패배하지 않을 것이었다.

 다만 어디까지나 일반적인 환경에서 비슷한 수로 대결하는 경우에 한해서였다. 전투든 암살이든 대부분의 싸움은 '일반적인 상황'에서 일어나지 않는다. 상대와 비슷한 수로 싸우려는 머저리도 극히 드물다. 어떻게 하든 조금이라도 우위를 점하려고 노력한다. 덧붙여 싸움은 공정한 규칙 아래 진행되는 겨루기가 아니다. 반칙이 없고 비난받을 행위도 존재하지 않는다. 승리와 패배만 있을 뿐이다.

박상은의 경호대는 처음부터 고전했다. 우선 자기네를 기습할 무리가 갑천에는 없다고 판단했다. 감히 누가 추밀원장의 목숨을 노리겠는가. 원래부터 갑천에 살던 무리에는 그런 일을 벌일 거물이 없었다. 국왕을 따라 피란한 무리는 죄다 백색당이었다. 은산군이 있다면 몰라도 그는 왕세자와 함께 남쪽으로 갔다. 갑천에 있는 유일한 백색당 신파는 김현철이었고 그는 은산군과 사이가 나쁘고 추밀원장이 장군으로 임명했기에 이제 구파나 마찬가지였다. 그러므로 갑천에는 추밀원장을 살해할 동기를 지닌 사람이 없었다. 이런 이유로 경호대는 방심했다. 김현철의 군대를 격파한 침략군이 유일한 위협이었지만 아직 멀리 있었다. 그래서 그들은 대비하지 않은 기습에 우왕좌왕했다.

다음으로 싸움이 벌어진 환경도 불리했다. 낮이지만 눈보라가 몰아쳐 어두컴컴했고 50보 밖도 제대로 보이지 않았다. 그런 상황에서 추밀원장이 탄 '지붕 있는 가마'를 호위하며 모퉁이를 도는 순간 적이 기습했다. 놀랍게도 적은 화승총을 발사했다. 눈보라가 휘몰아치는 날씨여서 화승이 불꽃을 간직하기 어려운데도 적은 보통 화승총보다 훨씬 짧은, 손가락에서 팔꿈치까지의 길이에 불과한 요상한 총을 발사했다. 경호대원이 아무리 뛰어나도 가까이서 발사하는 납탄을 견딜 방법은 없었다.

  순식간에 열 명 남짓한 경호대원이 쓰러졌다. 그래도 추밀원장의 경호대는 훌륭했다. 최초의 총격에서 살아남은 자가 열 명에 불과했으나 검과 검이 부딪는 대결에서는 상대를 압도했다. 순식간에 20명 가까운 적이 쓰러졌다. 양쪽이 흘린 피가 눈이 쌓인 하얀 바닥을 붉게 물들였고 욕설과 신음이 주변을 가득 채웠다. 경호대의 분전에 적이 멈칫했으나 포위망은 풀리지 않았다. 더구나 그들은 100명을 헤아렸다. 경호대가 가쁜 숨을 고르는 동안 그들은 다시 화승총을 장전했다. 장전하는 모습으로 보아 화승총이 틀림없었지만 정작 화승은 없었다. 화승이 필요한 구조라면 눈보라가 치는 날씨에는 작동하지 않았을 것이다. 경호대원들은 어떻게 하든 적의 장전을 막으려 했으나 중과부적이었다. 적은 일부가 검을 들고 경호대를 상대하고 나머지가 총을 장전하기에 충분한 수였다. 장전하는 동안 경호대는 적을 몇 명 더 쓰러뜨렸으나 그것이 전부였다. 장전이 끝나자 다시 총이 불을 뿜었다. 세 자루 중 한 자루는 발사되지 않았지만 열 명의 경호대를 쓰러뜨리기에는 충분했다. 납탄이 가슴에 박히고 배를 찢었다. 팔다리가 부러지거나 아예 머리에 맞아 즉시 절명한 경우도 있었다. 그렇게 추밀원장의 경호대는 전멸했다.

  이제 남은 이는 가마에 있는 추밀원장뿐이었다. 추밀원장도 상황을 인식했다. 그는 죄인처럼 가마에서 끌려나오는 것을 용납하지 못해 스스로 밖으로 나섰다.

"웬 놈들이냐?"

박상은은 반역자들을 천천히 바라보았다. 그리고 이내 충격에 빠졌다. 쥬의 정규군이었기 때문이다. 백색당이 갑천에 있는 모든 병력을 장악했는데, 어떻게 반란이 일어났는지 이해할 수 없었다.

"추밀원장, 이제 그만 저승으로 가셔야겠습니다."

반란군 뒤에서 상황을 지켜보던 사내가 무리를 뚫고 추밀원장에게 다가왔다. 사내는 추밀원장과 마찬가지로 관료처럼 차려입었다. 사내는 키가 크고 팔다리가 길며 체격이 날씬했다. 군인보다 학자에 어울리는 외모였다.

"네 녀석이 감히!"

추밀원장이 분노로 부들거렸다. 사내뿐 아니라 자신에 대한 분노도 있었다.

"그래도 참수하지는 않겠습니다. 몸뚱이는 멀쩡하게 챙겨주겠소이다."

사내가 고개를 끄덕이자 부하가 달려나와 검으로 추밀원장의 배를 찔렀다. 추밀원장이 털썩 무릎을 꿇고 주저앉았다. 검을 움직여 뱃가죽을 조금 가른 다음 뽑아내자 찢어진 부분을 통해 피와 내장이 쏟아졌다. 박상은은 낮게 신음할 뿐 팔다리도 버둥거리지 못했다. 다만 마지막까지 사내를 노려보았다.

3

 득곤은 열 살 무렵 거세했다. 환관 대부분이 열다섯 무렵 거세하는 것과 비교하면 매우 빨랐다. 거세가 빠른 만큼 긴 시간 동안 '환관이 되는 법'을 교육받았다. 환관은 단순히 '수염 없는 하인'이 아니어서 많은 역할을 담당했다. 왕의 성적 취향, 음식에 대한 기호, 좋아하는 소일거리 같은 시시콜콜한 부분부터 궁궐 밖의 정보를 은밀히 모으고 왕이 직접 쓴 밀서를 전달하는 중요한 일까지 모두 환관의 업무였다. 또 위기의 순간에는 왕을 지키는 '최후의 경호원'이었다. 물론 환관이 직접 검을 뽑고 국왕을 지키는 경우는 극히 드물었다. 역모가 일어나 반란군이 궁궐까지 도달했을 때가 아니면 환관이 검을 뽑아 국왕을 지킬 이유가 없었다.

 그러나 안타깝게도 지금 득곤이 처한 상황이었다. 수백 명의 반란군이 임시 궁궐을 습격했다. 평소라면 임시 궁궐이라도 국왕의 호위대가 있었겠지만 그들도 대부분 김현철과 함께 출정했고 궁궐에 남은 이는 수십 명에 불과했다. 국왕의 호위대인 만큼 실력이 뛰어났지만 수십 명으로는 역부족이었다. 또 호위대라는 명성과 달리 도망치거나 아예 반란군에 합류하는 녀석도 있었다. 국왕을 지키고자 끝까지 싸우는 부류는 대부분 환관이었다.

 득곤의 활약은 다른 환관과 비교해도 빼어났다. 어린 시절부터 교육받고 훈련한 만큼 검술이 훌륭했다. 곽곽 선생의 암행관에는 미치지 못해도 평범한 무사를 손쉽게 압도하는 수준이었다. 그러나 역시 중과부적이었다. 다른 환관들은 모두 쓰러졌고 국왕이 머무르는 건물 앞에는 득곤만 남았다.

건물 앞 작은 뜰에는 반란군과 환관의 주검과 그들이 사용한 무기가 어지럽게 널려 있었다. 눈보라가 여전히 몰아쳐 시신 위에 하얀 눈이 쌓였으며 흘러내린 피가 붉은 얼음을 만들었다. 득곤도 팔과 등이 베였으나 치명상은 아니었다. 다만 긴 시간을 싸우다보니 기진맥진했다. 다리가 후들거렸고 숨이 거칠었다. 그래도 여전히 검을 움켜쥐고 건물 입구에 버티고 서서 반대편을 노려보았다. 그곳에는 수십 명의 반란군이 있었다. 반란군도 득곤과 마찬가지로 검을 들었고 잔뜩 긴장한 상태였다. 놀랍게도 그들은 쥬의 정규군이었으며 심지어 몇몇은 국왕의 호위대였다.

"우리가 사내도 아니라며 무시하더니 똥개처럼 겁먹었나?"

득곤은 반란군을 향해 소리쳤다. 이길 가능성이 희박했고 살아서는 벗어날 수 없음을 알았지만 얼굴에 자신만만한 미소가 떠올랐다.

"용기 있는 놈부터 덤벼라. 누구든 처음 나서는 놈은 머리통이 달아날 것이다."

득곤은 싸늘하게 웃으며 말했다. 반란군도 그것이 빈말이 아님을 알았다. 환관들의 검술은 훌륭했고 그중에서도 득곤의 검술은 뛰어났기 때문이다. 그래서 다들 마른침만 삼켰다. 팽팽한 긴장감이 주변에 감돌았고 누구 하나 선뜻 나서지 못했다.

상황은 10여 명의 무리가 다가오며 변했다. 키가 크고 팔다리가 긴 사내와 그를 호위하는 무사들이었다. 아마도 그 사내가 반란군의 우두머리인 듯했다. 득곤은 곧 사내의 정체를 알아차렸다.

"비열한 백색당 새끼."

득곤은 차갑게 웃으며 말했다. 분노보다 조롱이 담긴 말투였다. 그러자 사내의 얼굴이 붉어졌다. 반란군의 우두머리치고는 비난과 조롱을 참지 못했다.

"입만 열면 성현의 가르침을 들먹이고 우리를 볼 때마다 출세하고자 신체를 훼손한 후레자식이라 경멸하더니. 그래, 성현의 가르침에 반란도 있소?"

득곤은 탈진하기 직전이었으나 마지막 힘을 짜내 외쳤다.

"침략자를 막으라고 장군에 임명하여 군대를 주었더니 정작 전투에는 패배하고 그다음 선택이 반란인 거요? 부끄럽지도 않소? 당신처럼 배은망덕한 인간이 나를 보고 스스로 거세했네, 어쩌네 할 자격이 있소?"

득곤의 조롱에 사내의 손이 부들부들 떨렸다. 얼굴이 붉게 달아올랐고 귀가 하얗게 변했다. 그는 모욕을 참지 못했다.

"죽여라! 당장 죽여라!"

사내는 잔뜩 흥분하여 소리쳤다. 그의 모습에 득곤은 껄껄 웃음을 터뜨렸다. 그러고는 검을 고쳐 잡고 최후의 싸움에 나섰다.

4

 처음부터 굳게 결심한 행동은 아니었다. 솔직히 장군으로 임명될 때와 군대를 이끌고 갑천을 떠날 때만 해도 반란 따위는 떠올리지 않았다. 전투에 패배하여 구사일생으로 퇴각했을 때도, 만 명에서 1000명으로 줄어든 패잔병을 이끌고 갑천 근처로 돌아왔을 때도 마찬가지였다. 심지어 백색당 신파로 활동하던 시기에도 역모에는 관심이 없었다. 구파를 몰아내고 권력을 차지하는 데 골몰하는 부류는 왕세자와 은산군이었다. 그는 그런 천박한 일에는 관심을 두지 않았다. 성현의 가르침과 색목인의 기술을 조화시켜 새로운 세상을 세우는 것이 그의 목표였다. 권력을 차지하고자 온갖 비열한 술책을 부리고 더러운 짓을 저지르는 것은 명예롭지 않다고 판단했다. 그런 일은 시궁창에서 뒹구는 것이라 추밀원장과 은산군 같은 타락한 인간에 어울린다고 생각했다. 자신은 새로운 세상을 만들 고결한 선구자라 믿었다.
 그런데 갑천의 성문에 다다르자 갑자기 불안이 밀려왔다. 눈사태 덕분에 침략군이 들이닥치지는 않을 터였다. 그러나 그것이 문제였다. 시간적 여유가 있으니 패배의 책임을 두고 이런저런 말이 오갈 것이 분명했다. 누가 보아도 패배의 책임은 지휘관인 자신에게 있었으므로 처벌을 피하기 어려웠다. 새로운 세상을 열겠다는 목적이 물거품이 될 뿐 아니라 자신의 목숨도 부지하기 힘들 가능성이 컸다.

하지만 조금만 달리 생각하면 기회였다. 만 명에서 1000명으로 줄어들고 피로와 절망에 찌든 패잔병이 되었지만 여전히 갑천에서 가장 큰 규모의 군대였다. 갑천에 남은 병력은 모두 합해도 500명 정도였다. 적극적으로 반란에 맞설 병력은 훨씬 적을 것이었다. 패배의 책임을 지고 치욕스레 처벌받느니 차라리 반란을 일으켜 권력을 장악하는 편이 낫지 않을까? 추밀원장을 비롯한 백색당 구파의 주류도 죄다 갑천에 있었다. 그들을 살해하고 궁궐을 장악하여 국왕을 사로잡으면 그만이었다. 물론 남쪽에는 왕세자와 은산군, 곽곽 선생이 있으나 그것은 다음에 생각할 문제였다. 이렇게 된 이상 '무능한 장군'으로 몰려 치욕스럽게 퇴장하는 것보다 군대를 이용하여 권력을 잡는 편이 훨씬 나았다. 아예 왕조를 무너뜨리고 새로운 세상을 열면 어떨까? 실패해도 최소한 역사는 그를 '위대한 선구자', '고결한 개혁자'로 기억할 것이었다.

그렇게 결심하자 행동이 어렵지 않았다. 살아남은 장수와 병사를 설득하는 일은 매우 쉬웠다. 대부분은 패잔병으로 움츠리며 사는 것보다 반정에 성공하여 떵떵거리며 사는 편이 훨씬 낫다고 생각했다. '여기까지 왔으니 될 대로 되라'고 반쯤 포기한 부류도 많았다. 어쨌든 모두 반란에 가담했다. 갑천에 있는 병력을 제압하는 것도 쉬웠다. 대부분은 저항하지 않았다. 국왕과 백색당 구파를 위해 죽을 이유가 없었기 때문이다. 추밀원장 같은 백색당 고위 관료의 개인 경호대와 환관들만 격렬하게 저항했다.

사실 그들의 저항은 매우 성가셨다. 김현철이 이끄는 반란군보다 잘 훈련되었을 뿐 아니라 훨씬 강한 동기를 지녔다. 특히 환관들은 끝까지 싸웠다. 검이 부러지고 팔다리가 잘려도 숨이 붙어 있는 한 저항을 멈추지 않았다. 팔다리를 움직일 수 없으면 욕설이라도 퍼부었다.

김현철은 매우 불쾌했다. 국왕이 머무는 건물 앞에서 마지막까지 저항한 환관이 정말 그랬다. 녀석은 고통스러운 죽음을 마주하고도 김현철을 조롱했다. 부모가 물려준 소중한 신체를 스스로 훼손한 인간이 감히 자신 같은 선구자를 조롱하다니 참을 수 없었다.

그러나 문을 열고 건물로 들어서자 한층 불쾌한 광경을 목격했다. 늙은 국왕의 머리카락은 제멋대로 헝클어져 있었고 제대로 씻지 않아 땟국이 줄줄 흘렀다. 손톱 밑에는 검은 때가 잔뜩 끼었고 호랑이가 수놓아진 비단옷도 구겨지고 꼬질꼬질했다. 국왕은 그런 몰골로 침대에 반쯤 누워 설탕 입힌 견과를 게걸스럽게 씹어댔다.

김현철은 그런 모습을 참을 수 없었다. 건물에 들어오기 전까지는 국왕을 허수아비로 내세울 계획이었지만 그런 모습을 도저히 견딜 수 없었다. 김현철은 얼굴을 잔뜩 찌푸리며 검을 뽑아들고 국왕에게 다가갔다. 검을 든 사내가 다가와도 국왕은 설탕 입힌 견과에만 집중했다. 김현철은 너무 찌푸려 울기 직전인 것만 같은 표정으로 검을 휘둘렀다. 호랑이가 수놓아진 비단옷이 갈가리 찢기고 피에 흠뻑 젖을 때까지 미친 사람처럼 국왕을 난도질했다.

제5장
젊은 호랑이

1

 머리가 깨질 듯이 아팠다. 무시무시한 얼굴을 한 도깨비가 나무망치를 들고 죽지 않을 만큼 두들기는 것 같았다. 그러면 미친 사람처럼 팔다리가 떨리기 시작했다. 턱도 윗니와 아랫니가 딱딱 부딪칠 정도로 떨렸다. 동시에 뼛속까지 차가운 기운이 파고들었다. 정작 몸은 아궁이에서 꺼낸 숯처럼 뜨거웠으나 솜을 꽉꽉 채운 이불을 몇 채씩 덮어도 추위는 막을 수 없었다. 힘도 함께 사라졌다. 숟가락을 들어 죽을 뜨지도 못했다. 미음을 목구멍으로 삼킬 수도 없었다. 요행히 물을 넘겨도 바로 구역질이 났다.
 그러나 그것이 전부가 아니었다. 닷새 넘게 오한과 발열이 지속된 후에 가슴과 등에 붉은 점이 나타났다. 그때부터 기억이 흐릿했다. 안개 속에서 길을 잃은 것처럼 뿌옜다. 어느 시점부터는 이승과 저승 사이의 틈을 헤매는 느낌이었다. 아직 죽지 않았으나 그렇다고 온전히 살아 있는 것도 아닌 상태였다. 그 시간의 기억은 단편적이었다. 연결되지 않고 띄엄띄엄 끊어졌다.

그는 계속 누워 있었다. 손가락 하나 까딱이지 못했다. 하인이 떠먹이는 물과 미음이 그가 섭취한 음식의 전부였다. 가끔 치료사가 찾아와 피를 뽑았다. 그러나 사혈법은 효과가 없었다. 피를 뽑을 때마다 더욱 쇠약해졌다.

그러다가 낯익은 얼굴이 등장했다. 검은 두건을 쓰고 입술을 일그러뜨리며 웃는 사내, 곽곽 선생이었다. 그는 치료사의 멱살을 잡아 바닥에 내동댕이쳤다. 흐릿하고 드문드문 끊어진 기억이라도 그것만큼은 또렷했다. 곽곽 선생이 치료사를 두들겨팬 이유는 알 수 없었다. 곽곽 선생의 행동을 이해할 수 없을 때가 한두 번이 아니었으므로 별다른 일은 아니었다. 곽곽 선생은 치료사를 불구가 되지 않을 만큼 구타하고는 '다시는 오지 말라'고 했다. '병자의 피를 뽑으면 네놈의 눈과 혀를 뽑아버리겠다'고 웃으며 말했다. 곽곽 선생이 치료사의 진료를 방해한 이유도 알 수 없었다. 나쁜 피를 뽑아내는 것은 아주 중요한 치료법이었다. 그것을 하지 말라니 도대체 무슨 속셈이었을까.

그때부터 곽곽 선생이 치료를 맡았다. 곽곽 선생은 침을 사용하지도, 피를 뽑지도 않았다. 환자의 상체를 일으켜 물과 아편이 틀림없는 약을 먹였다. 그는 곽곽 선생이 자신을 죽이려 한다고 생각했다. 치료사를 내쫓고 물과 아편만 먹이기에 그렇게 생각할 수밖에 없었다.

그런데 놀랍게도 점차 상태가 호전되었다. 열이 내리고 오한도 사라졌다. 스스로 앉을 수 있을 만큼 회복되었고 미음뿐 아니라 죽을 먹기 시작했다. 얼마나 누워 있었는지 헤아리기 힘들었으나 꽤 긴 시간이 흐른 듯했다. 멀리 새소리가 들리는 것으로 보아 겨울이 지나고 봄이 온 듯했다. 그 시간 동안 어떤 일이 있었는지 너무 궁금했다. 왕세자 저하는 어떠실까? 자신이 쓰러진 틈을 타 후야, 아니 박무현의 권력은 커지지 않았을까? 혈교와 맺은 협정은 어떻게 실행되고 있을까? 갑천에 있는 국왕은 그 모든 일에 어떤 반응을 보였을까? 그는 너무 궁금했다.

그러나 아무도 알려주지 않았다. 하인을 비롯하여 드나드는 모든 사람이 아무 말도 하지 않았다. 바깥일을 물어보아도 "암행총관께서 아무것도 말하지 말라고 명령하셨습니다"라고 대답할 뿐이었다.

어느 정도 기운을 차리고도 보름 남짓한 시간이 흘렀다. 그러자 화가 치밀었다. 암행총관의 죄수가 된 것만 같았다. 곽곽 선생이 암행총관이며 국왕과 왕세자 모두 신임해도 신하일 뿐이었다. 평현 곽씨지만 내수교도에 불과하며 '밀정의 우두머리'일 따름이었다. 그런데 왕족인 자신을 가두고 통제하다니! 분노가 절정에 다다랐을 때 곽곽 선생이 찾아왔다. 검은 두건을 쓰고 야릇한 미소를 머금은 것은 여느 때와 다르지 않았으나 자리에 앉지 않고 허리를 약간 굽힌 채로 서서 말했다.

"국왕 전하, 어서 의복을 갖추십시오."

은산군이 아니라 '국왕 전하'라니! 은산군은 자신의 귀를 믿을 수 없었다. 어떻게 자신이 국왕이란 말인가? 원래의 국왕은? 왕세자는? 모두 어떻게 된 것일까?

2

백색당원은 머리카락을 자르지 않았다. 옛 성현의 가르침에 따라 머리카락과 수염을 '조상이 물려준 소중한 것'으로 여겼다. 머리카락이나 수염을 자르는 행위는 조상의 은혜를 부정하는 것이었다. 머리카락과 수염이 그러할진대 신체를 훼손하거나 변형하는 것은 한층 심각한 죄였다. 그래서 백색당원은 문신을 하지 않았다. 백색당이 환관을 업신여기는 것도 그들이 스스로 신체를 훼손했기 때문이다. 아주 엄격한 경우에는 음주와 과식도 죄악시했다. 심지어 지나치게 많이 일하여 몸을 돌보지 않는 것도 피했다. 특히 이경 선생처럼 존경받는 학자는 그런 계율을 매우 중시했다.

그러나 모두 과거의 일이었다. 야만인의 함대가 바다를 건너오기 전 혹은 최관호를 반역자로 처단하는 일에 휘말리기 전에 그랬을 뿐이다. 이제는 완전히 달랐다. 머리카락은 성문 밖 비렁뱅이처럼 헝클어졌다. 다듬지 않은 수염은 반쯤 불탄 갈대밭처럼 삐죽삐죽 자라 있었고 눈은 벌겋게 충혈되어 있었다. 여기저기 구겨진 옷에서는 땀뿐 아니라 누렇게 얼룩진 오줌의 자극적인 지린내가 풍겼다. 그러나 그것조차 시큼털털한 냄새에 묻혔다. 술을 마시고 쓰러졌다가 겨우 정신이 들면 벌벌 떨리는 손으로 술병을 집어 다시 쓰러질 때까지 들이켜는 부류가 풍기는 고약한 냄새, '주정뱅이의 낙인'이었다.

그래도 이경 선생이 머무는 방은 깔끔했다. 술에 취한 이경 선생이 여기저기 토하고 오줌과 똥을 지려도 재깍재깍 치웠다. 이불도 매일 갈았으며 작은 상에는 늘 좋은 술과 안줏거리가 준비되어 있었다.

술을 들이켜고 쓰러졌다가 서너 시간 만에 겨우 정신을 차린 이경 선생은 다시 손을 뻗어 술병을 찾았다. 잠시라도 맨정신으로 있으면 초조하고 불안이 끝없이 밀려왔다. 거기서 벗어나 평안을 얻는 방법은 술뿐이었다. 술의 달콤씁쓸한 향을 맡기만 해도 기분이 달라졌다. 술이 목구멍으로 넘어가서 혈관을 타고 몸 구석구석에 퍼지면 새로운 활력이 솟아났다. 현실의 모든 걱정을 떨쳐내고 자신이 처한 추악한 상황도 잊을 수 있었다.

이경 선생이 떨리는 손으로 술병을 집어 두어 모금 들이켰을 때 문이 거칠게 열렸다. 거구의 사내가 미닫이문을 단번에 경쾌하게 열어젖히고는 성큼성큼 들어왔다. 짧은 머리카락, 날카롭게 찢어진 눈, 오뚝한 콧날, 얇은 입술의 곽곽 선생이었다. 두건은 착용하지 않았으나 여느 때처럼 검은 옷을 입은 그는 한쪽에 쌓여 있는 종이 뭉치를 집어들었다. 그러고는 구겨진 종이를 펴서 응시했다. 곽곽 선생의 눈이 종이의 글자를 따라 움직이는가 싶더니 이내 얼굴에 미소가 떠올랐다. 종이의 내용에 적잖게 만족한 듯했다.

"역시 이경 선생이오! 가식과 위선이 가득한 글에는 정말 당할 자가 없겠소!"

곽곽 선생은 조롱 가득한 말을 칭찬처럼 내뱉었다. 이경 선생은 이미 술에 몸과 마음이 무너졌으나 그때만큼은 시무룩한 표정이 떠올랐다. 그는 술병을 내려두고 곽곽 선생을 멍하니 바라보았다.

"그런데 말이오. 당신네 백색당은 국상을 엄격히 치르지 않소? 군주는 백성의 어버이여서 부모의 장례만큼 엄격하지 않소? 몇 달 동안 상복을 입고 술과 기름진 음식을 입에 대지 않으며, 심지어 여자도 가까이하지 않는다고 들었소."

곽곽 선생은 이경 선생의 꼬락서니를 훑어보며 말을 이었다.

"뭐 머리카락을 흐트러뜨리고 몸을 씻지 않은 것을 보니 역시 이경 선생은 충직한 백색당원이오. 성현의 가르침에 어긋남이 없구려!"

곽곽 선생은 손뼉을 치며 깔깔 웃었다. 그러자 이경 선생의 얼굴에 부끄러운 표정이 떠올랐다. 그러나 이경 선생은 상황을 파악하지 못했다. 국상이라니? 누가 죽었단 말인가? 아니다. 분명히 누가 죽었다. 그는 술에 절은 기억을 되살리려 노력했다. 곽곽 선생이 자신에게 새로운 왕의 즉위를 알리고 그 정당성을 옹호하는 글을 부탁하지 않았던가! 그러니 국왕 전하가 승하한 것이다. 그러면 분조를 이끄는 왕세자가 즉위할 텐데, 정당성을 옹호하는 글이 굳이 필요한가? 이치에 맞지 않았다. 분명히 무언가 일이 있었다. 곽곽 선생이 글을 부탁하며 자세한 내용을 말해준 듯하나 이경 선생은 제대로 기억하지 못했다.

"참 안타깝소. 술이 이렇게 무섭구려!"

곽곽 선생은 한층 흥이 올라 이경 선생을 계속 조롱했다.

"기억나지 않는 거요? 국왕은 김현철의 반역에 살해되었소. 국왕뿐 아니라 갑천으로 피신한 백색당도 죄다 도륙되었소. 박상은 도 뒈졌다고 하오."

김현철이라니! 색목인의 잔재주나 연구하는 신파 나부랭이가 어떻게 반역을 일으키고 성공했단 말인가! 이경 선생은 믿을 수 없었다.

"그리고 왕세자는 열병으로 죽었소. 다른 많은 백성과 함께 죽었으니 외롭진 않을 거요."

왕세자가 죽다니! 이건 또 무슨 말인가? 그럼 자신이 쓴 글은 누구를 위한 것인가?

"참 딱하오. 이경 선생. 기억하지 못하는 거요?"

곽곽 선생은 이경 선생 곁에 쪼그려 앉았다. 그러고는 이경 선생의 얼굴을 바라보며 말했다.

"은산군이오. 이경 선생, 은산군께서 왕위에 오른다오."

이경 선생은 믿을 수 없었다. 믿고 싶지도 않았다. 그는 서둘러 술병을 집어들어 입으로 가져갔다. 그러고는 술병이 비워질 때까지 들이켰다.

3

겨울이 지나고 봄이 찾아왔다. 봄이 되면 밭과 논만 활기를 찾는 것이 아니었다. 바다, 정확히 말하면 어촌에도 희망이 넘쳤다. 겨울의 거친 파도에 몇 달 동안 발이 묶였던 어선들이 드디어 바다로 돌아갈 수 있었다.

평해의 모습은 여느 봄과는 달랐다. 지난 2년 동안 주인이 두 번이나 바뀌었고 오토모준과 치른 몇 달의 농성전에 적지 않은 백성이 죽었으며 많은 건물이 부서졌다. 성 밖의 논밭은 버려졌다. 특히 오토모준의 군대가 사용하지 못하도록 평해성 근처를 일부러 황폐화하여 더욱 을씨년스러웠다. 게다가 겨우내 열병이 기세를 떨쳤다. 아주 작은 벌레, 손바닥을 내리치는 것만으로도 죽일 수 있는 보잘것없는 곤충이 사람의 피를 빨며 무시무시한 질병을 퍼뜨렸다. 왕세자가 모집한 '새로운 군대'의 상당수가 쓰러져 다시 일어나지 못했다. 백성들은 피해가 상대적으로 적었으나 질병은 사람의 마음에서 희망을 빼앗았다. 그러다가 왕세자가 쓰러졌다. 왕세자는 아름답고 늠름한 외모를 가졌을 뿐 아니라 외적에 용감하게 맞섰고 백성을 아끼는 마음까지 지녔기에 평해의 모두에게 '희망의 상징'이었다. 전쟁을 승리로 이끌 것이며 사악하고 탐욕스러운 늙은 국왕이 죽으면 그가 왕위에 올라 새로운 세상, 모두가 행복한 태평성대를 열 것이라 기대했다. 그러나 왕세자는 열병을 떨치고 일어나지 못했다.

북쪽에서도 비보가 들렸다. 피란지인 갑천에서 반란이 일어나 국왕과 고위 관료 대부분이 살해되었다는 소식이었다. 반란과 학살을 이끈 김현철은 '호국경'을 자칭하며 '성현의 말씀에 따라 쥬를 다스린다'는 칙령을 내렸다. 왕세자와 달리 국왕은 인기가 없었으나 백성들은 전쟁부터 질병과 반역까지 지난 2년 동안 쥬를 뒤흔든 재앙과 비극에 진저리났다.

그리하여 평해의 봄은 어느 때보다 쓸쓸하고 우울했다. 새로운 국왕이 행차한다는 소식을 듣고 거리로 나온 군중의 얼굴에서도 희망과 기대는 찾아볼 수 없었다. 그저 호기심이 얼굴에 간간이 떠오를 뿐이었다.

새로운 국왕이 자신의 거처에서 나와 임시 궁궐로 향하는 행렬도 초라했다. 호위에 나선 병사의 상당수는 열병에서 겨우 회복한 터라 창칼을 드는 것조차 버거웠다. 또 부모를 잃은 아이처럼 기운 빠진 표정이었다. 그나마 수십 명의 암행관은 여전히 당당했다. 말에 올라 그들을 이끄는 암행총관도 예전과 다름없이 날카롭고 무시무시한 분위기를 풍겼다.

하지만 정작 새로운 국왕은 군중에게 별다른 인상을 남기지 못했다. 덮개가 없는 가마, 평해에서 구할 수 있는 같은 종류의 가마 중에 가장 크고 화려한 데 올랐으나 장작처럼 마른 몸과 창백한 얼굴은 군중에게 어떤 희망도 주지 못했다. 심지어 여기저기서 "저거 최관호의 가마잖아"라며 웅성거렸다. 최관호의 탐욕스러운 삶과 비참한 최후가 떠올라 나쁜 징조처럼 여겨졌다.

그래도 딱 한 명은 매우 만족했다. 어느 때보다 희망과 기대에 부풀었다. 바로 은산군이었다. 어쨌거나 왕위에 올랐다. 쥬를 다스리는 사람, 누구에게도 머리를 조아릴 필요가 없는 통치자가 된 것이었다. 아직 머리가 지끈거리고 어지러웠으나 은산군은 인생의 그 어느 때보다 기쁘고 행복했다.

4

색목인의 흑선은 크고 튼튼했다. 먼바다에서도 안전하고 안락했다. 쥬와 와 사이를 흐르는 빠른 해류에도 해먹처럼 편안했다. 항해를 시작하고도 꽤 시간이 흘러 이제 하루면 모도에 닿을 것이었다.

평해에서 모도로 향하는 뱃길은 익숙했다. 처음 그 뱃길에 올랐을 때 후야는 앳된 티를 벗지 못한 나이였고 그후에도 수십 번을 왕래했다. 하지만 익숙해져도 늘 불편했다. 평해를 떠나 모도로 향한 첫번째 항해가 늘 떠올랐기 때문이다. 평현 곽씨라는 가문, 훈이라는 이름, 아버지와 어머니를 포함한 가족을 죄다 잃고 '아무것도 아닌 존재'로 살아가는 시작이었다. 그때부터 후야는 잃어버린 것을 찾기 위해 노력했다. 똑같은 것으로 회복할 수 없다면 비슷한 것이라도 얻고 싶었다. 그러나 이제 겨우 얻었던 것을 잃어버리고 다시 모도로 향하는 배에 올랐다.

후야는 너털웃음을 터뜨리고 침대에 누웠다. 배는 기분좋을 정도로 흔들렸고 침대는 딱딱하지 않았지만 마음이 헛헛했다.

문제의 시작은 벌레였다. 꼬물거리며 인간과 짐승의 피를 탐하는 조그마한 벌레, 정확히 말하면 온혈동물의 따뜻한 피만 노리는 작은 악마에서 시작되었다. 물론 녀석은 항상 있었다. 평소에는 헝클어진 머리카락, 꼬질꼬질한 옷, 오랫동안 빨지 않은 이불과 담요에 숨어 헐벗고 가난한 자의 피를 빨았다.

전쟁은 녀석에게 큰 기회를 주었다. 평소보다 많은 사람이 좁은 공간에 북적이고 생사를 건 전투에 집중하느라 몸을 씻고 옷을 갈아입는 일은 뒷전으로 밀렸다. 그래도 여름에는 어쩔 수 없이 씻었지만 겨울이 오면 웬만해서는 씻지 않았다. 그러면서 추위를 피하고자 옷을 몇 겹씩 껴입으면 녀석에게는 최고의 환경이었다.

그래도 녀석이 피만 빨면 심각한 문제는 아니었다. 성가시고 괴로워도 생명은 위협하지 않았다. 그러나 녀석은 병을 옮겼다. 녀석에게 피를 빨려도 당장은 문제가 없으나 며칠이 지나면 갑자기 한기가 나며 몸이 떨렸다. 이불을 덮고 뜨거운 차를 마시고 화로에 숯을 가득 넣어도 팔다리가 덜덜 떨렸다. 그러다가 화로의 숯보다 뜨겁게 열이 났다. 의식이 흐려지고 온몸이 아파왔다. 그렇게 쓰러진 상당수는 회복하지 못했다. 젊은이와 노인, 여자와 남자를 가리지 않았다. 젊고 건강해도 사악한 질병에서 쉽게 벗어나지 못했다. 다만 예전에 병을 앓았던 사람, 조그마한 악마가 옮기는 가증스러운 질병을 한 차례 겪은 사람은 증상이 가벼웠다.

오토모준의 군대를 무찌르고 기쁨을 만끽하던 무렵 여름내 이어진 농성전에서 승리하여 희망에 가슴이 부풀던 그때 작은 악마가 만든 재앙이 평해를 덮쳤다. 날씨가 추워지며 병사들의 머리카락, 옷, 담요 따위에 이가 창궐했다. 그전에도 이가 있었지만 갑자기 불어났다. 두어 주가 지나자 고열과 함께 쓰러지는 병사가 속출했다. 병사뿐 아니라 백성들도 쓰러지기 시작했다. 평해 전체가 거대한 병원으로 변했고 곧 커다란 무덤이 되었다.

다행히 후야는 가벼운 증상으로 지나갔다. 곽곽 선생도 마찬가지였다. 밀정으로 떠돌며 살았던 터라 이전에도 비슷한 병에 종종 걸렸기 때문이다. 그러나 흑색당 잔당으로 구성된 병사들은 너무 어려 그런 질병을 겪지 않은 경우가 많아 피해가 컸다. 비슷한 이유로 가난한 자보다 부유한 자가 취약했다. 이에 물린 적이 적을수록 이전에 병에 걸렸을 가능성이 작았고 그런 경우에는 증상이 더욱 심했다. 은산군도 그런 부류에 속했다.

왕세자도 그랬다. 궁궐에서 태어나 궁궐에서 대부분의 시간을 보냈으니 이나 빈대 같은 벌레에 물릴 기회가 없었다. 그래서 왕세자는 다른 누구보다도 심각하게 앓았다. 그래도 대부분은 그가 회복하리라 예상했다. 따지고 보면 그것은 막연한 기대였다. 많은 백성이 왕세자를 희망의 상징으로, 그들을 구원할 영웅으로 생각했기 때문이다. 그러나 기대는 기대일 뿐이었다. 발열이 시작되고 열흘 남짓 지난 후 의식을 잃고 닷새쯤 지났을 때 왕세자는 숨을 거두었다.

후야에게는 기회였다. 은산군도 같은 병에 걸렸기 때문이다. 평해에서 권력이라 부를 만한 힘을 지닌 사람은 왕세자, 은산군, 곽곽 선생, 후야 이렇게 넷뿐이었다. 그런데 왕세자는 죽고 은산군은 아프니 후야의 눈앞에 권력이 다가온 셈이었다. 곽곽 선생이 있었지만 밀정의 우두머리일 뿐이었다. 거느린 병력으로 따지면 후야가 훨씬 많았다. 군대를 동원하여 은산군마저 죽이면 흑색당 정권을 복원할 수 있으리라 판단했다. 그러면 '박무현'이라는 가짜 이름을 쓸 이유가 없었다. 곽훈이라는 이름을 되찾고 '최후의 흑색당원'인 아버지 곽산을 복권할 수 있었다.

하지만 늘 그렇듯 세상은 후야에게 관대하지 않았다. 군대를 동원할 기회조차 가지지 못했다. 왕세자가 죽던 날 암행관들이 이미 후야의 숙소를 봉쇄했기 때문이다. 물론 암행관 몇 명쯤 쓰러뜨리는 일은 어렵지 않았다. 그러나 곽곽 선생이 이미 행동에 나선 것이 문제였다. 곽곽 선생의 능력을 과소평가한 것이 실수였다. 곽곽 선생은 후야의 숙소를 봉쇄한 데 그치지 않고 군대도 장악했을 터였다. 평현 곽씨의 사병을 다시 불렀을지도 몰랐다. 어쨌든 곽곽 선생이 먼저 행동한 이상 후야에게는 기회가 없었다. 정변은 그의 머릿속에서만 일어났다가 사라졌다.

"말도 제대로 못 하면서 반역을 생각했나?"

후야의 실망이 절정에 다다랐을 무렵 곽곽 선생이 찾아왔다. 그는 인사도 건네지 않고 깔깔거리며 후야를 놀렸다. 틀린 말은 아니었다. 어린 시절에 쥬를 떠나 후야의 발음은 어색했다.

"그런 발음으로 병사들을 독려할 수 있겠어? 병사들은 그렇다고 해도 백성들은 어떻게 할 건가? 그들이 바다 건너에서 온 침략자처럼 말하는 사람을 따르겠나?"

언제나처럼 곽곽 선생은 상대의 가장 아픈 곳을 찔렀다.

"게다가 네가 곽훈이니 어쩌니 하며 날뛰면 가주가 좋아하지 않을걸. 역적의 아들을 살려주고 바다 건너로 빼돌렸다는 사실이 밝혀지니까."

그랬다. 평현 곽씨도 문제였다. '언제나 생존하여 번성한다'가 목적인 가문이라 그런 위험을 감수할 리가 없었다. 곽곽 선생도 마찬가지였다. 아버지 곽현과 함께 역적의 아들인 후야를 살려주었으니 알려지면 문제가 될 것이 틀림없었다.

"다시 말하지만 넌 곽훈이 아니야. 곽훈은 곽산과 함께 죽었어. 너는 파문당한 내수교도 후야일 뿐이야. 그게 싫으면 박무현으로 살든가. 그렇지만 잊지 마. 너는 절대 다시 곽훈이 될 수 없어."

예상대로 곽곽 선생은 거기서 상황을 종료했다. 검을 뽑아 후야와 싸우는 어리석은 일은 저지르지 않았다. 후야도 마찬가지였다. 곽곽 선생의 결정에 따랐다. 둘이 싸우면 누가 이길지도 분명하지 않았고 이겨도 별다른 이익이 없었다. 곽곽 선생에게는 아직 후야가 필요했다. 후야에게는 곽곽 선생을 이겨보았자 다른 암행관들이 많아 빠져나갈 가능성이 없었다. 그리하여 후야는 색목인의 흑선에 몸을 싣고 평해를 떠났다. 후야는 막연하게 모도로 향할 것이라 예상했다. 그러나 실제 목적지는 후야의 예상과 달랐다.

제6장
전능자의 아이들

1

　사원은 꽤 컸다. 흑도에서는 좀처럼 구하기 힘든 기와로 단장되어 있었다. 그런 기와를 사용한 건물은 절도부와 사원 두 곳뿐이었다. 더구나 두 건물은 성내에서 가장 번화한 곳에 위치했다. 쥬는 확실히 열교의 나라였다. 만교는 마을에서 멀리 떨어진 산과 숲으로 쫓겨났다. 혈교는 존재하지 않으며 내수교는 눈에 띄지 않는 곳에 조용히 숨어 있었다. 오직 열교만 번화한 중심부에서 당당한 위세를 뽐냈다.
　그런데 자세히 살펴보면 조금 이상했다. 지붕의 높은 곳에 장대가 삐죽 솟았고 끝에 십자가가 달려 있었다. 혈교의 문양이 틀림없었다. 그러고 보니 열교를 상징하는 표식이 모두 사라졌다. 십자가 문양이 대부분이었고 가끔 태양을 상징하는 표식이 있을 뿐이었다. 십자가와 태양 모두 전능자를 뜻하므로 혈교 사원이 틀림없었다.

안뜰에 접한 마루에 있는 사내도 혈교 사제였다. 그는 오른손에 십자가를 움켜쥐고 굳은 표정으로 안뜰을 채운 사람들을 바라보았다. 안뜰은 꽤 넓었고 와의 군복을 입은 수십 명의 병사가 무릎을 꿇고 앉아 있었다. 그들은 하나같이 고개를 푹 숙이고 있어 패잔병임을 쉽게 알 수 있었다. 뜰 가장자리에는 창과 곤봉을 쥔 사내들이 병사들을 감시하고 있었으며 모두 머리카락이 짧았다.

"여러분은 죄인입니다."

십자가를 쥔 사제가 천천히 입을 열었다. 그의 눈은 불꽃처럼 빛났고 입술은 단호했다.

"물론 우리는 모두 전능자 앞에서 죄인입니다만 여러분은 한층 큰 죄악을 저질렀습니다."

병사들은 조용했다. 웅성거리는 소리조차 없었다.

"오토모준이란 위선자의 부하가 되어 노예를 사고팔았습니다. 이웃나라를 침략하여 무고한 이들을 핍박했습니다. 살인을 저지른 것을 자랑했으며 과부와 고아를 약탈하고도 부끄러워하지 않았습니다. 이 모두는 전능자의 말씀에 어긋나는 죄악입니다."

사제는 병사들을 바라보며 말했다. 병사들은 발가벗겨진 듯한 기분을 느꼈다. 사제의 눈이 자신들을 집어삼킬 것만 같았다.

"죽음으로도 해결할 수 없는 죄악입니다. 죽음이 끝이 아니기 때문입니다. 여러분은 죽은 후에도 지옥에서 끝없이 고통받아야 합니다. 여러분이 지금부터 마음을 돌이켜 선량하게 살아도 전능자의 심판을 피할 수 없습니다. 여러분이 개과천선하여 남을 위해 생명을 바쳐도 죄악은 사라지지 않습니다."

병사들은 여전히 조용했다. 사제가 입을 열 때마다 보이지 않는 망치가 그들을 바닥으로 때려박는 것만 같았다.

"오직 전능자의 은혜로만 죄악에서 벗어날 수 있습니다. 이미 세례를 받았다면 오토모준을 따라 저지른 죄를 회개하고 진정한 교회의 편에 서서 최선을 다해야 합니다. 아직 세례를 받지 않았다면 이번이 마지막 기회입니다. 세례를 받고 전능자를 주인으로 받들어야 합니다. 그것만이 생명으로 이르는 길입니다!"

사제의 말이 끝나자 훌쩍이는 소리가 들렸다. 병사들 상당수가 눈물을 흘리며 바닥에 엎드렸다. 다만 모두가 그렇지는 않았다. 몇몇은 고개를 들어 굳은 표정으로 사제를 바라보며 노골적으로 반감을 드러냈다. 그러자 뜰 가장자리에 선 무리, 짧은 머리카락에 무기를 움켜쥔 사내들이 엎드려 울지 않는 자와 회개하지 않는 자에게 다가갔다. 그러고는 곤봉으로 두들겨패며 끌고 나왔다. 열 명 남짓한 병사가 끌려나왔다. 사내들은 그들을 사제 앞으로 데려갔다. 사제가 있는 마루와 병사들이 울면서 엎드린 곳 사이에 있는 공간에 '회개하지 않는 자들'을 모았다. 사내들 가운데 몇몇이 쇠사슬을 가져와 '회개하지 않는 자들'에 채웠다. 그때까지도 무슨 일이 벌어질지 알지 못했다. 회개한 자들과 회개하지 않은 자들 모두 그랬다.

하지만 다시 몇몇 사내가 송진이 든 통을 가져와 쇠사슬에 묶인 이들에게 붓자 다가올 상황은 명백해졌다. '회개하지 않은 자들'은 쇠사슬에 묶인 상태에서 저항했으나 곤봉으로 두들겨맞고 잠잠해졌다.

"전능자께서는 죄악에서 돌이키지 않는 자들, 어리석고 사악한 자들을 용서하지 않습니다. 전능자의 은혜는 누구에게나 열려 있으며 어떤 죄도 용서받을 수 있습니다. 그러나 귀가 있어도 듣지 않고 입이 있어도 회개하지 않으면 죽음과 심판이 기다릴 뿐입니다."

사제의 말이 끝나자 사내들이 불을 붙였다. '회개하지 않은 자들'은 불길이 덮치자 고통에 몸부림쳤다. 살이 타는 역한 누린내와 괴성이 사원을 채웠다. 그러나 이내 잠잠해졌다.

"회개한 여러분은 용서받았습니다. 그러니 이제 전능자의 명령을 따라야 합니다. 구산으로 돌아가 위선자를 물리치는 것, 그 사악한 자가 가로챈 권력을 원래의 주인에게 돌려주는 것, 전능자께서는 여러분이 그런 일에 헌신하길 바랍니다."

사원 안뜰에는 사제의 말과 시신 타는 냄새만 가득했다.

2

봄바람은 따뜻했다. 하지만 만돌은 귀밑과 목덜미에 공기가 직접적으로 닿는 느낌이 생경했다. 차가운 물에 처음 손을 넣은 아이가 된 것만 같았다. 머리카락을 짧게 자른 것이 처음이었기 때문이다.

흑색당의 과두정이 붕괴되고 왕정복고와 함께 백색당이 권력을 움켜쥔 후부터 대부분은 머리카락을 자를 수 없었다. 만교 승려와 내수교도에게만 빡빡머리와 짧은 머리카락이 예외적으로 허락되었다. 백색당원은 물론 평범한 백성도 머리카락을 자를 수 없었다. 머리카락과 수염을 자르는 행위는 성현의 가르침에 어긋났기 때문이다.

흑도에서 나고 자랐으며 한 번도 다른 육지를 보지 못한 만돌도 마찬가지였다. 열교 경전을 읽은 적도 없고 글을 깨우치지 못한 무지렁이 어부에 불과했으나 그래도 성현의 가르침을 따를 수밖에 없었다. 물론 성현의 가르침이니 뭐니 죄다 헛소리라 생각했다. 열교뿐 아니라 만교도 마찬가지였다. 만교든 열교든 모두 '육지 것들'이 흑도를 지배하고 착취하는 도구였다.

오토모준이 이끄는 침략군이 상륙했을 때도 만돌을 비롯한 대부분의 토박이는 동요하지 않았다. 오토모준과 그 부하들을 특별히 싫어하지도 않았다. 그들과 맞서 싸울 의지도 없었다. 어차피 흑도 밖에서 온 녀석들은 죄다 '흡혈귀 같은 지배자'였다. 흑색당이든 백색당이든, 카락이든 와든 모두 토박이를 괴롭히며 고혈을 빠는 사악한 것들이었다. 그 덕분에 오토모준은 손쉽게 흑도를 점령했다. 육지에서 온 관리 몇몇이 저항했으나 순식간에 제압되었다.

예상대로 오토모준의 통치가 백색당과 비교하여 도드라지게 악랄한 것은 아니었다. 덩치가 좋은 소년과 얼굴이 반반한 소녀를 노예로 잡아갔으나 백색당도 비슷했다. 오토모준이 좀더 주도면밀한 것만 달랐다. 또 혈교가 열교를 쫓아내고 '지배자의 신앙'이 된 것도 달랐다. 하지만 착취하는 방식은 비슷했다. '성현의 가르침'을 내세우느냐, '전능자의 복음'을 외치느냐 딱 그 정도만 달랐다. 계속 그렇게 흘렀다면 만돌이 머리카락을 자르고 세례를 받으며 혈교에 귀의하는 일은 일어나지 않았을 것이다.

그런데 예상하지 못한 일이 벌어졌다. 시작은 오토모준의 출병이었다. 오토모준은 흑도를 점령한 후에 성을 보수하고 항구를 확장하며 쥬의 다른 지역에는 관심 없는 것처럼 굴었으나 모리한의 패배가 전해지자 본색을 드러냈다. 왕세자가 평해를 탈환하고 모리한이 전사했다는 소식이 들리자 오토모준은 병력과 함대를 모아 평해로 떠났다. 오토모준의 거대한 함대와 막강한 병력을 본 토박이들은 당연히 그가 승리할 것이라 생각했다. 그러나 몇 달이 지나도 별다른 소식이 전해지지 않았다. 오토모준의 군대에 식량을 보내고자 함선들만 평해와 흑도, 흑도와 구산을 빈번히 오갔다. 단숨에 평해성을 점령할 듯한 기세였는데, 그저 기세에 불과했다.

시간이 흐르자 섬뜩한 소문이 돌았다. 곽곽 선생이 사실은 인간이 아니라 요괴라는 이야기가 나돌았다. 인간의 형태를 했으나 사실은 지옥에서 도망친 악마여서 평범한 인간은 그를 막을 수 없다는 풍문이었다. 오토모준의 병사들은 그 소문을 정말 진지하게 믿었다. 특히 혈교를 믿는 경우에는 공포가 한층 심했다. 전능자의 은혜로 곽곽 선생 같은 악마를 막을 수 있지만 쥬를 침략하며 무고한 이를 죽인데다 그전부터 선량한 이를 노예로 잡아 팔았으므로 전능자는 그들에게 은혜를 베풀지 않을 것이라 판단한 듯했다.

그래도 거기까지는 평해에서 벌어지는 일이었으나 흑도의 상황도 달라졌다. '전능자의 검'을 자처하는 이가 나타났다. 놀랍게도 그의 정체는 '도적의 우두머리'였던 조근이었다. 곽곽 선생에게 잡혀 처형된 조근이 지옥의 입구에서 전능자의 은혜를 입어 '세상을 심판할 검'으로 부활했던 것이다. 그는 흑도의 검은 흙에서 새로운 몸으로 부활하여 '전능자의 계시'를 전하기 시작했다. 그의 곁에는 젊은 사제와 '오토모씨의 장자'인 오토모신이 함께했다.

세 사람은 완벽한 조합이었다. 토박이들은 조근이 처형되는 모습을 직접 목격했기에 '부활한 조근'에 열광했다. '육지 것들'의 착취에 맞서 싸운 영웅이 죽음에서 돌아왔기 때문이다. 그런 열광은 혈교에 대한 관심을 불러일으켰다. '전능자를 믿고 그의 부활을 믿으면 고귀한 자와 비천한 자, 부자와 거지, 현명한 자와 무지한 자 모두 똑같이 구원받아 영생을 누린다'는 교리가 토박이들의 마음을 흔들었다. 사제는 그런 토박이들을 혈교로 개종시키고 '오토모준은 전능자를 믿으면서도 노예무역을 비롯하여 온갖 사악한 짓을 저지르는 위선자이니 심판해야 한다'고 선동했다. 오토모신은 오토모준의 군대를 파고들었다. 오토모준은 오토모씨의 진짜 후계자가 아니며 자신의 이익을 위해 전능자의 이름을 더럽히고 오토모씨의 명예를 짓밟는 사기꾼이라 주장했다. 오토모준은 전능자의 노여움을 샀으며 평해성에서 고전하는 것이 그 증거라고 했다. 오토모신의 이런 선동은 병사들의 사기를 떨어뜨렸다. 그리하여 토박이들은 조근의 지휘 아래 저항하기 시작했다. 오토모준의 병사들도 상당수가 탈영하여 저항군에 합류했다.

오토모준이 평해성에서 패배하고 겨우 목숨을 건져 도망쳤다는 소식이 들리자 흑도에 주둔한 점령군도 붕괴했다. 조근과 오토모신이 이끄는 저항군이 흑도를 장악했다. 게다가 포르안이 보낸 색목인 함대가 도착하여 점령군의 함대를 항구에서 쫓아냈다. 그렇게 흑도는 해방되었다. 오토모준에게서 해방되었을 뿐 아니라 백색당에게서도 해방되었다. 쥬의 깃발이 다시 펄럭였으나 이제는 국왕이 마음대로 착취할 수 있는 땅이 아니었다.

만돌이 머리카락을 자르고 세례받은 이유도 거기에 있었다. 조근을 부활시키고 당신의 도구로 사용하여 흑도를 해방한 존재,

모든 인간을 평등하게 사랑하는 '전능자', 그 위대한 신을 믿기로 결심했다. 만돌뿐 아니라 토박이 대부분이 그랬다. 열교와 만교는 물론 조상신을 비롯하여 그들이 섬기던 온갖 정령을 버렸다. 그리고 모두 '전능자의 아이'가 되었다. 그들의 열정은 뜨겁게 타올라 이제는 '전능자의 아이'가 아니면 길을 걷기 힘들 정도였다.

만돌도 그런 무리에 해당했다. 머리카락을 자르고 세례받은 지 고작 이틀밖에 지나지 않았으나 그들과 함께 곤봉을 들고 거리로 나와 오가는 사람을 감시했다. 아직 머리카락을 자르지 않은 사람, 즉 세례받지 않은 사람이 있으면 끌고 가서 개종하도록 위협했다.

그때 특이하게 생긴 사람이 눈에 띄었다. 만교 승려처럼 빡빡 깎은 머리에 눈매가 사나웠으며 장검과 단검을 허리 양쪽에 보란 듯이 차고 있었다. 덩치도 커서 엄청나게 도드라졌다.

"이봐, 거기!"

'전능자의 아이' 중 하나가 사내에게 외쳤다. 사내는 시큰둥한 표정으로 힐끗 쳐다보았다. '감히 나를 부르는 건가' 하는 오만함이 섞인 표정이었다.

"그래. 네놈은 만교 승려냐?"

공격적인 질문에 사내는 못마땅한 표정으로 성큼성큼 다가왔다. 그것만으로도 위협적이라 만돌은 자신도 모르게 한 걸음 물러섰다.

"내가 땡중으로 보여? 그런데 만교 승려면 무슨 문제라도 있어?"

사내의 발음이 아주 어색했다. 토박이는 아니었고 쥬의 사람도 아닌 것이 확실했다. 오토모준의 병사일 수도 있었다. 하지만 개종하지 않거나 오토모신의 부하가 되는 것을 거부한 자는 자유롭게 다니지 못했다. 도대체 사내의 정체는 무엇일까?

"네놈이 무엇이든 상관없다. 전능자를 따르지 않으면 자유롭게 다닐 수 없다. 통행증은 있나?"

혈교도가 아니면 통행증이 있어야 했다. 사내는 허리를 젖히며 크게 웃었다. 그러고는 허리춤의 검을 손가락으로 툭툭 쳤다.

"이게 나의 통행증이다."

사내의 노골적인 도발에 '전능자의 아이'는 모두 화가 치밀었다. 그들은 얼추 20명을 헤아렸고 사내는 혼자였다. 다들 곤봉과 창을 꼬나잡고 사내를 노려보았다. 그러나 사내는 조금도 움츠러들지 않았다. 그는 즐거운 표정으로 검을 뽑았다. 사내는 양손에 검을 쥐었는데, 단검 모양이 특이했다. 칼날 한쪽이 머리카락을 다듬는 빗처럼 생겼다. 그런 검의 조합은 매우 생경했으며 사내가 뿜어내는 살기는 무시무시했다. 만돌뿐 아니라 무리 전체가 얼어붙었다. 그런 무리를 보고 사내가 크게 외쳤다.

"광신자 놈들! 죄다 목을 자르마!"

어색한 발음과 엉성한 문장이라 한층 섬뜩했다. 무리는 드디어 공포에 떨기 시작했다. 사내는 인간이 아닌 것만 같았다. 무리가 든 곤봉은 불쏘시개 땔감에 불과했고 창도 장난감처럼 느껴졌다. 반면 사내의 검은 영혼까지 베어버릴 것 같았다.

"후야! 멈추세요!"

다행히 무리와 사내 모두에게 익숙한 목소리가 참혹한 살상을 막았다. '전능자의 은혜로 죽음에서 돌아온 자' 조근이 목소리의 주인이었다.

3

절도부의 회의실은 생각보다 넓지 않았다. 열교를 상징하는 장식은 자그마한 것도 죄다 제거하여 여기저기 떼어낸 흔적이 있었으나 깔끔하게 청소하여 어수선한 분위기는 아니었다. 타원형의 커다란 탁자가 가운데에 있었고 탁자에 맞추어놓은 의자에는 후야, 조근, 오토모신, 사제가 앉았다. 그들 앞에는 저마다 작은 잔이 놓여 있었고 은은한 향을 풍기는 차가 가득 담겨 있었다.

후야가 시큰둥한 표정으로 말했다.

"차는 재미없어. 포도주는 없나?"

그러자 조근이 고개를 끄덕였고 문 앞에 있던 하인이 밖으로 나갔다. 아무래도 후야가 요구한 포도주를 가져오려는 듯했다. 후야는 그 모습을 보고 너털웃음을 터뜨렸다.

"흑산에서 살던 도적놈이 꽤 출세했군!"

조근은 빙긋 웃었다. 오토모신은 쥬의 말을 알아듣지 못해 별다른 변화가 없었다. 다만 사제의 얼굴에는 못마땅한 표정이 떠올랐다. 그 모습을 놓칠 후야가 아니었다.

"네놈은 여기 말을 아는군. 바다 건너로 잡혀가 노예로 팔린 놈이 색목인의 앞잡이가 되다니 재미있네."

그때 하인이 술잔과 포도주가 든 유리병을 가지고 돌아왔다. 하인은 후야에게 다가가 포도주를 따르려 했다. 후야는 거칠게 유리병을 빼앗고 병째 벌컥벌컥 들이켰다.

"전능자의 피를 마시니 확실히 기분이 좋군. 이제 나의 죄를 용서받은 건가?"

사제는 후야의 빈정거림을 참을 수 없었다. 그는 주먹으로 탁자를 내리치며 소리쳤다.

"신성모독입니다!"

그러나 후야는 조금도 움츠러들지 않았다. 사제의 행동 따위는 위협이 아니었다. 사제가 검을 뽑아도 후야에게는 별다른 위협이 아니었다.

"너나 닥쳐. 손목부터 잘리고 싶나?"

후야의 말에 어색한 침묵이 회의실을 짓눌렀다. 조근은 물론 오토모신도 후야를 알았다. 파문당한 내수교도이며 만교 승려처럼 머리카락을 밀고 무사처럼 허리춤에 검을 찬 사내, 독특한 이도류를 사용하며 지금껏 한 번도 대결에서 패배하지 않은 무시무시한 검객, 오토모신도 그에 대한 소문과 전설을 알고 있었다. 후야가 마음먹으면 당장이라도 회의실이 도살장으로 변할 상황이었다.

"다들 진정하세요."

조근이 나직이 말했다. 사제는 여전히 화가 풀리지 않은 표정이었으나 후야는 다시 너털웃음을 터뜨리며 싱글거렸다.

"암행총관께서 당신에게 임무를 주었습니다."

조근의 말에 후야는 다시 유리병을 들어 포도주 몇 모금을 마셨다.

"이 머저리들을 도와 오토모준을 처리하라는 건가?"

후야의 말에 조근은 고개를 끄덕였다. 후야는 재미없다는 표정으로 피식 웃었다.

"개종하고 회개한 오토모준의 병사들을 이끌고서?"

조근은 말없이 고개만 끄덕였다. 후야는 떨떠름한 표정으로 오토모신과 사제를 훑어보았다.

"패잔병을 데리고 광신자와 도련님을 위해 싸우라는 거네."

조근은 이번에도 고개를 끄덕였지만 조용히 입을 열었다.

"암행총관께서는 후야님께서 훌륭하게 해내실 것이라 믿으십니다."

그 말에 후야는 코웃음치며 유리병에 든 포도주를 벌컥벌컥 마시기 시작했다.

제7장
모리의 땅

1

불과 몇 개월 전만 해도 항구는 상선으로 붐볐다. 부두에는 아편, 포도주, 향료, 유리 제품 같은 물품이 가득했다. 그러나 이제는 그런 모습을 떠올릴 수 없을 만큼 황량했다. 상선들이 떠난 항구에는 오토모준의 함대만 남았으며 그조차 보잘것없었다. 한때 상군부를 위협하던 강력한 함대가 가난한 해적떼 같은 모습으로 쇠락했다. 부두에도 물품이 거의 없었다. 일꾼의 끙끙거리는 소리, 가격을 협상하는 상인의 수군거림, 소매치기와 좀도둑의 욕지거리 등 이 모든 것이 사라졌다. 시신과 죽어가는 부상자가 온갖 진귀한 물품을 대신했고 비명과 신음, 강철이 부딪치고 화약이 타오르는 소리만 가득했다. 구산의 항구는 지옥으로 변했다. 전능자를 속인 죄인, 전능자의 이름을 망령되게 부르고 거짓된

정의를 외친 자가 떨어지는 무시무시한 지옥이 현실에 모습을 드러낸 것 같았다.

그런 지옥의 중심에는 '검은 건물'이 있었다. '전능자의 사도회'가 자리한 곳이며 한때 구산에서 가장 강한 권력을 누리던 장소였다. 그러나 이제는 죄인들의 처절한 싸움이 벌어지는 무대에 불과했다.

놀랍게도 그 거대한 건물을 포위한 무리는 오토모준의 병사들이었다. 평해에서 패배하며 원정군 대부분을 잃었으나 그래도 오토모준에게는 용병을 고용할 자금이 있었다. 쥬와 와를 아우르는 '최고의 노예 상인'으로 이름을 날렸던 만큼 해적과 도적을 고용할 황금은 아직 충분했다. 오토모준은 고용한 용병을 이용하여 혈교와 관련된 모든 것을 공격했다. 혈교 사원을 불태우고 사제와 신도가 보이면 즉시 살해했다. 불과 몇 달 전만 해도 '전능자의 충성스러운 종'을 자처하던 이가 순식간에 '전능자의 적'이 된 셈이었다. 이유는 간단했다. 포르안이 왕세자와 협정을 맺은 것이 자신이 평해에서 패배한 원인이라 생각했기 때문이다. 포르안, 사악한 색목인 녀석이 오토모준의 등에 단검을 찌른 것이다. 오토모준은 평생토록 타인을 속이고 훔쳤으며 빼앗을 수 있다면 무엇이든 강탈하는 인간이었지만 정작 자신이 배신당하자 폭주했다. 게다가 엄밀히 따지면 '전능자의 사도회'와 포르안은 직접적인 연관이 없었고 오히려 서로 적대적인 관계였다. 그러나 오토모준은 이미 이성을 잃어 합리적인 판단을 내리지 못했다. '전능자의 사도회'를 공격하면 포르안에게 이익을 안겨주고 오토모준, 자신의 파멸을 한층 앞당기는 꼴이었으나 분노와 광기에 사로잡혀 누구도 감히 충고할 수 없었다.

그래도 오토모준은 여전히 아름다웠다. '전능자의 사도회'가 최후를 맞이하는 순간을 즐기고자 싸움터에 모습을 드러낸 그에게서는 예전에 없던 광기와 분노가 넘쳐흘렀으나 그것으로도 아름다움은 희석되지 않았다. 예전에는 사악한 뱀처럼 여유 있었으나 이제는 광견병에 걸린 사냥개처럼 흉포했다.

"포격해라. 한 놈도 놓치지 말고 모조리 죽여라."

오토모준이 소리쳤다. 그러나 쉬운 일이 아니었다. '전능자의 사도회'가 단순한 수도회가 아니었기 때문이다. '전능자의 사도회'는 실질적으로 기사단에 가까웠다. 구성원 대부분이 무장했고 진짜 기사도 적지 않았다. 오토모준의 군대가 수적 우위를 앞세워 승기를 잡았으나 '검은 건물'에는 여전히 '전능자의 사도회'의 정예가 남아 있었다. 또 '검은 건물'은 그 자체가 요새에 가까웠다. 벽은 두꺼웠고 거대한 정문은 튼튼한 강철로 만들어져 있었다. 건물 내부에서 모습을 드러내지 않고 외부의 적에게 총탄과 화살을 날릴 수 있는 구멍도 여기저기 있었다. 그러다보니 병사들은 '검은 건물'에 접근하기를 주저했다. 예전부터 오토모준을 따른 병력이라면 달랐겠으나 그들은 대부분 평해에서 돌아오지 못했다. 새롭게 모집한 병사들은 용병과 해적, 도적이 잡다하게 섞인 터라 목숨을 걸고 '검은 건물'을 향해 돌격할 동기가 부족했다.

"포격해라! 저 이상한 건물이 돌무더기가 될 때까지 포격해!"

오토모준은 악에 받쳐 소리쳤다. 새로운 병사들도 그 명령에는 복종했다. '검은 건물'을 포격하는 것은 상대적으로 덜 위험했다. 병사들은 수레를 이용하여 크고 작은 대포를 가져왔다. 그러고는 '검은 건물'에서 발사하는 화살과 총탄이 다다르지 못하는 거리에 설치하고 포격을 시작했다. 포신이 벌겋게 달아올라 더이상 발사하기 힘들 때까지 멈추지 않았다.

그럼에도 불구하고 '검은 건물'은 꽤 오랫동안 버티었다. 두꺼운 돌벽에 균열이 생기고 조금씩 바스러졌으나 오토모준의 대포도 하나둘 지나치게 가열되면서 포신이 휘어 작동 불능상태에 이르렀다. 대포와 돌벽 중 어느 것이 더 튼튼한지 겨루는 것 같았다.

2

방은 천장이 매우 높았다. '검은 건물'의 거대한 첨탑 바로 아래에 위치했고 그 사이에 다른 층이 존재하지 않았다. 화려한 장식은 없었으나 커다란 방패와 평범한 남자의 키에 육박하는 장검이 세워져 있어 분위기가 사뭇 엄숙하고 위압적이었다. 책상에 앉은 사내, 방의 주인인 듯한 사내도 그런 분위기에 어울렸다. 키는 그리 크지 않았지만 각진 턱과 날카롭게 손질한 수염, 다부진 체격은 그가 우두머리임을 명백히 했다.

사내의 얼굴은 그리 밝지 못했다. 사내의 방이 위치한 '검은 건물'과 사내 모두 파멸을 눈앞에 두고 있었다. 가까운 곳에서 화약이 타오르는 폭발음이 연신 들렸고 이어서 '검은 건물'이 흔들렸다. 철로 만든 포탄과 충돌한 벽이 부서지는 소리도 들렸다. 매우 두꺼운 '검은 건물'의 벽은 웬만해서는 무너지지 않을 터였다. 그러나 포격에 영원히 버틸 수는 없었다. 시간은 적의 편이었다. 부두에서 벌어진 전투에서 밀렸고 살아남은 기사들은 '검은 건물'로 피신했다. 두꺼운 벽과 강철문은 적의 진입을 늦추겠지만 그들을 도와줄 '구원군' 따위는 존재하지 않았다. 벽이 무너지고 오토모준, 그 사악한 뱀 같은 인간의 용병이 들이닥치면 살육이 시작될 것이었다.

생각이 거기까지 미치자 사내는 크게 숨을 내쉬었다. 사내는 기사단장이었으며 온갖 전장을 경험한 듯한 외모를 지녔지만 실제로는 진짜 전투를 경험한 적이 없었다. 이번에 부두에서 벌어진 충돌이 실질적으로 그가 경험한 최초의 전투였다. 그가 이전에 경험한 싸움은 죄다 일방적인 살육이었다. 압도적인 화력과 병력으로 이단자와 이교도를 학살했을 뿐이었다. 그가 상대한 적은 기껏해야 급히 구성된 민병대에 불과했고 대부분은 평범한 농민과 어부였다. '전능자의 사도회'는 그런 무력한 존재를 학살하며 명성을 쌓았다.

　이단 재판도 마찬가지였다. 과부, 광인, 고아, 거지, 광대, 약초꾼 같은 사람을 끌고 와 이단으로 정죄하고 처형했다. 군주, 귀족, 부유한 상인에게 그런 혐의를 씌운 적은 거의 없었다. 와로 건너온 후에도 비슷했다. 기사단장은 늘 손쉬운 상대를 먹잇감으로 삼았다. '서쪽의 지배자' 모도영주의 힘이 약해진 틈을 타서 오토모준과 협력하여 구산에 근거지를 마련했다. 오토모준은 사실상 해적의 우두머리며 노예와 아편처럼 '떳떳하지 못한 상품'을 취급했지만 개의치 않았다. 오토모준과 구산이 번영할수록 기사단장의 권력도 커졌다. 그러다보니 어느 순간부터는 자신이 포르안을 제거하고 와에서 가장 높은 지위의 혈교 사제가 될 수 있다고 믿기 시작했다. 쥬를 침략하기 시작하고 오토모준이 승승장구하자 믿음은 확신으로 바뀌었다. '서쪽의 지배자' 모리한이 전사하고 오토모준이 평해로 출병하자 꿈이 손에 잡히는 곳까지 다가온 듯했다.

　그러나 그때 상황이 돌변했다. 오토모준이 패배했다. 평해를 공격하던 주력 부대가 파도에 쓸려가는 모래성처럼 사라졌다. 흑도도 내줄 수밖에 없었다. 그 모든 일의 배후에는 포르안이 있었다. 적어도 기사단장은 그렇게 생각했다. 포르안이 왕세자를 돕지 않았다면 쥬의 덜떨어진 군대로는 결코 오토모준을 물리치지 못했을 터였다. 포르안이 지원한 강력한 함대가 아니었다면 평해는 겨울이 오기 전에 무너졌을 것이 틀림없었다. 포르안! 그 능구렁이 같은 녀석이 자신의 꿈을 물거품으로 만들었다. 그뿐 아니라 녀석의 간악한 계략에 이제 파멸이 눈앞까지 다가왔다.

 포탄이 벽에 부딪는 소리와 그로 인해 신음하듯 건물이 떨리는 것을 느끼며 기사단장은 앞으로 자신에게 다가올 운명을 떠올렸다. '검은 건물'의 강철문은 부서지지 않겠지만 벽은 아무리 두꺼워도 언젠가는 무너질 것이었다. 그러면 그 틈으로 오토모준의 들개 같은 용병이 쏟아져들어올 터였다. 기사들은 마지막 한 사람까지 싸우겠지만 적을 물리칠 가능성은 희박했다. 마지막 기사가 쓰러지면 적은 기사단장의 방까지 들이닥칠 테고 그들은 기사단장을 생포하여 온갖 조롱과 수치심을 안길 것이었다. 오토모준이 어떤 인간인지 알지 않는가. 사악한 뱀 같은 녀석이라 기사단장에게 천천히 찾아오는 고통스러운 죽음을 선사할 것이 틀림없었다.

 기사단장은 몸을 부르르 떨었다. 그럴 수는 없었다. 그런 고통을 버틸 자신이 없었다. 조롱과 수치는 몰라도 고통은 너무 두려웠다. 그는 급히 책상 서랍을 열고 미친 사람처럼 무언가를 찾았다. 한참 뒤적인 끝에 기사단장은 작은 유리병을 찾아냈다. 유리병에는 아편과 독약을 섞은 액체가 있었다. 아편의 강력한 힘 때문에 마시면 잠드는 것처럼 편안하게 죽음에 이를 수 있었다.

기사단장은 그 유리병을 손에 들고 잠깐 고민했다. 자살은 혈교에서 큰 죄악이었다. 전능자의 은혜를 저버리는 행위였다. 반면 기사단장이 오토모준의 손에 죽으면 순교였다. 전능자를 위해 목숨을 버렸으니 무엇보다 고결한 행위였다. 하지만 기사단장에게는 고통을 참을 용기가 없었다. 지금껏 숱한 사람을 정죄하고 처벌했으며 전능자의 가르침에 어긋난다며 생명을 빼앗았으나 정작 자신은 고통을 마주할 용기가 없었다.

기사단장은 유리병의 마개를 뽑고 내용물을 단숨에 마셨다. 다른 모든 위선자처럼 그는 비열하고 연약한 인간이었다.

3

모도를 처음 보았을 때 그는 채 열 살도 안 된 꼬마였다. 그래서 모도의 모든 것이 거대했다. 아무리 많은 배가 정박해도 항구는 채워지지 않을 듯했고 상군부의 대군이 주둔해도 성에는 자리가 남을 듯했다. 소년에게 모도는 강력한 힘의 상징으로 다가왔다. 소년은 귀족이었고 아버지도 영주였으나 '서쪽의 지배자' 모도영주와 비교하면 시골 촌장에 불과했다. 소년이 아무리 노력해도 그런 거대한 성과 항구를 통치하는 지위에는 오를 수 없을 것 같았다.

인생은 정말 그렇게 흘렀다. 소년은 영주가 되었으나 그의 영지는 아버지와 비교해도 볼품없을 만큼 줄어들었다. '오토모씨의 적자'라는 지위도 독사 같은 인간에게 빼앗겼다. 다만 모도 역시 예전의 영화를 지켜내지 못했다. '서쪽의 지배자'라는 지위는 '빛 좋은 개살구'로 변했다. 항구와 성은 여전히 거대했으나 관리하지 못해 많은 부분이 부서졌다. 농민들은 토지를 버리고 도망쳤다. 그리하여 세금이 제대로 걷히지 않아 금고가 바닥을 드러냈고 가신과 군대의 규모가 쪼그라들었다. 어느덧 어른이 된 소년 오토모신의 입장에서 '모도영주'는 여전히 다다를 수 없는 위치였다.

그러나 전쟁은 짧은 시간에 엄청난 변화를 가져왔다. 오토모신에게서 '오토모씨의 적자'라는 지위를 강탈한 오토모준, 그 독사 같은 인간이 평해성에서 패배하고 겨우 목숨을 건져 구산으로 도망쳤다. '서쪽의 지배자'라 불리던 모도영주 모리한은 아예 평해에서 죽음을 맞이했다. 구산에서는 미치광이가 된 오토모준이 자신과 주변을 파괴하고 있었으며 모도에서는 모리한의 어린 아들이 한 줌에 불과한 가신을 데리고 '영주 자리'에 위태롭게 앉아 있었다. 반면 오토모신, 자신은 포르안이라는 강력한 동맹을 얻었으며 3000명을 헤아리는 군대를 이끌고 와의 서쪽 해안으로 돌아왔다.

오토모신의 걸음은 당당했다. 함선에서 내릴 때부터 그랬다. 모도의 항구는 거대했으나 오토모준과 그의 군대를 데려온 색목인 함대를 제외하면 함선이라 부를 만한 선박이 없었다. 나머지는 조그마한 고깃배에 불과했다. 또 거대한 함대가 항구에 정박할 때까지 제지하는 시도가 전혀 없었다. 바다를 향한 망루는 텅 비어 있었다. 포대도 마찬가지였다. 대부분의 대포는 고철로 팔아넘겼고 너무 녹이 심해 고철로도 팔 수 없는 것만 포대에 남아 있었다. 부두의 상황도 크게 다르지 않았다. 무장한 병사들이 하선해도 막아서는 사람이 없었다. 심지어 "어디서 왔냐?"라고 묻는 이조차 없었다.

항구를 벗어나 성으로 향해도 달라지는 것은 없었다. 낯선 군대를 보고 황급히 몸을 숨기는 가난하고 굶주린 백성만 가끔 눈에 띄었을 뿐이다. 병사는 어디에도 없었다. 군대를 막아서고 호통치는 무사도 없었다. '서쪽의 지배자'를 위해 목숨을 바칠 가신이 한 명도 없다니! 그 사실에 오토모신조차 조금 서글퍼졌다.

빈 망루와 열린 성문, 버려진 초소를 지나 영주의 저택에 이를 때까지 오토모신은 서글픈 감상에 빠질 여유가 없었다. '서쪽의 지배자'를 어떻게 처리해야 할지 판단해야 했기 때문이다. 모리한의 어린 아들과 나머지 가족의 운명을 결정해야 했다.

어린 영주를 처형하고 나머지 가족을 노예로 만드는 것이 가장 쉬운 선택이었다. 모리씨를 끝장내고 오토모씨가 그 자리를 대신하는 것이었다. '서쪽의 지배자'라는 칭호를 빼앗고 모도를 손에 넣은 다음 구산으로 진격하여 배교자 오토모준을 처단하면 '신실한 자'라 불리는 오토모신의 시대가 도래할 터였다.

오토모신이 어린 영주의 후견인이 되어 '서쪽의 지배자'를 대신하여 모도와 구산을 모두 다스리는 것도 괜찮은 선택이었다. 다만 어린 영주도 언젠가는 어른이 될 테고 그러면 진짜 '서쪽의 지배자'로 행세할 위험이 있었다.

마지막은 오토모신이 모리한의 미망인 모리인과 결혼하는 것이었다. 그러면 모리인은 오토모인이 될 것이며 모리한의 아이들도 모두 오토모씨가 된다. 자연스럽게 모도를 흡수할 수 있지만 한 가지 문제가 있었다. 모리인은 내수교도였다. 오토모신이 결혼하려면 모리인이 혈교로 개종해야 했다. 그런데 대대로 내수교도라는 정체성을 간직한 민슈씨의 딸인 모리인이 혈교로 개종할 가능성은 매우 낮았다. 따라서 공연히 오토모신, 자신의 체면만 구길 위험이 있었다.

오토모신은 저택에 다다를 때까지 결정하지 못했다. 저택에 다다르자 드디어 무사들이 나타났다. 다만 적대적인 태도는 아니었다. 그들은 새로운 주인을 맞이하는 것처럼 공손하게 "모리인님께서 영주님을 기다리십니다"라고 말했다. 그 말에 오토모신은 기분이 좋아졌다. 오토모신은 일단 모리인을 만난 뒤 결정하기로 마음먹었다.

4

사제는 모도에 별다른 감흥을 느끼지 못했다. 와에서 귀족으로 자란 오토모신은 모도의 쇠락한 모습에 새로운 감회를 느꼈겠으나 사제는 쥬에서 태어나 노예로 와에 끌려왔기 때문이다. 사제에게 모도는 모든 것이 조금씩 무너지는 곳, 살아 있는 상태로 썩어가는 거인에 불과했다. 사제는 그런 모도를 '전능자의 가르침을 따르는 낙원'으로 변화시킬 생각뿐이었다. 모도의 모든 것은 불살라버려야 할 거짓된 껍데기에 지나지 않았다.

모리씨의 저택도 마찬가지였다. 저택뿐 아니라 저택의 주인과 거기 딸린 사람들도 그랬다. 모두 전능자의 은혜로 새롭게 태어나야 했고 그런 은혜를 거부하면 불태워 정화해야 했다. 저택을 지키는 무사들이 공손하게 "모리인님께서 영주님을 기다리십니다"라고 말했으나 굳이 모리인을 만날 이유가 없다고 판단했다. 오토모신은 전능자의 신실한 종이 틀림없었지만, 동시에 와의 전통을 존중하는 귀족이라 모리인을 만나면 자칫 그 마녀의 계략에 넘어갈 위험이 있었다. 사제는 오토모신이 무사들의 요청을 받아들이기 전에 병사들에게 공격을 명령할 생각이었다. 그러나 사제는 명령하지 못했고 사제의 계획은 생각에 머무를 수밖에 없었다.

"모도 무사의 명예가 바닥에 떨어지더니 이제는 똥통에 처박혔군. 너네는 무사라며 주군의 원수를 보고도 공손하게 굽신거리느냐?"

후야였다. 쥬에서 어색한 발음과 괴상한 문법을 사용하던 것과 달리 와의 말은 아주 유창했다. 삐딱하고 불량하며 오만한 말투가 곽곽 선생을 떠올리게 할 정도였다.

후야의 도발에 무사들의 얼굴에 분노가 떠올랐다. 무사들도 후야가 모리한을 살해했다는 소식을 이미 들어 알고 있었다. 모리한을 살려줄 수도 있었고, 심지어 두 사람은 같은 스승 아래에서 검술을 배웠는데도 후야는 비정하게 검을 휘둘렀다. 와의 법도에 따르면 무사들은 후야를 살려둘 수 없었다. 하지만 막상 검을 뽑아들자니 두려웠다. 상군부의 후지타조차 밀린다는 소문이 있을 만큼 후야의 검술이 뛰어났기 때문이다.

"역시 무사란 놈들은 죄다 위선자에 겁쟁이로군. 평소에는 말끝마다 명예니 도리니 거창한 단어를 붙이지만 막상 상황이 눈앞에 닥치면 다들 목이 달아날까 전전긍긍하지. 비겁한 돼지 새끼 같은 놈들. 그래도 돼지 새끼는 잡아먹을 수라도 있는데, 네놈들은 아무짝에도 쓸모가 없구나."

후야는 무사들을 도발했다. 하지만 여전히 공포가 분노를 눌렀다. 그러자 후야가 수위를 높였다.

"모리인, 아니 민슈인, 그 계집년은 이번에는 오토모씨에게 꼬리칠 심산이냐? 모리씨에 안겼다가 오토모씨에 안겼다가 창녀가 따로 없군."

이제는 무사들도 참지 못했다. 저택 입구에 있던 네 무사가 거의 동시에 검을 뽑았다. 후야의 실력을 아는 만큼 일단 검을 뽑자 망설이지 않고 달려들었다. 네 사람이 함께 몰아쳐야 그나마 승산이 있었다. 그러나 무사들의 검은 허공을 갈랐다. 후야는 네 번의 날카로운 공격을 여유롭게 피한 다음 검을 뽑았다. 후야는 싸울 때마다 검을 쥐는 손을 바꾸었는데, 이번에는 왼손에 장검을, 오른손에 단검을 들었다.

후야는 날카롭게 미소 지으며 무사들을 바라보았다. 짧은 순간이었지만 팽팽한 긴장이 저택 입구를 짓눌렀다. 그 팽팽함이 위태롭게 여겨지는 순간 후야가 검을 휘둘렀다. 후야의 장검은 생명이 있는 것처럼 움직였다. 범고래가 물범을 덮치고 독수리가 물고기를 낚아채며 표범이 수풀에서 달려나와 사냥감의 숨통을 끊는 것처럼 장검은 무시무시하고 아름답게 움직였다. 첫번째 무사는 순식간에 왼팔이 잘렸다. 분리된 왼팔이 경련을 일으키며 바닥에 나뒹굴자 왼팔이 달려 있던 곳에서 붉은 피가 분수처럼 뿜어졌다. 무사는 오른손에 든 검을 놓쳤다. 그리고 이내 무릎을 꿇고 울부짖었다.

"고작 팔 하나 잘렸다고 개처럼 낑낑거리다니. 모도 무사도 별 볼 일 없군."

후야의 독설에 나머지 무사들이 다시 힘을 냈다. 그들은 각자 다른 방향과 높이에서 동시에 후야를 향해 검을 휘둘렀다. 그러나 두 개의 검은 금속이 부딪치는 경쾌한 소리와 함께 튕겨나왔다. 곧이어 둔탁한 소리와 함께 네번째 무사의 검이 부러졌다. 후야가 괴상하게 생긴 단검을 이용하여 부러뜨린 것이었다. 이제는 후야가 본격적으로 공세에 나섰다. 후야의 장검이 여름의 소나기처럼 틈을 주지 않고 남은 두 무사의 검을 두들겼다. 한 명은 검을 놓쳤고, 한 명은 다시 검이 부러졌다.

"검은 무사에게 무엇보다 소중한 것이라 부러지거나 놓치면 목숨으로 갚아야 하지 않나? 무사랍시고 틈만 나면 그렇게 나불거렸으니 이제 행동으로 증명해라!"

무사들은 망연자실했다. 후야의 말은 틀리지 않았다. 대결에서 검이 부러지거나 검을 놓치면 죽음으로 명예를 지켜야 했다. 그들은 무릎을 꿇고 단검을 꺼내 스스로 배를 갈랐다. 비장한 행위였으나 후야는 시큰둥한 표정으로 바라보며 바닥에 침을 뱉었다. 그러고는 저택으로 성큼성큼 들어갔다. 그는 무사를 마주할 때마다 모리인에 대한 조롱과 독설을 날렸다. 그러면 무사는 그에 분노하여 검을 뽑았다. 하지만 누구도 후야를 꺾지 못했다. 20명 남짓한 무사가 후야의 옷깃조차 건드리지 못하고 쓰러졌다. 후야는 인간보다는 검을 휘두르는 악마에 가까웠다. 지켜보던 병사들은 존경과 공포가 섞인 표정이 되었다. 저택의 모든 무사를 꺾은 후야가 살육을 마치고 밖으로 나올 때까지 누구도 감히 입을 열지 못했다.

"오토모신! 모리인은 내가 갖겠다. 알겠나?"

피를 뒤집어쓴 후야가 검 끝으로 오토모신을 가리키며 말하자 누구도 반박하지 못했다. 오토모신조차 고개를 끄덕였다. 오토모신은 '서쪽의 지배자'라는 지위만 얻으면 그만이었다. 모도를 발판삼아 구산을 정복하는 데 방해되지 않으면 모리인과 그 자식들이 누구의 손에 들어가도 개의치 않았다. 다만 사제는 불쾌했다. 딱히 꼬집어 말할 수 없어도 무언가 일이 크게 어긋나기 시작한 듯했다. 사제는 그 찝찝하고 불길한 기분을 떨쳐버리지 못했다.

제8장
독사의 머리는 죽은 후에도 아름답다

1

류의 혈통은 복잡했다. 할아버지는 카락에서 나고 자랐는데, 집도 없고 제대로 된 이름조차 없었다. 거지패가 되어 겨우 연명하다가 운 좋게 색목인 상인의 심부름꾼이 되었다. 부랑아답지 않게 눈이 매섭고 손끝이 야무져 상인이 총애했다. 그러나 심부름꾼으로는 한계가 있다고 판단하여 상인의 보석을 훔쳐 도망쳤다. 그 보석을 밑천 삼아 배를 장만하고 건달패를 모아 밀수를 시작했다. 그는 반쯤은 밀수꾼, 반쯤은 해적에 해당했는데, 그 업계에서는 꽤 유능했다. 그리하여 그의 배는 점차 커졌고 카락을 벗어나 쥬의 남부와 와의 서부까지 영역을 넓혔다. 그때 류의 아버지가 태어났다. 류의 할머니는 상인, 밀수꾼, 해적 같은 무리가 드나드는 선술집의 하녀였다. 매음굴도 겸한 곳이라 류의 할머니도 단정한 여인은 아니었을 것이다. 어쨌든 류의 할아버지와 할머니는 겨우 몇 달만 함께 살았고 류의 아버지도, 류도 할아버지를 본 기억은 없었다. 해적과 밀수꾼을 겸한 여느 카락인처럼 여기저기 떠돌다가 비참한 최후를 맞이했을 것이다.

  류의 아버지는 매음굴을 겸한 선술집 혹은 선술집을 가장한 매음굴에서 자랐다. 그러다보니 선택할 수 있는 직업이 해적, 밀수꾼, 포주, 좀도둑, 건달패 정도로 극히 제한적이었다. 다만 류의 아버지도 나름대로 야심만만하고 유능했다. 선술집 하녀 혹은 매음굴 창부의 사생아로 태어났으나 '보다 나은 삶'을 위해 집요하게 노력했다. 당연히 수단과 방법을 가리지 않았다. 불법적인 일, 양심에 어긋나는 일, 평범한 사람은 감히 상상조차 못할 일도 개의치 않았다. 그런 과정을 통해 류의 아버지는 부유한 노예 상인이 되었다.

  류는 할아버지와 아버지는 상상하지 못한 지점에서 삶을 시작했다. 적어도 물질적인 측면에서는 어린 시절을 유복하게 보냈다. 어른이 된 후에는 아버지의 노예 거래소를 물려받아 더욱 확장했다. 류는 노예를 잡아오는 해적과의 거래방식을 개선했다. 여러 해적과 정기적으로 거래하여 위험을 분산했다. 해적에게 산 노예를 수용하는 시설도 손을 보았다. 노예가 아프거나 죽으면 손해가 발생하므로 가능하면 깨끗한 잠자리와 괜찮은 음식을 제공하려 노력했고 쓸데없이 고문하거나 괴롭히는 일을 줄였다. 그렇게 축적한 부를 바탕으로 귀족이 되는 것이 류의 최종 목표였다. 류의 세대에는 가능하지 않아도 그의 아들 혹은 손자는 무사가 되어 영주를 섬기고, 나아가 직접 영주가 되어 귀족의 반열에 오를 수 있으리라 기대했다. 따지고 보면 오토모준도 류와 크게 다르지 않은 부류이지 않은가.

그러나 전쟁이 모든 것을 바꾸어놓았다. 물론 오토모준이 흑도를 점령하고 승승장구할 때는 좋았다. 모리한이 평해에서 패하여 전사한 것까지도 괜찮았다. 하지만 오토모준이 평해에서 대부분의 병력을 잃고 가까스로 도망치자 상황이 변했다. 흑도조차 빼앗기고 급기야 오토모신이 '진짜 오토모씨'라는 명분을 내세우며 모도에 상륙하자 류가 가진 모든 것이 위태로워졌다. 오토모신은 엄청나게 신실한 혈교도라 노예무역을 반대했기 때문이다. 같은 혈교도라도 오토모준과는 완전히 달랐다. 오토모준이 단순히 든든한 뒷배를 얻을 목적으로 혈교와 협력했다면 오토모신은 정말 '전능자의 제국'을 믿었다. '귀족과 농민, 노예와 주인이 전능자의 은혜 가운데 평등하게 대접받는 세상'을 진지하게 꿈꾸었다. 동시에 그런 세상을 방해하는 모든 무리를 배척했다. 오토모신에게 류와 같은 노예 상인은 가장 먼저 제거해야 할 대상이었다.

그래서 오토모신의 군대가 경계를 넘어 구산으로 진격하는 일이 잦아지며 노예 거래소가 습격당하는 일도 늘어났다. 노예 거래소뿐 아니라 만교 사원도 불탔다. 혈교로 개종하지 않은 귀족의 저택도 공격받았다. 그러므로 혈교로 개종하여 회개하는 것만이 유일한 살길이었다. 예전에는 오토모준에게 의지할 수 있었으나 이제 오토모준은 반쯤 실성하여 '전능자의 사도회'를 비롯한 혈교 세력을 공격하고 자신의 도시를 파괴하는 일에만 집중하여 류와 같은 부류가 도움을 얻고 보호를 청할 대상이 존재하지 않았다. 그런데 정작 오토모신의 군대가 류의 노예 거래소를 공격하자 예상하지 못한 일이 벌어졌다.

"네놈이 여기 우두머리냐?"

노예 거래소 뜰에 꿇어앉은 류에게 눈매가 날카롭고 체격이 건장한 사내가 말했다. 사내는 빡빡머리여서 언뜻 만교 승려처럼 보였지만 장검과 단검을 허리춤에 찬 꼬락서니는 무사에 가까웠다. 그래도 류는 체념한 표정으로 고개를 끄덕일 수밖에 없었다. 오토모신의 병사들이 노예 거래소에 나타났을 때부터 류는 반쯤 포기한 상태였다. 맞서 싸워도 상대를 물리칠 수 없었고 오히려 실낱같은 희망만 사라질 것이라 판단하여 저항을 포기하고 항복했다. 그 덕분에 노예 거래소는 파괴되지 않았고 아직까지는 아무도 죽지 않았다. 다만 오토모신과 그의 사제는 광신자였다. 순순히 항복해도, 심지어 혈교로 개종해도 류와 같은 노예 상인은 혹독하게 고문당하고 살해될 가능성이 컸다.

"저항하지 않고 항복하다니 똑똑한 놈이군."

사내는 빙긋 웃으며 말했다.

"똑똑한 녀석이라 운도 따르나보군."

처음에는 사내의 말을 이해하지 못했다. 운이 좋다니 무슨 뜻일까? 그러고 보니 오토모신의 모습이 보이지 않았다. 오토모신의 그림자처럼 움직이는 젊은 사제도 마찬가지였다. 빡빡머리 사내가 병사들의 우두머리인 듯했다. 유능한 노예 상인답게 류는 사내가 내뱉은 말뜻을 이해했다. 오토모신과 젊은 사제가 병사들을 지휘했다면 류는 이미 '전능자의 심판'을 마주했을 것이다. 개종하지 않으면 산 채로 화형당했을 것이며 개종해도 죽음을 피할 수 없었을 것이다. 기껏해야 교수형처럼 덜 고통스러운 방식으로 처형되는 것이 '개종과 회개'가 주는 '은혜'의 전부였을 것이다. 그러니 확실히 운이 좋았다. 그리고 운이 그에 그치지 않을 것이라는 생각이 떠올랐다. 빡빡머리 사내가 류와 항복한 무리를 바라보며 묘한 미소를 지었기 때문이다.

2

노예와 하인, 소작인은 와에서 사회계급의 가장 낮은 계층을 구성할 뿐 아니라 철저히 소외되었다. 오토모준의 통치 아래 노예 사업과 무역으로 구산이 흥청거리던 시절에도 그들은 별다른 혜택을 누리지 못했다. 노예 사업이 번성한 만큼 노예의 처우는 당연히 열악했고, 하인과 소작인의 사정도 비슷했다. 노예 수가 늘어나자 하인이 하던 일에 노예를 투입하는 경우가 잦아져 하인의 보수가 줄었다. 또 노예 사업과 무역이 번성하자 농업은 자연스럽게 뒷전으로 밀렸다. 소작인 대신 노예에게 일을 맡기는 사례도 늘어났다. 이런 사정 때문에 소작인과 하인, 노예는 서로 매우 싫어했다. 소작인과 하인에게 노예는 삶을 한층 고달프게 하는 훼방꾼이었다. 노예에게 하인과 소작인은 주인도 아니면서 주인보다 악랄하게 구는 족속이었다.

모리한의 패배와 전사에 이어 오토모준마저 평해에서 정예 병력 대부분을 잃고 도망쳤다는 소식이 전해지자 억눌려 있던 갈등이 수면으로 떠오르기 시작했다. 오토모준이 구산으로 돌아와 '전능자의 사도회'를 공격하고 혈교를 박해하자 갈등은 더욱 심화되었다. 오토모준과 모리한의 어린 아들 모두 제대로 통치하고 치안을 유지할 힘을 잃어 구산과 모도는 무정부 상태에 빠졌다. 오토모신이 지휘하는 군대가 모도에 상륙했고 그들이 '전능자의 은혜 아래 모두가 평등한 세상'을 내세운다는 소문이 퍼지자 구산의 혼란은 절정으로 치달았다. 노예가 주인을 살해하고, 소작인이 지주의 집을 습격하여 불태웠으며, 하인이 자신을 고용한 부자와 그 가족을 도륙하는 일이 곳곳에서 벌어졌다. 마른 갈대숲에 불길이 번지는 것처럼 걷잡을 수 없었다.

그런데 그 세 부류도 곧 서로 싸우기 시작했다. 노예와 하인이 서로 무리지어 싸우고 소작인도 끼어들었다. 조금이라도 재산이 있는 부류에게는 재앙이 따로 없었다. 오토모신의 군대가 진격하여 치안을 회복시키는 것이 유일한 희망이었으나 그조차 녹록지 않았다. 오토모신이 '전능자의 은혜 아래 모두가 평등한 세상'을 추구했기 때문이다. 오토모신의 군대는 폭도와 달리 무질서한 약탈과 살육을 저지르지는 않았다. 대신 그럴듯한 명분을 내세워 체계적이고 효율적으로 재산을 강탈하고 '개종하지 않는 죄인'을 살해했다. 조금이라도 재산이 있으면 어쩔 수 없이 스스로 무장하고 저항했으나 오토모신의 군대에는 역부족이었다.

료도 그런 부류였다. 아편부터 노예까지 수익을 올릴 수 있으면 무엇이든 거래했다. 혈교를 믿는 색목인이든, 만교 승려든, 열교를 믿는 고리타분한 귀족이든 사업에 도움이 되면 누구와도 어울렸다. 그렇게 큰 재산을 쌓았지만 신망이 두텁거나 평판이 좋지는 않았다. 하인에게는 매몰찼고, 노예에게는 잔인했으며, 소작인에게는 가혹했다. 료보다 신분이 낮거나 가난한 사람 대부분이 그를 미워했다. 그래도 료는 개의치 않았다. 료가 한 푼도 속이지 않고 꼬박꼬박 수익의 일부를 상납하는 이상 오토모준이 그를 보호할 것이 틀림없었기 때문이다.

그러므로 료에게는 전쟁 후 바뀐 상황이 너무 끔찍했다. 자신과 비슷한 방식으로 재산을 모은 부자들이 하나둘 폭도들에게 살해되거나 오토모신의 병사들에게 처형되었다는 소식이 들리자 공포와 불안에 시달렸다. 칼잡이들을 부랴부랴 고용했지만 실력은 형편없었고 몸값은 터무니없이 비쌌다. 전쟁 전에는, 오토모준이 평해에서 패배하기 전에는 서너 푼이면 영혼이라도 팔았을 건달패를 이제는 은자를 몇 냥씩 주어야 겨우 부릴 수 있었다. 그마저도 애초에 건달패라 도무지 신뢰할 수 없었다. 언제든 배신하고 도적으로 둔갑할 수 있었다. 그래서 료는 저택에 틀어박혀 50명 남짓한 칼잡이의 보호를 받으면서도 불안을 떨쳐버릴 수 없었다. 평소에는 결코 손대지 않던 아편을 뻐끔거리기 시작한 것도 그런 이유였다.

그런데 몇 모금의 아편이 주는 나른한 평안에 한창 빠져들 무렵 하인이 손님의 도착을 알렸다. 손님이라니? 폭도와 광신도를 제외하고 료 같은 부류를 찾아올 사람이 있던가? 손님의 정체를 들으니 더욱 의아했다. 류였기 때문이다. 류처럼 악질적인 노예상인이 아직 살아 있었다니 놀라웠다. 아무리 생각해도 류가 자신을 찾아올 이유가 없었다. 하지만 찾아온 사람을 박대할 수는 없었다. 류를 만난다고 손해볼 것도 없어 "어서 모셔라"라고 명령했다.

하인에게 명령한 후 료는 아편을 태우는 곰방대를 깊이 빨았다. 곧 파멸이 다가올 것이며 어디에도 피할 곳이 없기에 아편이 주는 헛된 평안에 위로받을 수밖에 없었다.

"료 씨, 이게 무슨 일입니까? 아편쟁이가 된 겁니까?"

문이 열리자 류가 성큼성큼 들어와서 말했다. 그러고는 권하지도 않았는데 료 앞에 앉았다. 비스듬히 누워 아편을 피우던 료는 그런 무례한 태도에 얼굴을 찌푸렸다.

"류 씨, 지금 세상에 이런 재미마저 없으면 어찌 살라는 거요?"

그러자 류는 껄껄거리며 웃었고 료는 화가 치밀었다. 경박한 노예 상인 놈이 자신을 조롱한다고 느꼈기 때문이다.

"아닙니다. 료 씨. 미안합니다. 무례했다면 정말 미안합니다."

료의 표정을 본 류가 사과했다. 그러면서 얼굴을 바짝 당겨 료에게 들이밀며 말했다.

"나도 압니다. 나도 딱 그런 심정이었으니까요. 노예, 하인, 소작인이 폭도로 변해 주인을 약탈하고 오토모신이란 미치광이가 색목인의 악마처럼 굴며 무고한 이를 살육하니까요. 정상적인 사람이면 누군들 두렵지 않겠습니까?"

료도 고개를 끄덕였다. 그러자 류가 눈을 반짝이며 말을 이었다.

"하지만 이제 살길이 있습니다. 폭도와 미치광이로부터 우리 같은 이를 지켜줄 분이 있습니다."

폭도와 미치광이로부터 지켜줄 분이라? 예전에는 오토모준이 그런 역할을 했다. 하지만 그는 자신의 도시를 파괴할 만큼 망가지지 않았나?

"당연히 오토모준은 아닙니다. 그놈은 완전히 맛이 가버렸지 않습니까. 애초에 큰 그릇이 아니었어요. 색목인의 앞잡이에 어울리는 인간일 뿐이죠. 얼굴만 반반해서 남색을 밝히는 놈들에게 인기 있을 녀석이죠. 오토모준은 검술조차 엉망이지 않습니까!"

틀린 말은 아니었다. 오토모준은 여자보다 아름다웠고 뱀보다 교활했지만 무사로는 형편없었다. 또 장군으로도 마찬가지인 것이 평해에서 밝혀지지 않았는가.

"우리 같은 이를 보호해줄 분은 오토모준 같은 족속이 아닙니다. 그분은 정말 대단한 검객입니다. 상군부의 후지타조차 그분 앞에서는 똥개에 불과할 겁니다."

상군부의 후지타라면 와에서 손꼽히는 검객이 아닌가? 후지타가 쩔쩔매는 검객은 거의 없지 않나?

"료 씨는 혹시 이도류를 아십니까?"

이도류라. 시장터에서 칼춤 추는 광대나 하는 검법이 아닌가? '그럼 그렇지'라는 표정이 료의 얼굴에 떠올랐다. 그러나 류는 그런 생각하지 말라는 듯 눈을 크게 뜨며 말했다.

"혹시 료 씨는 모리한의 사형을 아십니까?"

모리한의 사형? 모리한에게 사형이 있었나? 그 사람 좋고 무능한 인간이 검술을 배우기라도 했던가? 아니었다. 기억을 더듬어보니 모리한도 다른 귀족처럼 검술을 배웠다. 기괴한 이도류 검객을 스승으로 모셨고 그 검객은 특이하게도 다른 내수교도와 모리한을 함께 가르쳤다. 생각이 거기에 이르자 아편이 만든 나른한 기운이 싹 사라졌다. 설마?

"맞습니다. 그분이 맞습니다. 모리한을 처단하고 지금은 오토모신과 함께하는 그분이 맞습니다."

모리한을 죽인 녀석, 그놈은 정말 미치광이가 아니었나. 오토모신은 '전능자의 은혜'니 뭐니 하며 그럴듯한 명분이라도 내뱉었지만 녀석, 그 빡빡머리 미치광이는 별다른 이유 없이 사람을 도륙했다. 놈은 인간을 가축처럼 도살했다! 그런 작자의 보호를 받으라니! 료는 분노할 만큼 기가 찼다. 그러나 류는 빙긋 웃으며 말했다.

"어차피 다른 방법도 없지 않습니까? 료 씨가 고용한 칼잡이만 봐도 그렇습니다. 여차하면 료 씨를 죽이고 아내와 딸을 겁탈할 놈들입니다. 그러니 후야님이 유일한 희망입니다."

정말 그랬다. 료는 체념하고 다시 곰방대를 빨았다. 하긴 폭도와 광신자보다는 진짜 미치광이가 나을지도 몰랐다.

3

구산은 거대하고 을씨년스러웠다. 다만 모도와는 분위기가 사뭇 달랐다. 모도는 몇 세대에 걸쳐 떵떵거리던 부자가 서서히 몰락하여 막바지에 이르렀다면 구산은 벼락출세한 졸부가 도박이나 다름없는 일을 벌이다 눈 깜짝할 사이에 망한 것과 비슷했다. 그래서 구산에는 아직 기대가 있었다. 가난한 자부터 귀족까지 모두가 체념하여 과거의 영광을 추억하는 곳이 모도라면 구산에는 다시 시작할 수 있으리란 희망이 아직 남아 있었다. 열린 성문을 통해 진군하는 오토모신의 군대를 바라보는 백성의 얼굴에도 그런 분위기가 드러났다.

사제는 그것이 마음에 들지 않았다. 희망과 기대가 가당키나 한 단어인가! 오토모준은 전능자의 복음을 왜곡한 '죄인의 괴수'며 구산은 그 모든 죄악으로 흥청거리던 곳이었다. 그곳에 사는 인간은 빈부귀천을 막론하고 죄인이었다. 악행을 저지르지 않아도, 그 모든 죄악이 이루어지는 곳에서 살았다는 것만으로도 크나큰 죄악이었다. 그러므로 모두 불로 심판해야 했다. 구산을 태워 거대한 잿더미로 만들어야 했다. 그곳에 살던 모든 인간은 그들이 저지른 죄악의 대가를 목숨으로 치러야 했다. 그러나 이것이 무엇인가! 그 사악한 죄인들이 성문을 열고 환영하자 오토모신은 모두 용서했다. 심지어 오토모준이 최근에 고용한 용병도 투항하면 죄를 묻지 않았다. 그뿐 아니라 병사로 받아주기도 했다. 자신의 저택에 틀어박혀 끝까지 저항하고 있는 오토모준과 그 심복들을 제외하면 아무도 처벌받지 않는 셈이었다. 사제의 입장에서는 결코 있을 수 없는 일이었다. 그는 불만이 가득한 표정으로 오토모신을 바라보았다.

그와는 대조적으로 오토모신의 얼굴은 매우 평온했다. 아주 만족스러운 표정이었다. 수천 명의 병사를 이끌고 말에 올라 당당하게 성문을 통과했으니 당연했다. 백성은 물론 오토모준의 용병도 대부분 거리에 나와 무릎 꿇고 오토모신을 맞이했다. 이제 그는 구산과 모도를 모두 다스리는 영주가 될 참이었다. 그것이 그의 운명이었고 무엇도 방해하지 못할 것만 같았다.

"영주님, 저들은 죄인입니다."

사제는 말의 속도를 높여 오토모신 곁으로 다가가 말했다. 그러나 오토모신은 시큰둥하게 대답했다.

"전능자께서는 죄인을 용서하고 구원하러 오시지 않았습니까. 따지고 보면 우리도 모두 죄인입니다."

아주 틀린 말은 아니었다. 전능자의 은혜를 믿고 회개하면 누구나 구원받았다. 그렇지만 과연 구산의 백성과 오토모준의 용병이 진심으로 회개한 것일까? 심지어 혈교로 개종하지 않은 자도 적지 않았다.

"영주님, 전능자의 품을 거부하는 자가 많습니다. 개종하고 회개한 자도 그게 진심인지 의문입니다. 모두 이단 재판에서 시시비비를 가려야 합니다."

사제는 잔뜩 흥분해서 말했으나 오토모신의 반응은 여전히 미적지근했다. 그는 귀찮다는 듯이 말했다.

"그런 일은 주교님의 허락이 필요하지 않습니까?"

주교의 허락이라. 포르안은 전능자의 종보다 영악한 정치꾼에 가까웠다. 전능자의 말씀을 올곧게 이루는 것이 아니라 혈교가 와에서 세력을 넓히는 데 집중했다. 덧붙여 와와 쥬에서 포르안 자신의 영향력을 키우는 데도 관심을 기울였다. 그러므로 포르안은 이단 재판 같은 일을 결코 허락하지 않을 것이었다.

"생각해보세요. 전능자는 피조물인 인간을 사랑하십니다. 스스로 죽음의 고통을 겪을 만큼 사랑하십니다. 상대가 죄인과 악인이라도 쓸데없이 괴롭히며 목숨을 거두는 것을 좋아하지 않으실 겁니다."

쓸데없는 고통이라고? 언제부터 오토모신이 신학에 정통했나? 심지어 흑도에서는 사제와 함께 숱한 사람을 고문하고 화형하지 않았던가! 그런데 이제 와서 '쓸데없는 고통'을 운운하며 구산의 죄인들을 용서하라니, 궤변에 불과했다.

"영주님! 그럼 우리와 오토모준의 차이가 무엇입니까? 오토모준도 전능자의 종을 자처했으나 철저하게 자신의 이익에 맞추어 복음을 왜곡했습니다."

사제는 수위를 높였다. 여느 귀족이면 호통쳤을 것이다. 감옥에 갇히거나 목이 달아날 수도 있었다. 그러나 오토모신은 차분했다.

"사제님의 열정을 늘 존중합니다. 그러나 지금은 용서할 때입니다. 또 전능자의 말씀을 널리 전하려면 꼭 필요한 일이기도 합니다. 모도와 구산에는 아직 혈교를 믿지 않는 백성이 많습니다. 그들에게 전능자의 은혜와 사랑을 보여주는 것이 필요합니다. 무엇보다 저는 전능자의 보잘것없는 종인 동시에 오토모의 수장이며 모도와 구산의 영주입니다."

궤변이었다. 궤변이 틀림없었다. 영주니, 주교니 하는 놈들은 알량한 권력을 얻고자 그런 궤변을 내뱉기 일쑤였다. 사제는 구역질이 났다. 오토모신도 오토모준만큼 사악한 위선자가 틀림없었다.

4

구산은 모도만큼 컸지만 훨씬 체계적이었다. 성벽, 항구, 시장, 병영 같은 시설부터 영주의 저택, 귀족과 상인의 거주지, 심지어 빈민가와 홍등가까지 계획적으로 구획되어 있었다. 그러면서 굉장히 화려했다. 상군부를 제외하면 어떤 도시도 흥청거리는 화려함에서 구산을 따라가기 어려웠다.

그러나 모두 옛말이었다. 불과 1년 전만 해도 구산은 화려하고 흥청거렸으나 이제는 더없이 을씨년스러웠다. 도시의 다른 부분은 거의 손상되지 않았으나 가장 중요한 두 곳, 색목인의 흑선으로 붐비던 항구와 오토모준의 거대한 저택이 불타고 부서져 폐허로 변했다.

물론 파괴를 주도한 사람은 달랐다. 항구를 파괴한 이는 오토모준이었다. 평해에서 참담한 패배를 겪고 겨우 목숨만 건져 도망친 오토모준은 색목인과 혈교, '전능자의 사도회'에 불만과 분노를 쏟아냈다. 자신의 실수와 단점은 전혀 고려하지 않고 '혈교쟁이의 배신'이 패배의 원인이라 판단했다. 그리하여 오토모준은 반쯤 이성을 잃고 자신의 자산을 파괴했다.

오토모준이 폭주하자 민심은 완전히 돌아섰다. 오토모준이 고용한 용병조차 그를 배신할 기회만 노렸다. 오토모준에게 남은 운명은 죽음뿐이었으므로 굳이 함께 파멸하고 싶지 않았다. 그러나 막상 기회를 찾으려니 만만치 않았다. 오토모신이 흑도에서 오토모준의 잔당을 물리치고 여세를 몰아 모도에 상륙했으나 지나치게 가혹했다. 혈교의 교리를 너무 엄격하게 적용했고 교리에 어긋나면 처형했다. 노예 상인, 해적, 용병 같은 부류는 개종하고 회개해도 온전히 살아남기 어려웠다.

그때 후야가 등장했다. 처음에는 오토모신의 부대 중 하나를 통솔하는 지휘관에 불과했으나 혈교의 교리를 강요하지 않고 노예 상인과 용병 같은 무리에게 너그럽게 대하자 지금껏 망설이던 무리가 앞다투어 투항했다. 그리하여 후야의 부대는 점점 독립적으로 변했고 급기야 오토모신의 군대에 맞먹는 규모로 커졌다.

그런 후야의 군대가 오토모준의 저택을 파괴한 주역이었다. 그들은 오토모신의 본대보다 사기가 높고 기세도 강했다. 오토모신에게 투항하는 것을 꺼리던 무리도 후야에게는 쉽게 굴복하고 합류했다. 구산의 성벽과 성문을 지키던 용병대도 후야에게 투항했다. 후야의 군대가 오토모준의 저택에 도달할 때까지 이렇다 할 저항이 없었다.

오토모준의 저택에 도착한 후에야 비로소 저항다운 저항을 마주했다. 오토모준을 오랫동안 경호한 50명 내외의 무사가 결연히 맞섰다. 와의 무사들은 그런 태도를 높이 평가할 것이었다. 그러나 후야는 와의 무사가 아니었다. 후야에게 그런 태도는 소중한 목숨을 쓸데없이 낭비하는 머저리 짓에 불과했다.

후야는 오토모준의 무사들을 제압하는 데 투항한 용병을 투입했다. 그는 무사들이 항복해도 죽이라 명령했고 '오토모준만은 꼭 생포하라'고 덧붙였다.

오토모준을 끝까지 호위하는 무사들과 그에 맞선 용병들의 싸움은 표범과 승냥이의 싸움을 떠올리게 했다. 평소에는 표범이 승냥이를 사냥하지만 이번에는 표범의 수가 너무 적고 다들 지쳐 있었다. 그래도 표범은 표범인지라 혼자서 여러 마리의 승냥이를 물리친 후에 죽음을 맞았으나 수적으로 밀렸다. 저택의 바닥이 피에 미끌미끌하고 잘린 팔다리와 목이 발에 차일 만큼 처절한 싸움을 벌인 후에 무사들은 모두 죽음을 맞았다. '끝까지 주군을 섬긴다'는 와의 무사면 누구나 마음에 품는 목표며 '전장에서 장렬하게 맞이하는 최후'는 모든 무사가 바라는 이상적인 죽음이었다.

그러나 무사들의 죽음은 멋지거나 고상한 것과 거리가 멀었다. 뛰어난 검술과 튼튼한 갑옷 덕분에 단번에 무사의 목숨이 끊어지는 경우는 거의 없었다. 대부분은 부상을 입고 쓰러진 후에도 패

오랫동안 숨이 붙어 있었고 악에 받친 용병들은 그런 무사를 잔인하게 난도질했다. 잘 훈련된 무사도 미치광이처럼 비명을 질렀다. 무사들의 죽음은 끔찍하고 처참했다.

후야는 저택 밖에서 그 살육을 감상했다. 광대패의 놀음을 보는 것처럼, 줄타기꾼의 묘기를 즐기는 것처럼 후야는 명예를 소중히 여기는 무사들이 전혀 명예롭지 않은 방법으로 고통스레 죽어가는 모습을 지켜보았다.

"독사를 데려와라."

살육이 잦아들자 후야가 명령했다. 평소와 달리 너무 차분한 말투여서 섬뜩한 느낌이 들었다. 차갑고 날카로운 기운이 뿜어지는 듯했다.

반면 얼마 지나지 않아 끌려나온 오토모준에게서는 열띤 광기가 흘러나왔다. 화려한 갑옷은 여기저기 부서지고 찢겼으며 피가 묻어 있었다. 긴 머리카락은 헝클어져 있었고 얼굴에도 상처가 나 있었다. 그래도 오토모준은 여전히 아름다웠다. 분노와 절망이 눈에 이글거렸으나 그런 모습도 오토모준의 아름다운 외모를 가리지 못했다.

"교활한 독사도 운명에서는 헤어날 수 없는 법이지."

후야는 오토모준을 바라보며 천천히 말했다. 그러자 오토모준도 한참 동안 후야를 바라보았다. 그러더니 천천히 입을 열었다.

"더러운 밀정 놈! 집도 없는 떠돌이 개새끼! 너 같은 놈에게 죽다니!"

 오토모준이 발악하듯 소리치자 후야는 그제야 웃음을 터뜨렸다. 그러고는 성큼성큼 다가가 검을 뽑았다. 후야의 동작이 너무 빨라 주변의 누구도 오토모준의 목이 잘리는 순간을 보지 못했다. 후야가 검을 뽑는가 싶더니 순식간에 붉은 피가 뿜어지며 오토모준의 머리가 바닥에 나뒹굴었다. 주인을 잃은 몸은 몇 걸음 비틀거리다 경련을 일으키며 쓰러졌다.

 잠시 후 오토모신과 사제가 이끄는 무리가 저택에 도착했다. 후야는 오토모준의 머리에 다가가 머리카락을 움켜쥐었다. 그러고는 오토모준의 잘린 머리를 오토모신에게 던졌다. 무례한 행동이 틀림없었으나 아무도 감히 입을 열지 못했다.

제9장
이름을 잃어버린 남자

1

 잡종. 아이들은 그를 그렇게 불렀다. 어른이 주변에 있으면 소리내어 말하는 대신 입만 벙긋거렸지만 어른이 멀어지면 앙갚음하는 것처럼 입을 훨씬 거칠게 놀렸다. 아이들의 괴롭힘은 거기서 끝나지 않았다. 여럿이 달려들어 팔다리를 꽉 잡은 다음 억지로 입을 벌려 개똥을 먹였다. 그러고는 "이 동네 저 동네를 떠돌아다니는 개새끼가 똥을 먹네"라고 하며 깔깔거렸다. 물론 순순히 당하지는 않았다. 어떻게 하든 괴롭힘에서 벗어나고자 발버둥쳤다. 혼자 여럿을 상대할 수밖에 없어 돌멩이, 나무막대, 깨진 그릇, 무기가 될 만한 것이면 손에 잡히는 대로 휘둘렀다. 그러나 아이들을 이기기는 어려웠다. 휘두른 무기로 용케 상대에게 부상을 입혀도 결국에는 더 크게 보복당했다. 게다가 나중에는 어른들의 꾸짖음까지 들어야 했다. 온갖 괴롭힘을 참다못해 스스로 지키려고 저항했을 뿐인데도 며칠씩 독방에 갇혀 보리밥과 소금만 먹는 벌을 받아야 했다.

그때부터 후야는 내수교에 대한 믿음을 잃었다. 틈만 나면 서로 '형제'라 부르는 가증스러운 위선자를 증오했다. 그런 위선자를 벌하지 않는 전능자도 믿기 어려웠다. 내수교 수도원에는 관용, 사랑, 용서 같은 단어가 넘쳤으나 정작 후야에게는 그 누구도 그런 미덕을 베풀지 않았다. 후야는 바다 건너에서 온 잡종일 뿐이었다. 생김새는 비슷했으나 와에서 태어난 아이와 말투가 달랐다. 또한 다른 아이는 뒷배가 되어주는 부모가 있었으나 후야는 친척도 없었다. 그래서 후야가 좋은 일을 하면 아무도 칭찬하지 않았지만 주변에서 나쁜 일이 벌어지면 모두 후야에게 책임을 물었다.

그러나 후야는 꺾이지 않았다. 그에게는 살아남아야 할 의무가 있었다. 아버지와 어머니, 누이들이 그들의 목숨을 희생하여 후야가 살아남았기에 쉽게 무너질 수 없었다. 다행히 시간은 후야의 편이었다. 시간이 흘러 팔다리에 힘이 붙자 상황이 달라졌다. 다른 아이들에 비해 후야는 타고난 힘이 월등했다. 무술을 제대로 배우지 않은 상태에서도 후야의 주먹은 매서웠다. 이제는 더 이상 일방적으로 당하지 않았다. 그렇다고 해서 후야가 아이들을 제압한 것은 아니었다.

그런 시기에 티오와의 만남은 새로운 길을 열어주었다. 티오는 와의 토박이도 아니었고, 카락인도 아니었으며, 색목인에 해당하지도 않았다. 또한 혈교든 만교든 내수교든 어떤 믿음도 제대로 지니지 못해 그런 면에서는 후야와 비슷했다. 그러나 티오는 후야와 달리 모두가 두려워했다. 티오를 경멸하고 비난하는 자도 그의 검을 무서워했다. 티오의 검술은 서쪽 해안에서, 아니 어쩌면 와를 통틀어 가장 뛰어났을 것이다. 무사나 검객이라는 호칭이 어울리지 않는 칼잡이, 금과 은에 주인을 바꾸고 영혼을 파는 천박한 청부업자에 불과했지만 가장 고결한 무사도 그를 이기기 어려웠다. 그런 티오가 모도에 정착하고 내수교 수도원에서 거처를 얻은 것은 후야에게 우연에 우연이 겹친 행운이었다. 심지어 티오는 별다른 대가 없이 후야에게 검술을 가르쳤다. 모리준이 꽤 많은 은화를 약속하고서야 모리한을 제자로 받아 가르친 반면, 후야는 거의 공짜로 가르쳤다. 티오가 후야에게 호의를 베푼 이유는 명확하지 않다. 자신도 후야처럼 '이방인'이라 동병상련을 느꼈기 때문일 가능성이 컸지만 단순한 변덕 혹은 영주의 아들과 천한 망명객을 같이 취급하고 싶은 괴벽이었을 수도 있었다.

다만 이유가 무엇이든 티오에게 검술을 배운 후부터 후야의 삶은 완전히 달라졌다. 모리한의 검술이 티오의 지도에도 거의 늘지 않았던 것과 달리 후야는 불과 몇 달 만에 영주의 호위무사를 이길 수준에 도달했으며 몇 년이 흐르자 티오를 능가하는 단계에 이르렀다. 그리하여 또래뿐 아니라 모든 사람이 후야를 무시하지 못했다. '훈'이란 이름만 지닌 보잘것없는 망명객에서 서쪽 해안을 호령하는 검객이 되었다. 와는 무예를 중시하고 많은 사람이 무사를 인생의 목표로 삼는 나라라 후야에게 밝은 앞날이 보장된 것처럼 보였다.

하지만 후야의 삶은 그때 다시 무너졌다. 명문 귀족으로 태어나 행복한 어린 시절을 지냈지만 아버지가 반역 수괴로 몰려 온 가족이 죽임을 당하고 홀로 바다 건너로 도망쳤을 때 삶이 한 번 뒤틀렸고 '최강의 검객'이 되어 와에서 자리잡으려는 순간 다시 한번 삶이 무너질 일이 일어났다. 삶이 처음 뒤틀렸을 때는 주변의 탓이 컸다. 흑색당과 백색당, 평현 곽씨와 '최후의 흑색당원'이라 불린 아버지, 모두 후야가 어찌할 수 없는 문제였다. 그러나 두번째로 삶이 무너진 것은 순전히 후야의 잘못이었다. 스스로 자신의 삶을 구겨버린 것에 가까웠다.

생각이 거기까지 미치자 후야의 얼굴에 옅은 미소가 떠올랐다. 후야는 주변을 둘러보았다. 안장에 오른 터에 시야가 말의 걸음에 따라 흔들렸으나 어린 시절부터 익숙한 풍경이 눈에 들어왔다. 망명객 신분으로 처음 왔을 때부터 그나마 이룬 모든 것을 잃고 쫓겨났을 때, 밀정이 되어 숱하게 드나들던 시절, 쥬의 사절과 함께 돌아왔을 때와 오토모신의 군대를 이끌고 들이닥쳤을 때,

모도는 언제나 비슷했다. 그러고 보면 거대하고 낡은 도시는 전성기를 지나 죽음을 목전에 둔 거인 같은 모습으로 수십 년을 버틴 셈이었다. 다만 후야의 모습은 늘 달랐다. 어린 망명객, 불명예스러운 추방자, 음험하고 위험한 밀정, 낯선 군대의 지휘관. 거칠고 불안한 눈빛과 싸늘한 미소를 지닌 것을 제외하면 후야의 모습은 늘 새로웠다. 이번에도 후야는 오토모신을 '서쪽의 지배자'로 끌어올리고 그 대가로 모리한의 남은 가족을 넘겨받는 파렴치한, 모리한의 자녀를 노예로 팔아버리고 모리인을 자신의 정부로 삼으려는 '비열한 악당'이 후야에게 주어진 새로운 역할이었다.

적어도 오토모신과 나머지 대부분은 그렇게 생각했다.

2

모도의 밤은 조용했다. 영주의 저택도 마찬가지였고 주인을 잃은 모리한의 방은 더더욱 고요했다. 찻물을 끓이기 위해 화로에 넣은 숯이 타오르는 소리가 들릴 정도였다. 거대한 도시의 중심부라 생각하기 힘들 만큼 조용했다. 그러나 특별한 일은 아니었다. 꽤 오랫동안 그래왔다.

하지만 모리인은 그런 고요가 좋았다. 민슈인이라 불리던 시절부터 그랬다. 무섭도록 조용한 밤, 모두 잠을 청할 때 홀로 깨어 생각을 가다듬는 것을 즐겼다. 다만 공상에 빠지지는 않았다. 모리인은 생각이 많았고 그 많은 생각을 다잡는 데 시간과 노력을 쏟았으나 공상과 몽상은 없었다.

물론 모리인과 비슷한 처지에 있는 부류, 즉 '딸'로 태어나서 '아내'로 살다가 '어머니'로 기억되는 귀족은 대부분 공상과 몽상을 즐겼다. 귀족으로 태어나도 여성이 할 수 있는 일이 극히 제한적이었기 때문이다. 여성은 자신의 미래를 선택할 권리가 없었다. 노예가 주인을 섬기고 가난한 소작인이 지주를 따르는 것처럼 딸일 때는 아버지, 아내가 되어서는 남편, 어머니로서는 아들을 따라야 했다. '가문의 이익'을 위해 장기판의 말처럼 사용되는 것은 남자도 마찬가지였으나 여자에게는 최소한의 선택권조차 없었다. 아이를 키우고 옷감을 짜며 요리하는 것 따위가 귀족 가문의 여성이 배울 수 있는 전부였다. 기껏해야 그림과 악기 같은 소소한 취미를 익힐 수 있을 뿐이었다. 책을 읽고 글을 쓰고 검을 휘두르거나 색목인의 기술을 익히는 것 같은 일은 절대 허락되지 않았다. 가문의 중대사를 결정할 때도 여성의 자리는 없었다. 그런 일은 남성에게만 주어졌다. 그러므로 귀족으로 태어난 여성은 몽상과 상상에 빠져 시간을 보낼 때가 많았다.

그러나 모리인은 달랐다. 어릴 때부터 모리인은 '남자의 일'에 관심이 많았다. 남자들만 가문의 미래를 결정하는 전통을 이해할 수 없었다. 오빠와 남동생, 심지어 숙부들보다 훨씬 날카로운 관찰력과 냉정한 판단력을 지녔다고 자신했다. 물론 근거는 없었다. 그저 강렬한 믿음이었다. 모리인은 자신이 가문의 어떤 남자보다도 '남자의 일'에 뛰어나다고 믿었다. 검을 휘둘러 상대를 베는 것만 제외하면 가문을 경영하는 데 필요한 어떤 일이든 다른 사내 친척보다도 낫다고 확신했다. 모리인은 틈만 나면 '사내들의 회의'를 엿들었다. 아버지 방에 숨어들어 편지와 보고서를 몰래 읽었다. 그러고는 모도의 고요한 밤을 이용하여 생각을 다듬었다. 자신이 가주라면 어떻게 판단했을까, 자신이 가문의 미래를 짊어진 존재라면 각각의 문제에 어떤 해답을 내놓을지 골몰했다. 다만 부질없는 행위였다. 와의 여성에게 그런 일은 결코 허락되지 않기 때문이었다.

그런데 모리한과 결혼하자 상황이 변했다. 모리한과 모리선을 제외하고 '모리준의 아들들'이 죄다 역병에 걸려 유명을 달리한 덕분에 '영주의 아내'가 되었다. 더구나 모리한은 선량하지만 우유부단한 남자였다. 모리한은 샘물에 빗물을 더한 것처럼 맹숭맹숭하고 무력했다. 그래서 모리인은 자신의 영향력을 조금씩 넓혔다. 영주의 아내가 통치에 영향력을 행사하거나 어린 영주를 내세워 영주의 어머니가 실질적으로 다스리는 일은 와에서 금기시되고 매우 비난받는 행위였지만 모리인은 주변이 눈치채지 못하게 차츰차츰 힘을 키웠다. 그것이 모리 가문과 모리한에게도 이익이었다. 따지고 보면 모리선의 반란을 막아낸 이도 모리인이었다. 직접적으로 무력을 행사한 쪽은 후야와 곽곽 선생이었지만

'공동의 목표'를 내세워 그들을 끌어들인 이는 모리인이었다. 모리인이 없었다면 모리한은 그때 모리선에게 영주 자리를 빼앗기고 비참하게 살해되었을 것이다.

사실 모리한은 영주로 통치하는 내내 아무것도 하지 못했다. 모리인이 대부분의 일을 결정했다. 심지어 상군의 원정에 동참하는 것도 모리인의 충고를 따랐다. 모리한이 직접 중요한 일을 결정하기 시작한 것은 모도를 떠나 평해에 도착한 다음부터였다. 그때부터 모리한은 '진짜 영주'처럼 행세했다. 아내에게 조언을 구하지 않고 직접 판단하여 전투에 나섰다. 그래서 결과가 참담할 수밖에 없었다.

생각하면 너무 한심했다. 모리한은 평해를 점령한 후부터 스스로 과대평가했다. 조잡한 수준의 의병에게 승리하자 망상이라 해도 좋을 자신감에 빠졌다. 와의 사내들, 특히 귀족으로 태어난 '별 볼 일 없는 자들'이 지닌 특징이었다. 그들은 운 좋게 거둔 자그마한 승리를 과도하게 평가하여 쓸데없는 일을 벌이다가 비참하게 죽음을 맞았다. 모리인이 모리한의 위치였다면 몰래 곽곽선생과 내통했을 것이다. 곽곽 선생에게 평해를 넘겨주고 겉으로는 포로지만 실질적으로는 동맹으로 활동하며 오토모준을 쓰러뜨리는 데 집중했을 것이다. '쥬를 정복하겠다'는 야망은 어디까지나 상군의 목표일 뿐이지 않은가. 모도영주에게는 '서쪽의 지배자'에 걸맞은 목표가 있어야 했다. 상군이 쥬를 정복해도 모도영주의 입지가 흔들리면 최악의 상황일 뿐이었다. 반대로 상군의 군대가 패배하여 철수해도 모도영주의 입지가 강해진다면 그것이야말로 최선의 상황이었다. 상군의 권위가 떨어지고 상군부의 군대가 약해진 틈을 타서 '서쪽의 지배자'가 한층 세력을 공고히 할 수 있었다.

생각이 거기까지 미치자 모리인은 짧게 숨을 내쉬고 다기를 들어 차를 따랐다. 그러고 보니 모리한이 남긴 것은 호화스러운 다기와 비싼 차뿐이었다. 훌륭한 차를 선별하고 누구보다 맛있게 우려내는 것이 모리한의 유일한 재능이었다. 모리인이 아무리 노력해도 모리한이 우려주던 차의 맛과 향에는 미치지 못했다. 다기와 차는 같으나 그 부분만큼은 모리한을 따라가지 못했다.

하지만 차의 맛과 향 따위는 아무래도 좋았다. 앞으로 일어날 일은 모리한이 아무리 노력해도 모리인을 따라잡지 못할 터였다. 모리한뿐 아니라 모도의 어떤 사내도 마찬가지일 것이 틀림없었다. 모리인은 그렇게 자신하며 계속하여 생각을 가다듬었다.

3

성벽은 두껍고 높으며 성문은 크고 튼튼했다. 하지만 망루에서는 병사를 찾기 어려웠다. 거대한 성은 거의 버려진 듯한 분위기였다.

"성문을 열어라!"

선두에 선 기병이 크게 소리치자 그제야 살아 있는 사람의 움직임이 느껴졌다. 그래 보았자 한주먹 거리의 무리가 끙끙대는 것이라 성문이 천천히 열렸다. 1000명을 헤아리는 군대는 성문이 완전히 열릴 때까지 꽤 긴 시간을 기다릴 수밖에 없었다.

성내로 들어와도 비슷한 분위기가 이어졌다. 한때는 인파로 붐볐으나 이제는 아무도 없는 공간이 이어졌다. 민가는 비었고 상점의 문은 오래전에 닫힌 후에 열리지 않은 듯했다. 사람은 살지 않고 망령이 빈자리를 채운 듯한 장소를 계속 마주했다.

병사들 대부분은 긴장했다. 꽃으로 장식한 십자가가 그려진 깃발을 앞세웠기에 긴장이 한층 팽팽해지는 듯했다. 거대한 성 어디에도 그들을 위협할 적이 없음을 알았으나 긴장과 불안을 떨칠 수 없었다. 모퉁이를 만날 때마다 매복이 있을 것만 같았고 성 자체가 그들을 공격하여 삼킬 듯했다.

그런 긴장과 불안은 환영하는 군중을 만나자 사라졌다. 도시 중심에 다다르자 남루한 옷차림에 메마른 표정을 한 사람들이 나타났다. 죽어가는 도시에서 살아가는 사람답게 그들에게는 활력이 없었다. 오토모신과 그가 이끄는 '전능자의 군대'를 환영하러 거리에 나온 것이 틀림없었으나 기쁨과 희망 같은 감정은 전혀 느낄 수 없었다.

하지만 오토모신은 그런 모습에 주의를 기울이지 않았다. 병사들이 느낀 긴장과 불안도 깨닫지 못했다. 모도의 거대한 성벽이 보일 때부터 흥분했다. 모도에 도착하여 모리한의 자녀들을 처형하고 모리인을 후야에게 주어 '모리 가문의 소멸'을 선언하면 드디어 모도와 구산 두 곳을 통치하는 영주에 오르기 때문이었다. 그뿐 아니라 '서쪽의 지배자'라는 칭호도 빼앗을 수 있었다. 상군의 승인이 필요했지만 상군이 반대할 가능성은 희박했다. 상군은 쥬의 전황만 해도 머리가 복잡할 것이었기에 굳이 오토모신을 적대할 이유가 없었다.

모리 가문의 저택이 가까워지자 오토모신은 무척 들떴다. 심장이 너무 쿵쾅거려 가슴이 터질 듯했다. 차분하고 사려 깊으며 선량한 모습은 온데간데없었다. 따지고 보면 흑도를 떠난 후부터 그런 모습은 찾아볼 수 없었다.

오토모준에게 지위와 권리를 빼앗기고 숨죽인 채 살아갈 수밖에 없었던 긴 시간 동안 오토모신은 자신의 정의롭고 선량한 모습에서 힘을 얻었다. 독사처럼 사악하고 교활한 오토모준과 달리 자신은 '무사의 명예'를 알고 '전능자의 말씀'을 올곧게 지킨다는 데서 자존감을 찾았다. 세상에서는 오토모준이 승승장구하고, 심지어 그것이 끝까지 변하지 않더라도 전능자의 심판대에 서면 오토모준은 책망받고 지옥의 불구덩이에 떨어질 것이었다. 반면 자신에게는 천상의 낙원이 허락될 것이라 확신했다. 그에 힘입어 오토모신은 자신의 조그마한 영지를 훌륭하게 다스렸다. 침략자로 발을 내디딘 쥬에서도 쥬의 관리들보다 훨씬 공정하고 관대하게 행동했다. 흑도에서도 마찬가지였다. 오토모준의 잔당을 몰아내고 흑도를 온전한 '전능자의 땅'으로 만들고자 노력했다.

그런데 모도에 상륙하면서부터 조금씩 달라졌다. 선량하고 정의로운 마음만으로는, 전능자의 말씀을 지키는 것만으로는 '구산과 모도의 영주'가 되기 힘들 듯했다. 처음에는 가끔씩 떠오르던 생각이었으나 점차 머릿속에서 지우기 힘든 걱정으로 변했다. 자그마한 영지를 다스리거나 흑도처럼 오랫동안 착취당한 섬을 해방시키는 데는 '공정과 정의' 같은 이상이 힘을 발휘할 수 있으나 '서쪽의 지배자'가 되는 일은 완전히 달랐다. 주변에서도 그렇게 충고했다. 무엇보다 후야가 "이상이 멋있어도 현실에는 현실의 방법이 있다"라고 말했다. 쥬와 와 양국에서 이름을 날린 밀정이 그렇게 말하니 오토모신의 생각은 확신으로 굳어졌다. 다만 사제가 반대했다. 현실적인 방법도 좋지만 정의롭고 선량한 태도야말로 오토모신의 가장 큰 장점이며 지금의 성공을 만든 동력이라 주장했다. 또 전능자께서 무엇을 원하실지 생각하라고 말했다. 눈앞의 이익을 위해 전능자의 말씀을 외면하면 틀림없이 재앙이 닥칠 것이라 주장하며 오토모신을 설득했다. 오토모신은 사제의 그런 입장을 충분히 이해했다.

하지만 불쾌했다. 틀림없이 재앙이 닥칠 것이라니! 사제가 전능자의 이름을 망령되게 빌려 협박한다고 생각했다. 그러므로 진짜 재앙이 닥칠 쪽은 사제였다. 무거운 형벌을 내려도 이상하지 않을 만큼 불경한 말이었다. 그러나 오토모신은 사제를 용서했다. 자신이 정의롭고 선량하며 관대한 통치자라 생각했기 때문이다. 대신 오토모신은 조금도 망설이지 않고 '현실적인 방법'을 사용하기 시작했다. 혈교로 개종하지 않은 포로도 용서했다. 노예 상인과 악랄한 지주, 고리대금업자도 투항하면 살려주었을 뿐 아니라 재산과 특권을 인정했다. 해적과 용병, 청부업자 같은 부류도 병사로 모집했다. 예전에도 그런 부류를 모병했지만 그때는 혈교로 개종하여 회개한 경우에 국한했다. 그리하여 오토모신의 군대는 짧은 시간 동안 몸집이 커졌다. 오토모준을 구산에서 내쫓는 일도 순조롭게 진행되었다. 그러자 조금이나마 남아 있던 꺼림칙함도 사라졌다. 곧 위대한 운명이 기다리고 있다는 희망이 밀려왔다. 그렇게 희망이 부푼 상태로 오토모신은 모리 가문의 저택에 도착했다.

4

적지 않은 사람이 고통에 익숙해질 수 있으리라 생각한다. 아무리 강한 고통이라도 반복적으로 노출되면 처음보다 버티기 쉬울 것이라 예상한다. 그러나 순전히 착각이다. 적어도 육체의 고통은 그렇지 않다. 강한 통증에 반복적으로 노출되면 처음보다 훨씬 아플 가능성이 크다. 고통은 익숙해질 수 있는 문제가 아니다.

사제는 예전부터 그런 사실을 잘 알았다. 쥬에서 태어나 바다 건너 노예로 팔렸고 운 좋게 혈교로 개종하여 성직자가 되는 동안 고통에 시달리는 사람을 숱하게 목격했다. 그래서 드디어 고통을 도구로 사용할 수 있는 상황에 처했을 때, 그러니까 오토모신을 보좌하여 흑도에서 오토모준의 잔당을 몰아낼 때부터 아주 효율적으로 사용할 수 있었다. 모도와 구산으로 건너온 후에는 더욱 탄력이 붙었다. 단순한 살인자에게는 평범한 사형이 적합했지만 전능자의 이름을 망령되게 이용한 자와 파렴치한 범죄를 저지른 자는 목숨을 빼앗는 것만으로는 부족했다. 그런 죄인에게는 죽음에 이르기 전에 무시무시한 고통을 알려주어야 했다. 그런 고통은 훌륭한 설교였다. 예배에서 정의와 공정을 외치며 전능자의 말씀에 귀를 기울이라고 권면하는 것보다 죄인이 겪는 끔찍한 고통을 보여주는 것이 군중에게는 훨씬 효과적이었다.

물론 그런 방법에 반대하는 사람도 있었다. 적당히 가혹한 처벌은 질서를 가져오며 백성의 존중을 얻을 수 있지만 지나치게 끔찍한 형벌은 오히려 반감을 심어준다며 유화정책을 주장했다. 흑도에서는 거의 없던 그런 목소리가 힘을 얻은 것은 모도에 상륙한 다음부터였다. 놀랍게도, 다른 한편으로는 가증스럽게도 그런 목소리를 가장 크게 내는 작자는 후야였다. 황금에 영혼을 판 떠돌이 칼잡이, 잡초를 베는 것처럼 살인을 저지르는 밀정이 그런 주장을 펼치다니 너무 뻔뻔했다. 자신은 명분 없는 살육을 저지르면서 감히 전능자의 뜻에 따라 세상을 정화하는 일을 방해하다니 참을 수 없었다. 녀석은 별다른 도움이 되지 않으면서 위험할 뿐이라 제거하자고 오토모신에게 몇 번이나 말했지만 씨알이 먹히지 않았다. 오히려 오토모신은 녀석을 두둔하며 힘을 실어주었다. 한때는 전능자의 말씀에 충실하던 오토모신이 내수교도 밀정 놈의 간악한 술수에 넘어간 것이었다.

그때 불타는 듯한 통증이 등에서 느껴졌다. 사제는 조금이라도 고통을 줄이려 몸을 뒤틀었으나 그마저도 가능하지 않았다. 벌거벗은 상태로 형틀에 묶였기 때문이다. 나무로 만든 거대한 형틀에 손발이 질긴 가죽으로 묶여 마치 가죽을 벗기기 위해 틀에 매단 여우 같은 꼬락서니였다. 그런 형틀이 자리한 곳은 모도의 광장이었다. 당연히 구경꾼이 많았다. 모도 같은 쇠락한 도시에서 공개 형벌만큼 재미있는 구경거리는 드물었다. 더구나 사제는 지난 몇 주 동안 '전능자의 말씀'을 내세워 귀족부터 소작인과 노예까지, 늙은이부터 겨우 걸음을 떼는 아이까지, 끼니마다 기름진 음식을 먹는 부자부터 멀건 죽으로 연명하는 빈민까지 모두를 괴롭혔다. 사제가 죄인이라 선언하면 산 채로 불태워지기도 했고, 사지가 찢기기도 했으며, 아주 운이 좋아야 참수형이나 교수형을 당했다. 형틀에 묶은 후에 죽을 때까지 채찍질하는 것도 사제가 선호하는 형벌이었다. 그런 사제가 벌거벗겨진 채로 형틀에 묶여 채찍질을 당하고 있으니 모도의 백성에게는 재미있을 뿐 아니라 후련한 볼거리였다.

사제가 지은 죄 때문인지 채찍을 휘두르는 병사는 아주 잔인하게 굴었다. 짧은 간격으로 채찍을 휘두르면 사제는 정신을 잃고 곧 죽음을 맞이했을 것이다. 그러나 병사는 그런 상황을 원치 않아 꽤 긴 간격을 두고 채찍을 휘둘렀다. 고통에 몸부림치다 겨우 안정되면 그때 다시 채찍이 날아왔다. 게다가 구경꾼들이 온갖 조롱 섞인 말을 내뱉었다. 육체의 통증뿐 아니라 그런 굴욕도 사제에게 큰 고통을 안겼다.

오토모신과 함께 군대를 거느리고 모도에 돌아와 모리 가문의 저택에 다다를 때까지도 이런 결말은 상상조차 할 수 없었다. 오토모신의 변한 태도가 마음에 들지 않았지만 그래도 희망이 있었다. 일단 오토모신이 '서쪽의 지배자'가 되면 언젠가는 다시 설득할 수 있으리라 기대했다. 오토모신이 자신보다 후야를 총애했지만 후야는 난폭한 들개에 불과했다. 주인을 제대로 섬길 수 없는 존재였다. 언젠가는 주인의 손을 물 것이며 그러면 어리석은 주인도 문제를 깨달을 터였다. 들개를 쫓아내거나 죽이는 것 외에는 방법이 없음을 알아차릴 것이었다. 그래서 일단 모리 가문을 끝장내고 모도를 확실히 접수할 때까지 기다리기로 했다. 어차피 시간은 자신의 편이라고 판단했다.

그런데 모리 가문의 저택에 다다랐을 때부터 조금 이상했다. 며칠 먼저 돌아온 후야의 부대가 오토모신을 기다리고 있었는데, 의전을 위해 사열하는 분위기가 아니었다. 완전 무장을 했으며 살기까지 느껴졌다. 후야의 부대는 투항한 '오토모준의 부하들'과 혈교로 개종하기를 거부한 해적이 주축을 이루었다. 거기에 노예 상인의 사병도 상당수 있었다. 그러다보니 오토모신과 사제를 싫어할 가능성이 컸다. 그러나 단순히 그런 반감이라기에는 살기가 너무 강렬했다.

그래도 사제는 대수롭지 않게 생각했다. 오토모신은 드디어 '서쪽의 지배자'가 된다는 생각에 들떠 아무런 낌새도 알아차리지 못했다. 다행히 그들을 맞이한 후야의 표정과 태도는 평소와 크게 다르지 않았다. 물론 실수였다. 후야는 살인을 업으로 삼는 녀석이었다. 그러므로 비열한 짓을 실행할 때도 평소와 달라질 이유가 없었다. 미숙한 암살자라면 모를까 후야는 그런 일에 능숙한 악인이 아니었던가!

이율배반적이지만 다행히 오토모신은 제대로 깨닫지 못하고 죽었다. 그는 '서쪽의 지배자'가 될 것이란 희망을 품고 죽었다. 오토모신이 말에서 내려 모리 가문 저택 입구에 다가갔을 때 거기에 서 있던 후야가 반갑게 인사를 건넬 듯한 표정으로 순식간에 단검을 뽑아 오토모신의 눈을 찔렀다. 후야의 동작이 표범처럼 빨라 오토모신은 상황을 알아차리지 못했을 것이다. 날카롭고 차가운 단검이 눈알을 가르고 뇌에 박힐 때까지 무슨 영문인지도 몰랐을 것이다. 단검이 머리 깊숙이 박히자 오토모신의 육체는 경련을 일으키며 바닥에 나뒹굴었고 그때는 이미 의식을 잃었을 것이다. 천국에 가서야 자신이 어떻게 죽었는지 겨우 알았을 것이다.

후야의 기습을 시작으로 그의 부대가 공격을 개시했다. 그들은 화승총 대신 주로 활과 석궁을 사용했다. 저택 앞의 광장은 꽤 넓었지만 오토모신이 이끄는 1000명 남짓한 병사와 후야가 지휘하는 3000명 남짓한 병사를 모두 수용하다보니 너무 밀집되어 화승총보다 활과 석궁이 효과적이었다. 사실 전투보다 학살에 가까웠다. 오토모신의 군대는 긴 거리를 행군했고 싸움을 예상하지 못해 준비가 전혀 되어 있지 않았다. 반면 후야의 병사들은 만반의 준비를 마친 터라 상대가 될 수 없었다. 1000명을 헤아리던 병사들 중에서 살아남은 이는 사제를 포함하여 수십 명에 불과했다. 그러나 그들에게는 한층 고통스러운 죽음이 기다리고 있을 뿐이었다.

5

가을에 접어든 시기에 어울리지 않게 아침부터 비가 내렸다. 어둠이 깔리고 밤이 찾아와도 빗줄기는 가늘어지지 않았다. 제법 많은 양이 내려 지난 며칠 동안의 살육이 남긴 흔적도 대부분 씻길 듯했다.

후야는 별다른 장식이 없는 소박한 방에 앉아 빗소리를 들으며 술을 마시고 있었다. 이부자리와 작은 탁자 외에는 가구가 없었고 후야가 지닌 짐도 많지 않아 다소 휑할 정도였다. 탁자에도 술병과 술잔만 있을 뿐 다른 음식은 없었다. 후야는 조용히 잔에 술을 따라 한 모금 마셨다. 싸구려 청주여서 그런지 전체적으로는 달콤했으나 시큼한 풋내가 났다. 후야는 그런 맛에 별반 신경 쓰지 않았다. 평소에는 술의 맛과 향에 꽤 까탈스러웠지만 지금은 그저 술을 마신다는 행위가 중요했다. 자신을 짓누르는 거대한 허무에 맞서는 다른 방법을 알지 못했기 때문이다. 후야의 삶은 허무로 가득했지만 아무리 노력해도 익숙해지지 않았다. 특히 임무를 완수한 후에는 더욱 그랬다.

이번에는 무엇이 후야의 임무였는지 분명하지 않았다. '오토모 준을 제거하라'가 곽곽 선생이 준 임무 혹은 명령의 전부였다. 나머지는 모두 후야에게 맡겼다. 다만 곽곽 선생은 일이 질서 있게 마무리되는 것보다 와의 서쪽 해안이 한층 큰 혼란에 빠지기를 원했다. 와의 영주들이 서로 반목하여 싸우고 상군이 영주들을 의심하며 영주들이 슬그머니 반역을 꾀하는 것, 그러면서 누구도 주도권을 장악하지 못하는 것이 곽곽 선생이 가장 바라는 상황일 터였다. 물론 후야가 굳이 그런 부분까지 신경쓸 필요는 없었다. 곽곽 선생과 후야는 서로 운명이 복잡하게 얽혀 누구보다 가까운 관계였지만 밀정에게 그것이 무슨 의미가 있을까.

하지만 후야에게는 위험을 감수하며 상황을 복잡하게 만들어야 할 훨씬 중요한 이유가 있었다. 오토모신이 '서쪽의 지배자'가

되어 모도와 구산을 통치하도록 돕는 것이 위험도 적고 한층 자연스러운 일이었으나 위험을 무릅쓰고 오토모신을 파멸시켜 서쪽 해안을 혼란에 몰아넣은 데는 모리인에 대한 감정이 크게 작용했다. 자신의 아들이 '서쪽의 지배자'가 될 수 있게 도와달라는 모리인의 부탁을 후야는 거절할 수 없었다. 예전에 모리인이 모리선을 제거해달라고 부탁할 때도 마찬가지였다. 따지고 보면 평해에서 모리한을 죽인 것도 비슷한 이유였다. 모리인이 자신의 남편을 죽여달라고 부탁한 것은 아니었지만 무능한 모리한이 살아 있는 것보다 사라지는 편이 모리인의 삶에 유리하다고 판단했던 것이다.

후야는 모리인을 여전히 사랑했다. 물론 자신의 비뚤어진 감정을 사랑이라 부를 수 있을지는 후야도 확신하지 못했다. 그러나 후야가 세상에서 유일하게 애착을 지닌 대상이 모리인인 것만은 틀림없었다. 정작 모리인은 후야를 사랑하지 않았고 장기판의 말처럼, 살인자가 쥔 날카로운 단검처럼 활용할 뿐이었다. 그럼에도 후야는 모리인을 사랑했다. 심지어 모리인은 후야가 자신을 사랑한다는 사실을 알면서도 조금도 망설이지 않고 모리한을 남편으로 선택했지만 후야는 내수교에서 파문당하는 것을 감수하면서까지 모리인에 대한 감정을 간직했다. 다만 모리인을 사랑하는 것과 의미 없는 죽음을 용납하는 것은 별개였다.

후야는 술잔을 내려놓고 자리에서 일어섰다. 그러고는 성큼성큼 걸어가 검을 집었다. 모리인이 보낸 자객들이 도착할 시간이었기 때문이다. 오토모신을 제거하고 모리인의 아들이 '서쪽의 지배자'가 되는 데 크게 공헌했지만 어쨌거나 후야는 모리한을 살해했다. 물론 모리인도 자객들이 성공할 것이라 기대하지 않았을 터다. 곽곽 선생을 자객으로 보내지 않는 이상 후야를 살해하기는 어려웠다. 사실 곽곽 선생도 성공을 보장할 수 없었다. 다만 '모리 가문의 우두머리'가 된 입장에서 '남편을 죽인 악당'을 그냥 놔둘 수는 없었을 것이다. 후야가 사라지면 군대를 통제하는 데 어려움을 겪을 가능성이 크지만 후야를 가까이 두면 모리인의 지위 자체가 흔들릴 것이었다.

이제 어둠으로 사라져야 할 때였다. 후야 같은 밀정에게는 자연스러운 일이기도 했다. 모리인이 다시 도움을 청할 때까지 후야는 모도와 구산에 돌아오지 않을 것이다.

제10장
호국경

1

행렬은 500명 남짓한 병사를 포함하여 2000명을 가볍게 넘었다. 병사의 갑옷과 무장은 훌륭했고 그럴듯하게 치장된 가마도 꽤 있었다. 쥬의 중부와 북부가 전란에 크게 타격 입은 것을 감안하면 오랜만에 보는 모습이었다. 그 정도면 전란이 시작되기 전에도 백색당의 유력자가 꾸릴 법한 규모였다.

다만 행렬이 왠지 모르게 어색했다. '울부짖는 호랑이'가 그려진 깃발을 앞세웠고 병사의 갑옷과 무기에도 호랑이가 새겨져 있었다. 호랑이는 쥬에서 왕실 혹은 군주를 상징했다. 특히 '울부짖는 호랑이'는 군주만 사용할 수 있는 문장이었다. 그런데 행렬 어디에서도 국왕을 볼 수 없었다. 왕세자가 질병으로 사망하고 국왕이 시해된 후 새롭게 왕위에 오른 은산군은 평해에 있었기에 북부에서 한벌로 향하는 길에 나타날 수 없었다. 더구나 한벌은 전쟁의 시작과 함께 상군이 점령했다. 게다가 군주의 행렬이라기에는 너무 초라했다. 자신이 다스리는 땅을 둘러보는 것이 아니라 침략자에게 영토를 바쳐 목숨을 구걸하려는 모습에 가까웠다.

그래도 행렬을 찬찬히 살펴보면 갈색 말을 탄 사내가 그나마 우두머리에 어울렸다. 특이하게도 사내는 색목인이 주로 입는 사슬갑옷을 걸쳤고 허리춤에 찬 이런저런 도구와 장신구도 색목인의 물건이었다. 키가 크고 날씬하며 팔다리가 길고 머리통이 크지 않아 색목인의 복장이 꽤 잘 어울렸으나 흔히 말하는 '군주의 풍모'는 아니었다. 낯선 문물에 호기심을 느끼는 학자를 떠올리게 하는 외양이었다.

어쨌든 행렬은 한벌에 이르렀다. 한벌의 성벽이 보이기 시작했고 곧 빈민촌이 나타났다. 그곳에는 성에서 밀려난 사람과 원래 살던 곳에서 쫓겨나 무작정 '나라님이 있는 큰 도시'를 향한 무리가 모여 움막을 짓고 살고 있었다. 원래부터 힘겹고 거친 삶이었으나 전쟁이 시작된 후에는 더욱더 팍팍해졌다. 국왕이 북쪽으로 몽진하며 세금으로 거둔 곡식과 물품을 보관하는 창고를 포함한 한벌의 중요한 건물에 죄다 불을 질러 남겨진 백성의 삶은 무척 곤궁했다. 새롭게 한벌의 주인이 된 상군도 그에 대해서는 뾰족한 해결책이 없었다. 당장 자기네 병사에게 먹일 식량도 충분하지 않았다.

그리하여 침략이 시작된 첫해 겨울은 매우 힘들었다. 많은 사람이 굶어 죽었고 봄이 되어 날씨가 풀리자 전염병이 창궐했다. 두번째 해에도 상황은 나아지지 않았다. 왕세자가 평해를 탈환하고 농성전 끝에 구산영주를 물리치자 쥬와 와 어느 쪽도 승리를 굳히지 못한 채 교착 상태에 빠졌다. 백성들 사이에서는 '차라리 상군이 이겼으면 좋겠다'라는 말이 오갔다. 군주가 누구든 백성의 삶은 크게 다르지 않기 때문이었다. 흑색당의 과두정이든, 국왕과 백색당이든, 상군과 바다 건너에서 온 침략자든 모두 백성의 고혈을 짜는 마귀였다. 누가 낫고 누가 나쁜지 따지기 어려웠다.

그래도 빈민촌의 주민들은 길에 나와 놀란 표정으로 행렬을 바라보았다. 색목인처럼 차려입은 우두머리에게는 더욱더 눈길이 쏠렸다. 주민들 모두 어리둥절했다. 한벌 주변은 전쟁이 시작된 거의 처음부터 상군의 점령지였다. 상군은 모리한이나 오토모준 같은 인물과는 달랐다. 상군의 측근인 후지타가 지휘하는 군대도 마찬가지였다. 그들은 한벌과 주변을 완벽히 통제했다. 그런 상황에서 '울부짖는 호랑이'가 그려진 깃발을 앞세운 행렬의 정체가 궁금할 수밖에 없었다.

그러나 색목인처럼 차려입은 우두머리는 그런 눈길에 관심을 기울이지 않았다. 한벌의 달라진 모습에 놀랐기 때문이다. 빈민촌을 지나 성문을 거쳐 성안으로 진입하자 더욱 당혹스러웠다. 성벽과 성문은 예전과 다름없었지만 거리는 완전히 달랐다. 궁궐과 기록보관소, 관청과 창고가 있던 곳은 불에 타 대부분 폐허로 변했다. 불을 지르는 일은 전쟁 초기에 쥬가 행한 모든 행위 중에 거의 유일하게 훌륭한 작전이었다. 상군도 그것만큼은 인정했다.

물론 막상 불을 지르려니 반대하는 목소리도 컸다. 추밀원장과 백색당 대부분은 "곧 되찾을 수도를 어찌하여 불태운단 말입니까?" 하며 반대했다. 그러나 암행총관도 물러서지 않았다. 평소에는 공개적인 장소에서 주장을 거의 펼치지 않는 암행총관이 그때만큼은 강력히 말했다. "왕국의 중심은 한벌의 건물이 아니라 국왕 전하께 있으니 다들 불경스러운 말을 삼가시오"라며 냉랭하게 쏘아붙였다. 상군의 군대가 한벌의 자원을 이용하면 북쪽으로 피신해도 안전하지 않으니 상군이 이용할 만한 것은 무엇이든 불태워야 한다고 주장했다. 암행총관이 내세운 '국왕 전하의 안전이 궁궐보다 소중하다'라는 논리는 국왕의 경박한 마음에 꼭 들었다. 사실 암행총관은 와의 침략을 예견하여 이미 한벌의 주요 시설을 불태울 준비를 마친 상황이었다. 암행총관의 성향을 감안하면 국왕이 허락하지 않았어도 불을 질렀을 가능성이 컸다.

색목인의 옷을 입은 우두머리도 그때 국왕과 함께 '불타는 한벌'을 뒤로하고 피란한 무리에 속했으나 불타버린 광경을 보는 것은 처음이라 낯선 풍경에 압도되었다. 궁궐과 관청처럼 눈에 띄는 건물이 모두 사라지고 곳곳에 황량한 공터가 생긴 한벌은 정말 생경했다. '울부짖는 호랑이'의 깃발은 모두 사라지고 상군의 깃발이 걸렸으며 거리마다 낯선 병사가 있는 모습도 마찬가지였다. 한벌이 틀림없었으나 외국에 온 듯한 느낌이었다.

행렬은 낯선 풍경의 한벌에 깊숙이 파고들었다. 그들은 온전한 건물 중 그나마 가장 크고 화려한 곳에 이르렀다. 전쟁 전에는 백색당 유력자의 저택이었고 이제는 상군부의 장군이 사령부로 사용하는 듯했다. 놀랍게도 저택의 대문에는 까무잡잡한 피부와 다부진 체격의 무사가 화려한 갑옷을 차려입고 나와 있었다. 그의 곁에 서 있는 참모로 보이는 무사들로 그의 정체를 가늠하기 어렵지 않았다. 후지타, 쥬에서 상군부의 군대를 총괄하는 장군이 틀림없었다. 침략을 시작한 후에도 상군은 여전히 와에 머무르고 있었으므로 사실상 후지타가 쥬에서는 가장 강력한 힘을 지닌 셈이었다. 그런 이유로 행렬의 우두머리는 잠깐 고민했다. 말에서 내려 먼저 예의를 갖추어야 할까, 아니면 말에서 내리지 않고 기선을 제압해야 할까?

"호국경 김현철 합하, 상군 합하의 명을 받아 인사를 아룁니다."

다행히 고민할 필요가 없었다. 후지타가 직접 다가와서 고개를 숙이며 예를 표했다. 그러자 김현철은 당연하다는 듯한 표정으로 말했다.

"반갑소. 상군께 안부를 전해주시오."

2

 연회가 열린 저택은 꽤 컸다. 와에서도 웬만큼 부유한 영주가 아니면 엄두를 내지 못할 규모였다. 그래서 처음에는 도무지 이해하기 어려웠다. 저택의 주인은 추밀원장 같은 고위 관료가 아니었다. 절도사를 지낸 부류도 아니었다. 백색당의 유력자라고 했으나 벼슬 자체는 별 볼 일 없었다. 지위는 높고 실제 권력은 크지 않은 '장식품 같은 자리'였다. 그런 작자가 어떻게 와의 부유한 영주가 소유할 법한 저택을 차지했을까? 더구나 쥬는 상업과 공업을 천시하고 외부와의 교역도 극히 제한했다. 심지어 백색당원은 농업 외의 일에 종사하는 것을 죄악시했다. 그런데 어떻게 변변찮은 벼슬아치가 이렇게 큰 저택을 소유하고 유지했을까? 답은 의외로 간단했다. 백색당의 힘을 이용하여 온갖 일에 개입했을 것이다. 상업은 경멸하지만 상인에게 상납금을 걷었을 것이며 백색당의 유력자라는 지위를 이용하여 "추밀원장님께 청탁할 통로를 마련해주겠네"라고 하며 뇌물을 받았을 것이다. 와에도, 상군부에도 그런 버러지 같은 인간이 적지 않았기에 짐작하기 어렵지 않았다.

 하지만 아무리 그렇다고 해도 쥬는 정도가 지나쳤다. 한벌의 성안에는 으리으리한 저택이 곳곳에 있었는데, 정작 그곳을 지키는 군대는 무기가 조잡하거니와 훈련이 부족했으며 사기가 바닥이었다. 백색당도 부유하고 국왕도 사치스러운 삶을 즐겼으나 정작 나라의 곳간은 텅텅 빈 상태였다.

그러고 보면 연회도 조금 웃겼다. 참석자마다 앞에 놓인 탁자에 포도주를 비롯하여 신선한 해산물과 구운 고기가 차려진 모양새가 상군이 주최하는 여느 연회와 별반 다르지 않았다. 다만 참석자가 이상했다. 후지타를 비롯한 상군의 측근과 몇몇 영주의 참석은 특별하지 않았지만 눈에 띄게 기묘한 존재가 있었다. 키가 크고 머리통이 작으며 팔다리가 긴 사내, 생뚱맞게도 색목인의 사슬갑옷과 장신구를 한 자가 다소 오만한 태도로 연회장 중심에 자리해 있었다. 녀석은 색목인의 장신구를 착용했으나 색목인이 아니었으며 사슬갑옷을 입었지만 검 한 번 제대로 휘두르지 못할 것이 틀림없었다. 덧붙여 주인처럼 행세했지만 녀석이 가진 것은 아무것도 없었다. 호국경이니 뭐니 해도 노망난 왕을 죽인 시해범에 불과했고 녀석이 무너뜨린 왕실은 겉만 번지르르한 허깨비에 불과했다. 이제 쥬의 진짜 국왕은 평해에 있는 말라깽이였다.

쿠쿠는 기분이 좋지 않았다. 호국경을 참칭하는 시해범을 한벌에 불러 융숭히 대접하는 꼴을 보니 속이 뒤집혔다. 녀석은 지난겨울 쿠쿠 자신에게 참담하게 패배한 머저리였다. 눈사태만 아니었다면 그때 갑천까지 진격하여 죄다 쓸어버릴 수 있었다. 눈사태 때문에 기세를 올려 진공하지 못했으나 어차피 시간문제였다. 봄이 되어 눈이 녹으면 그 즉시 갑천에 있는 쥬의 허깨비 정부는 끝이었다.

그런데 상군은 시해범이 참칭하는 '호국경'이라는 칭호를 받아주며 한벌에 와서 함께 쥬를 다스리자고 제안했다. 상군과 호국경이 '형제의 인연'을 맺어 호국경의 정부가 상군부에 공물을 바치면 기꺼이 전쟁을 종료하겠다고 했다. 쥬를 정복하는 것이 원정 목적이 아니라 쥬 왕실의 이유 없는 적대 행위를 바로잡으려 했을 뿐이라며 협상을 제안했다. 명백한 거짓말이었다. 쥬를 완전히 정복하는 것이 상군의 목적이었다. 그저 일이 뜻대로 풀리지 않았을 뿐이었다. 초반에 기세를 올렸으나 남부에서의 전황은 지지부진했다. 왕세자가 이끈 분조가 예상외로 강력하게 저항했다. 포르안도 교묘한 방식으로 개입했다. 와의 군대도 생각만큼 강하지 못했다. 상군부의 군대는 훌륭했으나 영주들은 출병을 꺼렸고, 서로 반목했으며, 그나마 큰 병력을 직접 이끌고 참여한 오토모준은 패배했다. 상군은 초조했다. 쥬의 영토를 욕심부리다가 자칫 와에서 혼란스러운 일이 발생할 위기였다.

그래서 김현철에게 손을 내민 것이었다. 녀석의 '호국경'이라는 칭호를 이용하여 한벌에 꼭두각시 정권을 만든 다음 포르안을 비롯한 여러 골치 아픈 문제부터 해결하는 것이 상군의 계획일 터였다. 그런데 상군의 계획에는 쿠쿠, 북방영주인 그를 한벌에 남겨두는 것도 포함되었을 가능성이 컸다. 쿠쿠가 정예 병력을 데리고 귀국하면 상군에게는 또다른 골칫거리였다. 상군부의 주력이 한벌에 있기에 와에는 쿠쿠의 정예 병력을 통제할 만한 군대가 없었다.

그런 생각에 화가 치민 쿠쿠는 탁자에서 술병을 집어 벌컥벌컥 마셨다. 다른 영주와 무사가 눈살을 찌푸릴 행동이었으나 어차피 야만인 혹은 짐승이라 조롱받는 처지이기에 거리낄 이유가 없었다.

"영주님, 목이 마르십니까?"

쿠쿠의 모습을 본 후지타가 빙긋 웃으며 말했다. 상군의 충성스러운 사냥개. 쿠쿠는 녀석이 마음에 들지 않았다. 지난겨울 녀석이 보급을 맡을 때부터 그랬다. 일솜씨는 말할 것도 없이 뛰어났지만 도무지 신뢰할 수 없었다. 상군을 위해서라면 제 부모조차 물어뜯고도 남을 녀석으로 여겨졌다.

"답답해서 그랬을 뿐이오."

쿠쿠는 시큰둥하게 대꾸했다. 후지타가 상군을 대신하여 한벌을 실질적으로 통치하는 것도 마음에 들지 않았다. 북방영주인 자신이 일개 가신에게 통제받기 때문이었다. 그래도 방법이 없었다. 후지타에게는 함대가 없었다. 상군이 다시 와로 옮겨주기 전에는 한벌에 발이 묶인 셈이었다. 쿠쿠는 자리에서 벌떡 일어나 연회장을 떠났다. 다들 당황한 듯했으나 누구도 '짐승'을 감히 만류하지 못했다.

3

 연회는 늦은 밤까지 이어졌다. 연회를 시작하고 얼마 지나지 않아 북방영주가 자리를 박차고 나갔지만 별다른 영향은 없었다. 북방영주라는 그럴듯한 칭호와 달리 대부분의 귀족은 그를 야만인, '말을 할 줄 아는 짐승'으로 여겼다.
 김현철도 마찬가지였다. 그는 호국경이라는 칭호에 도취되어 발이 땅에 닿지 않는 상태인 듯했다. 그도 그럴 것이 전혀 기대하지 못한 신분 상승이었다. 그래서 덩치 큰 사내가 굳은 표정으로 연회장을 박차고 나가는 데 기울일 관심이 없었다. 그 덩치 큰 사내가 자신에게 쓰라린 패배를 안겨주었다는 사실도 알지 못했다. 따지고 보면 김현철은 늘 그랬다. 색목인의 학문과 기술에 대해 해박한 지식을 지닌 것처럼 행동했지만 실제로는 카락인이 번역한 책 몇 권을 읽었을 뿐이다. 색목인의 갑옷을 걸치고 색목인이 만든 온갖 도구를 사용했지만 그것이 작동하는 원리와 위력을 발휘하는 상황에 대해서는 알지 못했다. 백색당 신파의 주요 인물로 행세하며 '카락을 통해 색목인의 문물을 받아들이자'라는 그럴싸한 주장을 펼쳤지만 정작 색목인의 문물이 무엇인지는 제대로 알지 못했다.
 지금 앞에 닥친 상황에 대해서도 비슷했다. 국왕과 박상은을 살해하고 '호국경'을 참칭했으나 실제로는 도적떼의 우두머리, 한주먹 거리의 군대를 이끄는 반역자에 불과한 그에게 상군이 손을 내민 이유를 알아차리지 못했다. 상군을 '형님'으로 모시면 호국경으로 쥬를 다스리게 도와주겠다는 것이 무엇을 의미하는지 헤아리지 못했다. 상군은 가까스로 쥬의 중부와 북부를 점령했지만 남부에서는 평해와 죽전을 중심으로 한 강력한 저항에 부딪혔고 거기에 포르안의 의뭉스러운 행보에 부담을 느껴 어떻게 하든 원정을 일단락 짓고 싶었다. 자신의 정예 병력이 너무 오랫동안 상군부를 떠나 있어 불안했고 영주들의 충성도 온전히 신뢰하기 어려웠다. 그래서 김현철을 꼭두각시로 내세워 평해의 새로운 국왕과 대립하게 만들어 시간을 벌고자 했다. 김현철은 소모품에 불과했다. 오랫동안 사용할 물건도 아니며 그저 잠깐 쓰고 버릴 것에 불과했다. 그런데도 김현철은 그 사실을 알아차리지 못하고 호국경이라는 지위에 희희낙락했다.

후지타는 김현철의 그런 모습이 웃겼다. 백색당이란 놈들, 지난 수십 년 동안 쥬를 다스렸다고 하는 녀석들은 죄다 김현철과 비슷했다. 겉으로는 고상한 채 굴었지만 실제로는 천박하고 탐욕스러웠다. 세상 만물에 통달한 듯 행세했지만 사실은 어리석고 아둔했다. 그런 집단이 어떻게 왕정복고를 이루고 오랫동안 권력을 장악했는지 이해하기 힘들었다. 그래도 김현철의 어리석음 덕분에 일이 수월하게 풀렸다. 물론 김현철은 무능했다. 호국경의 꼭두각시 정부를 유지하려면 적지 않은 지원이 필요했다. 그래도 상당수의 병력을 상군부로 철수시킬 수 있을 터였다. 평해와 죽전을 정복하겠다는 헛된 꿈을 버리고 쥬의 중부와 북부를 통제하는 데 만족하면 지금보다 훨씬 적은 병력으로 충분할 것이었다. 다만 골칫거리가 아직 하나 남아 있었다. 연회를 박차고 나간 사내, 북방영주 노다 쿠쿠를 통제하는 것이 상군과 후지타에게 아직 남은 문제였다.

제11장
늑대에게 자유를

1

 겨울을 지나 봄도 거의 막바지였다. 곧 여름이 다가올 터였다. 산과 들은 무성해진 잎과 수풀로 푸르렀고 생명이 가득했다. 그러나 안타깝게도 인간은 그렇지 못했다. 지난가을에 거두어들인 곡식은 거의 바닥났으나 보리가 익지 않아 아직 수확할 수 없는 시기, 땅에 의지하여 농사짓고 사는 백성이 가장 굶주리는 계절이었다. 심지어 지난가을의 수확이 신통치 않아 식량이 평소보다 훨씬 빨리 떨어져 벌써 굶어죽는 사람이 속출했다. 전쟁이 덮친 첫해보다는 나았으나 두번째 해에도 농민 대부분이 농사에 집중하기 어려웠다. 한벌과 그 주변처럼 '바다 건너에서 온 침략자'가 점령한 지역은 더욱 그랬다. 상군은 점령한 땅을 영구적으로 다스리기를 원하여 병사들이 가혹하게 행동하지 않도록 통제했지만 그래도 침략자는 침략자라 새로운 지배자와 백성 사이에 팽팽한 긴장감이 감돌았다.

물론 모든 백성이 전전긍긍하지는 않았다. 오히려 몇몇은 그런 상황에서 출세의 기회를 찾았다. 병준도 그런 부류였다. 그는 평민 출신으로 원래는 이런저런 허드렛일을 담당하는 말단 관리에 불과했다. 그마저도 '윗선과 연결해주겠다'며 상인에게 뇌물을 뜯어낸 것이 들통나는 바람에 채찍을 맞고 쫓겨났다. 그후로는 시시껄렁한 무리와 어울리며 왈패처럼 지냈다. 그러다가 상군의 군대가 한벌과 주변을 점령하자 발 빠르게 접근하여 앞잡이 노릇을 자처했다. 침략자의 입장에서는 병준 같은 부역자가 절실했기에 그는 승승장구했다. 그리하여 한벌 남쪽의 관문을 책임지는 자리에 올랐다. 특히 병준이 책임지는 관문은 상군이 점령한 지역의 남쪽 끄트머리에 위치하여 아주 중요했다. 평현 곽씨가 다스리는 죽전이 멀지 않아 자칫 첩자가 백성들 틈에 섞여 침투할 수 있었기 때문이다. 다만 전쟁중이라 상군이 점령한 중부와 이제는 국왕이 된 은산군이 영향력을 떨치는 남부를 오가는 무리는 극히 제한적이었다. 평범한 백성은 감히 엄두를 내지 못했고 내수교 사제와 만교 승려 같은 성직자만 오갔다. 사실 병준은 그것이 못내 아쉬웠다. 지나가는 무리가 많아야 뜯어낼 재물이 늘어났기 때문이다.

병준은 그날 오후에 마주한 무리를 잊을 수 없었다. 내수교 사제 서너 명과 20명 남짓한 일꾼으로 구성된 무리였는데, 소가 끄는 커다란 수레 세 개에는 쌀이 실려 있었다.

"전능자의 뜻을 받들어 한벌에 있는 형제들에게 식량을 전하러 가는 길입니다."

무리의 우두머리인 듯한 사제가 공손히 말했다. 그러면서 병준에게 슬그머니 작은 주머니를 건넸다. 주머니의 무게와 촉감으로 보아 은화가 든 것이 틀림없었다. 하지만 병준은 수레에 실린 쌀가마니에서 시선을 거두지 못했다. 식량값이 천정부지로 오르다 보니 한 주머니의 은자보다 쌀가마니의 가치가 훨씬 컸다.

"그런데 저기 실은 것은 쌀이 아닌가? 상군 전하와 호국경 합하의 뜻에 따라 저기서 군량을 거두어야겠네."

당연히 거짓말이었다. 내수교와 만교 같은 종교를 존중하고 웬만해서는 건드리지 않는 것이 상군부의 방침이었다. 내수교 같은 집단을 건드려보았자 얻을 것에 비해 반발만 살 가능성이 컸기 때문이다. 죽전의 내수교도가 한벌의 내수교에게 식량을 보낼 수 있는 것도 그런 까닭이었다. 하지만 병준은 조금도 개의치 않다. 자신의 행동이 초래할 결과를 예측할 능력이 부족했고 가슴에 품은 탐욕이 너무 컸다.

"나리, 상군께서 정말 그리 말씀하셨습니까?"

우두머리는 조심스레 물었고 병준은 당연한 것을 왜 묻느냐는 듯한 표정으로 고개를 끄덕였다. 그러자 우두머리는 한숨을 내쉬며 물러섰고 병준은 득의양양한 표정으로 병사를 시켜 수레에서 쌀가마니 몇 개를 내리게 했다. 뜻밖의 횡재에 흥분한 나머지 병준은 우두머리 사제 뒤에서 덩치 큰 사제가 자신을 쏘아보는 냉랭한 눈빛을 알아차리지 못했다. 평범한 사제라기에는 덩치가 클 뿐 아니라 눈매도 너무 날카로웠지만 병준은 그런 데는 관심을 기울이지 않았다. 그저 쌀가마니 몇 개를 빼앗은 것에 기뻤을 뿐이며 집에 돌아와 저녁이 되어 해가 진 후에도, 밤이 찾아와 잠자리에 든 후에도 마음이 흡족했다.

그래서 병준은 마루가 삐걱거리는 소리를 듣지 못했다. 집에 익숙하지 않은 것도 한몫했다. 백색당원의 집을 빼앗은 것이라 병준 같은 말단 관리는 고급스러운 저택 특유의 삐걱거리는 마루가 낯설었다. 심지어 문이 열리고 커다란 형체가 성큼성큼 다가오는 낌새도 알아차리지 못했다. 커다란 형체의 억센 손이 병준의 목을 움켜쥔 후에야 겨우 깨달았다. 상대는 왼손으로 목 앞부분을 움켜쥐었으나 그것만으로도 병준은 숨이 막혀 비명조차 지르지 못했다. 깜짝 놀라 휘둥그레 뜬 눈으로 상대를 바라보며 공포에 떨기만 했다. 발버둥조차 치지 못했다.

상대는 그런 병준을 가볍게 공중으로 들어올렸다. 목 앞부분을 잡은 왼손만으로 헝겊 인형을 드는 것처럼 병준을 가볍게 들었다. 병준은 숨이 막히는 공포와 목이 부러지는 듯한 통증을 동시에 느끼며 겨우 발만 버둥거렸다.

"쌀을 빼앗을 때는 이런 상황을 예상하지 못했겠지?"

그제야 병준은 상대의 얼굴을 살폈다. 날카롭게 찢어진 눈매, 오뚝한 콧날, 얇은 입술, 낮에 마주한 내수교 사제들 중 하나인 듯했다. 그러나 사제가 아니라 악귀처럼 느껴졌다. 그는 싱긋 웃으며 병준을 바닥에 내동댕이쳤다. 다행히 등부터 떨어졌으나 고통이 심했다. 그러나 병준은 신음을 내뱉을 여유가 없었다. 상대가 병준에게 다가와 오른손에 쥔 것을 입에 털어넣었기 때문이다. 병준이 뭐라 말하기도 전에 깔깔하고 작은 알갱이가 입에 가득찼다. 상대는 한 번으로 그치지 않았다. 오른손이 작은 주머니와 병준의 입을 연신 오가며 알갱이를 옮겼다. 그 알갱이는 쌀이었다. 상대는 병준의 입에 쌀을 욱여넣었다.

"그렇게도 쌀을 좋아하니 뒈질 때까지 넣어주마."

병준은 쌀을 뱉어내려 했으나 상대가 병준의 가슴팍에 걸터앉아 무릎으로 양팔을 짓눌러 아무것도 할 수 없었다. 입이 쌀로 가득찼지만 상대는 멈추지 않았다. 식도로 넘어가지 못한 쌀이 기도로 향하면서 병준은 컥컥거렸으나 상대는 아랑곳하지 않았다. 쌀이 병준의 기도를 막아 그의 눈에 핏발이 서고 똥오줌을 지려도 마찬가지였다. 병준의 육체에서 생명이 완전히 빠져나간 후에야 멈추었다. 그는 병준의 죽음을 확인하고는 천천히 일어났다.

"원 없이 쌀을 먹었으니 억울하지는 않겠군."

그는 이미 죽은 사람을 조롱하며 어둠 속으로 사라졌다.

2

상군이 다스리는 한벌, 정확히 말하면 '호국경이 상군의 도움을 받아 다스리는 한벌'은 어수선했다. 불에 탄 주요 관아는 늙은이의 치아처럼 여기저기 비어 있었다. 백색당을 비롯하여 관리 대부분은 도망쳤고 그나마 말단 관리는 재빨리 상군에 협력했지만 그들만으로는 한벌을 제대로 다스릴 수 없었다. 거기에 상군을 대신하여 쥬에서 상군부의 군대를 통솔하는 후지타는 뛰어난 검객이며 훌륭한 군인이었으나 유능한 행정가와는 거리가 멀었다. 후지타의 장교들도 마찬가지였다. 그리하여 백성 사이에 묘한 긴장감이 흘렀다. 김현철이 호국경이 되어 허수아비 혹은 꼭두각시 노릇을 시작한 후에도 별반 달라지지 않았다. 상군은 종교의 힘을 빌리고자 했다. 물론 열교와 혈교는 제외했다. 열교는 백색당과 연결되었고 혈교는 포르안의 속셈을 도무지 알 수 없어 찜찜했다. 그리하여 만교와 내수교가 오랜만에 활력을 되찾았다. 백색당의 위세에 눌려 산속 깊이 숨었던 만교가 거리로 돌아와 포교를 시작했다. 늘 소수자로 조용히 있었던 내수교도 그들의 복음을 외치기 시작했다.

"전능자께서는 탐욕을 경계하라 말씀하십니다. 그런데 탐욕이란 녀석은 우리를 아주 쉽게 속입니다. 이게 나쁜 일이다, 나만 생각하는 행동이다, 소름 끼치도록 파렴치한 망동이다, 그렇게 생각하면서도 악행을 저지를 수 있는 인간은 많지 않습니다. 어쩔 수 없다, 남도 비슷하게 판단할 것이다. 이렇게 자신을 속이며 저지르는 경우가 훨씬 많습니다. 심지어 숭고한 명분을 내세울 때도 있습니다."

예전에는 내수교 사제가 거리에서 군중을 향해 자기네 가르침을 전하는 경우는 극히 드물었다. 그러나 상군과 호국경이 다스리는 한벌에서는 더이상 드물지 않았다. 그래서 회색 사제복을 차려입은 덩치 큰 사내도 그리 낯설지 않았다.

"여러분, 얼마나 많은 폭군이 하늘의 뜻을 받든다면서 백성을 괴롭히고 착취했습니까? 흑색당의 사악한 과두들도 백성을 위한다며 악랄한 통치를 펼쳤습니다. 백색당은 또 어떻습니까? 나라를 바로 세우겠다며 경박하고 의심 많은 소인배를 국왕으로 옹립하고는 오직 자기네 배만 채우지 않았습니까?"

사제가 내뱉는 말은 놀라웠다. 내수교의 신중하고 조용한 특징과는 완전히 대척점에 있었다. 3년 전이라면 반역죄로 처형당했을 법한 수위였다. 그래서 사람이 모이지 않았다. 흥미를 느껴 잠깐 듣던 이도 지나치게 과격한 내용에 이내 자리를 떴다.

"자, 여기 보세요. 무사들이 있습니다. 명예를 목숨보다 소중히 여긴다고 입만 열면 떠드는 무리입니다. 그러나 실상은 어떨까요? 이들에게 무슨 명예가 있습니까? 그저 자기네 이익을 위해 칼을 휘두르고 피를 뿌릴 뿐입니다. 심지어 별다른 이익이 없어도 단순히 살육을 즐기려고 비릿한 피냄새가 주는 쾌락에 빠져 이런저런 구실로 칼을 휘두르지 않습니까?"

사제는 흥이 오른 듯했다. 그래서 길을 지나던 무사들을 가리키며 한층 거칠게 외쳤다. 그러자 그나마 모인 군중도 황급히 자리를 피했다. 그도 그럴 것이 사제가 와의 무사들을 가리켰기 때문이다. 심지어 그들은 상군의 부하도 아니었다. 북방영주의 무사들이었다. 상군부 소속 무사들은 후지타의 통제를 받아 웬만해서는 한벌의 백성들과 부딪치지 않았으나 북방영주의 부하들은 달랐다. 그들은 정말 거칠었다. 와에서 온 침략자를 두고 '바다 건너에서 온 야만인'이라 경멸했는데, 그들은 정말 야만인이었다. 후지타의 부하들조차 북방영주의 무사들과 엮이려 하지 않을 정도였다.

"전능자께서 말씀하시기를 칼로 일어선 자는 칼로 망할 것이라 했습니다. 폭력은 폭력을 부르고 죽음은 죽음을 부를 뿐입니다. 거기에 중독된 자는 파멸로 향해 달려가는 어리석은 영혼일 뿐입니다. 어리석은 자들이여! 스스로 무사라 으쓱대지만 눈앞의 파멸을 피하지 못하는 자들이여! 전능자의 말씀에 마음을 열고 새로운 삶을 살아야 합니다. 그렇지 않으면 비참한 죽음만이 그대들을 기다리고 있을 것입니다."

다행히 무사들은 쥬의 말을 몰라 사제의 말을 이해하지 못했다. 그런데 갑자기 사제가 비슷한 내용을 와의 언어로 외치기 시작했다. 무사들은 사제가 와의 말에 유창한 것에 흥미를 느꼈으나 내용을 듣자 대번에 분위기가 험악해졌다. 그래도 상군부 소속이었다면 기분 나쁜 표정으로 자리를 떠났겠으나 북방의 무사들은 치밀어오르는 화를 참지 못하고 사제에게 다가갔다.

"이봐, 땡중, 지금 뭐라고 지껄인 거야?"

북방의 무사들은 차림새도 평범한 무사와 달랐다. 허리춤에 장검을 차는 대신 등에 커다란 철퇴를 둘렀다. 겨울이 지난 터라 옷차림이 여느 무사와 비슷했으나 추운 날씨였다면 짐승가죽으로 만든 흉측한 외투를 둘렀을 것이다. 덩치도 상군부의 무사보다 훨씬 컸다. 그리고 보니 사제도 덩치가 꽤 컸다. 북방의 무사들과 비교해도 손색없을 정도였다.

"땡중이라니오. 그건 만교의 승려를 낮추어 부르는 속된 말이 아닙니까? 보다시피 저는 전능자를 섬기는 사람입니다. 아울러 만교 승려에게도 그런 말은 사용하지 않는 것이 좋습니다. 진리를 찾으며 살생을 멀리하는 승려가 여러분처럼 살인을 밥 먹듯 저지르는 도살자보다 훨씬 나은 존재니까요."

사제는 천연덕스럽게 웃으며 말했다. 무사들의 얼굴이 벌겋게 달아올랐다. 모욕과 분노로 귀를 떠는 무사도 있었다.

"죽고 싶나! 만교든 내수교든, 땡중 주제에 광견병이라도 걸린 거냐?"

무사들의 거친 언행에도 사제는 전혀 움츠러들지 않았다.

"광견병이라뇨. 제가 그런 몹쓸 병에 걸렸을 리가 있겠습니까?

오히려 눈에 핏발이 서고 입에 거품을 물며 날뛰는 것은 여러분이니 그쪽이야말로 광견병에 걸렸을 수 있습니다."

사제는 거침없이 도발했다. 드디어 무사들 중 참지 못한 이가 등에 두른 철퇴를 꺼내 단단히 움켜잡았다. 거리를 오가던 사람 대부분은 험악한 일을 예상하며 몸을 피했으나 몇몇은 재미난 구경거리라 생각해서 오히려 가까이 다가왔다.

"저는 전능자를 모시는 종일 뿐입니다. 여러분 같은 살인자가 아니지요. 그런데 무기를 뽑아들다니 부끄럽지 않습니까? 여러분이 그토록 외치는 무사의 명예는 어디에 있습니까?"

틀린 말이 아니었다. 무사는 철퇴를 내동댕이쳤다. 그러나 사제를 용서할 생각은 없는 듯 주먹을 쥐고 다가섰다.

"앞서 말씀드렸습니다만 힘에 의지하여 일어선 자는 그 힘으로 파멸을 맞이하는 법입니다. 전능자께서 말씀하시길……."

그러나 사제는 말을 멈출 수밖에 없었다. 철퇴를 내동댕이친 무사가 주먹을 휘두르며 덤볐다. 다만 무사는 주먹을 너무 크게 휘둘렀다. 사제 따위는 손쉬운 상대라 생각했던 듯하다. 사제는 아주 쉽게 공격을 피했다. 그런데 뒤로 물러나는 것이 아니었다. 오히려 무사의 품에 안기는 것처럼 크게 휘두른 주먹으로 인해 열린 어깨 아래로 파고들었다. 그러더니 왼손으로 무사의 오른 손목을 움켜쥐었고 오른손으로는 무사의 오른 허벅지를 끼워 잡았다. 무사를 어깨에 짊어지는 동작이 되었는데, 무사의 거대한 몸이 들리는가 싶더니 순식간에 허공을 날아 바닥에 꽂혔다. 나머지 무사들과 구경꾼들은 뜻밖의 상황을 믿을 수 없었다. 오직 사제만 별일 아니란 듯이 말했다.

"모두 덤비세요. 죄다 눕혀 드리겠습니다. 그런데 제가 맨손으로 여러분을 모두 제압하면 당신네 우두머리에게 전능자의 말씀을 전할 기회를 주십시오."

무사들은 사제의 말을 헛소리로 여겼다. 운이 좋아 한 번 이기더니 정신을 차리지 못한다고 생각했다. 그들은 쇠망치를 바닥에 내려두고 거추장스러운 웃옷을 벗어 던지며 대답했다.

"오냐. 네놈이 이기면 노다님을 뵙게 해주마."

물론 그런 일은 없을 터였다. 오만한 사제 놈은 목숨을 대가로 치를 것이었다. 적어도 무사들은 그렇게 믿었다.

3

대부분의 인간은 편견과 선입견에서 자유롭지 않다. 출신이 고귀하고 지위가 높아도 마찬가지다. 경전을 공부하여 글쓰기에 뛰어나든, 장부의 숫자 놀음에 탁월하든, 전투와 살육에 훌륭한 솜씨를 발휘하든 별반 차이가 없다. 의문을 품고 다른 관점에서 따져보는 인간은 극히 드물다. 무리가 믿는 것을 의심하지 않고 따를 뿐이다.

물론 곽곽 선생은 거기에 불만이 없었다. 인간, 특히 무리지은 인간이 지닌 그런 어리석은 특징 덕분에 곽곽 선생의 일이 한결 수월했다. 이번에도 그랬다. 곽곽 선생처럼 건장한 덩치에 날카롭게 찢어진 눈매, 오뚝한 콧날, 얇은 입술을 지닌 사내는 눈에 띄기 마련이었다. 하인이나 노예로 변장해도 드러날 수밖에 없으며 거지패로 가장해도 의심을 사기에 충분했다. 그러나 내수교 사제 혹은 만교 승려는 예외였다. 특히 내수교 사제는 매우 안전했다. 쥬든 와든 카락이든 내수교는 조용히 숨을 죽이고 몸을 낮추었다. 어디에나 있지만 누구에게도 위협적이지 않은 존재, 밤하늘 구석에 떠 있는 희미한 별 혹은 해질녘에 날아드는 하루살이 같은 존재였다. 그래서 내수교 사제가 무사만큼 건장하든 인상이 거칠고 날카롭든 아무도 주의를 기울이지 않았다. 심지어 곽곽 선생이 내수교도이고 아버지 곽현도 내수교도여서 암행총관이 대를 이어 내수교도인 셈이니 한 번쯤 의심할 법도 했으나 누구도 서슬 퍼런 암행총관이 내수교 사제로 변장할 것이라 생각하지 않았다. 그 덕에 곽곽 선생은 손쉽게 한벌에 잠입했다. 북방영주에게 접근하는 것도 마찬가지였다. 북방영주의 무사들은 유목민 기병만큼 다혈질이었고 완력을 숭배했다. 그렇기에 내수교 사제의 비난과 조롱을 참지 못할 것이었다. 또 내수교 사제라도 완력으로 그들을 압도하면 우두머리를 만난 늑대떼처럼 순종할 가능성이 컸다.

다만 북방의 무사들은 만만하지 않았다. 그들은 단순히 곰과 늑대의 가죽으로 외투를 지어 입은 것이 아니라 정말 곰처럼 강하고 늑대처럼 날랬다. 두엇 혹은 서넛이면 몰라도 열 명 남짓한 무사들을 맨손으로 제압하기란 곽곽 선생에게도 쉬운 일이 아니었다. 하지만 결국에는 곽곽 선생이 뜻을 이루었다. 호기롭게 곽곽 선생에게 덤볐던 무사들은 죄다 바닥에 뒹굴었다. 무사의 자존심을 지켜 신음을 삼켰으나 다들 당혹스러운 마음을 추스를 수 없었다. 내수교 사제 따위에게 그런 굴욕을 당하리라 상상조차 하지 못했다. 그러나 힘을 숭배하는 북방의 무사들은 내수교 사제가 무시무시한 힘을 지닌 것을 확인하자마자 갑자기 태도를 바꾸었다. 우두머리를 만난 늑대떼 혹은 주인의 부름을 들은 사냥개 무리처럼 행동하기 시작했다. 그들은 내수교 사제, 즉 곽곽 선생을 북방영주에게 인도했다.

북방영주의 숙소에 도착하자 문지기와 보초부터 놀란 표정을 감추지 못했다. 열 명의 무사가 하나같이 코가 뭉개지고 눈두덩이가 붓거나 쇄골이 부러져 어깨가 처지고 손목이 꺾인 모습으로 나타난데다 덩치 큰 내수교 사제가 자신만만한 미소를 머금고 있어 도무지 무슨 영문인지 알 수 없었다. 그들은 무사들이 어서 문을 열고 군장께 만날 사람이 있다고 알리라며 명령하자 거부하지 못했다. 문지기와 보초는 내수교 사제와 무사들을 커다란 문 안쪽으로 안내했다.

노다 쿠쿠의 숙소도 원래 백색당원의 저택이라 곽곽 선생에게는 낯설지 않았다. 그런 저택을 몰래 드나들며 유력한 백색당원을 감시하고 때로는 암살하기도 하며 반역자로 몰 증거를 심는 것이 암행총관의 일이었다. 물론 그 저택에 언제 들렀는지는 정확히 기억하지 못했다. 아주 인상 깊은 사건이 아니고서는 곽곽 선생에게는 잠입, 암살, 날조 모두 평범한 일상에 불과했다.

다행히 곽곽 선생은 오래 기다리지 않았다. 내수교 사제가 무사 열 명을 맨손으로 제압했다는 보고에 노다 쿠쿠가 흥미를 느꼈기 때문이다. 그는 당장 그 사제를 자신의 방에 들이라고 명령했다.

4

북방영주의 방은 간결했다. 저택의 원래 주인은 방을 한껏 화려하게 장식했으나 쿠쿠는 그런 장식을 모두 제거했다. 곰과 늑대를 그린 병풍을 배경 삼아 쿠쿠가 앉아 있었고 그 앞에는 작은 탁자만이 놓여 있었다. 쿠쿠의 소지품도 매우 간단해서 갑옷과 철퇴, 외투를 비롯한 몇몇 옷가지가 전부였다. 평범한 무사의 방과 별반 다르지 않았지만 쿠쿠는 그 모든 평범하고 소박한 것을 아주 특별하게 만들었다.

쿠쿠는 인간이 늑대와 곰 같은 동물을 조상으로 섬기던 무렵을 떠올리게 했다. 절반은 인간이고 절반은 맹수인 태고의 신이 살아난 것만 같았다. 평범한 사람은 숨이 막힐 만큼, 압도될 만큼,

용맹한 무사도 멈칫거릴 수밖에 없을 만큼의 힘을 발산했다.

그러나 덩치 큰 내수교 사제, 즉 곽곽 선생은 조금도 움츠러들지 않았다. 쿠쿠가 뿜어내는 원초적인 힘, 태고의 신을 닮은 그 맹수 같은 기운도 곽곽 선생 주변에 오면 흩어졌다. 내수교 사제처럼 차려입었으나 곽곽 선생에게서는 날카롭고 싸늘한 분위기가 풍겼다. 솜씨 좋은 대장장이가 수없이 두들겨 만들어서 옅은 푸른빛이 도는 날카로운 칼날에 바다뱀의 독을 바른 것만 같았다. 쿠쿠가 뿜어내는 원초적인 생명으로 가득한 기운은 곽곽 선생의 날카롭고 냉랭한 분위기에 흩어졌다.

"북방영주께서는 손님에게 자리도 권하지 않는 거요?"

곽곽 선생은 한쪽 입술을 일그러뜨리는 특유의 미소와 함께 탁자 맞은편에 앉았다. 쿠쿠는 그런 곽곽 선생을 뚫어지게 쳐다보았다.

"당신은 누구인가?"

쿠쿠는 짧게 말했다. 곽곽 선생은 그 질문에 다시 싱긋거렸다.

"전능자를 섬기며 복음을 전하는 이름 없는 자일 뿐입니다."

쿠쿠는 곽곽 선생의 장난에 장단을 맞추어줄 생각이 없었다.

"당신에게 시간을 낭비하고 싶지 않다. 진짜 정체를 밝혀라."

곽곽 선생은 너털웃음을 터뜨렸다.

"역시 북방영주답소. 문명이니 관습이니 예절이니 하는 것에 찌든 놈들과는 다르오. 나는 쥬의 암행총관 곽곽이오."

쿠쿠의 표정에는 변화가 없었다. 곽곽 선생은 그런 쿠쿠가 흥미로웠다. "내가 곽곽 선생일세"라며 정체를 밝히면 대부분은 깜짝 놀라 어쩔 줄 몰라하며 벌벌 떨거나 아예 얼어붙었기 때문이다.

"살아 있는 인간의 피를 마시고 내장을 씹는 요괴라더니 진짜 그런가보군. 아니면 목숨이 아깝지 않은 머저리거나. 여기서 살아나갈 수 있을 것 같은가?"

쿠쿠는 여전히 차분했다. 너무 차분해서 시큰둥하게 보일 정도였다. 그러나 곽곽 선생은 아랑곳하지 않고 손뼉을 짝짝 치며 경박하게 웃었다.

"사람고기에는 관심이 없지만 당신네가 나를 요괴로 생각한다니 정말 감사하오. 그리고 북방영주, 당신은 나를 죽이지 않을 거요. 당신이 구제 불능의 머저리라면 나를 죽일 수도 있겠소만 그런 작자였다면 북방영주에 오르지 못했을 것이외다."

칭찬인지 도발인지 애매한 말에도 쿠쿠의 태도는 변함없었다. 곽곽 선생도 여전히 아랑곳하지 않고 말을 이었다.

"쥬의 암행총관을 죽여봤자 당신에게는 이익이 없지 않소. 나를 죽이거나 후지타에게 넘겨도 상군은 당신에게 상을 주지 않을 거요. 따지고 보면 당신이 뭘 해도 상군은 싫어할 거요. 당신이 죽전을 돌파하고 평해를 점령해도 마찬가지요. 우리 국왕의 목을 바쳐도 달라지지 않을 거요. 오히려 당신이 성과를 거둘수록 상군은 더욱 미워하고 경계할 거요. 애초에 상군이 당신을 여기에 데려온 것도 골치 아픈 맹수를 가두려는 수작이었소. 상군부의 주력이 쥬에 있는데, 북방영주와 그 무사들이 와에 있다면 얼마나 불안하겠소?"

드디어 쿠쿠도 움찔했다. 시큰둥했던 표정이 일그러졌다. 겨울 추위에 꽁꽁 얼어붙었던 강이 깨지는 것 같았다. 곽곽 선생은 그 모습을 놓치지 않았다.

"당신의 무사들은 곰과 늑대처럼 강인하지만 와까지 헤엄쳐서 갈 수는 없소. 당신이 상군의 제안을 받아들여 그의 함대를 이용해 쥬에 상륙한 것부터 실수였소. 함대가 없는 당신에게는 쥬가 감옥이나 마찬가지인 거요."

쿠쿠의 표정이 확실히 일그러졌다.

"알려주지 않아도 알고 있다."

쿠쿠의 반응에 곽곽 선생은 다시 손뼉을 짝짝 치며 경박하게 깔깔거렸다.

"그래서 이 곽곽이 당신을 찾아온 거요. 감옥에서 벗어날 방법을 알려주겠단 말이오. 알겠소?"

제12장

속고 속이다

1

목검과 진검은 다르다. 단순히 재료만 따져도 그럴 수밖에 없다. 철을 두들겨 만든 진검과 나무를 깎아 만든 목검은 무게부터 다르다. 길이와 크기가 같다면 진검이 무거울 수밖에 없다. 물론 초심자에게는 그런 차이가 중요하지 않다. 전체 무게와 그 중심의 위치 같은 차이가 초심자에게는 무시해도 좋을 만큼 사소하지만 검술이 깊어질수록 큰 변화를 만든다. 그래서 훌륭한 검객은 목검으로 겨루는 대련에 별다른 의미를 부여하지 않는다. 목검으로 상대를 꺾어도 진검으로 겨루었을 때 상대의 생명을 취할 수 있다는 보장이 아니기 때문이다.

고상하고 여유롭게 검술을 논하는 부류가 아니라 피를 튀기며 상대의 목숨을 끊어야만 하는 사람에게는 더욱 그렇다. 목검으로

하는 대련 따위는 광대놀음에 불과하다. 조금만 방심해도 살이 찢기고 뼈가 부러지며 자칫 목이 달아나거나 내장이 쏟아지는 진검 승부야말로 진정한 대결이다.

곽곽 선생도 그런 존재에 해당했다. 아주 어릴 때는 목검으로 검술을 익혔으나 백색당으로 태어난 아이가 경전을 외우기 시작할 무렵부터 곽곽 선생은 진검을 사용했다. 암행총관의 아들이며 평현 곽씨의 구성원인 만큼 검술 교사가 그의 안전에 관심을 쏟았으나 그래도 진검은 진검이었다. 곽곽 선생은 여기저기 베인 흉터가 많았고 조금만 운이 나빴다면 힘줄이 잘릴 순간이 적지 않았다. 어느 정도 검술을 익힌 후부터는 실제 싸움에 나섰다. 진검을 써도 대련은 대련일 수밖에 없었다. 정말 서로의 목숨을 노리며 달려드는 것과는 달랐다. 다행히 암행총관의 아들이자 후계자에게는 직접 검을 뽑아 상대의 목숨을 취할 기회가 많았다. 백색당 아이들이 경전을 외우고 글을 지으며 벼슬길에 나갈 준비를 하는 동안 곽곽 선생은 도적의 목을 베고 반역자의 배를 갈랐으며 암행을 방해하는 자의 팔다리를 잘랐다.

그런 경험과 타고난 재능이 어우러져 곽곽 선생은 쥬에서 가장 뛰어난 검객이 되었다. 쥬뿐 아니라 카락과 와를 포함해도 상대의 목숨을 빼앗는 데는 곽곽 선생을 능가할 사람이 없을 가능성이 컸다. 물론 몇몇은 후야의 이도류가 낫다고 하며 또다른 몇몇은 후지타가 최고라고 주장했다. 곽곽 선생은 그런 평가에 개의치 않는 것처럼 행동했으나 실제로는 늘 궁금했다. 다만 맞설 기회가 없었을 뿐이다.

그런 마음은 후지타도 마찬가지였다. 후야와는 대결한 경험이 있어 자신이 살짝 미치지 못함을 알았지만 곽곽 선생과는 기회가 없었다. 솔직히 후지타는 자신이 곽곽 선생보다 낫다고 판단했다. 후야가 자신보다 나은 것은 이도류란 변칙적인 검술을 사용하기 때문이며 곽곽 선생은 자신과 마찬가지로 검 하나만 사용하므로 당연히 자신이 우위일 것이라고 생각했다. 내수교를 믿는 악마, 살아 있는 인간의 피를 마시고 내장을 씹어먹는 악귀, 어둠에 모습을 숨길 수 있는 초인. 이는 모두 곽곽 선생이 만든 그럴듯한 소문일 뿐이며 그런 풍문에 곽곽 선생의 실력이 과장되어 있다고 믿었다.

그러나 막상 곽곽 선생을 마주하니 소문과 실제를 구분하기 어려웠다. 날카롭게 찢어진 눈매로 후지타를 노려보며 양손으로 검을 꼬나쥔 모습은 인간의 피를 갈망하는 악귀를 떠올리게 했다. 후지타도 전투든 암살이든 살육이든 모든 종류의 살인에 익숙했으나 곽곽 선생은 마음 깊은 곳에서 공포를 불러일으켰다. 날카롭게 노려보면서도 입가에 옅은 웃음을 머금어 더욱 섬뜩했다. 자신과 맞서는 상대가 인간이 아닌 존재처럼 느껴지는 것은 후지타에게 너무 생경한 상황이었다.

"먼저 공격하시오."

곽곽 선생이 차갑게 웃으며 말했다. 후지타도 그럴 생각이었다. 어떤 대결이든 기선을 제압하여 공세를 펼치는 쪽이 유리하다고 믿었다. 하지만 막상 공격하려니 틈을 찾기 어려웠다. 고수와 고수의 대결은 매듭을 푸는 것과 비슷했다. 끝을 찾아 살살 당기면 아무리 복잡하고 단단하게 묶은 매듭이라도 풀리기 마련이었다. 그러나 곽곽 선생의 자세에는 실마리가 없었다. 매듭의 끝처럼 보이는 것은 가만히 보면 함정이었다. 거기를 공격하면 수렁에 빠질 것이 틀림없었다. 곽곽 선생은 후지타가 지금까지 맞선 검객과 완전히 달랐다. 야수처럼 몰아치는 후야와도 달랐다. 무모한 사마귀를 유인하여 꽁꽁 묶은 다음 그 진액을 빨아먹는 거미와 비슷했다.

"이제 충분한 것 같소?"

공간이 일그러질 듯한 긴장을 깨뜨리며 곽곽 선생이 말했다. 그는 여유 있는 표정으로 너털웃음까지 터뜨렸다.

"피차 서로 목숨을 취해도 이익이 없지 않소. 이익이 없는 싸움을 계속하면 머저리일 뿐이오."

확실히 곽곽 선생과 후지타는 서로가 필요했다. 각자 처한 골치 아픈 상황을 해결하려면 확실히 그랬다. 적어도 한동안은 그랬다. 그래서 두 사람은 검을 다시 거두었다.

2

 북방의 무사들은 그들의 영주와 비슷했다. 화려한 장식, 거창한 의전, 지나치게 안락한 잠자리, 너무 비싼 음식 따위에는 관심이 없었다. 쿠쿠가 북방영주라는 높은 지위에도 꼭 필요한 짐만 지닌 것처럼 부하들도 그랬다. 쥬에 상륙할 때부터 그들은 언제, 어디서든 싸움에 나설 수 있도록 준비했다. 그래서 한벌의 주둔지를 정리하고 이동할 채비를 갖추는 데 하루밖에 걸리지 않았다. 물론 무사들이 3000명에 불과했고 모두 보병인 점도 한몫했다. 기병이 있었다면 달랐을 것이다. 기마무사 한 명마다 두세 필의 말, 말을 돌보는 사람, 허드렛일을 하는 일꾼이 필요하여 무리가 늘어나고 진영을 풀고 꾸리는 데도 수월하지 않았을 터다. 그런 부분을 감안해도 북방의 무사들은 개미떼처럼 질서정연하고 신속하게 움직였다. 필요하지 않은 동작은 거의 하지 않는 춤꾼을 보는 듯했다.
 후지타도 그런 모습에 감탄했다. 겨울에는 사슬갑옷에 곰과 늑대 같은 맹수의 가죽으로 만든 옷을, 여름에는 바람이 잘 통하는 옷에 사슬갑옷을 입고 거대한 철퇴를 휘두르는 거구의 무사들은 오직 전투만을 위해 존재하는 생물처럼 느껴졌다. 후지타가 이끄는 상군부의 정예병도 훌륭했지만 북방영주의 무사에는 미치지 못했다. 전장에서 그들을 만나면 승리를 장담하기 어려울 것이다. 그렇기에 그들은 골칫거리일 수밖에 없었다. 와에 남겨두면 반역을 일으킬까 걱정스럽고 쥬에 가두어도 언제 어떤 일을 벌일지 몰랐다. 상군부의 병력이 일부라도 철수하면 쿠쿠를 통제하기 어려울 것이었다. 그렇다고 언제까지 상군부의 주력을 쥬에 둘 수도 없었다. 쥬를 완전히 정복하면 상황이 달라지겠으나 쥬의 중부와 북부를 장악했어도 남부를 정복하는 것은 쉽지 않았다. 죽전에는 평현 곽씨의 강력한 사병이 있었으며 평해에는 포르안의 암묵적인 지원을 받는 새로운 국왕이 있었다. 색목인이 새로운 국왕 아래 용병으로 일하는 것을 포르안이 허락한 까닭에 평해에 강력한 함대가 생겼다. 그래서 육지로도, 바닷길로도 평해를 공격하기가 매우 어려웠다. 김현철을 포섭한 것도 그 때문이었다. 호국경을 꼭두각시로 세운 후에 그 괴뢰정부를 지탱할 만큼만 병력을 남겨두고 와로 철수하는 것이 상군의 계획이었다. 다만 쿠쿠가 문제였다. 북방영주를 처리해야 상군부의 정예병이 철수할 수 있었다.

"이번에는 틀림없는 거요?"

쿠쿠였다. 그는 여느 때처럼 시큰둥한 표정으로 물었다. 후지타는 걱정할 필요 없다는 미소와 함께 대답했다.

"안심하십시오. 색목인의 배는 무척 튼튼합니다."

그러나 쿠쿠의 표정은 여전히 시큰둥했다.

"지난번에도 호국경인가 그 멍청이의 군대를 격파했을 때, 눈사태가 일어났소."

평범한 사람은 당황했겠으나 후지타는 조금도 움츠러들지 않았다.

"겨울 눈사태야 흔한 일이 아닙니까?"

이번에는 쿠쿠의 표정에도 변화가 있었다. 그는 코웃음치며 말했다.

"우연이라기에는 너무 절묘했소. 꼭 어떤 녀석이 나를 방해하는 것 같았소."

쿠쿠는 약간 화난 눈빛으로 후지타를 바라보았다.

"포르안은 오토모준을 배신하고 쥬의 편을 들지 않았소? 쥬의 새로운 국왕에게 흑도의 통치권을 받는 조건으로 함대를 제공했고, 사악한 오토모준도 그런 배신에 몰락한 것이 아니오? 그런데 포르안의 함대를 타고 평해를 공격하라는 것이오?"

확실히 북방영주는 그 위치에 오를 만한 녀석이었다. 눈사태의 범인을 눈치챘고 포르안의 함대도 의심하니까. 그러나 그래 봤자 '야인의 우두머리'일 뿐이었다.

"걱정하지 마세요. 오토모준은 포르안과 앙숙인 기사단장의 동맹이었습니다. 주교 입장에서는 전능자의 사도회와 기사단장을 제거하고 싶었을 겁니다. 오토모준 자체도 껄끄러웠을 겁니다. 독사 같은 인간이 아닙니까?"

후지타의 말에 이번에는 쿠쿠도 고개를 끄덕였다.

"주교는 멍청이가 아닙니다. 쥬의 남쪽만 겨우 다스리는 국왕보다는 상군님이 낫지 않습니까? 그래서 이번에는 우리를 선택한 겁니다. 그나저나 새로운 국왕 놈의 얼굴이 볼만하겠습니다. 포르안뿐 아니라 자신의 심복도 배신했다는 것을 알면 얼마나 놀라겠습니까?"

후지타의 말에 쿠쿠는 '누구든 놀라기는 정말 놀라겠군' 하고 마음속으로 중얼거리면서 차갑게 웃었다.

3

쥬의 서부 해안은 들쭉날쭉하고 여기저기 작은 섬이 나타나 매우 복잡했다. 게다가 썰물과 밀물의 차가 커서 뱃길에 익숙하지 않으면 갯벌에 좌초되거나 거센 물살에 휩쓸려 난파되기 쉬웠다. 예전부터 쥬의 뱃사람은 아주 조심스레 항해했다. 복잡한 해안을 벗어나 먼바다로 나가면 그런 위험에서 자유롭겠지만 쥬의 선박은 먼바다에 적합하지 않았다. 배 바닥이 평평하여 해안 가까이에 붙어 움직일 수밖에 없었다. 또한 먼바다에서 배의 위치를 가늠할 방법도 마땅하지 않았다.

그러나 색목인의 배는 달랐다. 먼바다를 항해하기에 적합했다. 오히려 해안에 붙어 움직이면 얕은 수심에 좌초되기 쉬웠다. 색목인은 별과 태양을 측정하여 먼바다에서도 배의 위치를 파악할 수 있었다. 다만 먼바다를 항해하다보니 선장과 선원이 아니면 어디까지 왔는지, 목적지가 어디인지 가늠하기 어려웠다. 바다에 익숙하지 않다면 갈피조차 잡을 수 없었다. 색목인의 함대에 탄 북방영주와 그 부하들이 딱 그런 신세였다. 물론 북방의 무사들은 조금도 두려워하지 않았다. 색목인의 배가 그들을 데려갈 곳이 어디인지 궁금해하지 않았다. 우두머리인 쿠쿠를 온전히 신뢰하여 그가 내린 판단이면 무엇이든 개의치 않고 따를 준비가 되어 있었다.

그러나 쿠쿠와 그 부하들만 함대의 승선원이 아니었다. 후지타가 신뢰하고 그의 휘하에서 가장 솜씨 좋은 무사 열 명도 타고 있었다. 명목상으로는 그들이 호위하고 실제로는 감시하는 사내도 함께했다. 그 11명은 함대에서 가장 이질적인 부류였다. 쿠쿠가 승선한 기함 다음으로 거대하고 튼튼한 배에 올랐지만 분위기는 완전 달랐다. 색목인 선원들과 무사들, 무사들과 그들이 감시하는 사내 사이에는 불안감과 긴장감이 팽팽하게 감돌았다.

계절에 맞지 않게 짙은 안개가 끼자 함선의 분위기가 한층 괴기스럽게 변했다. 후지타의 무사들은 상군부 출신이라 항해가 낯설지 않았지만 먼바다에서 마주한 짙은 해무는 달랐다. 한낮인데도 황혼처럼 느껴졌다. 어둠에 갇힌 것만 같았고 배가 지옥을 향해 나아가는 듯했다. 그들이 감시하는 사내의 정체 때문에 공포감은 한층 짙어졌다. 사내에게는 흉흉한 소문이 따라다녔다. 인간이 아닌 요괴며 포로를 잡으면 산 채로 장대에 꿴 다음 흘러내리는 피를 마시고 배를 갈라 김이 모락모락 나는 내장을 씹어먹는다고 했다. 어둠에 감쪽같이 몸을 숨기고 내수교의 사악한 신이 그를 지켜주어 인간의 무기로는 죽일 수 없다고 했다. 물론 처음에는 모두 헛소문이라 생각했다. 구산영주의 시답잖은 병사들이 만든 망상이라 생각했다. 그러나 항해를 시작하고 좁은 공간에 함께 머무르자 생각이 달라졌다. 사내는 정말 요괴 같았다. 후지타는 사내를 감시하다가 평해에 도착하면 살해하라고 명령했으나 그 지시를 지킬 수 있을지 자신할 수 없었다. 수적으로 우세하고 모두 뛰어난 검객이기에 어려운 일이 아닐 듯했으나 따지고 보면 후지타도 사내와 대결에서 검을 뽑지 못했다. 사내는 후지타에게 먼저 공격하라며 양보했으나 도무지 틈을 찾을 수 없었다. 후지타가 틈을 찾지 못하고 승부를 포기했다면 다른 검객이야 뻔하지 않겠는가.

짙은 해무가 온 바다를 뒤덮자 무사들은 공포에 휩싸였다. 그들은 이제 감시자도 아니었고 암살자도 아니었다. 사냥을 당하는 입장이라 생각하여 그들에게 배정된 선실에 모였다. 함께 있으면 내수교의 악마도 그들을 죽일 수 없을 것이라 생각했다. 짙은 해무가 걷히고 평해에 도착할 때까지 그렇게 있으면 목숨은 부지할 수 있으리라. 후지타의 명령을 지키지 못한 것은 그다음 문제였다.

4

인간은 연약하다. 이상하다 싶을 만큼 목숨이 끈질길 때가 가끔 있으나 정말 사소하고 쉽게 죽음에 이를 때가 많다. 칼에 베이고 총탄이나 화살에 맞고 맹수에 물리는 것처럼 거창한 원인이 아니라 상한 음식을 먹고 벌레에 물리고 쌀쌀한 날에 비를 맞는 것 같은 시답잖은 원인에도 죽는다. 그래서 유능한 밀정은 꼭 필요하지 않으면 검을 휘두르지 않는다. 검을 휘둘러 상대의 목이 바닥에 구르게 하고 살아 있는 상태에서 나무 기둥에 꿰고 의자에 묶은 후 사지의 관절을 요절내는 요란한 야단법석은 꼭 필요할 때만 떤다. 평소에는 조용한 방법이 훨씬 낫다.

곽곽 선생이 후지타의 부하를 처리한 방법도 그랬다. 짙은 해무에 공포를 느껴 선실에 틀어박힌 무사 열 명을 처리할 방법은 많았다. 문을 박차고 들어가 검을 휘두르는 일도 어렵지 않았다. 열 명으로는 곽곽 선생을 상대하기 힘들 터였다. 직접 나서고 싶지 않으면 색목인 선원을 시켜 처리해도 되었다. 하지만 모두 지나치게 시끄러울 가능성이 컸다. 선실에서 열 명과 칼부림하거나 색목인 선원을 시켜 화승총을 쏘며 소란을 떠는 일은 너무 부산스러웠다. 굳이 그럴 필요가 없으므로 조용히 처리하는 편이 나았다.

곽곽 선생은 독을 사용했다. 그렇다고 구하기 힘든 약초나 이국의 곤충이 뿜어내는 독을 사용한 것은 아니었다. 가까운 곳에도 독이 흔했기에 굳이 그럴 필요가 없었다. 곽곽 선생은 복어를 선택했다. 복어의 피와 내장을 무사들의 술과 음식에 넣었다. 그리고 그들이 조용해지기를 기다렸다.

후지타의 무사들은 매우 당혹스러웠다. 처음에는 혀가 마비되는 듯하다가 입술이 얼얼했다. 그러고는 어지러워 토하기 시작했다. 후지타의 부하들은 상군부 출신이라 멀미를 거의 하지 않음에도 불구하고 너무 어지러워 몸을 가누지 못했다. 이내 숨이 막히고 정신을 잃었다. 물론 먹고 마신 양은 저마다 달라 모두 숨을 거두지는 않았다. 몇몇은 헐떡이기만 할 뿐 정신은 잃지 않았고 단순한 어지럼에 몸을 가누지 못하는 경우도 있었다.

곽곽 선생이 문을 열고 선실에 나타났다. 그는 입술을 한쪽으로 일그러뜨리는 특유의 미소와 함께 무사들을 바라보더니 천천히 흑단 몽둥이를 뽑아들었다. 검으로 목이나 가슴을 찔러 숨을 끊으면 피가 많이 흘러 바닥이 지저분해졌다. 그러면 그만큼 선원의 허드렛일이 늘어나므로 곽곽 선생은 흑단 몽둥이를 선택한 것이다.

곽곽 선생을 본 몇몇 무사가 비틀거리며 일어났다. 그러나 검을 뽑아 휘두르지는 못했다. 너무 어지러워 걸음조차 내딛지 못했다. 곽곽 선생은 섬뜩한 미소를 머금은 표정으로 무사들에게 다가가 흑단 몽둥이를 내려쳤다. 이미 정신을 잃고 쓰러진 자에게는 죽음을 확인하는 일격을, 아직 비틀거리며 저항하는 자에게는 죽음을 앞당기는 일격을 가했다. 흑단 몽둥이가 허공을 가를 때마다 두개골이 부서지는 소리가 들렸다. 그러고는 이내 조용해졌다. 무사들의 영혼은 황천으로 향했고 꽤 넓은 선실에 살아 있는 인간은 곽곽 선생뿐이었다.

곽곽 선생은 선실에 굴러다니는 천조각을 주워 흑단 몽둥이에 묻은 피를 닦았다. 얼굴에는 특유의 섬뜩한 미소가 사라지고 한층 차분한 표정이 떠올랐다. 선실에서는 무사들의 피와 똥오줌이 풍기는 비릿하면서도 역한 냄새가 코를 찔렀다. 죽음의 냄새, 곽곽 선생의 삶에서 떼려야 뗄 수 없는 냄새였다. 평범한 사람은 평생토록 한 번 맡아볼까 말까 할뿐더러 직접적으로 살해하는 경우는 극히 드물었다. 평범한 사람은 단 한 번의 살인에도 벌벌 떨며 그 기억에 고통받을 터였다.

그러나 곽곽 선생은 자신이 취한 목숨 때문에 고통받은 적이 없었다. 도축업자조차 자신이 생명을 빼앗은 짐승에 대한 죄책감을 지녔지만 곽곽 선생은 처음 살인을 할 때부터 고통을 거의 느끼지 않았다. 곽곽 선생에게는 임무에 불과했기 때문이다. 사사로운 목적으로 살해했다면 영혼이 잠식되었을지도 모르지만 곽곽 선생에게는 '임무 완수'라는 명분이 있었다. 단순히 국왕의 이익을 지키는 것이 아니라 자신의 살인이 궁극적으로는 백성의 삶을 구원한다고 확신했다. 그렇다고 전능자가 약속하는 낙원을 만들 수는 없겠지만 적어도 현실적으로 가장 적은 인원이 고통받는 상황을 가져오는 행위라 생각했다. 그런 자기합리화가 없었다면 아무리 곽곽 선생이라도 버티지 못했을 것이다.

어쨌든 곽곽 선생은 또 한번 임무를 완수한 것에 만족했다. 전쟁의 교착 상태를 어떻게 하든 해결하여 중부와 북부를 되찾는 것이 곽곽 선생의 목표였다. 그러나 정공법으로는 가능하지 않았다. 평현 곽씨의 사병을 모두 동원해도 상군의 군대를 쥬에서 쫓아내기는 어려웠다. 포르안의 묵인 아래 고용한 색목인 함대도 마찬가지였다. 상군의 함대를 괴롭힐 수는 있어도 정면 대결에서 승리하기는 어려웠다.

그래서 곽곽 선생은 북방영주에 주목했다. 북방영주는 쥬라는 감옥에 갇힌 것이나 다름없는 처지였기에 음모에 가담할 가능성이 컸다. 더구나 북방영주는 야인의 피가 섞여 와의 다른 귀족과는 매우 이질적이었다. 곽곽 선생은 그 점을 이용했다. 북방영주에게 와로 돌아갈 함대를 제공하는 대신 혈교로 개종하고 상군부를 공격하라고 제안했다. 그 제안의 이면에는 포르안이 있었다. 포르안은 쥬와 와의 혼란을 이용하여 교세를 확장하고자 했다. 쥬에서는 새로운 국왕을 도우며 큰 성과를 거두었으니 이제 와 차례였다. 북방영주가 상군부를 점령해도 새로운 상군이 되기는 어려웠다. 그저 북쪽에 근거지를 둔 강력한 영주의 입지를 굳힐 뿐이었다. 그러면 와는 혼란에 빠질 것이었다. 유력한 영주들이 저마다 상군이 되려고 투쟁하는 시대, 상군이 와를 통일하기 전의 상황으로 돌아갈 터였다. 포르안의 입장에서는 그런 상황이 바람직했다. 영주들을 포섭하여 혈교의 영향력을 확장하는 것이용이하기 때문이다.

  그렇지만 북방영주가 동의해도 한 가지 문제가 있었다. 북방영주의 군대를 들키지 않고 쥬에서 빼내기는 어려웠다. 후지타가 그 사실을 눈치채지 못할 리가 없었다. 300명이 아니라 3000명 남짓한 군대를 함대로 실어나르는 것은 몰래 하기 힘든 일이었다. 그래서 곽곽 선생은 후지타를 찾아가 완전히 다른 제안을 했다. 포르안의 함대를 이용하여 북방영주의 군대를 평해에 상륙시키겠다고 했다. 새로운 국왕은 포르안의 함대를 동맹이라 생각하여 경계하지 않을 것이기 때문에 손쉽게 평해를 점령하고 국왕을 살해할 수 있으리라 여겼다. 또 북방영주가 상륙할 때 평현 곽씨의 사병도 호응할 것이며 일단 평해를 점령하고 국왕을 살해하면 그때는 평현 곽씨의 사병이 북방영주의 군대를 기습할 것이었다. 그러면 상군은 쥬 전체를 손에 넣을 수 있을 뿐 아니라 북방영주도 제거할 수 있었다. 곽곽 선생이 원하는 대가는 평현 곽씨의 가주가 김현철을 대신하여 호국경이 되는 것이었다. 당연히 후지타는 동의했다. 검술 대결도 서로 협력하기로 합의한 후에 나름대로 우호적인 분위기에서 후지타가 청한 것이었다.

  물론 후지타와 곽곽 선생은 서로 믿지 않았다. 와를 혼란에 빠지게 하여 쥬의 영토를 모두 회복하는 것이 곽곽 선생의 목표였다. 후지타는 새로운 국왕과 북방영주뿐 아니라 곽곽 선생과 평현 곽씨도 제거하고자 했다. 다만 곽곽 선생이 음모를 꾸미는 일에는 훨씬 뛰어났다. 결국에는 후지타가 처음부터 끝까지 완전히 놀아난 셈이었다.

거기까지 생각이 미치자 곽곽 선생의 표정이 달라졌다. 그는 시신으로 가득한 선실에서 다소 경박한 표정으로 깔깔거렸다.

제13장

암행총관의 길

1

 노인은 한벌이 낯설었다. 물론 2년이 훌쩍 넘는 기간 동안 전쟁을 치른 후의 한벌은 모두에게 낯선 곳이 되었다. 궁궐을 비롯한 대부분의 주요 건물은 불타서 사라졌다. 국왕과 왕세자, 추밀원장 같은 주요 인물도 이제 존재하지 않았다. 백색당 자체가 아예 풍비박산했다. 평범한 백성과 빈민도 많은 이가 이래저래 전쟁에 희생되었다. 다행히 한벌의 성벽과 성문은 무너지지 않았지만 전쟁 전과 비교하면 완전히 다른 공간이 되었다.
 그러나 노인에게는 전쟁 전의 한벌도 낯설었다. 노인이 고향을 떠나 한벌을 찾은 것은 딱 한 번뿐이었다. 젊은 시절 과거시험을 치르려고 한벌을 찾은 것이 전부이니 수십 년 전이었다. 그후로 노인은 죽전 근처에 머물렀다. 노인이 고향을 떠나 가장 멀리 움직인 목적지는 기껏해야 평해였다.

그렇다고 세상 물정 모르는 가난한 노인은 아니었다. 과거시험에 겨우 한 번 응시하고 농사지으며 사는 몰락한 귀족도 아니었다. 노인의 옷차림만 보아도 범상치 않았다. 쥬의 귀족답지 않게 가죽을 덧대어 만든 갑옷을 입었고 허리춤에는 검을 찼으며 가마가 아닌 말을 타고 있었다. 검은 말은 잘 관리되어 비단처럼 윤기가 흘렀고 활과 화살통을 차고 있어 언제라도 화살을 날릴 준비가 되어 있었다. 그뿐 아니라 비슷한 차림을 한 수십 기의 기병이 노인을 호위했고 창병과 화승총병, 궁병으로 구성된 군대가 뒤따랐다. 구경하러 나온 백성은 쥬에 아직도 그런 군대가 있다는 데 놀라고 감탄했다.

하지만 정말 놀라운 모습은 그다음이었다. 손과 목에 밧줄을 묶어 줄줄이 엮은 사내들이 나타났기 때문이다. 몇몇은 외투가 없었고 아예 웃옷이 없는 녀석도 있었으며 하나같이 꾀죄죄한 꼴로 보아 포로가 분명했다. 생김새만으로는 쥬의 사람과 구별하기 힘들었는데, 아마도 바다 건너 와에서 온 침략자가 틀림없었다. 그들의 정체를 알아차리자 구경꾼의 입에서 욕설이 쏟아졌다. 가까이 다가가 침을 뱉는 이도 있었고 돌을 던지는 이도 있었다. 포로를 호송하는 병사들은 구경꾼을 제지하지 않았다.

노인도 그런 행동에 신경쓰지 않았다. 다만 포로를 돌아보며 한 달 전의 승리가 주는 여운을 즐겼다. 노인은 이미 평해에서 모리한과 오토모준의 군대를 물리치고 승리를 경험했으나 한 달 전의 승리는 그 희열이 완전히 달랐다. 이번에는 '탈환' 혹은 '구원'이 아닌 '진짜 승리'였기 때문이다.

한 달 전 노인은 자신의 가문이 흑색당 시절부터 사활을 걸고 육성한 사병을 모두 이끌고 한벌에서 죽전을 향하는 길에 매복했다. '상군의 정예병들이 행군할 것이며 그들은 어떤 저항도 예상하지 못할 것이다'라고 곽곽 선생이 확언했기 때문이다. 그러나 후지타가 이끄는 상군의 정예병과 정면으로 맞서면 승리를 장담할 수 없어 불안을 완전히 떨치기는 어려웠다. 하지만 다른 사람도 아닌 곽곽 선생의 말이라 믿을 수밖에 없었다. 다행히 죽전 근처의 산길에 매복하자마자 곧 상군부의 정예병들이 나타났다. 곽곽 선생의 정보처럼 그들은 정말 기습을 염두에 두지 않은 듯 빠른 속도로 진군하는 데만 집중했다.

그때 노인의 사병이 기습하자 우왕좌왕하며 제대로 대처하지 못했다. 2만 명 넘는 적이 죽었고 수천 명을 포로로 잡았다. 살아서 후퇴한 적은 만 명 정도에 불과했다. 노인뿐 아니라 쥬의 어떤 장군도 경험하지 못한 크고 일방적인 승리였다. 그러면서 전쟁의 승부가 완전히 기울었다. 상군부의 정예병들이 죽전 근처에서 격파되었을 뿐 아니라 혈교로 개종한 북방영주가 상군부에 상륙하여 상군을 살해했다. 그러자 쥬에 있는 와의 군대가 앞다투어 철수했다. 상군부의 잔존 병력도 마찬가지였다. 그들은 상군의 아들을 찾아 새로운 상군으로 옹립하고 북방영주를 비롯한 다른 영주들의 도전에 맞서야 했다. 그리하여 한벌에는 김현철의 허수아비 정부만 남았다. 노인의 사병은 손쉽게 한벌을 탈환했고 평해에 머무르던 새로운 국왕도 한벌로 돌아간다고 공표했다.

침략자를 물리치고 영토를 수복했으며 피란을 끝내고 한벌로 돌아갈 수 있는 데는 노인의 공이 가장 컸다. 적어도 표면적으로는 그랬다. 또 새롭게 국왕이 된 은산군은 노인에게 의지할 수밖에 없었다. 백색당 구파는 완전히 몰락했다. 백색당 신파라고 해보았자 왕세자, 은산군, 김현철이 주축이었는데, 왕세자는 사망했고 김현철은 곧 처형될 터였다. 그렇다고 흑색당 잔당과 손잡기도 어려워 새로운 국왕은 평현 곽씨에게 의지할 수밖에 없었다. 암행총관인 곽곽 선생도 평현 곽씨가 아니었나. 그래서 노인은 이제 추밀원장으로 추대될 터였다. 평현 곽씨의 가주에 머무르지 않고 쥬 전체의 실력자가 된 셈이었다. 젊은 시절, 과거시험을 치를 때만 해도 상상조차 하지 못한 결과였다.

2

비단으로 만든 옷에서 호랑이가 울부짖고 있었다. 전쟁을 겪으면서 비단 품질이 예전만 못했으나 장인의 솜씨는 여전히 뛰어나 호랑이가 다음 순간에는 옷을 박차고 나와 물어뜯을 것만 같았다. 은산군은 옷을 처음 만졌을 때부터 감격했다. 그때만 해도 열병에서 막 회복한 터라 상황을 온전히 파악하지 못해 얼떨떨했지만 크게 감동했다. 울부짖는 호랑이가 수놓아진 옷을 입는 것은 은산군 같은 방계 왕족에게는 감히 품을 수 없는 꿈이었다. 그들은 기껏해야 절도사가 될 수 있을 뿐이며 아주 예외적으로는 추밀원장에 오를 수 있었다. 왕세자도 아니고 왕자조차 아닌 평범한 왕족이 왕위에 올라 '울부짖는 호랑이'가 수놓아진 옷을 입을 방법은 반역뿐이었다. 그런데 은산군은 반역하지 않고도 국왕이 되었다. 왕세자의 심복이 되어 백색당 신파를 이끌 때도, 암행총관과 후야 같은 밀정과 협력하여 와에 사절로 갔을 때도, 전쟁이 일어나 왕세자를 도와 분조에서 일할 때도 국왕의 자리는 전혀 예상하지 못했다. 왕세자가 왕위에 오르고 백색당 구파를 몰아내면 추밀원장이 될 수 있으리라 꿈꾸었을 뿐이다.

은산군은 '국왕 전하'라는 말을 처음 들었을 때부터 마음을 제대로 추스르지 못했다. 발이 바닥에 닿지 않는 것만 같았고 꿈속에 있는 것만 같았다. 수도인 한벌을 포함하여 중부와 북부를 침략자에게 빼앗기고 고작 죽전과 평해를 통치할 뿐이며 그조차도 죽전은 평현 곽씨가 다스리는 것이나 마찬가지였지만 은산군은 '국왕'이라는 자리에 완전히 만족했다. 그 자리를 지킬 수 있다면 무엇이든 할 수 있었다. 신파라도 백색당은 열교 근본주의가 틀림없었으나 은산군은 왕세자가 포르안과 맺은 협정을 존중했다. 혈교를 열교와 동등하게 대우하고 사실상 흑도의 통치권을 넘겼다. 암행총관이 계략을 꾸며 한벌을 수복하겠다고 보고했을 때도 "경이 알아서 하시오"라고 말하고 간섭하지 않았다. 성공하면 쥬의 나머지 지역까지 차지할 것이고 실패해도 목이 달아나는 것은 암행총관이었기 때문이다. 암행총관의 계략이 성공하여 쥬의 중부와 북부까지 통치하게 된 후 평현 곽씨의 가주를 추밀원장에 임명하자는 의견에도 반대하지 않았다. 추밀원장이 누구든, 평현 곽씨의 힘이 백색당만큼 커지든, 암행총관이라는 나무에 아무도 모르는 비밀이 주렁주렁 달리든 은산군은 조금도 신경쓰지 않았다. '울부짖는 호랑이'가 수놓아진 옷을 계속 입을 수 있다면 다른 것은 어떻게 되어도 상관없었다.

다만 한벌에 궁궐이 없다는 것이 짜증났다. 지난 국왕이 갑천으로 몽진하며 불태웠기 때문이다. 궁궐뿐 아니라 다른 주요 건물도 불에 탔다. 은산군은 예전에 살던 집을 숙소로 삼고 박상은의 저택을 집무처로 사용할 수밖에 없었다. 물론 그런 상황에도 장점이 있었다. 매일 아침 사저를 떠나 집무처까지 가고 저녁에는 집무처에서 사저로 돌아오며 자신이 국왕임을 과시할 수 있었다. 호랑이 깃발을 앞세우고 울부짖는 호랑이가 수놓아진 옷을 입고 높은 가마에 앉아 길을 지나면 주변의 백성 모두가 무릎을 꿇고 머리를 조아리며 '국왕 전하 만만세'를 외쳤으니 그보다 만족스럽고 행복한 때가 없었다.

그날도 그랬다. 호랑이 깃발을 앞세우고 가마에 올라 무사들의 호위를 받으며 집무처로 향하는 아침은 어느 때보다 상쾌했다. 한벌의 많은 곳에 남아 있는 전쟁의 흔적과 거리에서 마주하는 지치고 어두운 백성의 얼굴에는 조금도 주의를 기울이지 않았다. 그런 시시콜콜한 일은 암행총관과 추밀원장의 몫이었다. 국왕은 그런 일에 신경쓸 필요가 없었다. 최고의 위치에 오른 이에게 그런 시답잖은 일이 가당키나 한단 말인가!

은산군은 흔들리는 가마에서 만족스럽게 웃었다.

3

오랜만에 많은 사람이 길에 나왔다. 상군이 한벌을 점령하고 호국경의 괴뢰정부가 들어서고 평현 곽씨의 '낯선 사투리를 쓰는 병사들'이 입성하는 내내 백성들은 몸을 낮추고 숨을 죽였다. 여력이 있는 사람은 북쪽과 남쪽으로 몸을 피했지만 남을 수밖에 없는 사람들은 그렇게 목숨을 부지했다. 그러다보니 어떻게 하든 바깥출입은 줄이고 최대한 집에 머물렀다. 괜히 눈에 띄어보았자 좋은 일이 생길 가능성은 희박하고 골치 아픈 일에 휘말리기 십상이었다.

그러나 그날은 달랐다. 예전만큼 많은 사람이 몰려나왔다. 새로운 국왕이 평해에서 온 후에 상황이 안정되기도 했고 평소 보기 힘든 구경거리가 있었다. 구경거리는 다름 아닌 공개 처형이었다. 인간은 자신의 죽음을 무척 겁내고 가까운 이의 죽음에는 비탄하지만 그렇지 않은 죽음, 특히 유명한 자의 죽음에는 열광했다. 공개 처형은 그런 죽음을 직접 지켜볼 수 있으므로 무엇보다 좋은 볼거리였다. 그래서 사형수가 감옥에서 나와 처형장으로 가는 길에는 여느 때보다 많은 사람이 몰렸다.

사형수의 몰골은 같은 처지의 다른 이와 크게 다르지 않았다. 머리는 봉두난발이었고 발에는 무거운 족쇄가 채워져 있었으며 손은 앞으로 묶여 있었다. 손을 묶은 끈은 앞으로 길게 이어져 병사가 쥐고 있었는데, 사형수의 걸음이 조금이라도 느려지면 거칠게 잡아당겼다. 다만 평범한 사형수와 달리 사내는 완전히 발가벗겨진 상태였다. 사형수라도 아랫도리는 가려주기 마련이었으나 사내에게는 그런 관용조차 허락되지 않은 듯했다. 키가 크고 팔다리가 길며 머리는 작고 몸통이 날씬한 것으로 보아 옷을 걸쳤다면 우아했을 테고 하얀 피부와 고운 손발로 보아 신분이 높은 사내가 틀림없었다. 그러나 등에는 채찍 자국이 나 있었고, 팔다리에는 뜨거운 쇠막대로 지진 상처가 있었으며, 사타구니와 허벅지에는 똥오줌이 묻어 처량하고 볼품없었다. 얼굴에도 표정이 전혀 없었다. 평범한 사형수의 얼굴에는 공포, 불안, 분노, 후회 따위가 떠오르기 마련이었지만 사내는 영혼이 빠져나간 것처럼 표정이 없었다.

"매국노!"

"역적 새끼!"

"개만도 못한 후레자식!"

사내가 앞을 지날 때마다 구경꾼들은 욕설을 퍼부으며 침을 뱉었다. 작은 돌을 던지는 이도 있었다. 그래도 사내는 전혀 반응하지 않았다. 틀림없이 아직 살아 있었으나 시체가 걷는 것 같았다. 사내의 표정이 변한 것은 광장에 도착하여 처형장을 마주한 순간이었다. 사내의 사지를 당겨 찢어버릴 거대한 황소들과 마주했으니 그럴 수밖에 없었지만 다른 요소도 있었다. 검은 옷을 입은 덩치 큰 남자가 날카로운 눈매와 얇은 입술이 한층 도드라지는 미소를 지으며 사내를 반겼기 때문이다.

"호국경께서는 평안하셨소?"

곽곽 선생은 건들거리는 태도로 사내에게 다가갔다. 키는 비슷했지만 사내는 팔다리가 길고 몸통이 늘씬한 반면, 곽곽 선생은 목과 몸통이 굵고 탄탄한 어깨와 곤봉 같은 팔다리를 지녀 분위기가 완전히 달랐다. '사형수와 암행총관'이 아닌 상황에서 만났어도 '물과 기름'처럼 보였을 것이다. 그래서인지 사내는 곽곽 선생을 잠깐 노려보고는 애써 외면했다. 하지만 곽곽 선생은 상대가 그렇게 반응할수록 기뻐하는 부류라 사내에게 아주 가까이 다가갔다.

"호국경 나리, 정말 감사합니다."

곽곽 선생은 김현철에게 속삭였다. 김현철은 손발이 묶여 얼굴만 한껏 찌푸렸다.

"나리께서 정말 큰일을 하셨습니다. 나리의 손으로 늙은 돼지 같은 국왕을 죽이고 박상은과 구파 놈들까지 죄다 해치우지 않았습니까? 게다가 상군에게 나라를 팔아먹어 나리를 비롯한 신파도 이제 죄다 사라질 테니 이 암행총관이 정말 고맙습니다."

김현철은 더이상 참을 수 없었다. 용기를 끌어모아 곽곽 선생의 얼굴에 침을 뱉었다. 며칠 동안 감옥에서 고문을 겪은 터라 김현철의 침은 비릿하고 역겨운 냄새를 풍겼다. 그러나 곽곽 선생은 개의치 않았다. 너털웃음과 함께 왼손으로 얼굴의 침을 닦았다. 그러고는 김현철의 턱을 가볍게 때렸다. 곽곽 선생의 왼손은 경쾌하게 날아갔지만 김현철이 느낀 충격은 어마어마했다. 턱이 부서지는 소리가 들렸고 비틀거리다가 넘어졌다. 그러나 고통을 추스리기도 전에 병사들이 달려와 거칠게 김현철을 일으켰다.

"나리, 그래도 지금 모인 백성이 엄청납니다. 나리께서 북방영주에게 패배하는 덕분에 목숨을 잃은 병사보다 지금 나리를 바라보는 구경꾼이 훨씬 많습니다. 머저리 같은 위선자 샌님으로 이만큼 관심을 얻었으니 저승으로 가도 섭섭하지 않겠습니다."

곽곽 선생은 껄껄 웃으며 어서 형을 집행하라고 손짓했다.

4

열교는 신체를 소중히 여겼다. 스스로 거세한 내관을 경멸하는 것도, 머리카락을 깎는 만교와 내수교를 무시하는 것도 그런 이유였다. 그래서 반역을 저질러도 사약을 내리는 경우가 많았다.

죄인이 백색당원이면 더욱 그랬다. 다만 죄의 무게가 너무 무거우면 목을 베거나 시신을 불태웠다. 팔다리마다 다른 황소에 연결된 끈을 묶어 찢어 죽이는 거열형은 가장 흉악한 죄인에게만 내렸다. 그렇기에 은산군은 주저했다. 김현철은 반역자가 틀림없었으나 지나치게 가혹하다고 생각했기 때문이다. 하지만 곽곽 선생의 뜻을 꺾지 못했다. "죽전병마사 곽무현에게도 같은 형벌을 내렸습니다"라는 주장을 반박할 수도 없었다. 곽무현은 절도사를 살해하고 군대를 일으킨 것에 불과했지만 김현철은 국왕과 추밀원장을 살해하고 외적과 결탁하여 나라를 팔았으니 한층 죄질이 나빴다. 또 은산군은 자신이 왕위에 머무르는 데만 집중했다. 다른 일이야 어찌 되든 크게 관심을 기울이지 않았다. 그리하여 김현철은 한벌의 광장에서 사지가 찢겨 죽었다.

채찍을 맞아 성난 황소가 달리자 김현철의 사지는 순식간에 찢어졌다. 굵은 혈관에서 피가 분수처럼 뿜어져나왔고 안개처럼 흩뿌려졌다. 의외로 비명과 신음은 크지 않았다. 팔다리가 사라지고 머리와 몸통만 남은 김현철은 경련을 일으키며 눈을 부릅뜨고 죽었다. 구경꾼들은 환호하며 '국왕 전하 만만세'를 외쳤다.

그 모습을 보며 곽곽 선생은 은산군이 참석하지 않은 것을 안타깝게 생각했다. 그 빼빼 마른 속물은 '국왕 전하 만만세' 소리에 무척 기뻐했을 것이라 그 모습을 보지 못하는 순간이 아쉬웠다. 백성이 무엇에 환호하는지 제대로 따지지 않고 관심도 없으며 그저 '국왕 전하 만만세' 환호에 만족하는 머저리, 어쩌면 그런 녀석이야말로 쥬의 국왕에 가장 어울린다고 생각했다. 죽은 왕세자처럼 현실을 파악하고 조금이라도 백성을 위하는 존재는 의외로 그 자리에 어울리지 않았다. 그런 부류는 시간이 지날수록 자신이 만든 정의에 집착하고 현실에서 얻은 결과와 관계없이 자신이 좋은 의도를 지녔다는 것만으로 정의롭고 고결하다고 믿었다. 왕세자가 살아남아 왕위에 오르고 쥬의 전체를 통치할 기회를 얻었다면 그런 괴물이 되었을 것이다. 지난 국왕은 탐욕스럽고 옹졸한 소인배라 곽곽 선생 같은 무리가 어느 정도 통제할 수 있었지만 왕세자 같은 부류가 권력을 오래 쥐고 있으면 누구도 통제할 수 없는 폭군이 되었다. 자신이 정의롭고 고결하다고 믿는 괴물, 한때는 '괜찮은 통치자'였던 폭군만큼 골치 아픈 존재는 드물었다. 그러므로 왕세자가 열병에 걸려 죽은 것은 모두에게 행운이었다. 왕세자는 전설과 민담에 등장하는 영웅으로 기억될 것이며 은산군만큼 쥬의 국왕에 어울리는 작자도 드물었다.

그래서 곽곽 선생은 김현철의 처형을 참관하고 만족스러운 기분으로 자리를 떠났다. 물론 그의 만족은 길지 않을 터였다. 쥬의 암행총관은 그런 자리였다.

〈끝〉

작가의 말

인간은 재미있는 이야기를 좋아한다. 선사시대의 선조도 동굴 벽에 온갖 동물을 그리며 그에 어울리는 이야기를 꾸며냈을 것이다. 고대에는 음유시인이 사람을 모아두고 영웅과 악당, 신과 악마, 천사와 괴물이 등장하는 서사시를 읊었다. 종이와 인쇄술이 보편화되자 작가가 등장하여 책을 쓰며 '재미있는 이야기에 대한 수요'를 채우기 시작했다.

그렇기에 소설은 재미있어야 한다. 그러니까 장르소설은 대중이 지닌 낭만적인 환상을 만족시켜야 한다. 그러나 작가는 괴팍하고 비뚤어진 존재라 자신이 말하고 싶은 것으로 이야기를 채우려는 욕망을 지니고 있다.

그래서 많은 작가가 소설을 쓰며 고민한다. 대중이 지닌 낭만적인 환상을 만족시키는 것과 자신이 말하고 싶은 것 사이에서 균형을 잡으려고 아등바등한다.

『곽곽선생뎐』도 그런 위태로운 균형 잡기의 결과물이다. 제대로 균형을 잡았는지, 한쪽으로 기울고 말았는지 그 판단을 부탁한다.

2025년 초여름
곽경훈

곽곽선생뎐 2

초판 인쇄 2025년 6월 20일
초판 발행 2025년 7월 1일

지은이 곽경훈

편집 박민영 이희연 정소리 | 디자인 이혜진 | 마케팅 김다정 박재원
브랜딩 함유지 박민재 김희숙 이송이 박다솔 조다현 김하연 이준희 복다은
저작권 박지영 형소진 주은수 오서영 조경은
제작 강신은 김동욱 이순호 | 제작처 영신사

펴낸곳 (주)교유당 | 펴낸이 신정민
출판등록 2019년 5월 24일 제406-2019-000052호

주소 10881 경기도 파주시 회동길 210
문의전화 031-955-8891(마케팅) 031-955-2692(편집) 031-955-8855(팩스)
전자우편 gyoyudang@munhak.com

홈페이지 www.gyoyudang.com
인스타그램 @thinkgoods | 트위터 @think_paper | 페이스북 @thinkgoods

ISBN 979-11-94523-51-2 03810
(세트) 979-11-94523-52-9 04810

* 싱긋은 (주)교유당의 교양 브랜드입니다.
  이 책의 판권은 지은이와 (주)교유당에 있습니다.
  이 책 내용의 전부 또는 일부를 재사용하려면 반드시 양측의 서면 동의를 받아야 합니다.